MYSTERY LEAGUE

パズラクション

霞流一
Kasumi Ryuichi

原書房

この物語は

謀り屋《Faker》＆殺し屋《Killer》による

謎解き仕掛けの冒険譚

パズラクション《Puzzle Action》

あるいは

逆本格ミステリ

あるいは

転倒叙探偵小説

あるいは

メイクパズラー

そして

殺しと推理の

キルージョン《Kill Illusion》

C O N T E N T S

主要登場人物

白奥宝結（しらおく・ほうむす）……警視庁の遊軍刑事
和戸隼（わと・しゅん）……フリーライター兼殺し屋。白奥の相棒
蓮東礼斗（れんどう・れいと）……警視庁捜査一課警部
狩野いずみ（かのう・いずみ）……警視庁捜査一課刑事
菊島勇（きくしま・いさむ）……冠羽フーズ社員
毛利泰平（もうり・たいへい）……〃
楠枝渡（くすえだ・わたる）……医師
楠枝真緒美（くすえだ・まおみ）……楠枝渡の妻
堤明人（つつみ・あきと）……フィットネスクラブ「メイム」経営者
二ノ宮清也（にのみや・せいや）……「メイム」インストラクター
沢富杏奈（さわとみ・あんな）……〃
羽賀伸之（はが・のぶゆき）……医大系予備校の薬学講師
永瀬光次郎（ながせ・こうじろう）……ドラッグストア店長
智恵ヒメ（ちえひめ）……料亭の女将

ACT1 FORMATION

1

ターゲットを「秘殺《ひさつ》」する準備は出来ていた。

実行に移すまで、あと数分あるいは数十分か？　今夜中に仕留める目論見《もくろみ》。だから、当然、身も心も出来ている。抜かりは無い。迷いも焦りも昂《たか》ぶりもない。

私は落ち着き払って、夜道に歩を進めていた。靴音がアスファルトに静かに溶けてゆく。時折、冬の夜風が頰《ほお》をなぶる。見上げると雲の隙間で月が冷たく笑いかけた。

右手をジャケットの内ポケットに差し入れる。道具の存在に安らぎを覚える。懐《ふところ》で暖められたナイフには雛《ひな》のようなぬくもりがあった。指で木製の柄を引き上げ、刃に触れると、鋼の冷たさが伝わってくる。

ナイフに寄り添うもう一つの金属の感触。折り畳みの杖。これも武器になる。ナイフを装着し、短い槍としても使える仕様だ。

右手をポケットから離し、強く握ってから開き、指を順に折ってゆく。いずれも滑らかな動きが感じられた。神経も針のように研ぎ澄まされている。プロとして当然のこと。

そう、私は俗に言う殺し屋だ。闇社会の暗殺稼業。

もちろん、それは裏の看板だ。表向きの職業はフリーの文筆業。主に犯罪関連のルポを手掛けているところが我ながら皮肉めいている。少なくとも隠れ蓑にはなっている。

和戸《わと》隼《しゅん》、四十一歳。本名でやっている。

腕時計を見ると夜の十一時を回っていた。寒気が首筋に差し込む。青白い月光がアスファルトをひんやりと照らす。世田谷区の砧《きぬた》の北、閑静な住宅街がゆったりと広がる、都内にしては緑の多いエリアだった。

イチョウの並木道から逸れると、土の匂いが増す。仙川のせせらぎが微かに聞こえる。

前方に木立が広がっていた。枝が重なり合い、墨絵を思わせる。それらに囲まれて、花壇や小ぶりな灌木が連なっている。随所にベンチが配され、街灯の淡い明かりに浮かぶ。そこは緑豊かな自然公園となっていた。

さらにその先、木立のシルエットの向こう側に光がこぼれていた。

三階建てのクラシックな洋風の建物は老舗のレストラン。群れ集うパーティー客の姿が垣間見えた。眩いライトに芝生の緑が映え、手入れの行き届いた植木が並び、石のオブジェが配置されている。宴のざわめきが寒風に乗って伝わってくる。

この中にターゲットがいるはずであった。

顔を見れば一目で解る。いかなる場合でも見逃すはずがなかった。

さて、どのタイミングで狙うか。

宴の帰り道か？　あるいは、こちらから芝生の庭に忍び込んでやるとするか？　下見は済ませてある。目の前の自然公園からパーティー会場の敷地へは容易に出入りできる構造になっている。境界を示す低い柵が所々にあるだけ。双方が互いの魅力的な景観を借景として利用し合っているようだ。

どんな美しい場所を殺しの舞台に選ぼうと、観客は私とターゲットだけだ。秘密裏に確実に遂行しなければならない。

もっともふさわしいタイミングとステージを求めて歩を進める。

木立のアーチをくぐり、公園に足を踏み入れる。敷石の道が三方に分かれ、灌木の間を縫っている。左側の道を選び、花壇の柵に沿って歩く。さっきよりもざわめきが近い。

木立の隙間から芝生の眩いグリーンが見える。時折、庭を散策するパーティー客のシルエットが横切っていた。逆にこちら側は薄暗いため、向こうから私の姿は見えない。が、細心の注意を払い、影を選んで歩く。

刻々と秘殺の瞬間が近付くのを感じる。

神経が尖り、五感が冴える。

と、その時……

視界に異様なものが映った。

目を凝らし、足を止め、身構える。

すぐさま足音を殺して駆け寄る。

クチナシやナンテンなどの灌木を囲う柵。高さは私のヘソくらい。

そこにそれはあった。

それは人。男性だった。柵に逆さにぶら下がっている。

死体だと一目で解った。そして、私が殺すはずのターゲットだと……。

2

その死体は私が殺すはずの男であった。

だが、私の手にかかることもなく絶命している。

小柄な体軀《たいく》に草履《ぞうり》のような平たい面立ち、垂れた目、天然パーマらしき癖のある髪型。顎の下の左側にはホクロが二つ並ぶ。

間違いない。私が仕留めるはずだったターゲットだ。

風が吹き、雲が走り、闇が淡くなる。月明かりがスポットライトのように死体を浮かび上がらせた。

私は手袋をし、ポケットから七つ道具の一つ、ペンライトを取り出してから、身を屈める。念の為、頸部と手首に触れ、脈が無いのを確認した。それから、ライトを当てながら、死体に顔を近付け、つぶさに視線を走らせる。

殺されていた。私ではない他の誰かに殺されていた。他殺。

頭部の傷を見れば明らかであった。

さらに、その死体は実に異様であった。何とも奇天烈な状況に置かれているのだ。

先ず、逆さまである。

宙吊りにされたふうな様相。

クチナシの花壇の柵にぶら下がっている。

柵の横棒を両足で挟んだ状態。膝の辺りをベルトで巻かれて結束されている。そのベルトは遺体の主がつけていたもののようだ。コーデュロイのズボンにはベルトが通されておらず、その分、緩んでズレているからだ。

逆さの死体の頭部は地面に着いている。首が曲がり、顎が喉に触れ、頷くような格好だった。ブラウンのジャケットは垂れ下がり、地面に広がり、クシャクシャになったマントのようだ。頭部の近くにはメガネが落ちている。踏まれたのかフレームが折れ曲がっていた。これも死者のものだろう。鼻にはフレームの跡が微かに見て取れる。

灰色がかった死に顔。黒目が上を向き、白目が飛び出しそうだ。半開きの口から舌の先が覗いている。唇の端から頬にかけて涎の航跡が鈍く光っていた。

そして、額は傷だらけであった。

引っ掻いたような、こすったような、赤く擦りむけた傷が眉の上から髪の生え際辺りまで刻まれている。うっすらと血が滲み、土や埃を張り付かせていた。

首も異様だった。細い紐できつく巻かれ、縛られていた。靴の紐である。しかも、靴が付いたままである。

途中まで靴から外した靴紐を首に巻いているわけだ。

まるで、死体が首にアクセサリーとして靴をぶら下げているふうにも映る。

逆さ吊り、傷だらけの額、首にぶら下げた靴……。

見れば見るほど奇妙きわまりない死体である。興味をかき立てられ、観察のアングルを変えようとした際、うっかり尻餅をつきそうになる。柵の根元に片手を当て、かろうじてバランスを保った。

ふと、その手にライトを当てると手袋が部分的に黒ずんでいる。指先と手首近くが汚れているのだ。今触れた柵の根元を見ると、黒い液体が付着していた。機械油の匂いがする。おそらく何かの工事の際、油が漏れたのだろう。

汚れた手袋で死体に触れないよう注意せねば、と自分に言い聞かせる。念の為、両膝を突いて姿勢を安定させた。

簡単なメモを取りながら、一通り死体を観察し終えると、私は立ち上がり、溜息をついた。つくづく何て異様な死体なのだろう。

首に靴をぶら下げた、額が傷だらけの、逆さ吊りの死体……。

いったい何の意味があるというのだ？　犯人は何が目的でこんなことを？　皆目、見当がつかない。

また溜息が漏れ、つい、ひとりごちる。

「ああ、何てこったい……」

不可解な状況に困惑しつつ、己の運の悪さを呪っていた。しかし、それ以上に、先にターゲットを殺されてしまった、その悔しさが込み上げてくる。プロとしての矜持が激しく自分を責め立てるのだ。

だが、ここで感情の渦にのまれてはならない。緊急事態に対応する必要がある。それがプロだ。

私は内ポケットからスマホを取り出し、死体に向ける。正面、背後、左右の四方向からの現場写真を撮影した。

それから、画面をタップし、或る番号に電話をかけた。

白奥宝結《しらおくほうむす》という男に。

仕事仲間、いわゆる相棒である。

コール音一回で先方は出た。

私は周囲を警戒し、声を押し殺し、

「俺だ。いいから、宝結、何も言わず黙って聞いてくれ」

相手に喋る隙を与えず、早口で言った。

そして、今、私の遭遇している非常事態を簡潔に説明する。続けて、

「これが現場のライブ映像」

テレビ電話機能で死体を中心に現場の模様を中継する。左から右へとカメラレンズをパンしながら、時折、短いコメントを囁く。何だかバラエティ番組のドッキリ企画を髣髴《ほうふつ》とさせる。いや、或る意味、本当にドッキリだったし……苦笑いが浮かぶがすぐにかき消す。

アングルを変えて出来るだけ詳細に、かつ速やかにライブ中継を展開。

だが、三分ほどして、背後から声が聞こえてきた。振り返ると木立ちの向こうに数人の影が見える。パーティー客だろう、レストランの庭からこちらの公園に足を伸ばしてきたのだ。

私はスマホを口元に寄せると、

「宝結、今はこれまでだ。切るぞ」

そう囁いて、オフにする。

切る直前、宝結の声が「チョ」と発するのが聞こえた。言いたいことがあるらしいが、ここは無視。どうせ後でいやと言うほど聞かされるはずだ。

背後の声はだんだん大きくなる。こちらに近付いていた。

私は身を屈め、木々の影に寄り添う。死体に向かって、

「また、後でな」

小声でグッバイを告げる。

そして、素早く死体の上着のポケットに手を差し入れた。ちょっとした置き土産を残しておいたのだ。

それから、上体を折った姿勢のまま、足音を殺して、忍者のように走り去る。

公園の入口を出たところで、背後から悲鳴が上がるのが聞こえた。

3

およそ三十分後、その公園の一帯には多数の警察関係者の姿があった。初動捜査が進められ、鑑識の現場検証が開始されている。

周囲には近隣の住民らがパジャマやジャージの上にコートなどを羽織った格好で目を凝らしている。路肩に止められた警察車両の回転灯が彼らの不安と好奇の混じった表情を赤く浮かび上が

らせていた。交通整理に奔走する制服警官の忙しない足音がアスファルトに響く。深夜の零時過ぎとは思えないほど騒然としていた。

私は見物人を掻き分け、公園の入口に近付く。警視庁のネーム入りの黄色いテープ、規制線の手前で、

「深夜出勤、ご苦労さま、和戸君」

と後ろから肩を叩かれる。

私は足を止め、振り返る。

予想通り、馴染みの顔があった。

白奥宝結。つい三十分前のライブ中継の相手。共犯者とは言いたくないので仕事仲間と言っておこう。

彫りの深い鋭角的なマスクはどこかコンドルを思わせる。V字の口元、鉤型の鼻梁、尖った顎、やや奥まった眼窩だが目付きが鋭い。私よりもいくばくか長身でスリムな体型。歳は三十代後半、四十に近いはずだ。ダークグレイのスーツに墨色のコートで身を包んでいた。

宝結はシニカルな笑みを刻み、小声で、

「和戸君、早かったね。さすがトンボ帰り」

「大きなお世話だ」

さっき現場をいったん立ち去って、町内を歩き回り時間を稼いでから、今また現場に戻ってきた。そりゃ確かにトンボ帰りだ。が、表向きは、どこか別の町で連絡を受けて急行した、という芝居に徹しているのだ。荒い呼吸や滲む汗の演出を評価してもらいたい。

宝結はさらに笑みを深くし、

「まさに目の回る忙しさ」

と、人差し指を突きつけてクルクル回す。

「だから、トンボじゃねえって」

私は目の前の指を払いのける。

宝結はその指を公園に向けて、

「では、いざ臨場」

警備担当の制服警官に片手を挙げて挨拶し、規制線をまたいで、現場へと乗り込む。私も急いで後に続いた。

宝結は忙しげな捜査員達に目礼をしながら、慣れた様子で現場の奥へと進む。周囲も彼の仕事を心得ており、挨拶してくる者も少なくない。

この男、白奥宝結は警視庁刑事部刑事総務課刑事企画第三係に所属。ちょっと長い部署名だが、刑事総務課は事務仕事を中心に捜査活動をサポートする部署。その中の企画第三係に属する宝結は捜査支援担当という肩書きになっている。

主な任務は編集長。警視庁の広報誌「けいしちょう」とは別の機関紙、社内報ならぬ庁内報「桜《さくら》田本《だほん》」の編集に携わっている。この季刊誌は捜査活動に邁進する刑事たちを讃え、鼓舞する目的で発行されている。そのため、宝結は取材と称し自由に犯行現場に赴くことが出来た。一方、取材される現場捜査員たちも自分たちの賞賛記事とあって、また、良く書いてもらうためにも協力的な姿勢で対応する傾向にあった。

そして、宝結は取材の一環として遊軍的に事件捜査することも支援活動と認められており、しかも、その実績は高く評価されていた。いわば、警視庁内の事件記者、スクープ屋のような存在である。

加えて、宝結にはもう一つ特筆すべき役割があった。それはお清め。現場を清めることである。

彼は都内の由緒ある寺の四男坊であり、若いうちに得度して僧侶の資格を持っている。僧名は宝結。本名もまた宝結。代々、両方兼ねた名前を付けるのが白奥家の一族の慣習らしい。ちなみに、現住職の父親は大結《たいむす》、後継の長兄は天結《てんむす》であった。

そんな宝結にとって殺人現場に出来るだけ速やかに臨場し、経を唱え、場を清めることが大切な務めであった。事件関係者や周辺住民のメンタルケアをはかり、捜査協力を円滑化させることが目的だという。これは庁内の幹部からの要請らしい。が、宝結が吹聴しているだけで真偽のほどは不明。いつのまにか慣例化し今さら確かめようもない。ただ、宝結はいち早く現場に急行するための便利な口実として重宝していた。

今宵もまたそうである。宝結は捜査員達の間を縫って、死体の位置を確認する。そこから七、八メートルほど離れた位置に立つと、数珠を持って合掌し、ブツブツと経を唱える。

いささか異様な光景に周囲の一般人は戸惑いの色を浮かべる。が、現場が清められていることは充分に伝わっているようだ。

宝結は死体の方に向かって深々と一礼。コートのポケットから小さな革袋を取り出すと、中から塩を手のひらにこぼし、地面にそっと置く。盛り塩。

一方、鑑識の現場検証は完了するまでもう少し時間がかかるようだ。

そういう場合、退屈しのぎも兼ねて、お清めもロングバージョン。宝結はホトケを挟んで反対側の南へと歩き始める。

私は近付き、狼のような宝結の跳ねた後ろ髪を指して、

「少しは、らしく、したらどうだ。何だ、この半端な長髪。一応、仏に仕える身だろ」

「そっちはホトケを作る身だよな、殺し屋さん」

「おいおい、声がでかい。今はライターなんだからよ。でも、ライターに見えない、ってそう言いたいんだろ」

先回りして言ってやった。

私は宝結が編集長を務める季刊「桜田本」の契約ライターであった。それで、こうして取材と称して事件現場に同行しているわけである。

宝結は肩をすくめ、

「確かに和戸君はライターに見えないな。でも、医大崩れにはもっと見えない」

そう、私の実家は医院で、兄弟たちも皆、医者をやっている。かつて私も医大を目指したものだが、DNAの突然変異なのか才能は開花されず挫折した。ただ、長年、医学的環境に親しんだせいで知識だけは豊富に蓄積されていた。

皮肉なことにそれが今の「裏稼業」に役立っているわけであった。

宝結は一瞬、苦笑いを浮かべ、

「僕が遊軍刑事で君がフリーライター、あるいは破戒僧とヤブ医者、それが僕らの表の顔か……。まあ、謀《はか》り屋と殺し屋、Faker&Killerなんていう裏の顔にはふさわしいかもな」

「言えるな」

私は小さく頷いた。

裏の顔……、それは悪を制裁するマンハンターの顔。世の中に害をもたらす悪党たちを始末するのが我々の裏稼業である。

無論、我々の仕業だと世間に知られてはならない。いわば、闇に狩り、影に葬る、黒い清掃稼業とでも喩えられよう。

先ず、私がターゲットを殺害する。

そして、宝結が捜査を操り、別の犯人を仕立て、別の解決に導き、悪を一掃する。

事件の絵を描く殺し屋と事件の絵解きをする探偵のコンビネーションであった。

宝結は小さく溜息をつき、

「それにしても」

と一拍置いてから、皮肉交じりの口ぶりで、

「今回は幸運の女神に、いや悪魔に裏切られちゃったみたいだね。和戸君のターゲット、もう死んでたなんて」

私は痛いところを突かれ、いささか狼狽しながら、

「ああ、どこかの誰かが先にターゲットを殺っちまいやがった。仰天するやら悔しいやら、こんなこと初めてだぜ」

「毎度だったら、こっちの仕事が無くなるよ。おかげで計画が狂っちゃったし」

「あ、ああ、ミスっちまって悪かったな……」

声が先細る。

すると、宝結は私のミスが「初歩だよ」と言わんばかりに、

「チョンボだよ、和戸隼クン」

皮肉混じりに口走り、大きく肩をすくめてみせた。

さっき、死体発見の折、スマホ通話を切る直前、宝結が発した声「チョ」は今の台詞を言いかけたのだろう。

私は短髪頭をジョリジョリと掻きながら、傷心を誤魔化すように苦笑いを浮かべ、大きく舌打ちする。

宝結は立ち止まる。盛り塩をし、合掌。死体の方向に目をやる。鑑識の現場検証は完了したらしい。

数珠をポケットに仕舞うと、今度は名刺入れくらいの小さなプラスティック製のケースを取り出した。中でカラカラと音がする。そして、そのケースを顔の前で軽く振って、中身の白い錠剤のようなものを口に放り込んだ。これはペパーミントの刺激のタブレット菓子である。

この男、ほとんどメントール中毒なのであった。

ハッカやペパーミントに含まれる、あのスーッとする刺激成分のメントールが大好物、いや、依存症に近いかもしれない。そのため、常に数種のミントタブレットやハッカオイルなどを携行していた。

宝結は大きく深呼吸をする。メントールの強い刺激が体内を駆け抜ける清涼感を味わっているらしい。素早く瞬きを繰り返すと、大きく目を見開く。鋭い眼差しがさらに覚醒したかのように

輝きを強くする。

その視線をこちらに突き刺し、

「さあ、ここからは表の顔だ、和戸君、急ごう」

先ほどの毒舌が嘘のように爽快な口ぶりで言い放つ。そして、捜査陣の真っ只中へと早足で向かった。

私も慌ててその後を追う。まだ癒えぬ傷心と悔しさを引きずりながら。

4

宝結と私は死体の発見現場に歩み寄った。

公園の西寄りの位置、石畳の道がカーブして奥まっている。外周に木々が多く茂り、内側も灌木が重なって視界が遮られ、近くまで行かないと見えない。クチナシの植え込みと周囲の木製の柵、そこが現場だ。

その死体は四十分ほど前、私が見つけた時と同じ状況にあった。違うのは周囲の騒がしさ。さっきは私一人だけだったが、今は大勢の捜査員の熱気に包まれている。

宝結と私は彼らと目礼をかわす。

その中の一人、年配の男が近付き、塩辛声でからかうように、

「お清めと取材か」

「捜査支援も」

宝結が臆せず切り返す。

男は一拍置いてから、小さく頷き、

「まっ、よろしく頼むわ。難儀なホトケのようだからな」

眉間に深々と皺を刻む。そんな苦々しい顔で死体発見の経緯や捜査の進行状況などを語り始める。

この男は捜査一課の蓮東《れんどう》警部、我々とは顔馴染みである。

フルネームは確か、蓮東礼斗《れんどうれいと》。四十代後半、長身をくたびれた苔色のコートに包んでいる。昆布のように浅黒くてやたら長い顔。いつも眉間に皺を寄せ、苦虫の群れを嚙み潰したふうな表情を浮かべており、歯痛をこらえる馬を連想させた。

蓮東警部は悩みの種である死体を一瞥し、

「ややこしい現場になっちまって、死にたくなるような死体だわな」

ほとほと嫌気がさしたように指し示した。

宝結は死体に近付き、腰を屈め、観察を始めた。右手にはハンド・ルーペをかざしている。

その死体はやはり異様であった。

両膝をベルトでくくられ、木の柵に逆さ吊りにされている。擦り傷だらけの額。首にはシューズごと靴紐が巻かれ縛られている。

どう見てもマトモではない。いったい何があったというのだ？

約四十分前、初めて見た時もショッキングであったが、今もその印象は変わらない。何度見ても同じだろう。

宝結は一通り観察を終えて立ち上がり、尖った顎にルーペを当てながら、

「何とも、そそるなあ。犯人はどうしてこんな奇妙なことをしたんだろう?」

どこか弾んだ口ぶりで独り言を漏らす。

蓮東警部は逆に憂鬱そうな溜息を漏らす。それから宝結の手元のルーペを見て、

「あ、そうそう、犯人の奴、さらに奇妙なことしてたんだっけ」

と眉間の皺を深くし、

「おい、あれ」

後ろを振り向き、声をかける。

そこにいた男が数秒ほどしてから反応し、

「はあ、あれってこれ」

鈍重な口調で答えながら歩み出てくる。

このもっさりした男は蓮東警部の班の一員、阿口《あぐち》刑事だった。

三十代半ば、小太りの体型に握り飯のような顔が載っている。遠くを見るような目、少し開いたままの口、こいつ刑事として大丈夫なのか、と不安にさせられる。

阿口刑事は茫洋とした口ぶりで、

「あれってこれとこれ、ですよね?」

と、ビニール袋を二つ差し出した。

「ああ、それそれ、とっとと出せ」

蓮東警部は奪うように受け取る。そして、こちらに向けて突き出した。

この現場で採取された証拠物件である。一つ目のビニール袋にはレンズが入っていた。円形に近い楕円形のフォルム。

宝結は右手を差し出して受け取り、

「メガネのレンズ?」

「そう、ガイシャのメガネ、左目のレンズ」

そう言いながら、もう一つのビニール袋を掲げる。

その中には、メタルフレームの曲がったメガネがあった。真ん中の鼻に載せる辺りで内側に折られている。力ずくで曲げたのか、足で踏みつけたのか、左右がほとんどくっついていた。右側のレンズだけ残っている。

「メガネはそこに落ちていた」

蓮東警部は足元を指し示す。

死体の頭部から三十センチほど離れた地面、石畳の上に鑑識の番号カードが置かれていた。四十分ほど前、初めて私が死体に遭遇した時と同じ位置であった。

宝結が一方のビニール袋を指して、

「で、こっち、外れていた方、左側のレンズはどこに落ちていました?」

「口」

「口?」

「口の中、ガイシャの口の中だよ」

蓮東警部は険しい表情で言う。そして、ビニール袋で死体の口元を指し示した。

宝結は眼差しを鋭くする。好奇心に満ちた面持ちで、

「ガイシャの口の中にメガネのレンズが入れられていたんですか？」

確認するように問い掛ける。

蓮東警部は面倒くさそうに頷き、

「ああ、上唇の左の裏側と歯茎の間に隠れるようにあった、と検視官が言ってた」

「どうしてそんなことを？」

「俺に訊くなよ。犯人に訊けよ」

何だかヤケクソのように口走る。

そこにさっきから死体を眺めていた阿口刑事がのほほんとした口ぶりで、

「ホント支離滅裂な死体ですよねえ。首に靴ぶら下げて、口の中にメガネのレンズ、そして、頭で地面を踏んで、何て言うか、正月の福笑いの全身バージョン」

しみじみと夜空を仰ぐ。

蓮東警部が睨みつけ、

「おいっ、阿口、何くだらねえファンタジーほざいてんだよっ。死体で全身福笑いだとぉ、こっちは難題を抱えて泣きたいってのに」

と、相手のぷっくらした頰に両の拳を当てて、ゴリゴリこすって押し潰す。

「いてて、やめれ、私の顔が福笑いに……」

阿口が警部の両手を払おうと防戦する。

すると、そこにもう一人の声が割り込んでくる。若い女性がテキパキした調子で、

「はいはい、いいかげんにして。そんなことしている場合じゃないですよ」

幼稚園の先生が園児の喧嘩を収めるように、手際よく二人の男を分ける。

彼女も蓮東班の刑事。狩野《かのう》いずみ。

普段は名前の方で、いずみ刑事とかいずみちゃんと呼ばれている。二十代後半あるいは三十をちょっと越えているかもしれない。小柄でスレンダー。紺色のパンツスーツをまとい、アンパンのような丸顔にボーイッシュなショートカットがよく似合う。

ハキハキした口ぶりで、

「よけいな立ち話は後にしましょうね」

と、蓮東と阿口の両刑事の顔を交互に見ながら、

「報告・連絡・相談、ホウレンソウはシャキッと手早く簡潔に。せっかくの現場が冷めてしまいますから」

言い含めるように諭す。何だかスタッフを仕切るチェーン居酒屋の女店長のようでもあった。

二人の男は年下の女刑事に説教されて、バツが悪そうに小さく頷いている。シュンとしたところは幼稚園児そのものだった。

蓮東警部は長い顔を撫でながら、

「だいたい、こいつがいけねえんだよ」

と、顎で死体を指し示す。

「えっ、ホトケに八つ当たり」

私が思わず漏らすと、警部は口を歪めて、

「こんなわけの解らん死に様をさらしやがってよ。あ、そうだ、おまけにもう一つ」

そう言って、また振り向き、

「おい、あれ」

また、阿口刑事が数秒してから頷き、

「はい、これ……ですよね」

おずおずと差し出すビニール袋を蓮東警部が引ったくるように受け取り、

「ガイシャの上着の右ポケットにあった。ガイシャの指紋も他の指紋もまったくないから、おそらく犯人が入れたんだろう」

今度の証拠物件は小さな紙片だった。一枚のメモ用紙。角の近くに折り目が付いている。また、端の方にインクらしき紺色の染みが微かに付着していた。

そして、中央に黒いペンで記号のようなものが描かれていた。丸い形が一つだけ。

私は目を凝らし、

「○《まる》？」

「ああ、あるいは数字の0《ゼロ》、あるいはアルファベットのO《オー》、だな」

「何の意味？」

「だから、俺に訊くなってば。俺は刑事なんだからさ」

ほとんど自暴自棄の言い草だった。

私は笑みがこぼれそうになり、口元を引き締める。私のしたことがこんなに蓮東警部を悩ませるとは、ちょっと気の毒でさえあった。

そう、この紙片は私の仕業である。

さっき、いったん現場を立ち去る前に、仕込んだアレである。今はただの謎でいい。いずれ効果を発揮する時が来るかもしれない。常に万全の準備を施しておくのが我々の裏稼業のセオリーである。

私は密かに宝結の方へ目をやる。

宝結も目で頷き返した。仕込みを確認して了解した合図だ。

「わけの解らないことだらけの実に不可解な事件であるのは確かですね。けど」

と、宝結が話題を変えてきて、

「解ったことって、何かありますよね。死因とか」

「ああ、それくらいはな」

蓮東警部がしかめっ面で頷き、

「検視官の見立てによれば、死因は頭部を強く殴打されたことによる頭蓋骨骨折。一回では死に至らなかったようだ。後頭部と側頭部に三箇所、傷跡が残ってるよ」

「やはり、あれがそうか。うっすらと髪に血が付いてましたね」

宝結と私は念の為、死体の後ろ側に首を伸ばして致命傷の痕跡を確認した。

ちなみに死因は私の推測した通りであった。医学の知識はこういうところで活かされる。が、裏の顔を晒さないために余計な能力は隠すべし、ということで知らんぷりを通す。

蓮東警部は先回りするように、

「現場の状況から察するに殺害場所はここだと考えていいだろう。凶器があそこで発見されているしな」

　数メートル離れた灌木の繁茂する地面を指し示し、

「凶器はスパナだよ。微量だが血痕が付着していた」

　そう言って、傍らの阿口刑事の手からビニール袋を奪い取り、目の前に掲げる。

　中には長さ二十センチほどの銀色のスパナが入っていた。

「普通こんなもの公園に落ちてないだろうから、犯人が用意して来たものだろう」

「つまり、計画的犯行」

　警部は宝結の言葉に頷き、

「そういうことになる。しかし、まあ、このスパナ、あちこちのホームセンターや量販店とか、どこにでも売ってる安物のようだから、手掛かりとして期待できないだろうな。もちろん、指紋は検出されてないだろうし」

　忌々しそうに顔をしかめる。

「死亡時刻は？」

　宝結の問いに警部は舌打ちし、

「今、言うとこだった。検視時のだいたい一時間から一時間半ほど前、つまり、午後十時四十五分から十一時十五分が目安だそうだ」

　そう言って腕時計を軽く叩く。

　これも私の予想通りだった。

　ガイシャが殺害されて、早ければ約十五分後に私がその死体に遭遇したことになる。ほんの目と鼻の先で獲物をかっさらわれた気分。悔しさが改めて込み上げてくる。

　宝結が人差し指を掲げ、

「もう一つ」

「ああ、解ってる解ってる」

　と、蓮東警部は宝結の言葉を遮り、

「ガイシャの身元だろ。もちろん解ってるよ。財布も盗まれていなかったから、免許証ですぐ判明したよ」

　そう言って振り返り、いずみ刑事を呼んで、

「おい、頼む」

　いずみ刑事はきびきびと歩み出て、

「では、参ります」

　手帳を取り出し、メモした情報を読み上げた。

　被害者の氏名は田久保《たくぼ》賢造《けんぞう》。四十三歳。結婚歴はあるが、四年前に別居し、一人息子は妻側に引き取られている。「ＳＬＳ《ステップ・ライフ・サイエンス》研究所」の検査リサーチ室に勤務。この科学研究所は私立大学を母体に企業と共同出資で運営されている。

　確かに私が仕留めるはずだったターゲットに間違いなかった。

　続いて、いずみ刑事は被害者の身に付けていたものを列挙する。次の通り。上着の右ポケットに財布、三本の鍵の付いたキイホルダー、左ポケットに煙草とガスライター、胸の内ポケットにスマホ二台。ズボンの右ポケットにハーフサイズのコットンのハンカチ。

それらについて簡単な説明を加えてから、判明している今日の被害者の行動などを一通り報告してくれた後、

「今夜、この田久保賢造はパーティーに参加していたようです」

そう言って、木立の向こうを指差す。

公園に隣接する芝生と三階建ての洋館風の建物。この老舗レストラン「芳緑楼《ほうりょくろう》」の一階で催されたパーティーに田久保は参加していた。

蓮東警部が前に乗り出してきて、

「そこの参加者が死体を発見したわけだ。で、田久保の知人も呼び出してもらって、死体の確認をしてもらったよ。もはやパーティー気分なんて吹っ飛んじまうよな」

何だか嬉しそうに口元をほころばせる。

5

私は木立の向こう側、レストラン「芳緑楼」の方を眺めやり、

「事件のせいでパーティーもさらに賑やかになったみたいだな」

宝結は肩をすくめ、

「宴のちょっとしたアトラクション、って感じかな。いささか刺激が強すぎるが」

苦笑いを漂わせる。

芳緑楼の芝生には大勢の客がたむろし、木々の間から公園を覗き込んでいた。酔いが回ってい

るのか座り込んでいる者もいる。零時を回っているのにガヤガヤとざわめいている。深夜の野外イベントの真っ最中のようである。

宝結は口角に皮肉めいた笑みを刻み、

「ガイシャの田久保もあのパーティー客の一人だったわけか」

私はレストランに目を凝らし、

「結構な盛況ぶりで室内は人いきれで暑かったんだろうな。で、外に一息つきに出てくる客も少なからずいたってことか」

「ガイシャは芝生からこっちの公園に入ってきた」

「うん。いい環境だもんな。緑が豊富だし、なおさら飯も美味かったろうよ。羨ましいパーティーだぜ」

ヘンッと鼻息がつい漏れてしまう。

「けど、死ぬほど羨ましくはないよな」

と、蓮東警部が死体を横目で見ながら話に割り込んできて、

「けど、ちょいとご相伴には与《あずか》りたいわな。あのパーティー、出版記念の宴だったそうだ」

「へえ、何の本です？」

「赤坂のクラブの美人ママの自伝だかエッセイだかだそうだ」

なので、パーティーに参加しているのは主にクラブの常連たちであったようだ。総勢百五十人くらいが集まったらしい。ママの人気振りが窺える。また、そうした客層なので、日頃の時間帯に合わせて、パーティーの開始時刻は午後八時からといささか遅めに設けられていた。

パーティー会場の「芳緑楼」はママの義弟が経営者の一人らしい。だから融通をきかすことが可能で、通常ならば定休日のところを利用して、店全体が貸切状態となっていた。

「ホント羨ましい宴会だよ」

と、蓮東警部は嘆息し、

「十一時頃いったん中締めをやって、終電の都合とかで帰る客も結構いたらしいけど、まだ、あれだけ長っ尻の連中がいたんだからな」

宝結は木立の向こうに目をやり、

「しかも、今は事件のせいで足止め食らってるわけか」

「まあな」

何だか意地悪げな笑みを浮かべる。

「しかし、殺害現場はこの公園なんだから、犯人はパーティーとはまったく無関係の人間である可能性もある」

「ああ、可能性は半々だよ。解ってる」

と、警部は不機嫌そうに頷き、

「それに時間が時間だけにパーティー客全員を引き止めるわけにはいかないしな。一応、名前と連絡先を控えてから、解放してるよ。それでも物見遊山なのか居残ってる連中がいるんだよな。今にタクシーの行列が出来るぜ」

そう言って、干しコンブのように長い顔をしかめる。

「パーティー客の中でもガイシャの親しい知人や友人はまだ残っていますよね？」

「ああ、さっきまで俺も相手してたし」

警部がキョロキョロと見渡す。

狩野いずみが素早く割り込んで、

「もちろん帰ってませんよ。死体の身元確認をしてもらった人たちはまだ待機してもらってます。あちらです」

五メートルほど先、水道場近くの小さな建物を指し示す。

公園の管理事務所らしい。交番二つくらいの大きさで、コンクリート壁の平屋建て。左半分は清掃用具などを仕舞う物置であった。もう半分がスタッフの休憩室でベンチと机が置かれているだけの簡素な部屋。普段、夜間は使用されていない。なので、取調室の代わりとして場所を提供してもらった。

開いた引き戸の向こう、天井灯の明かりに数人の姿が浮かび上がっていた。

蓮東警部はいずみ刑事に小さく頷き、管理事務所の方を顎で示した。宝結と私をあっちへ連れて行け、というサインらしい。そろそろ相手するのが面倒になってきたのだろう。

いずみ刑事はすぐさま察して、

「こちらです、どうぞ。まだ事情聴取もたけなわですし、さあさあ」

まるでチェーン居酒屋のバイト店員のようにテキパキと我々二人を先導してゆく。

管理事務所のベンチには三人の男が腰を下ろしていた。その周囲に数人の刑事が立ち、質問を投げかけている。我々は顔見知りの刑事に目礼する。

いずみ刑事は小さく敬礼し、

「では、ごゆっくり」

と、蓮東警部の内心の伝言を我々に告げて、自分の持ち場にさっさと引き上げて行った。

それから数分して、ベンチの周りの刑事たちも立ち去る。我々の番だ。事件関係者への事情聴取は異なる捜査員達によって幾度も行われる。繰り返すことによって、情報の聞き漏らしを防ぎ、また、矛盾点の発見にも繋がるからである。

その分、聴取される方は実に煩わしいだろう。何度も同じことを喋らされてうんざりするばかりである。

ベンチに座っていた男たちも三人三様に疲労の色を浮かべていた。

宝結は素早くポケットからミニケースを取り出し、ミントタブレットを口に入れる。スーッと息を深く吸い、瞬きを繰り返す。眼差しが鋭い輝きを放つ。

そして、前に歩み出ると、口角を少し歪め、

「お疲れとは存じますが、こちらも仕事でして、しばしおつきあいを」

自己紹介では名前だけを告げ、ややこしい部署名も肩書きも説明しない。それは私の紹介に関しても同様。とにかく二人まとめて刑事、そう思わせておく。毎度のことだ。

三人の中でベンチの左側に座っているのが、菊島勇《きくしまいさむ》。免許証によれば現在、三十九歳。食品メーカー「冠羽《かんば》フーズ」に勤務。ジャケットの襟にはアルファベットのKに翼をあしらったデザインの灰色がかった社章を付けていた。

この会社は製薬会社「冠羽製薬」の系列で健康食品やサプリメントを主力商品にしているらしい。

菊島はそうした商品をプランニングし、製造を手掛ける製品企画開発部の次長であった。殺害

された田久保とは仕事関係の繋がりから親しくなったという。

「うちの開発中の製品は田久保さんとこ、ＳＬＳ研究所で効能検査やデータ照合などいろいろお世話になることが多いですからね。足向けて寝られませんよ」

菊島は熱っぽく語る。

この男、何かと力む癖があるようだ。普段からそんな調子らしい。いちいち拳を握り、肩をいからせ、顔を突き出してくる。日焼けサロンで焼いたような浅黒い顔に大きな目をさらにギョロリと剝《む》いて喋る。近くにいるとやたらと暑苦しい。

体質なのか、実際、額や首筋に汗をかいている。既にスーツの上を脱ぎ、シャツの袖をまくっている。ネクタイも外し、バンダナのように頭に巻いていた。

その妙な熱気に宝結が顔をしかめながら、

「なるほど、田久保さんとは親しかったようですね。『グレース』でしたっけ、赤坂のクラブにも一緒に行っていたとか？」

「はいっ、もちろん」

と、激しく頷きながら、

「今日のパーティーも待ち合わせをして、一番乗りしてやろうって、二人で意気込んでいたんですよ。他ならぬグレースのママの出版記念ですからね。でも、田久保さん、別居中の奥さんから急用があったらしくて遅刻しちゃって、俺らが入ったのは開場の十五分後でしたよ、クソッ！」

拳で膝を数回叩く。痣《あざ》が出来そうなくらい強い叩き方だ。

宝結は一瞬眉をひそめてから、

「パーティーでは田久保さん、どんな様子でした？」

「どんなって言われてもね、ずっと一緒だったわけじゃないですからね。あの人も色々と話したい相手がいたでしょうし」

「仕事関係の人とか？」

「クラブの贔屓の女の子とかね」

　と、菊島は大仰にウインクしてから、

「それに、田久保さん明日から長期出張でしたからね。いろいろと名残惜しいでしょうし」

「長期出張？」

「そう。北海道の稚内《わっかない》にある系列の研究所にね。本当は別の同僚が赴任するはずだったんだけど、三日前、足の骨折で入院しちゃったそうで、急遽、田久保さんにお鉢が回ってきたという話ですよ。同僚が復帰するまでなんですが、ほとんど代理赴任だって田久保さん、ブツクサ言ってましたよ。そんなだから、今晩のパーティーはよけいに楽しみだったみたいですよ。当分、ママさんや女の子たちとも会えませんし、稚内でグレースみたいな店、期待できませんし」

「なるほど。そもそも、グレースという店を紹介したのは菊島さん？」

　菊島は首を横に振り、

「いえ、逆です。俺が田久保さんに連れて行ってもらったのが最初です」

「その分、田久保さんの方が馴染みだったわけか」

「いや、だからって、俺だって負けませんよ」

　妙なところで意気込んでみせる。

そして、脇に置いていた手提げ鞄から半透明のプラスティック製の小箱を取り出す。ピルケースだった。剝き出しの錠剤が数種入っていた。菊島はビタミン薬らしき錠剤を手のひらに載せると口に放り込み、両の拳を顔の前に掲げ、大きな目をギラつかせる。

そこに横から声が入ってきた。

「田久保君をグレースに連れて行ったのは私ですよ」

そう言ったのはベンチの真ん中に座る四十代半ばの男だった。

羽賀伸之《はがのぶゆき》。医大受験専門の予備校で薬学の講師を務めている。

ヌーボーとした面立ちに鉛筆でサッと横線を引いたような細い目。血色が悪く、表情に乏しいため、デスマスクを連想させる。全体の雰囲気も陰気である。

しかも、腹がぽっこりと出ていて、何やら水死体が喋っているようで薄気味悪い。左腕にいかつい装飾過多の外国製の時計をしている。

そんな羽賀が出っ腹をさすりながら、抑揚の無い声で、

「四年前でしたよ、私がまだＳＬＳ研究所の所員だった頃、田久保君を赤坂界隈へ遊びに連れて行ってやって、グレースはその一軒でした」

二年前まで羽賀は田久保の同僚だったという。

宝結は訊いた。

「今夜、田久保さんと会うのは久しぶりだったわけですか？」

「いや、たまに、グレースで顔を見かけましたからね。顔を見れば挨拶くらいしますよ。つい一昨日だって、田久保君が突然の単身赴任だってヤケ酒で荒れてるところに出くわしたし」

何の同情も見せず淡々と語る。

「今夜のパーティーは一人で？」

「いや、こちらと」

羽賀は右隣りの男を指し示す。

三十代半ばの紺色のハーフコートにスーツ姿の男だった。

毛利泰平《もうりたいへい》。カモのように口元が突き出ているのが特徴的だった。どこか世をすねている印象を受ける。いつも不服なので、そういう顔つきになってしまったのかもしれない。実際、今もふてくされたような表情を浮かべている。

名刺には「冠羽フーズ セールス推進部」と記されている。ジャケットの襟元には菊島と同じ社章を付けているが、菊島のものより汚れが薄く、淡い銀色の輝きを放っている。

「ああ、菊島さんと同じ社ですね」

宝結が確認すると、毛利は不機嫌そうに、

「ええ、三年下です。でも、部署が違いますよ。あちらは頭を使って製品を作る側、こちらは頭を下げて売る側、頭の使い方が違うんですよ」

そう言って、いじけたように唇を尖らせていた。

すると名指しされた当の菊島が浅黒い顔を向けてきて、

「おいおい、毛利、営業マンのくせして、だから、お前、ダメなんだよ。そんなシケた顔つきで頭下げても、営業になんないだろ」

「はあ、こんな顔つきは親譲りですから」

「ったく。そんな調子じゃ客筋が増えないっていうんだよ、ああ、ダメだダメだ」

菊島は首を激しく横に振る。頭に巻いたネクタイがブルンブルンと宙を切っていた。

隣に座っていた羽賀が菊島のネクタイをよけながら、相変わらずのデスマスクの表情のまま、

「そう、菊島君の言うように、毛利君は人脈を広げないとね。だから、今夜のパーティーに誘ったんだよ」

「まあ、お心遣いに感謝しますけど」

と、当の毛利は仕方なさそうに小さく頭を下げてから、

「クラブのこともママのことも知らないのに、会場に入るなり、本を買わされちゃって」

そう言って、小ぶりなショルダーバッグから赤い表紙のハードカバーを出してみせる。例のママの自伝らしい。タイトルは『愛して咲かせて赤坂あまえ酒』。

「これ、経費で落とせそうもないし」

不服そうに溜息をついた。

羽賀は抑揚の無い口調で、

「その本を買ってもらうのも君を連れてきた理由の一つだからね。売り上げに協力してくれとママから頼まれたのだから」

眉一つ動かさず、当然のように言った。

それに追い討ちをかけてくるように、菊島が頭に巻いたネクタイの端を摑み、ペンで書く仕草をしながら、

「ママにサインしてもらったろ、良かったじゃん、毛利」

「えっ、いや、買ってすぐ荷物置き場にショルダーバッグと一緒に置いちゃったから」

パーティー会場内には荷物を置いておくためのテーブルやコート掛けが設けられていたという。仕事の資料の入ったアタッシェケースは店のクロークに預けたが、本はそれほどの貴重品ではないので、パーティー会場内の荷物置き場の方を利用したらしい。

菊島がチッと舌打ちして、

「ったく、サインしてもらわない上にぞんざいに扱ってさ、だから、ダメダメなんだよ、お前は」

「だって、本持ってたら、手がふさがるし」

口をスポイトのように尖らせる毛利に対して、菊島はネクタイを振りながら、

「人脈作りが大切ってさんざん言われてるんだろ。折角のチャンスを生かさないとさ。パーティーではいろんな人に会えたろ。ほら、それこそ、SLS研究所の田久保さんにも会えたし、ギリギリで」

「ギリギリって、死んじゃったんだから、もはや人脈じゃないし」

毛利は困惑の面持ちで首を傾げる。

すかさず宝結が口を挟み、

「毛利さんは、田久保さんとは初対面?」

「ええ、今夜初めてご挨拶して、その三時間後に死体確認なんて」

毛利は溜息交じりに答え、さらに唇を尖らせた。

宝結は質問を続ける。

「田久保さんに挨拶したのはパーティー会場で?」

「はい。あ、いえ、正確には会場の隣のラウンジ」

毛利は言い直した。

パーティー会場の出入り口の脇にラウンジルームがあり、ソファとテーブルのボックス席が複数設けられているという。喫煙や休憩、また、会場内の騒がしさを逃れて商談などをするためのエリアであった。

「俺もいたよな」

と、菊島が勢い込んで手を挙げる。浅黒い額に汗を滲ませながら、

「というより、先に田久保さんと俺とがボックス席で話してたんだよな。あの人、やたら煙草吸うから参ったよ、俺みたいに健康第一主義の禁煙家にとっちゃな。そんな焼き鳥屋みたいな煙まみれの時、カモみたいな口のお前が来たんじゃないか」

「はあ、そうでした。カモは余計ですが」

と、毛利は口を尖らせたまま頷き、

「羽賀さんに連れて来られたんでした。田久保さんを紹介するからと」

羽賀はデスマスクの無表情で毛利に頷き、

「折角、名刺交換したのにな、ギリギリで」

宝結が三人の顔を見回し、

「死体確認をされた皆さんがそのボックス席で田久保さんの生きている姿を見たわけですね」

「私たちの他にドクターもいましたよ」

と、羽賀がぼそりと言った。

「ドクター？」

「医師の楠枝《くすえだ》さん。ドクターXと呼ぶと喜びますよ」

「そのドクター楠枝さんもあなたと一緒にボックス席に」

「あと、ドクターの連れの女の子も、グレースのホステスさん」

「なるほど、皆さん五人が田久保さんと話をされていたわけですね」

宝結は確認するように順に五本の指を折ってゆく。

「よお、俺のこと、呼んだあ？」

男のダミ声が飛び込んできた。

6

その男は引き戸に寄りかかるようにしながら室内に入ってきた。酔っていて足が覚束ない。

「噂をすればドクターX、か」

と、羽賀がデスマスクの細い目を向けた。今、話に出たばかりの医師である。

楠枝渡《わたる》。五十代前半だろうが、それより若く見せようとしている。オールバックの艶やかな黒髪は明らかに染めている。エラの張った大きな顔は倣岸な感じで、面の皮も厚そうだった。鼻の穴も大きい。酔って呼吸が荒いせいか、その鼻の穴がむやみに伸縮を繰り返していた。

縦縞のスーツの袖や襟にパーティーの食べカスらしき汚れが付いている。そのくせ、右手の中指には大ぶりのトルコ石の指輪を二つ嵌めていた。

アルコールとヤニ臭い息を吐きながら、

「おっ、刑事さんだね、ご苦労さん。犯人の目星はついたかな?」

と、宝結に向かって首を傾げてみせる。それから突如、背筋を伸ばして大きく目を開き、

「実はね」

右手の指で自分の両目を吊り上げながら、

「犯人というのは何を隠そう、この俺なのさ！　ギョエーッ！」

凶器に見立てたスマホを高々と上げて振り下ろし、殺人シーンの真似をしてみせる。が、

「なんてね」

と、ぎごちなく片目を瞑ってから、急にふてぶてしく顎を上げ胸を張り、

「それどころか、さっき、死体の死亡確認、最初にやったのはこの私だからね。ご苦労さん、って警察に誉められたんだよ。覚えてる?」

「ああ、同僚から聞きましたよ。検視官が来る前に瞳孔や脈を診てくれたそうですね。酔ってるのに医師の本能ですかね」

宝結が皮肉交じりに言うと、楠枝は照れたのか赤い顔をさらに赤くし、

「酔ってても死因と死亡推定時刻、当たったみたいだし」

自慢げに鼻の穴を広げる。そして、振り向き、

「なあ、見たよな、俺の検視ぶり、なかなかのもんだったよな、ねえ、ユイちゃん」

急に甘ったるい口調になる。

ユイと呼ばれた小柄な女が引き違い戸の陰から現れた。さっきの話に出ていたグレースのホス

テス嬢らしい。妙に甲高いアニメ調の声音で、

「センセー、ちっとはおとなしくしてっ！」

尖った言葉を投げつける。

楠枝は眉を下げ、弱気な声になり、

「いやあ、こういう現場では何かと医者の力が必要でさ」

「必要なのは自分の治療でしょっ！　少しは酔いを醒ませってば！　さっきは担架で寝ようとするし、死体をさしおいてさ」

頬を膨らませ、睨みつける。

楠枝はバツが悪いのを誤魔化すように作り笑いを浮かべると、羽賀の方に顔を向けて、

「なあ、ところで、さっき刑事さんに何を訊かれていたのさ？」

話の輪に加わろうとしてくる。

「事件のこと、被害者の田久保君のことに決まってるだろ」

羽賀がデスマスクの表情のまま淡々と答える。

宝結がようやくさっきの話に戻り、

「皆さんが田久保さんとラウンジのボックス席で話をされていたんでしたっけ」

楠枝は鼻息を荒くして頷き、

「ああ、あの時のことね、俺もいたいた。もちろん、ユイちゃんも、ね」

「勝手にさわんなって」

ユイはハンドバッグで楠枝の手をはたきつける。

「あ、そうだ」

と、菊島がけたたましい声をあげ、汗ばんだ浅黒い顔を突き出してくる。大きな目を好奇心に輝かせながら小指を立てると、

「あの時、田久保さん、ママを呼ぼうとしたんですよね。ソファに六人座っていて、何かグレースみたいだから、ママを呼ぼうって」

羽賀が冷ややかに頷き、

「無理だよって言ったのにな。なんせ、ママは今夜のパーティーの主役なんだからさ」

「スマホでわざわざラウンジのボックス席まで呼びつけるつもりだったんですよね」

「田久保という男、自分を大きく見せるのが好きだったからな。見てくれが小柄だから余計にそうなのかも」

菊島は頭に巻いたネクタイの端を握り、電話のようにして耳に当てながら、

「でも、いざスマホを出して、かけようとしたけど、何と折り悪くも故障ときたもんだ、ああ、カッコわりぃ」

そう言って、ネクタイを指先でブラブラと振ってみせる。

羽賀が小さく頷き、

「最初、そこにいた全員で田久保のスマホを調べてやったけど、でも、結局、故障は直らなくて残念だったな。特に菊島君は熱心にあちこち調べてくれたのに」

菊島はネクタイで目を押さえながら、

「いやあ、田久保さんの目が潤んでたもんだから、あっさり放棄したら泣き出すんじゃないかと

やめるにやめられなくなって、つい」

「その後でこっちに振らないでくださいよ」

毛利は尖らせた唇をひん曲げる。

ドクター楠枝が酒臭い息を放ちながら、

「そんなだったからさ、俺のスマホ貸そうか、って言ってやったのに、田久保の奴、もういいよ、なんてスネちまったしな」

羽賀は紙のような無表情で、

「そういう奴なんだよ、田久保君は。ここぞと見栄張ろうと勢い込んでいたから余計に、な」

菊島はネクタイで口元を押さえながら、

「かなり恥ずかしそうにしてましたし。だから、みんな内緒にすることに」

羽賀は頷き、

「もう一つのスマホを使えよ、って言ってやろうかと思ったけど、人前だからな」

「あ、あれですね。赤い方のスマホ。家族専用の、というより、別居中の奥さんとのホットラインの、ああコワッ」

そう言って菊島は額の汗をネクタイで拭い、

「いつか、グレースでその話題で爆笑してたら、ママに叱られましたっけね」

「人にはいろんな事情があるんだから、とな。まあ、その通りだが」

羽賀が出っ腹をさすりながら頷く。

宝結が眼差しを鋭くし、

「田久保さんのジャケットの内ポケットから黒いのと赤いのと二台のスマホが見つかったと報告されていますが、なるほど、一つはそういう家族専用のでしたか」

菊島は大きな目をギョロつかせ、

「キツイ奥さんみたいですからね。だから、妙な通話履歴をうっかり残せないし、ましてやクラブの女の子とのなんかね」

大仰に肩を震わせてみせた。

羽賀はデスマスクのような無表情のまま、

「結局、田久保という男、身も心も人生もちっぽけな人間だったのかもしれないな」

冷たく突き放したようにまとめる。

すると、楠枝が酒臭い息を白くして、

「おいおい、ホトケさんに向かってちっぽけな人間って冷たいなあ」

そう言いながらも、エラの張った顔をほころばせている。そして、寒そうに肩をすぼめると、

「あれ、コート、どうしたっけな？」

「クロークですよっ」

と、ユイが舌打ちし、

「私の荷物と一緒に預けたでしょっ」

「あ、そうだったよな、そうそう、１００番だったたっけ」

楠枝は手をズボンのポケットに突っ込み、プラスティック製の白い楕円形の札を取り出した。クロークの預かり証である。両面に大きく「１００」と黒く記されていた。

ユイはその番号を眺め、肩をすくめると、

「縁起がいいって、いったいどこがよ。殺人事件に出くわしちゃってさ」

吐き捨てるように言い放つ。そして、楠枝の背をバッグの角で小突きながら、寒々しい管理事務所から出て行った。

それから、十分ほどで質疑応答を終えると、我々もこの部屋を後にする。

すこぶる難儀な事件になりそうだった。しかも、背負う苦労は表稼業だけではない。

何よりも、裏稼業の方の立て直しを図らねば……。

ACT2 DISPOSITION

7

現場検証と初動捜査で徹夜明けとなった朝、八時半を回った頃、私と宝結は港区の虎ノ門に足を運んだ。

二人ともさすがに目が充血している。が、裏の仕事柄、私は体力に自信があり、朝の寒気が眠気覚ましに心地いいくらいだ。白い吐息もリズミカルである。

宝結は散歩でもしているような呑気な足取りであった。ミントタブレットをカリカリと嚙み砕いている音が微かに聞こえてくる。

虎ノ門の目的地は或る料亭であった。ここは大手企業や政界の客筋も多い。警視庁の上層部にも利用されている。石塀に囲まれた、大きな瓦屋根の棟が二つ連なった、武家屋敷のような外観であった。

朝っぱらから、我々二人がここを訪れたのは、接待を受けるため、であるはずがない。夜でもそれはあり得ない。そもそも、客としてまともに敷居を跨いだことなどない。

いつも仕事のためである。

今朝は会議のためであった。議題は「殺し」。

この料亭を経営する若い女将は仕事仲間である。裏の仕事のチームメイトであり、いつも、この三人でミッションを遂行しているのだった。

笹と石畳の表口の前を横目に見ながら通り過ぎて、裏へと回り、勝手口のさらに脇、通用口の引き戸を開けて中に入る。

狭い三和土《たたき》で靴を脱ぎ、廊下に上る。まだ静かだった。壁や天井の羽目板から木の香りが漂う。薄暗い廊下の角を二つ三つ曲がり、奥へと進み、突き当たりの部屋に辿り着いた。

女将専用の休憩室だった。いかなる従業員たりとも立ち入りが許されない。そして、我々のいつもの会議室であった。

牡丹《ぼたん》の模様が彫られた檜板の引き戸。七つの花模様のうち一番上の花に宝結が手をかけて下に引く。花びらの一つがズレて、四角い窪みが現われる。そこに隠されたボタンを押すと、三秒ほどして、花芯の中央が一瞬小さく光った。「どうぞ」の合図。扉のどこかにカメラが仕込まれた秘密のインタフォンである。続いてロックの開錠される微かな音。

宝結が牡丹の花びらを戻し、引き戸を開けて、中に入る。そして、若女将に向かって、

「たまには早起きも気持ちいいもんだろ、智恵《ちえ》ヒメ」

皮肉めいた冗談を交えて挨拶を投げる。

私も続いて中に入り、

「朝の陽光は美容にもいいらしいぜ、って、智恵ヒメには必要ないよな」

笑顔を向けて、大きく頷いてみせる。

宝結も私も彼女のことを、女将ではなく智恵ヒメと呼ぶのが慣わしになっていた。見た目が若々しくて女将というより「姫」のイメージが強く、下の名前が智恵であるからだ。また、我々の裏稼業としては、ダークサイドの悪しき敵と戦う「スター・ウォーズ」のレイア姫にもなぞらえている。

そんな智恵ヒメこと若女将は部屋の奥で背筋を伸ばして正座し、涼やかな顔で我々を迎えた。

「お早う、皆さん。でも、お気遣い無用よ。私はいつも通りだから」

凛とした声が響く。顎を少し上げ、

「毎朝、六時には起きてジョギングで一汗かいてるからね」

私は口を挟み、

「じゃあ、ついでに合気道の体捌きの稽古や、剣道の素振りも、か」

「その通り。女将イコール夜型なんて決めつけないように。先入観は皆さんらしくないし、我々の仕事柄とても危険よ、そう思わない?」

刺すような言い方だった。

私は思わず短髪頭をカリカリ掻いて、

「失敬。仰せの通り、だな」

そう言いながら、額を二度ほど平手で叩いてみせた。

宝結は面白がっている様子で、

「智恵ヒメ、相変わらず武芸の心得、達者で結構だね」

「いえいえ、宝結さんのタップダンスほどでは」

「僕のは大したことないさ。体内時計のネジを回すようなもんだよ」

そう言って、畳の上で素早く足を動かし、数回タップを踏んでみせる。

タップダンスは宝結の趣味の一つだった。あるいは、習慣とか癖のようなもの。思考に没頭する時や、逆にリフレッシュやリラックスしたい時、タップを踏むのであった。

宝結は足の動きを止め、

「それにしても早朝から随分と健康にいいことやってるんだな。仕事の反動か？」

「それ、表と裏と、どっちの仕事よ？　まあ、どちらも命を削る仕事よね。自分の命か、他人の命か、そこだけ違うけど」

含み笑いをしながら言う。艶っぽさの中に毒気を忍ばせていた。

普段から彼女は開けっぴろげな物言いをするタイプだった。言いたいことをズバズバ言って、その分、さっぱりしている。湿ったところを見せない、男っぽい性格であった。だからこそ、料亭を切り盛りする女将としてやっていけるのだろう。

さらに、他にも蕎麦屋、ティールーム、居酒屋など複数の飲食店を経営している。女将の才覚がそのまま活かされているようだ。私や宝結よりも若いのに大したものである。

歳は三十代前半であろう。時にはもっと若く見える。レモンのような顔立ちに肩にかかる漆黒の髪がよく似合う。切れ長の瞳は涼やかで鋭く、目が合った相手の動きを止めてしまうような力があった。すらりとした身を結城紬で包み、滑らかで魅力的な曲線を描いている。さすがに慣れた着付けだった。

「それにしても、朝のティータイムに殺しの打ち合わせなんて世間はどう思うかしら」

智恵ヒメはポットの湯を急須に注ぐ。

この部屋は八畳間で中央に座卓が置かれ、奥に小ぶりな箪笥があるだけの随分と簡素な様相であった。左側の障子に庭の木々のシルエットがぼんやりと浮かんでいた。天井近くの明かり取りの窓から冬の淡い陽光が差し込み、外の枝葉が揺れるとその影が壁にチラチラと躍る。

私と宝結は座卓を挟んで智恵ヒメと向き合い、座布団を並べていた。

智恵ヒメは急須を傾け、

「やはり、今回のミッション、仕立て直す必要がありそうね」

淡々と言いながら緑茶を注ぐと、二つの湯呑みを我々の前に差し出した。

宝結と私は同意を示して頷く。

今回の計画の立て直しの検討、それが議題であった。三人で腹蔵無く意見を交わす必要がある。チームの連携プレイを円滑に進め、仕事を着実に遂行するためだ。

我々の稼業、それはこの世にはびこる悪の制裁。

特に、法の網をかいくぐる卑劣な輩や、司法に任せては刑罰の軽すぎる罪人など、公的な力では完全に裁き切れないターゲットを処刑する。そして、その殺人を事件に仕立て、警察の捜査に介入し、我々ではない「新犯人」を提供して、悪の巣を壊滅させる。

いわば、殺人事件の発端から決着までフルコースのシナリオと演出を手掛ける。犯人イコール探偵のオールラウンドプレイと言えよう。

これらの段取りによって悪を制裁することを「血裁《けっさい》」ないしは「血裁する」と言う。

また、こうした我々の裏の仕事全体を総じて「死ゴト」と呼び、時に「ゴト」と略される。

ちなみに我々三人それぞれの役割は次のようになっている。

先ず、殺しのターゲットを見つける、或いは、殺しの依頼を受けるなど、仕事を仕入れるのが智恵ヒメの役割。つまり、胴元のような立場だ。この裏社会には他にもこうした胴元が複数存在する。智恵ヒメは付き合いのある同業者からターゲットの情報をもらったり、殺しの仕事を頼まれることもあった。当然その逆のケースもある。

ギャランティに関しては他の胴元や、彼らの紹介による依頼人から供される場合と、もう一つ、智恵ヒメ自身が依頼人というボランティア的な場合とがある。いずれのケースにせよ、宝結と私への報酬は智恵ヒメから支給される。その意味でも、彼女の立場は極めて重要であった。このように殺しの仕事を仕入れ、管理する胴元の任務を、「死入れ」と呼ぶ。

次に智恵ヒメから私と宝結へと仕事が降ろされる。

私の役割はもちろん殺し屋。犯人である。密かにターゲットを殺害し、事件現場を構築する。この任務を「秘殺」と呼ぶ。

ちなみに、秘殺の遂行中は宝結も智恵ヒメも緊急の連絡や出動要請に対応できるような態勢を取っている。昨夜、私がすぐに宝結と連携できたのはこのシステムのおかげだ。

そして、事件を仕上げるのが宝結の務め。探偵の役割である。狙い通りの解決を演出するために、事件全体の構図をプランニングする。私がターゲットを秘殺する際の殺害方法や、現場に置く手掛かりも宝結のプランに従ったものである。そして、宝結は警察の活動に加わり、捜査を操り、仕立て上げた犯人の指摘、及び、謎の解明というエンディングを披露する。このように事件を思い通りに導く探偵の任務を「操査」と呼ぶ。

これらの各パート「死入れ」「秘殺」「操査」が連携されて、我々三人による「血裁」の「死ゴト」は成り立っているわけである。

今回の「死入れ」は智恵ヒメが他の胴元から情報を得て興味を抱き、自らが依頼人となり、引き受けることを決めたパターンであった。

「計画を立て直すにあたり、先ず、今回の『血裁』を実行するに至った事件背景を整理しておいた方がいいわね」

智恵ヒメがそう口火を切って、解説を始める。

8

「ことの起こりは昨年の事件だったわね」

智恵ヒメが語り始める。

食品会社「冠羽フーズ」が開発中のサプリメントの実験データを偽装したという事件が起きた。私立大を母体とした研究法人「ＳＬＳ研究所」のスタッフを買収し、都合のいいようにデータを改竄させていたのである。特に副作用に関して重大な偽装があったという。しかも、行政への届出が必要な医薬成分を含んでいることも隠蔽していた。こうした誤ったデータのまま市場に出回れば、摂取の仕方次第で人体に及ぼす影響が見過ごせない。使用者の体質によっては著しい危険が及ぶ可能性がある。

この件は内部告発によって露見し、結果、ＳＬＳ研究所の担当スタッフの男が解雇された。この研究員は豊中和哉《とよなかかずや》という三十代の若い男で、将来の道を断たれ、絶望に陥ったらしい。そして、自暴自棄になり、冠羽フーズ側の窓口だった女性社員、麻生千草《あそうちぐさ》を刺し殺し、また、その場で自らの喉をかき切って、無理心中を遂げてしまった。

二人は上層部の指令でデータ偽装を行ったと推測されるが、事件が露見するや、麻生千草は関与を否定し、男女関係があったらしい上司は彼女を庇護した。そして、豊中和哉だけが罪を負わされる窮地に追いやられ、前述の通り悲劇的な結末へと至ることに。ちなみに彼は麻生千草に思いを寄せていたと噂される。

「結局、この若い二人の死で事件は幕を下ろしてしまったわけよね」

と、智恵ヒメは顔をしかめ、

「最初から最後まで冠羽フーズもＳＬＳ研究所も上層部は知らん振り。豊中和哉と麻生千草が勝手にやったことだと若い二人に一方的に罪を押し付けて、自分たちは知らぬ存ぜぬを通し続け、ひたすら保身に走った。データ偽装を指示したという具体的な証拠も残ってないし、というか、つまり、既に隠滅されていた」

「そして、悪運よく、死人に口なしとなったし」

宝結が口角を歪めて呟く。

「そう、悪運の女神が微笑んだのよ、あいつらに。そして、トカゲの尻尾切りで事件は幕引きとなり、あいつらは卑劣にも自らを守り抜いた。若い二人の屍を踏み付けて、あいつらはのうのうと生き延びている。でも、いつまでもそのままにはさせておかない。今度は私の中の女神が微笑む番だからさ」

ナイフのように鋭利な口調で言うと、冷たい笑みをよぎらせた。

宝結は湯呑みを口に運んでから、

「ああ、トカゲの尻尾切りが上首尾に済んであいつらはホッとしたろうよ。特に冠羽フーズ、あそこは三年前にも不祥事があったらしいな」

「そう、健康食品の成分に関するトラブル。それで経済的ダメージを受けたはずよ」

「だから、昨年の件はいち早く終息させたかったんだろう」

「ええ。昨年の偽装データ事件の速やかな終焉は連中にとっては大助かりだったはずね」

「そんなだから、あいつらは自己保身に懸命だったのさ。泥足で犠牲者を踏みつけてな」

「そんな奴ら、許せるはずないわね」

「制裁しなければならない。それで、あの上層部の二人を今回の『血裁』のターゲットに定めたという経緯だったな」

「ええ。一人はＳＬＳ研究所の研究員・田久保賢造、もう一人は冠羽フーズの商品企画開発部次長・菊島勇」

智恵ヒメはそれらの名を告げる時、宙を睨みすえた。そこに彼らの顔があるように。

私は昨夜の犯行現場と初動捜査のシーンを思い出していた。

逆さ吊りになって殺されていた田久保賢造の死に顔。

もう一人、事情聴取の際、やたら力んだ言動を見せていた菊島勇。日焼けサロンに通っているらしい浅黒い顔にネクタイを鉢巻にした暑苦しい姿が記憶に焼き付いている。

こいつらがターゲット……。

「二人のターゲットのうち、昨夜は田久保を秘殺する計画だった。でも」

と、智恵ヒメは手刀をヒュッと切り、

「それより前に田久保は何者かによって殺害されてしまった。残念ね」

小さく溜息をつき、こちらに目を向けてくる。その眼差しは鋭いが、皮肉や非難の色は無かった。

私は短髪頭をカリカリ掻きながら、

「我ながら面目ない。まあ、チョンボといえばチョンボだった」

と、宝結に再び言われる前に先手を打っておき、

「ホント悔やまれるよ。俺が二十分早ければ先に秘殺できたのに」

「タラレバを言ってたらキリがないわよ。反省は次に活かせるけど、後悔は何も生まないから」

「ああ、肝に銘じておくよ」

智恵ヒメは小さく頷いてから、

「それにしても、奇妙な殺人現場だったようね」

「ああ、報告した通り。画像見たろ。あんなのまったく意味が解らんよ」

私は「お手上げ」とばかりに両手を広げ、

「なっ」

と、宝結の方を覗き込んでやる。

「今のところは、な」

宝結は苦笑いを刻んで視線を避ける。これ以上、その件については話す気は無いらしい。

私は肩をすくめ、話題を少し変える。

「それにしても、現実問題、まさか、殺人がバッティングするとはな」

すると、隣の宝結が尖った顎を撫でながら、

「ターゲットの事情が関係している可能性が大きいな。田久保の地方赴任が急に決まってしまったから、その分、殺しのタイミングが限られてしまったのさ。わざわざ北海道の先っぽまで殺しに行くのは足が付いて危険だからな。つまり、タイムリミットみたいなものだ」

「確かに。おかげでこっちの秘殺予定も二日繰り上げたんだからな」

私は溜息を漏らす。

智恵ヒメが柔らかな口調で、

「タイミング的には正解だったのに」

「そう、だから、何度考えてもむかついてくるわけ。俺より先に殺しやがって、悔しさでハラワタが煮えくり返りそうだぜ」

熱い興奮がせり上がってくるのを感じる。

「私情は禁物よ」

智恵ヒメがきっぱり言って、右手を出して待ったをかける。

そこに宝結が咳払いしてから落ち着き払った口ぶりで、

「で、我々に一つ課題が出来た。田久保を殺害したのは誰か？　その犯人を探し当てること」

「そう、それも今回の『血裁』の中に組み込まれることになるわね」

智恵ヒメが同意する。

宝結は宙に目をやり、

「それにしても、なぜ、田久保は殺害されたのだろう？　そこが引っ掛かってくる」

「それこそ去年のアレ、データ偽装事件は関わっているのかしら？」

「もし、関わっているなら、あの事件に詳しい人間ということになる。事件の関係者と言い換えてもいい。だが、もし、そんな人間が田久保を殺すなら、もっと早いタイミングだと思わないか」

「事件から一年以上経っているものね。そうなのよ、私も同じことを考えたわ」

「それに、敢えて今になって殺すキッカケや理由がなきゃおかしいし、そのことで犯人やガイシャを含め関係者に何か目立った動きがあったはずだ。事件に近い人間の中で、何かそうした動きがあったかい？　もし、あったなら、智恵ヒメ、きみの情報網に引っ掛かってくるはずだろ。あるいは、仲間の胴元のさ。今回の『血裁』にあたり、ターゲットについて調べていた君たちのアンテナがキャッチしたはずだよ」

智恵ヒメは冷ややかに微笑み、

「ずいぶんと持ち上げてくれて、こそばゆいけど、確かにその通りよ。何もアンテナに引っ掛かってこなかった。その点こそが疑念と推理の出発点だったのよ」

「じゃ、つまり、田久保殺しの背景には何か別の事件が絡んでいると」

「ええ、そう思う。去年のデータ偽装事件とは別の何か新たな事件が横たわっている、その可能性の方が強い。そして、その方向で対処した方がいいと思う」

智恵ヒメは眼差しを鋭くして言った。

宝結は大きく頷く。

「同感だ。僕も何やらキナ臭いものを感じるよ。新たな事件、黒く淀んだ悪意、何かそんな怪しい影が潜んでいる気がしてならない」

そう言って、高い鼻梁に皺を寄せた。

私は両手で膝を打ち、身を乗り出しながら、

「なるほど。となると、これからの計画が見えてきたな。田久保殺しの犯人を探し、新たな事件を調査すること。そして、その進行と情報に応じ、我々の事件を仕立て、我々の解決を作り上げる、って展開だな」

「ああ、なかなか厄介だぞ。その分、そそられるなあ」

宝結は眉をひそめる一方、嬉しそうに尖った顎を撫でている。

「で、当初の予定はどうする？」

私は問う。

宝結は目を細め、

「当初の予定だと、田久保殺しの後、菊島を秘殺し、それを自殺に見せかけ、菊島を田久保殺しの犯人に仕立てる」

「それでジ・エンドというシナリオだった。が、しかし、今も検討したように、背景に新たな事件、何やらキナ臭い陰謀みたいなものが潜んでいる、そんな気配なんだよな」

「その事件を追及していけば、他に秘殺しなきゃならない悪党どもが出てくる可能性が充分に考えられる」

「となると、当初の予定通り菊島の死で完結させるわけにはいかないよな。その後の連中の秘殺が独立してしまう」

　宝結は頷き、

「ああ、事件がバラバラになってしまうからな。一つの人間関係の範疇で二種類の独立した殺人事件が起こるのは不自然に映るし、よけいな疑惑を持たれ、リスクが大きい。すべてを繋げて一つの連続殺人事件に仕立てた方が賢明だろう」

「そうすべきね」

　と、智恵ヒメが素早く賛意を示す。続けて、

「あと、菊島を秘殺することで、陰謀に関わっている奴らを揺さぶる、いわば、誘い水にもなるかもしれないわ」

　怪しげな笑みが美しい顔によぎる。

　私は膝を軽く叩き、

「了解。では、当初の予定は大きく修正だな。つまり、菊島を秘殺するけど、田久保殺しの犯人には仕立てず、あくまでも連続殺人の被害者の一人としてキャスティングする。そして、次の殺人へ繋げる」

「そういう展開を想定しておくことだ」

　と、宝結が頷く。

　私は相槌を打ち、

「やはり、そうだよな。お前なら、そう来ると思ったよ。だからこそ、あのメモを死体に仕込ん

でおいた甲斐があるってもんさ」

例のメモ用紙である。私が田久保の死体を発見した際に、上着のポケットに入れておいたもの。丸が一つ記された紙片。

「うん、和戸君、あれは存分に活かすつもりだよ。しかし、よくぞ気を回してくれた、珍しいね、明日は大雨か」

「おいおい、たまには素直に誉めるって気にならないかな」

智恵ヒメが口を挟み、

「それこそ珍しいわよ、宝結さんが人を誉めたりしたら。雪が降りそう」

「だな」

私は大きく頷く。

そして、湯呑みを運び、口を潤してから、

「あ、あと、昨夜の犯人、例の田久保殺しの犯人の正体を摑んだら、そいつも秘殺することになるのか？　俺の先を越して殺しやがったクソ生意気な犯人、ああ、許さねえ」

つい肩に力が入り、声を荒げてしまう。

「どうどう、和戸君、落ち着いて」

と、宝結が片手で扇ぐポーズをし、

「当然、その可能性は大きいさ。でも、今はまだ結論は出さない方がいい。調査の過程で明らかになる事件の真相、及び、その対応策をどうするか如何で決めないとな」

「そりゃそうだな。ついテンション上がっちまってすまんよ」

と、短髪頭を掻いてから、

「もしも、もし仮にだけど、菊島が本当に田久保殺しの犯人だった場合は？」

「うん、現時点でその可能性は否定できないよな。だけど、もし、菊島が犯人であったとしても、さっき言ったように事件を分断するのは避けたい。だから、やはり、菊島を秘殺してから、さらに次の殺人へ繋ぐというケースの準備は必要だ」

「全体を一つの連続殺人に仕立てなきゃならないんだからな」

宝結は飄々とした口ぶりで、

「まあ、和戸君が菊島を秘殺する時には、菊島が犯人かどうかの判別は僕の方でつけておくつもりだよ」

「秘殺のタイミングの判断は、宝結、お前の操査の腕次第ってとこか」

「任せてくれるなら」

「ああ、返事は一つしかないよ。毎度のことだし。なあ、智恵ヒメ」

「プロだからね。宝結さん、頼んだわよ」

智恵ヒメは悪戯気な笑みを浮かべながら、卓上に三つ指をつく真似をしてみせた。

それから、彼女は微かに顔を曇らせて、こちらを向き、

「ところで、和戸さん、もしかして、そろそろ不運のバイオリズム？」

からかうような調子で問い掛ける。

私は飲みかけのぬるい緑茶を吹きそうになる。かろうじて飲み込み、むせるのを懸命に堪えた。

上擦った声を震わせながら、

「いやあ、昨夜の件ね、ただの偶然でしょう。ターゲットを先に殺されてしまったのはまあ不運だったけど、別に腕が不調だったわけでもないし。それに、前回の秘殺は上手くいったわけだし。ほら、蒲田の階段落ちの件」

「ああ、そうだったわね。悪徳代議士の男の秘殺ね」

一ヶ月半前、黒い噂の絶えない都議会議員の男を大田区蒲田の歩道橋で秘殺した。酒に酔って空き缶に足を取られ階段を転げ落ちたことによる事故死、という宝結のシナリオに沿った血裁であった。

その宝結が大きく頷き、

「あの時は一応、念の為、僕も現場検証に臨場したけど、特にフォローする必要もないほど鮮やかな秘殺だったな」

「そうよね。確かに、あの蒲田の階段落ちの件は上首尾だったわね」

「だろ。前回の秘殺ではどこにも不運の影なんかつきまとっていなかったよ」

私は敢えて胸を張ってみせる。が、どこかザワザワしているものを感じていた。

たまに、あくまでもたまにであるが、私には不運のバイオリズムのようなものに飲み込まれることがある。自分は「世界一運の悪い殺し屋」ではないかと思えるくらい、ツキから見放されることがあるのだ。腕前や技量の不調が続くようなスランプというのではない。純粋に上手くいかないだけ。まさしく正真正銘の不運としか言いようがないのだった。

今、智恵ヒメはそのことを気にしていたわけだ。肩をすくめて、

「まあ、もうこうして血裁が始まっちゃったことだし、新たな事件も潜行中みたいだから、今さ

ら心配したり、ジタバタしても仕方ないからねえ」

どこか悟ったというか達観したふうな面持ちで言った。

宝結は面白がっている口ぶりで、

「なあに、和戸君の不運なんて今に始まったことじゃないよ。これまで何百回もあったし」

「そんなにねえよっ」

「そうだっけ、和戸君。ま、こっちは忘れてしまったんだから、苦労なんてその程度のもんってことだよ。だいたい、いつもどうにかしてきたし」

「まあ、そうだったわよね」

と、智恵ヒメが思い出し笑いを浮かべ、それから小首を傾げ、

「ただ、今回はやることが多いでしょ、計画の変更を含めてね。田久保殺しの犯人を見つけること、菊島の秘殺、さらに増えるであろう新たなターゲットの秘殺、それに事件の全貌を解明し、その上で、どんな事件を演出して、誰を犯人に仕立てて、いかなる決着をつけるか。と、まあ、いろいろ大仕事よね」

「そんな思い通りの絵を描くには、警察に先んじて、こちらがイニシアティブを握らなきゃいけないしな」

「そう、スピードも大切」

「胴元として智恵ヒメがいろいろと心配するのも解るよ」

と言ってから、宝結は愉快そうに目を輝かせ、

「でもな、だいたい、我々は殺しを扱っている稼業だよ。『死』という最大の不運を生業にしてい

て、いまさら不運も悲運も無いだろうよ」

智恵ヒメは一拍間を置くと、頬を緩ませ、

「その通りね。死という不運で食べてんだから、むしろ、不運に感謝しなきゃ、よね」

不敵な笑みを浮かべながら、あっけらかんと言った。

何だかこっちの度量の大きさを試されているようで、私は言葉を飲み込み、ここは沈黙するしかなかった。

智恵ヒメはさっさと頭を切り替えたらしい。鉄火場の姐さんのような小気味いい口ぶりで、

「さあ、今のとこはこんなところかしら。何か準備しなきゃいけない道具とかある?」

「特に無いよ。あれば随時、連絡を入れる」

と、宝結が答え、私も続いて、

「スマホもまだ充分に足りてるから大丈夫、助かってるよ」

手刀を顔の前に掲げ、礼をする。

持ち主を特定できない違法スマホなど、「死ゴト」に使う道具を独自のルートで調達するのも胴元たる彼女の役割であった。

「じゃあ」

と、彼女は我々を交互に見て、右手を伸ばしてくる。

その手の上に、宝結も右手を乗せ、私も同じくする。三人が右手を重ね合わせ、円陣を組む格好になった。いつもの誓いの儀式のようなもの。

そして、智恵ヒメが改まった口調となり、

「では、シャープな殺し、ロジカルな解決を祈念し」

と言ってから、トーンを上げ、

「合言葉は、シャープネス&ロジック、シャーロック！」

「レッツ・シャーロック！」

三人の溌剌《はつらつ》とした声が重なり合う。

9

午前十時半を回った頃、世田谷南署に設置された捜査本部に赴き、蓮東警部のもとを訪ねた。捜査の進捗状況や新たな情報を教えてもらうためである。

署の本館三階、講堂にデスクと椅子が並べられ、複数の電話回線やOA機器がセッティングされていた。ほとんどの刑事が捜査に出払っており、堂内は人影がまばらである。それでも、熱気のようなヒリヒリした空気が残っているのが感じられた。

蓮東警部は並んだデスクの前列の方にいた。ベランダから差し込む冬の薄日にさらされた背中が寒々しい。書類を前にして時折、書き込みを入れていた。

こちらの足音に目を上げる。長い顔には相変わらず不機嫌そうな表情が刻まれていた。自分の充血した目を指し示しながら、

「ウサギだらけだな」

と、宝結と私のやはり赤い目に視線を送ってきた。

私は肩をすくめ、

「寝てる場合じゃないですから」

「あれから大した進展はないよ」

そう言って、今朝の捜査会議用の報告書を二部突き出してきた。

宝結と私は礼を言って受け取り、立ったまま書類に目を走らせる。

その間、警部がポツポツと補足説明を加える。死因、犯行時刻などに変更は無く、現場での推測が確認されていた。

「ガイシャの田久保についてだが」

と、警部が眉間に深い皺を作りながら、

「昨年起きたサプリメントのデータ偽装事件でいろいろ噂があったんだな。事件のバックにいたんじゃないかと疑惑が持たれた」

宝結が頷き、

「ええ、当時、SLS研究所の田久保と冠羽フーズの菊島がそう見られたようですが、結局、証拠も無く、曖昧なまま終結」

「まあな。あの業界も一癖も二癖もある奴、多いんだろうな。そう思うと、どいつもこいつも怪しく見えてくる」

「相手に不足なし」

「メンドくさっ」

と顔をしかめ、

「それにな、あのパーティーの参加者、約百五十人のほとんどがアリバイの無いも同然だ。何せ、十五分くらいあれば犯行可能なんだから、それくらいの時間、ちょっとパーティーを抜け出すなんて簡単なことだよ」

「なるほど、ずっと同じ人に監視されているわけじゃないし、トイレに行くフリも可能だし」

「宝結、お前が現場で聴取した連中も同様だし、さらに言えば、パーティーの主役のママさんでも犯行可能ってことになる」

「そもそも、容疑者はあのパーティーの参加者に限定されているわけじゃないし」

「ああ、嫌なこと思い出させやがる」

警部はうんざりした顔を歪めた。

宝結は一瞬、目元に笑みをよぎらせてから、書類を一瞥し、

「嫌なことばかりで申し訳ありませんが、確認させてください。先ず、やはり犯人の指紋と断定できるものは見つからなかった？」

「ああ、手袋でもしてたみたいだな。ただ、所々に指の跡は残している」

「指紋は無いけど指の跡とは、手袋の跡ということですか？」

「そう、手袋の先端、人差し指、中指、薬指、どの指か特定できないが、油汚れがあったようなんだ。昨日の日中、あの現場一帯の柵を修理する工事が行われたらしい。で、工事用の掘削機の油が少し漏れて、柵の一部や地面にかかってしまった。その部分に犯人の手袋が触れてしまったと考えられる。残された指の跡は同じ成分の油だった」

そう、あの柵に付着していた機械油だ。私が死体を観察していた際、うっかり尻餅をつきそう

になって柵に触れて、手袋を汚したのと同じもの。

もちろん、今、警部が言及している犯人の残した油汚れは私の仕業ではない。ちゃんと無闇にあちこち触れないよう心掛けたのだから。プロのたしなみというものだ。

宝結は手を差し出し、何かを探るような仕草をしながら、

「犯行時間帯の夜だと薄暗くて、機械油の汚れが見えなくて、犯人は気付かなかったんでしょう」

「ああ、そうだろうな。で、犯人が触れたものには複数の油汚れが残されているし、いずれからも同じ形の汚れも検出されている。が、いかんせん、指紋じゃないから、ほとんど役に立たん」

吐き捨てるように言った。

宝結が訊いた。

「どんなものに指の汚れが付着してたんです？」

警部は面倒くさそうに手元のノートを開いて、

「まあ、一通りだな。首に吊るされた靴、メガネ、足を結わえ付けたベルト、レンズ、あと、ガイシャの衣服、ハンカチ、煙草」

「スマホは？」

「ああ、スマホにもな。ガイシャのスマホ。内ポケットから二台見つかったろ」

「ええ、いずみ刑事からの報告にありました。黒いのと赤いのと、同じ機種のスマホ。黒い方はストラップ付き。確か、二台ともまとめて上着の内ポケットに仕舞ってあった、と」

「そう、いつもそうしているらしい。で、特に注目すべきは赤い方、家庭用のスマホ。故障してない方だ。犯人はそのスマホを使用したと考えられる。指の跡が多かったんだよ。それに、ライ

トが点けっぱなしだったしな、懐中電灯の機能のな」

「そうだったようですね。きっと、犯人はまさしく懐中電灯の代わりに使ったんでしょう。死体にあの奇妙な細工をする際、手元を照らすのに」

「そういうことだな。で、その現場に人が近付く気配、足音や話し声が聞こえたんで、慌ててライト点けっぱなしのままスマホを死体のポケットに戻した。そして、犯人は現場から逃走してしまった、という展開だろう」

「同感です」

宝結は深々と頷く。

警部は満足そうに頷き返してから、

「あと、そのスマホでもう一つ注目すべき点。それはな、犯人は通話しかけた、と考えられること」

「どういう意味です？」

「ガイシャの田久保の奥さん、別居中の奥さんがガイシャに電話したんだな。しかし、相手が出ても、すぐに切られてしまった。奥さん、もう一度かけるが、もう誰も出ないし、留守録の音声しか返ってこなくなっていた。そんなことは初めてだったらしい」

「ガイシャは相当な恐妻家だったと聞くから」

「で、その奥さんが電話した時間というのが十一時十二分と十三分」

宝結が目を細め、

「なるほど、死亡推定時刻の時間帯」

「そう、犯行の時間帯と重なっているわけで、つまり、スマホに出てすぐ切ったのは犯人と推測される。おそらく着信音を警戒したんだろうよ。犯行現場にいるんだから他人の注意を引きたくないのは当然だ。普段、いつも、ガイシャはマナーモードじゃなくてノーマルモードだったらしいから」

「奥さんから電話があったらすぐ気付くようにって、さすが恐妻家」

「そのスマホ、死体から発見された時はマナーモードだったけど、犯人がそうした可能性が強い。あ、あとな、他に犯人の指の汚れが付着してたのはライターだったよ。上着の左ポケットに煙草と一緒に入れてあったガスライター」

そう言って、ノートをめくり、貼ってあった写真の一枚を見せる。

ごく平凡な銀色の直方体のガスライターであった。

「何故か、犯人が手にしていじったようだ。上蓋を開けて、点火スイッチを押した痕跡がある。例の指の油汚れが付着していたよ。つまり、ライターの火をつけたということ。実際、ガイシャの左袖とその近くの柵にうっすらと微かな焦げ跡が見つかっている」

「なるほど、犯人が証拠隠滅のために何かを燃やしたとか」

「いや、それらしき燃え殻も灰も見つかっていない。ったく、この犯人ときたら意味の解らんことばかりしてくれるよ。ホント、何か気の利いた手掛かりを残しておいてくれってんだ」

うんざりした面持ちで警部は溜息を漏らした。

宝結はもう一つ質問を繰り出す。

「例の丸い記号みたいなのが書かれたメモ用紙、あれには指の油汚れは？」

警部はノートに目をやり、

「端の方に微かに付いていただけだ。ほんの僅か。かすれたくらいの跡だ。はっきり指先と解るような跡までは付いてない」

「ああ、おそらく汚れた指はペンを握っていたからじゃないですかね。つまり、指が内側に丸まっていたからメモ用紙に僅かしか染みが付かなかった。そして、メモ用紙を持っていたのは指の汚れていない方の手だったわけです」

「なるほど。で、そのペンを握っていた手、つまり、利き腕の指が汚れていたわけだな。で、その利き腕とは右、左、どっちだ?」

「いやいや、そこまでは解りませんったら」

「おいおい、役に立たない推理だな。期待だけさせやがって、ああ」

疲労を凝縮したような溜息を吐いた。

メモ用紙に関してはおよそ宝結の推理の通りである。上手く辻褄を合わせてくれた。私としてはそのつもりはなかったのだが、おそらく手首近くの油汚れがメモ用紙に付いてしまったのだろう。しかし、結果的にこれで正解であった。メモ用紙は犯人が残した、ということを強調できたのだから。

私は疲れた様子の警部にいささか同情を覚えていたので、別の話題を振ってやり、

「ガイシャの田久保の荷物は?」

「それは見つかっている」

と、警部は大きく頷き、

「やっぱり、クロークに預けたままだったよ。コートとマフラーな。ただ、預り証代わりの番号札が見つかっていない。ガイシャのどのポケットからも発見されていないから、現在まだ探索中ってところだ」

　また溜息をつく。

「ご苦労様」

　と、私は小さく頭を下げ、捜査会議の資料の一文を指して、

「ガイシャの口内や喉に傷があるというのは？」

「おそらく、レンズのせいだろう。ほら、ガイシャのメガネのレンズ、左側のレンズが口の中で発見されたよな。犯人はレンズを入れる際、乱暴に押し込んだので、そんなふうに傷が付いた可能性がある」

「ああ、急いでたり、焦ってたり、なかなか思い通りの場所に置けなくて苛立ったり、或いは、憎悪とか、それで荒っぽくなったと」

「まあ、そこらへんだろう。折れ曲がったメガネフレームにも唾液が付着していたから、フレームを使って押し込んだのかもな」

「うへっ、昔ひどい目に遭わされた歯医者を思い出す」

　そう言って、口の中がムズムズするのを感じていた。

「ああ、その歯医者が犯人ならいいのに」

　と、警部が自棄気味に口走り、

「つくづく異様な死体だぜ。犯人の野郎、どういうつもりなんだよ、ったく」

くたびれた口調で言って、舌打ちする。

すると、宝結は素早くミントタブレットを口に放り込み、噛み砕いて、スーッと大きく呼吸する。そして、瞬きを繰り返すと、尖った顎を撫でながら、

「一つ、仮説なんですがね」

「何だ?」

警部がしかめっ面をして、赤い目を向けてくる。

宝結が滑らかな口調で言った。

「見立て、かもしれませんよ」

「見立てだと? あの珍妙な死体の装飾が見立てだと?」

「ええ、犯人が見立てを施したんですよ」

「何の見立てを作ったというんだ?」

「月です。ムーンの月。月にまつわる見立てを施したんです」

宝結は人差し指と親指で丸を作る。

警部は赤い目を丸く開いて、

「えっ? どこがいったい月だってんだ?」

「先ず、メガネのレンズです」

と、宝結は解説を始める。

「口の中に一枚だけレンズがありましたね。あのレンズの形、完全な円ではなくて、円に近い丸でした。いわば、半月から満月へと至る過程の形状。そして、昨夜の月、それは満月まであと数

日かそこらのものでした」

「まあ、そうだったな。現場で何度も天を仰いだから、覚えてるよ。けど、それだけか？　それだけで、月の見立てというのはあまりに」

「いえいえ、まだありますから」

　宝結は警部を制してから、

「首に靴紐が巻かれていましたよね。靴が付いたままでした。つまり、首から靴をぶら下げている、という状態です。言い換えれば、靴のペンダント」

「まあな。しかし、それのどこが月なんだ？」

「靴は足に履くもの。そして、或る動物の足が御守りとしてペンダントやキイホルダーに使用されることがあるんです。欧米ではかなりポピュラーな存在なんですよ」

「動物の足？　薄気味悪いな。その動物って？」

「ウサギです。ウサギの足の剝製は御守りとして昔から大切にされているんですよ。ウサギの繁殖力が神聖視されていたことが起源だとか。で、ウサギの足のペンダントやネックレス、キイホルダーとか、欧米の地方の土産物屋で売っているくらいですからね。そして、ウサギといえば」

「ああ、月に住んでいる、か」

　宝結は指で丸を作り、

「はい、月に繫がりましたね。首にぶら下げた靴はつまり、ウサギの足の御守りを表現したものであり、よって、月の見立てとなっているというわけです。もう一つ、死体の額が擦り傷だらけでしたが、あれもウサギの見立てになっています」

「何でだ?」

「昔話というか神話、因幡《いなば》の白ウサギです」

「ああ、サメだかワニだかに毛をむしられ、赤い擦り傷だらけになったって話な」

「ええ。しかし、額の擦り傷だけでは見立てとして弱いので、靴のペンダントとセットでウサギということにしたと考えられます」

警部は眉間の皺を深くし、

「じゃあ、死体が逆さに吊るされていたのは?」

「月の上ということです。ほら、柵にぶら下げられている光景って、体操の鉄棒競技に似ていませんか? そして鉄棒競技の歴史においてエポックメーキングな大技であり、現在も改造と進化を続ける技としてムーンサルト、またの名を月面宙返りが挙げられるでしょう」

「ああ、こないだのオリンピックのテレビ中継でもアナウンサーや解説者が何度かムーンサルトって単語を口にしてたっけな」

「はい、『二回宙返り一回ひねり』の総称がムーンサルトだそうですから」

宝結は補足する。それから、人差し指を立てると、

「そして、最後の一つ。さっきも話に出ましたが、ガイシャのジャケットのポケットにメモが残されていましたよね」

「犯人が入れたと推測されるメモ用紙な」

「そのメモにはペンで丸が一つ手書きされていただけでした。数字の0ともアルファベットのOとも解釈できましたが、あれは月を意味していたのだと思われます。丸い月、満月の表現。つま

り、死体に施した奇妙な装飾の数々は月の見立てである、という犯人からのメッセージだった」

警部は鼻に皺を寄せて、

「犯人からのメッセージのメモだと……、じゃあ、もっと解りやすく『月』と書いてくれりゃいいのに」

「そりゃ、犯人は筆跡を警戒したんでしょう」

「まあ、そうだろうな」

残念そうに警部は鼻皺を深くする。

宝結は総論のように、

「というわけで、以上の仮説、どうですか？　一通り、月の見立てという解釈が成立するでしょ」

じっと相手の目を見据える。

しかし、警部は渋面を作り、

「うーーーーーーん」

と、唸り声を絞って、

「確かに月の見立てとして解釈できるんだが、どうも強引と言うか、こじつけめいているというか、すんなり腹に落ちてこない気がしてな。何と言うか、月の見立てをするなら、もっと素直な方法がありそうな……」

難しい顔をして首を捻っていた。

宝結は小さく頷き、

「なるほど、警部の言いたいことは解る気がします。そうなんですよ、見立てにしては素直さが無い。ストレートさに欠ける。何か、苦し紛れという感じですよね。むしろ、そこにこそ何か意味があるような気がしてならないのですよ」

そう言って、一瞬、目元に意味深な笑みをよぎらせた。

どうやら、思惑通りに「操査」が進んでいるらしい。

10

私鉄線を乗り継いで、次に向かったのは下高井戸にある「冠羽フーズ」であった。

午前十一時を回り、太陽はだいぶ高くなっているものの、うっすらとした輝きで、寒風が吹けば蠟燭のように消えてしまいそうだった。

駅の北側、高速道路の近くに「冠羽フーズ」の社屋はあった。ライトブルーの五階建てのビル。地階の壁面のほとんどがガラス張りで、数多の製品がディスプレイされている。ポスターも貼られ、「冠羽フーズでガンバロー！」のキャッチコピーがやたらと目を引く。

訪ねる相手は「冠羽フーズ」の営業マン、毛利泰平。カモのように口を突き出して、いつも不服そうにしている、そう、唇の尖った男だ。予め電話しアポを取っておいた。

自動ドアを抜け、宝結と私は一階ロビーに入る。受付の反対側、並んだ観葉植物がパーティションの代わりになっている。その向こうはテーブルと椅子を配置し、談話室のようなスペースとなっていた。

最も手前のテーブルに毛利の姿があった。毛利は立ったままである。

もう一人、テーブルを挟んで、男が立っていた。深夜の現場でさんざん見た暑苦しい顔。製品企画開発部の菊島勇だった。ついさっきも蓮東警部との話の中で言及されていた男。去年のデータ偽装事件の黒幕と見られている一人である。

その菊島の浅黒い顔が何やら険しい。正面の毛利を睨み付けていた。太い眉が上がっている。さすがに今はネクタイを頭に巻いていないが、妙な熱っぽさを帯びていた。苛立ってカッカしている様子だ。

今まで何か言っていたようだが、ここまで声は届かない。が、最後に激昂したのか、

「……裏切り野郎め！」

と、罵ったのは聞こえた。

それに対し、毛利は口を尖らせて何か反駁している様子だ。

すると、菊島が大きな目を剝き、攻撃的な口ぶりで、

「けっ、マスコミから幾らもらった？　ギャンブルや株の足しになったか？」

拳を振り回しながらヒステリックに声をあげた。

毛利は口を開きかけ、ふと、こちらに視線を向ける。我々の存在に気付き、小さく会釈してきた。

すると、菊島もこちらを振り向き、ハッとした様子で背筋を伸ばす。一瞬バツの悪そうな表情を見せてから慌てて頭を下げた。それから、椅子に置いていた手提げ鞄からピルケースを取り出し、錠剤を口に運ぶ。またビタミン剤でも補給したのだろう。

そして、菊島は毛利をもう一度睨みつけてから、テーブル席を離れ、急ぎ足でエントランスに

向かおうとする。こちらに近付き、すれ違いざまに、

「ご苦労様」

と、作り笑いでまた挨拶してくる。

そのタイミングで私は声をかけた。

「菊島さん、今日は社に戻ってきます？」

菊島は足を止めると、ギョロリと目玉を剝いて眼差しを尖らせる。が、すぐに表情を崩し、泣き笑いの面持ちで、

「えぇっと、帰ってきますが、夜の九時を回りそうなんですよ。きっとクタクタになってますから、お話があるなら明日にしてくださいよ。頼みますよ」

浅黒い額に手をやり、汗を拭う仕草をしてみせた。

私は右手で扇いでやりながら、

「了解です。明日、連絡入れますよ」

そう言って微笑む。

これで充分だった。明日、連絡を入れる必要は無いだろう。そして、私の今夜のスケジュールが決まった。

菊島は安心した面持ちでニコリとし、芝居がかった敬礼のポーズをしてから、

「それでは」

足早に立ち去り、エントランスの向こうに消えた。

それを見届けた毛利は重い溜息をつき、ステンレス製の椅子にどっかと腰を落とした。

同時に我々も向かいに座る。宝結はシニカルな笑みを刻み、

「何だか取り込み中の様子で？」

「違いますって」

と、毛利はすねたような表情をする。鼻につきそうなくらい口を尖らせ、

「一方的な思い込みなんですよ、菊島さんの」

「どんな思い込みを？」

毛利は躊躇いがちに、

「ええっと、まあ、刑事さんなら知ってますよね。うちの去年の不祥事」

「サプリメントのデータ偽装事件」

「そう、それ。あれって発覚したのが内部告発だったらしいんですが、その告発した人間が僕じゃないかって菊島さん勘繰ってるんですよ」

「はあ、そうなんですか。どうして？」

「羽賀さんとのことですよ」

「羽賀伸之さん、昨夜の現場にいた羽賀さんですね。遺体を確認した一人の」

あのデスマスクのように暗鬱で無表情な男である。

「ええ、予備校の薬学の講師の羽賀さんです。最近というか、十ヶ月ほど前、羽賀さんの紹介のおかげで予備校と取引が出来たんです。うちの商品、受験生向けの栄養フーズを購買部で扱ってもらえるようになったし、都内に系列の予備校もあるから、今後の売り上げが期待できそうなんですよ」

「そりゃ、羽賀さんに感謝ですね」

「ええ、感謝してますよ。で、その羽賀さんのことでね」

と、毛利はいったん言葉を切る。溜息をついて口を尖らせ、

「羽賀さんのことでさっきの菊島さんが僕に絡んできてですね。ほら、羽賀さんって、以前はSLS研究所の研究員だったんだけど、二年前に依願退職させられたんです。で、羽賀さんはそのことを根に持っているとか、あ、これ、事実かどうか知りませんよ、あくまでも菊島さんの主張ですから。で、その羽賀さんの仕返しに協力して、昨年、僕がデータ偽装事件を内部告発した、と。そして、その報酬として、羽賀さんから営業先を紹介してもらった、そんなふうに菊島さんは疑っているんです」

「ん、つまり、取引だったと。毛利さん、あなたが羽賀さんの復讐に手を貸し、その見返りとして羽賀さんはあなたに営業ルートをプレゼントしたと」

「はい。菊島さんは勝手にそう決めつけてるんだから、たまったもんじゃありませんよ」

うんざりした口調で言って、声が上擦り気味になる。

「で、実際のところ、毛利さん、あなたは内部告発したのですか?」

「もう、だから、違いますって。そんな覚えありませんよ」

尖らせた唇が急須の注ぎ口のような形になっていた。

宝結は畳み掛けるように続け、

「さっき、菊島さんがあなたのことを激しく責め立てていたから」

「殺人事件のせいでヒステリックになってるんですよ。昨日の殺人の捜査でまたデータ偽装事件

のことが蒸し返され、いろいろと訊かれてイライラしてるみたいです。で、僕に八つ当たりしてるという感じ」

「なるほど。内部告発でマスコミに情報提供して報酬をもらった、とか言ってましたしね」

「単なる言いがかりに決まってるでしょ」

「ギャンブルや株のことも。お好きなんで？」

「いや、まあ、趣味ですよ。ホント、勘弁してほしい」

声が裏返りそうになっていた。

「そうですか」

と、宝結はようやく納得したふうな表情を作り、

「じゃあ、羽賀さんが営業先を紹介してくれた件に関し、そうした取引は無かったと」

「そう言ってるでしょ」

「羽賀さんは面倒見のいい方みたいですね」

「まあ、そうですね。育ちがいいせいかな。父親は大手の総合病院の幹部だそうですからね。いいよなあ」

恨めしそうな表情でタコのように唇を突き出し、溜息を漏らした。

宝結は質問を続ける。

「昨夜のパーティーに行ったのも羽賀さんが誘ったからでしたよね」

「人脈作りが大事だと言うもんですからね。でも、正直、ああいう場は苦手なんですよ、僕」

勝手なことを口走る。いじけたふうに上唇をまくり上げていた。

「そのパーティーで殺人事件の被害者の田久保さんも紹介された。初対面だったと」

「名前くらいは知ってましたけどね。でも、あれはむしろ羽賀さん自身のためですよ」

「どういう意味？」

毛利は数秒言いよどんでから、ちょっと意地悪げな口調で、

「何と言うか羽賀さんの見栄みたいなものかな。ＳＬＳ研究所を辞めたけど、今もこうして業界で顔を利かせているぞ、みたいな」

「田久保さんに対してそうアピールしたかった」

「羽賀さんはＳＬＳ研究所で同僚であり同期だったそうですから」

「なるほど。その同期の田久保さんについて羽賀さんから何か聞いてます？」

「いや、大した話は何も。研究員としていいライバルだったみたいなありきたりのことくらい」

面倒くさそうに答えた。

宝結は淡々とした口ぶりで、

「羽賀さんはＳＬＳ研究所を辞めた、というより、辞めさせられた、という感じですよね、さっき言っていたニュアンスだと。辞めさせられた理由ってご存知で？」

毛利は困惑気味に口を尖らせ、

「いや、ちょっとそのことは詳しくなくて」

「そうですか。では、羽賀さんの辞職の背景に田久保さんが関係しているとか、何かそういう噂はお聞きで？」

「え、いや、それも僕は聞いてませんよ。何も知りませんったら、ホントにもう」

迷惑そうに眉をひそめ、両手をワイパーのように振って否定する。

そして、いきなり立ち上がると、内ポケットに手を入れ、スマホを取り出した。着信があったらしい。あるいは、そういうフリをしているのか。

「ちょっと失礼」

毛利はこちらに頭を下げると、スマホを耳に当てたまま、席を後にする。数メートル離れた観葉植物の陰で何やら通話を続ける。

二分ほどして戻ってくると、嬉しそうな表情で、

「そろそろ時間なんで、ここらへんで失礼させていただきます」

最後になってようやく笑顔を見せるのだった。突き出た口元が口笛でも吹きそうだ。

11

蕎麦屋で遅めの昼食をとってから、目黒区駒場の予備校に足を運んだ。羽賀伸之の勤務先である。

駅周辺には東大の駒場キャンパスの他に幾つもの学校があるせいか、若者の姿が多かった。軽やかに闊歩する彼らを見ていると、こちら側の世界とのギャップを感じてしまう。

目的地の予備校は私鉄駅を挟んで東大と反対側、寺の近くにあった。

コの字型の七階建てビル。屋上に「ビクロード予備校」の看板が掲げられている。校名はビクトリーロードの略。校舎は建てられてまだ数年しか経っていないのだろう。ガラスを多用したシルバーの壁面が眩《まばゆ》い。予備校と言うよりアパレル系のファッションビルを髣髴とさせる。

待ち合わせに指定された一階フロアの奥、食堂に入る。広々とした造りで、窓が大きく明るい雰囲気だった。学食と言うよりもファミレスやハンバーガーショップに見える。ランチタイムを過ぎているが、ドリンクを飲みながら談笑する学生が多い。

壁際のテーブル席に羽賀を見つけた。授業の準備なのか、ノートにペンを走らせている。周囲にあまり人気がない場所を選んだようだ。

一応、宝結と私は自販機でチケットを買って、セルフサービスのホットコーヒーを手にしてから、羽賀のテーブルに赴いた。

羽賀は右手のペンを止め、ノートから目を上げる。デスマスクのような無表情。ポッコリと出っ張った腹が目立ち、やはり、水死体を思わせて不気味だ。抑揚のない単調な口ぶりで、

「先ほどお約束したように十分だけですよ。講義の他に下調べや試験の採点など、講師はすることが多いのですから」

そう言って、スマホを差し出し、時間表示を指した。

宝結は頷いて席につくなり、先ほど毛利から聴取した内容をかいつまんで話し、確認を求める。羽賀が予備校の営業ルートを毛利に紹介してやった経緯などである。

私は宝結の隣でそのやりとりのメモを取る。

羽賀は一通りの話に頷き、

「まあ、毛利君の言ってることに間違いはないですよ。ちょっと遠慮してるところはあるかもしれないけど」

宝結は相手の目を見据え、

「遠慮と言うのは、羽賀さん、あなたに対して？」

「恩を感じてくれてるんでしょうね」

「羽賀さん、さっきも言っていたように、あなたは以前、ＳＬＳ研究所に勤めていました」

「ええ」

羽賀は一拍置いてから、淡々と、

「で、どうして辞めたのか、それを知りたい、ですね？」

「話していただけるなら」

「まあ、業界内をちょっとディープに調べれば解ることですからね。早い話が機密情報の漏洩ですよ、私がやったことは」

あっさりと言ってのける。

「機密と言うと薬品の？」

「そう、製薬会社から開発中の新薬の検査を依頼された際、その新薬の成分などの情報をライバル社や研究機関に流したんですよ」

「それがバレてしまった」

「数社の薬品でやって、ちょっと手を広げすぎたようです。まあ、いずれの薬品も何年かすれば同種のジェネリックが大量に出回るんですよ。だったら、早いうちに自由競争させた方が発展的ですし健全でしょう」

「しかし、あなたは報酬を得ていたんですよね」

「只でやってたなら、それこそ馬鹿につける薬はないです」

まったく悪びれたそぶりを見せず、平然と言ってのけた。

宝結は一瞬、口の端を歪めて微笑んでから、

「昨夜殺害された田久保さんは当時のＳＬＳ研究所の同僚でしたね」

「同僚であり同期でした」

「あなたの行った機密漏洩がバレたのは田久保さんが密かに告発したから、とは考えられませんか？」

「あり得るかもしれませんね」

顔にも口調にもまったく感情を出さなかった。

宝結も冷静な口ぶりで、

「それでは、昨年のデータ偽装事件について冠羽フーズの毛利さんが内部告発したという噂がありますが、どう思います？」

「何も彼に限ることはないでしょう。当時、毛利君に教えられるまでもなく、あの程度の情報なら私でも摑んでいましたから」

「ならば、もしかして、あなたが告発したと？」

「あり得るかもしれませんよ」

能面のような面持ちで静かに答える。が、傲然とした自信のような空気がまとわりついている。自分を追放したＳＬＳ研究所に対し一矢酬いたことを匂わせていた。どうやら、この男の仕業だったようだ。

そして、スマホの画面をこちらに向け、

「約束したようにそろそろ時間なので」

一方的に言って立ち上がる。出っ腹が勢いよくテーブルに当たり、賑やかな音が響く。そして、こちらの返事を待たず、さっさと席を離れてしまった。

宝結は慌てる様子もなく、食堂を出て行く羽賀の後ろ姿を見送っていた。

私はぬるくなったコーヒーをすすり、

「ん、このコーヒー、悪くないぞ。熱いうちに飲めば、かなり美味かったろうに。最近の予備校は贅沢だな」

コーヒー豆の香りを味わいながら、洗練された食堂を改めて見渡した。

宝結が皮肉な笑みを浮かべ、

「そうか、和戸君も若い頃のノスタルジーが蘇ってくるか」

「ああ、医大崩れだからな」

そう言って私は立ち上がり、

「しかし、ホント、最近の学生は恵まれてるよ。こんな贅沢許していいのか、おいっ」

つい興奮して口走ってしまう。

食堂の奥にさらに別のフロアがあり、入口に暖簾がかかっている。その上に「寿司コーナー」と記された看板。

私はそちらに向かってずんずんと歩く。好奇心と悔しさのシェイクされた衝動がそうさせているらしい。

暖簾のすぐ手前で、背後から宝結の声が呼び止める。

「和戸君、そっちじゃない、こっち。寿司じゃないが、いいネタだ」

そう言って、手招きする。

さっきまで座っていたテーブル席からは見えない位置である。そこにしゃがみ込んで、窓の外を凝視していた。

私が駆け寄ると、宝結は私の袖を引っ張り、

「屈んで、身を隠して」

「な、何だよ」

私がしゃがむと宝結はニヤニヤしながら、

「あれがネタだ」

そう言って窓の外を指し示す。

そこは校舎の裏側、駐車場が広がっていた。そして、並んだ車の間を進む羽賀の姿があった。

私は「あっ」と声を漏らし、

「あれれ、羽賀の奴、講義やら下調べで忙しいって言ってたのに」

「なのに、どこへ行くんだろ?」

「というか、俺たちを撒いたつもりみたいだぜ」

「見逃す?」

「んなわけにいくかよっ」

我々は食堂を駆け足で横切る。そして、ロビー前を斜めに走り、裏口ドアを開けて、駐車場へと急いだ。

並んだ車のルーフ越しに、羽賀の後ろ姿を見つけた。ブルーのプリウスの運転席に乗り込もうとしているところだった。あの出っ腹だとシートベルトがきつかろう。

我々は駐車場に面した大通りに出て、走りこんできたタクシーをつかまえて飛び乗る。

宝結が警察手帳を運転手に示し、羽賀の車の尾行を命じた。

12

我々の乗ったタクシーは中野通りから甲州街道に入り、ひたすら西へと向かった。杉並区、世田谷区を抜けて、調布市に到る。尾行が開始されてから二十分近く経っていた。

布田駅前通りを過ぎた辺りで折れて北上し、調布ヶ丘の町をしばらく行ったところで先方の車が速度を落とした。ウィンカーが光り、近くの小規模な駐車場に止めるようだ。

我々もタクシーを降りた。

件の駐車場まで二十メートルほどの距離だった。

この周辺はのどかな住宅地であり、学校施設や寺社も多いようだ。草木が繁茂し、まだ空き地もだいぶ残っている。都心の窮屈さとは異なり、開放的な空気が清々しい。鳥の声が冬空に高く響いていた。

我々はさりげなさを装い、イチョウの大樹の陰に立ち、町内の地図看板を眺めるフリをした。そして、通りを挟んで駐車場を窺う。歩道に沿って、住宅、雑居ビル、店舗、公園などがゆとりのある間隔で並んでいる。

駐車場には十台分ほどのスペースがあり、今、四台が止まっている。その一台、ブルーのプリウスから羽賀が姿を現わした。こちらにはまったく気付いていない様子だ。

羽賀は駐車場を出ると、何ら迷う様子もなく、歩道を進む。横から見ると出っ腹がよけいに目立っていた。そして、七、八メートルほど先の建物に吸い込まれるようにして入って行った。

我々は地図看板の前を素早く離れ、通りを挟み、その建物の正面へと移動する。

三階建ての大きな造りだった。周辺には木々が植えられている。ちょうど区画の端で正面がT字路に面していた。

この建物を調べるべく、我々は横断歩道を渡ろうと足を踏み出す。が、宝結が足を戻して、

「待て、あれ」

と、向かいの歩道の右方向を目で示した。

見たことのある男が急ぎ足で歩いていた。

つい数時間前に会った顔。相変わらず世をすねたように唇を尖らせている。

「あっ、毛利じゃないか」

私が口走ると、宝結は何やら愉快そうに笑みを浮かべ、

「ああ、こうも顔を揃えるところを見ると、何かのパーティー会場なのかな」

そう言ってから、素早く横っ飛びすると、電柱の前に立って顔を隠し、不動産屋の広告看板を眺めるフリをする。

私も慌てて信号機に寄りかかり、身を横にして、ハンカチで顔を拭くフリをし誤魔化した。

もちろん、二人とも視線はレーザービームで向かいの歩道を凝視している。

毛利はこちらにまったく注意を払っていない。鞄を提げて足早に歩き続ける。顔はやはり例の建物に向けられているようだ。

すると、彼の背後から、

「毛利さん、どうもご苦労さんです」

と、妙に恐縮した声が追いかけてきた。声の主は三十代半ばの背広姿の男だった。ドタドタと不器用な足取りで駆けて来る。

毛利は振り返り、

「あ、ナガセさん、今日も呼ばれてたんですか、お疲れさん」

親しげに言う。

周囲に騒音がないせいか、二人の声はここまで届く。

ナガセと呼ばれた男は毛利に追いつくと、手にしていたスマホを掲げ、

「今ちょうどどっすよ、羽賀さんから連絡あって、早く来い、って。だから、自分こうしてダッシュして、ホントしんどいっすよ」

と、体育会系の下っ端めいた言葉遣いで訴える。この男、目がパッチリとした童顔で、やたら手足を震わせるように動かして喋る。そのせいか、カンシャクを起こして駄々をこねている子供に見えてくる。

毛利はそんな相手を手で扇いでやりながら、

「まあ、ナガセさん、落ち着いて。僕と一緒に定刻に到着すれば大丈夫だから」

「そうっすよね、毛利さんと一緒なら、羽賀さんも文句言わないし。自分、助かりましたよ」

両手をこすり合わせ拝む仕草をしてから、

「あ、そうそう、今夜の出張、よろしくっす」

「ああ、こっちこそ。ウナギを肴に美味い酒飲もうよ」

そんな話を交わしながら二人は五メートルほど進んで、例の建物に入って行った。

宝結と私はそれぞれ物陰から飛び出すと、青信号に変わったばかりの横断歩道を渡り、その建物に駆け寄った。

石壁のような淡いグレイの三階建てで、各フロアの境にペイズリー模様が彫り込まれている。全体的に何かの施設を思わせるフォルムだった。塀の代わりなのか、敷地を囲むように多彩な木々が植えられている。

向かって右側、建物のちょっと奥まったところが出入り口だった。白い丸石が敷き詰められ、曇りガラスの自動ドアへと続いている。その両脇には石造りの象のオブジェが飾られていた。ドアの上には木製の看板が架かっている。雲のような形で、表面には綺麗な木目が浮き出ている。

そこに「メイム」と黒く大書されていた。その上には「フィットネスクラブ」と補足するように記されている。

私は文字を追いながら、

「フィットネスクラブ・メイム、か。要するにメイムという名のトレーニングジムみたいなとこな。ダイエットとか筋トレとかアンチエイジングとか」

「まあ、きっと、そういうことだね。しかし、羽賀が僕らを撒いてコソコソと訪れるあたり、何だか健康とは裏腹、実に不健全な感じがしてくるよ」

「ああ、しかも、毛利と待ち合わせしていたようで、ますます胡散臭い」

「うん、何やら臭うな」

「ん、ホント、臭う」

入口の周辺から香の匂いが漂ってくるのだった。日本の香ではなく、中国やインドあたりのオリエンタルな香りだった。

私は首をひねりながら、

「ヨガとかカンフーなんかを取り入れたエクササイズなのかね？」

「それを羽賀や毛利がやるために来たとは考えられん」

「それを我々に知られるのが恥ずかしいからコソコソしているとも考えられんし」

「羽賀の腹なんか何も効果が現われていないしな」

と、宝結は両手を腰に当て、

「いったい何の目的で集まっているのか、キナ臭いものを感じるよ」

「確かに臭う」

私と宝結は曇りガラスのドアを睨みつける。

それから、さりげないフリをして、「メイム」の建物の周りを歩く。窓のほとんどが曇りガラスか、ブラインドがかかっているので中の様子を窺えない。

建物の左端が小さな十字路に面している。その位置から周囲を見渡した。

「和戸君、あれ」

宝結の指差す方を見て、私は目を大きくする。思わず一歩前に出て、

「ありゃ、昨夜の酔いどれ医者のとこじゃないか」

道路の斜め向かい、白い二階建ての家屋である。医院だった。

門柱の脇、レンガ張りの塀に看板があり、「楠枝クリニック」と記されていた。

13

宝結は「楠枝クリニック」の看板を見つめながら頷いて、

「間違いないな、名刺に書いてあった住所もこの辺りだったし」

「ドクターXの住居も近いとなるとますます臭ってくるじゃないか」

私は目の前の「メイム」の建物とすぐ近くの「楠枝クリニック」に視線を往復させていた。

昨夜の田久保殺しの現場で酔ってクダを巻いていたのがドクターXこと楠枝渡であった。

そして、ドクター楠枝は羽賀や毛利とも親しい間柄のようであった。そんな昨夜の現場にいた三人がこうしてまた近くに集まっているのは何とも暗示的である。

私は楠枝クリニックの方に歩を進める。午後三時半まで「休診中」の札が入口ドアに掛かっているのが見えた。

「待て」

宝結が私の肩に手を掛ける。

そして、近くの雑居ビルの脇へと駆け込み、私もそれに続く。一階の酒屋が空き店舗になって

おり、ワイン用の木箱が積まれていた。その陰に身を隠して、道路の向かいに目をやる。ちょうど、楠枝クリニックの正門の横、駐車スペースが見えた。およそ三台分のキャパに外車が二台並んでいる。

その傍らに男と女の姿があった。

一人はドクターXこと楠枝渡。モスグリーンのセーターの上に白衣をまとっている。

もう一人は小柄な若い女の子だった。ピンクがかったナース服を着ている。楠枝クリニックに勤めている看護師のようだ。

二人は立ち話をしているが何やら不穏な雰囲気である。

私と宝結のいる位置は耳を澄ませていれば彼らのやりとりが充分に聞こえる距離であった。

ドクター楠枝はエラの張った顔ににやにさがった笑みを張り付かせながら、

「まあまあ、男と女のハートのクリニックってもんじゃないの」

手を伸ばして馴れ馴れしくナース服の肩に触れてくる。

彼女はそれを振り払いながら、

「もう、いい加減にしてくださいっ。奥様に言いつけますよっ」

「まあまあ、あっちはあっちで若い男とよろしくやろうとしてんだし、こっちはこっちでさ」

「どっちもどっちなハレンチ夫婦のえげつないHにこっちを巻き込まないでくださいっ」

彼女はそう言うや、なおもしつこく迫ってくる楠枝の頬に平手パンチをくらわす。そして、プイッと背中を向けて、足早に立ち去って行った。

楠枝は瞬きを繰り返してから、

「お、おい、待て、今のパンチ、頼む、もう一回」

頬をさすりながら彼女の後を追おうとする。が、踏み出した足を止めた。

向こうからタクシーが迫って来ていた。速度を落とし、ナースとすれ違い、ゆっくりと近付いてくる。そして、楠枝クリニックの前で停車した。

後部ドアが開き、派手な感じの女性が降り立った。

四十代前半だろう。いや、濃いめのメイクのせいで実際より若く見えるのかもしれない。ウェイブした豊かな黒髪が脇の辺りまで流れ、高価そうな毛皮のコートに映えていた。右手の小指と親指を除く三本の指にきらびやかな指輪をしている。

タクシーの後部トランクが開き、運転手が荷物を次々と取り出し、両手に抱え込む。ほとんどがデパートの包みや袋だった。

女はドクター楠枝に悠然と歩み寄り、頬の赤い手の跡を見つめ、

「あらぁ、何かいいことあったのかしら」

皮肉たっぷりの口調で言った。

楠枝が作り笑いを浮かべ、

「マオミ、お帰り。ああ、顔のエラが引っ込むマッサージってネットで見つけたもんだから」

煙草を口にやりながら、その手で頬を覆い隠すようにする。

マオミはドクター楠枝の妻であった。捜査本部の資料に記されていた楠枝真緒美《まおみ》である。

楠枝は話を変えようと、

「なあ、今月のタクシー代、ちょいとかかり過ぎじゃないか?」

「だったら、たまにはあなたが運転してくれればいいじゃない」

「俺はさ、忙しいんだったら。ちょうどこれからメイムに顔を出そうと思ってたとこだし」

真緒美はきっぱりと首を横に振り、

「メイムなら、あなたが行かなくてもよくってよ。ちょうど、私、これから差し入れに行くから。クリームが溶けないうちに」

そう言って相手の返事を聞かず背を向ける。

そして、タクシーの運転手に楠枝クリニックの正面玄関に荷物を運び込むよう指示を与えた。

「おい」

と、宝結が私の脇を突っつき、

「先回りしておこう」

そう言うなり、踵を返し、走り出す。

身体を横にし、ビルとビルの狭い隙間をまっすぐに進んだ。このルートを行けば、先ほどのメイムの建物への近道になるのだった。私も蟹のように横になって走った。

大通りに面した歩道に出て、頭と肩に付いた埃やクモの巣を払い落とし、メイムの入口の近くに立つ。そして、象のオブジェを眺めるフリをする。

宝結はミントタブレットをカリカリ齧りながら、コートの左袖を調節していた。袖口にスマホを隠し、腕組みをして、密かに動画撮影を開始していた。

しばらくして、十字路の方から先ほどの女、楠枝真緒美がやってきた。片手にデパートの紙包みを提げている。

こちらにだんだん近付いてくる。身をくねらすような歩き方。毛皮のコートに包まれた身体が肉感的なカーブを描いている。うりざね顔にぽってりとした唇が艶っぽい。

彼女は我々に気付くと不思議そうな目で見つめ、鼻にかかった声で、

「あら、メイムの新しい会員さん？　それともこれから入会希望の方？」

宝結がすかさず虚言を転がし、

「いいえ、健康に関するウェブマガジンの編集者でして」

「へえ、じゃ、メイムを大きく取り上げてくださるのね」

「いや、それはエクササイズの内容が今回のテーマと合うかどうかで」

と、私はメモとペンを手に、ライター役を演じてフォローする。が、考えてみれば、実際に宝結は編集者、私はライターであり、半分くらいは正しいのであった。

真緒美は挑発的に目を輝かせ、宝結の肩にしなだれかかるようにして、

「エクササイズの内容なら大丈夫ですよ。瞑想と筋トレを融合させた新しいエクササイズがメイムのメソッド。心と身体、ハートと肉体、どっちも大事でしょ、ねっ」

甘ったるい吐息混じりに言った。

宝結は尖った顎を引き、

「メイムのメイは瞑想のメイ？」

「ご明察。じゃ、メイムのムは？」

「夢想のム」

「ブー」

ぽってりとした厚い唇をすぼめる。ムフフフと鼻の奥で笑いながら、

「折角だから、答えは中で説明しますよ。パンフもありますし」

そう言って、宝結の腕を引っ張り、入口に連れて行こうとする。

宝結は相手の手をそっと外しながら、

「ああ、いや、それはまた改めて。今はちょっと時間がないので」

私も素早く助け舟を出し、

「次の取材のアポが控えているんですよ、すいません、また今度」

両手を合わせて大仰に頭を下げる。

今、ここでメイムの内部に入るわけに行かない。中に羽賀も毛利もいるのだ。こちらが準備不足なのに無闇に警戒させることは避けた方がいい。

しかも、ちょうど真緒美のスマホに着信が合ったらしい。彼女は通話を始め、

「ええ、今、真ん前にいるの。タルト買ってきたわよ。あ、あと、取材の人、来てるけど」

どうやら、メイムの人間と話しているようだった。

今にもドアが開いて、羽賀か毛利が出てくるかもしれない。

宝結と私は軽く手を振り、グッバイを告げると、不審そうな顔の真緒美を残して、その場を足早に立ち去った。

それから、メイムの入口と楠枝クリニックとの両方が視界に入る喫茶店を見つけて、中で待機する。

宝結は袖口に隠していたスマホを取り出して、

「よし、バッチリ撮れている」

先ほどの録画状態をチェックした。メイムの建物の様子と楠枝真緒美の動画である。

「智恵ヒメに送信しておこう」

そう言って、スマホを操作する。

窓の外、三十分ほどして、メイムから楠枝真緒美が現われて自宅へと引き上げる姿が見えた。

さらに一時間ほど経つと、羽賀と毛利がメイムから出てきたので我々は尾行を試みる。宝結が羽賀を、私が毛利をそれぞれ追ったものの、結局、羽賀は帰宅し、毛利は自分の社に戻っただけに終わり、収穫は無かった。

その後、夕闇の深くなる頃、私は虎ノ門の料亭に立ち寄り、智恵ヒメから或る道具を受け取った。

秘殺のための道具を。

ACT3 PREPARATION

14

青白い月が横たわり、夜空を凍りつかせていた。夜の十一時半を過ぎていた。

ターゲットの余命はあとわずかだった。ほんの数分かもしれない。

私はターゲットに接近していた。秘殺を遂行するために、追い詰めてゆく。

今度こそ先を越されてはならない。いつもの高揚感に加えて、微かな緊張感も覚えていた。寒風が頬をなぶり、気持ちを引き締めてくれる。神経が研ぎ澄まされ、血流のせせらぎさえ聞こえそうだ。

ターゲットは予定通り、冠羽フーズの菊島勇。昨年のデータ偽装事件でＳＬＳ研究所の田久保と裏で糸を引いていた悪党である。

今日の昼、帰社は夜の九時過ぎになる、と菊島は言っていたが、その通りだった。私は下高井戸の冠羽フーズの社屋の近くで密かに見張っていたのだ。

十時を回った頃、菊島は社を出て、自分の車、グリーンのアクアに乗り込み出発する。

そして、私の追跡が始まった。黒のデミオのステアリングを握り、適度な間隔をキープしながら、菊島のアクアに張り付く。気付かれないよう、スピードの緩急を工夫し、アクセルに神経を注いだ。こうした追跡はよくあること。我ながら慣れたものである。

菊島は西へと向かい、途中、八幡山駅近くの日焼けサロンに立ち寄った。私はコインパーキングに車を止め、しばらく待たされる羽目になった。

しかし、苛立ちはまったく感じなかった。やはり菊島の浅黒い肌は日焼けサロンで焼いたのだと推理が当たり、嬉しかったからだ。

三十分ほどして出てきた菊島は何やら気合が入っている様子だった。手提げ鞄をダンベルのように片手で上げ下げし、肩をいからせグルグル回している。昨夜のようにネクタイを外し、頭に巻く。いや、額の汗を拭いたようだ。

それから、ネクタイをコートの上から腹に当て、帯のように巻きつけ、前で結わえた。これはこれで気合が入るらしい。両手を拳にして、ネクタイの帯を軽く叩いた。そして、車に乗り込み、エンジンをかける。

私も車のキイを入れ、再び追跡が開始された。

甲州街道を西に進み、つつじヶ丘の辺りで脇道に折れる。北に進むにつれ、緑地が多くなる。木々が繁茂して闇を作り、まるで夜が深くなってゆくようであった。

深大寺南町に入り、三鷹通りを北上する。遠くの丘の稜線が夜空に溶けて、大きな影のカーテンを作っていた。左側に神代植物公園の森がうっすらと浮かび上がってきた。反対の右方向に折れて、さびれた感じの道路を進んだ。車間距離を調整し、私は細心の注意で後を追う。

数分後、菊島の車のテールランプが光り、停車する態勢を見せた。

私はそのままのスピードで走行し、菊島の車の横を通り過ぎる。その位置を素早く確認しておく。茶褐色に枯れた野原の中に菊島の車は駐車されていた。

五十メートルほど行ったところで適当な草地を見つけ、頭から突っ込むようにして乗り入れ、停車する。ここも枯れ草がびっしりと密集している。

そして、素早く車から出ると、枯れ草を踏みながら疾駆し、東の方向へと進む。

菊島の車の明かりは消えていた。中に人の姿は無い。それを遠巻きにしながら、草木に身を潜めてさらに進む。すると、足元の感覚が変わる。土の地面が終わり、固い感触があった。

そこはアスファルトが広がっていた。しかし、随所がひび割れ、土が剥き出している。あちこちに枯れた雑草がはびこり、一見して草地と大して変わらない。

そして、そのすぐ脇、病院のような大きな建物が夜の中にぼんやりと浮かんでいた。もはや使われていない。いわゆる廃墟であった。

五階建ての棟が前後に二つ連なり、中央の渡り廊下が双方を繋いでいる。上空から見下ろせば、アルファベットのHの形をしているはずだ。

もとは白かったであろう壁は生のコンクリートのようにくすみ、黒ずんだ染みも見受けられる。縦横に、斜めに、ひびが走り、ところどころ剝落していた。窓の多くもガラスが失われている。鉄骨が剝き出しになった箇所もある。また、壁に穴が穿たれ、防塵シートで覆われている部分もあった。どうやら、解体作業の途中だったのが、何らかの理由により初期段階で中断されたと推測される。

この廃墟に点る照明もおそらく解体作業の安全をはかるために配備されたのだろう。先ほど、菊島の車の前を通り過ぎる際には点灯されていなかった。そのため、暗闇に包まれ、私は廃墟の存在に気が付かなかった。つまり、明かりのスイッチを入れたのは菊島と見ていい。

私は廃墟の方に目を凝らし、忍者のように音を殺し早足で歩を進める。息を止め、耳をそばだてる。ジャリッジャリッと砂を踏むような足音が聞こえる。二つの建物のうち、後方の棟に菊島は侵入したようだ。

私はさらに足を早める。錆び付いたフェンスが倒れていた。その近くに石柱のようなものが立っている。私の身長くらいの高さだが、上の部分が崩れ落ちている。

その石柱には「アリエス天望教」と彫り込まれていた。

聞いたことのある名前である。数年前に解体した新興宗教団体であった。悪評高く、警察も捜査に乗り出し、マスメディアでも話題になったことがある。

なるほど、ここはかつてのカルト教団の施設だったようだ。石柱の傍らには錆び付いた案内板が傾いている。かろうじて読める地図と文字によれば、道路に近い方から建物はA棟、B棟と記されていた。

今、私が向かっているのはB棟というわけである。

A棟の脇を過ぎ、中庭に目をやる。かつての花壇や噴水やベンチなどの残骸が廃寺の墓地のような光景をさらしていた。

隅の一角にはレンガを組んだバーベキュー用の火炉《かろ》の痕跡もあった。信者のためにレクリエーションを充実させていたらしい。木炭の燃え殻やホタテやサザエなど貝殻の欠片が落ちているのが空しい。

こうした多様な設備の配された幅十メートルほどの中庭を挟んで、A棟とB棟が向かい合っている。

私は影を選んで進む。B棟の上の方から足音が聞こえてきた。階段を上る足音だ。私は立ち止まり、見上げる。

三階と四階の間、ガラスの割れた窓に男の影が通り過ぎた。間違いない。菊島は階段を上っている。

私はB棟の端、開きっ放しの自動ドアを抜けて、中に入る。上からの足音が大きくなった。それを追い、足音を殺して階段を駆け上がる。

建物の内部は損壊が著しい。壁や天井が崩落し、大きく穴が穿たれた箇所もあった。床には瓦礫が散乱している。地上から伸びた蔦の枯れ枝が配管や窓枠に絡まり、内部にまで入ってきていた。時折、割れた窓から窓へと寒風が吹きすさび、怪鳥の鳴き声のような音を上げていた。

時計は十一時半を回っていた。

最上階の五階に辿り着いた。菊島の足音のする方へと慎重に進む。半壊したドアの陰に身を隠しながら、そろそろと顔を出し、様子を窺う。

中庭に面した外廊下を菊島は進んでいた。

二十メートルほど先である。こちらに背を向け、ゆっくりと歩いている。ベランダをつないだような造りの外廊下である。この外廊下に面して部屋が幾つも並んでいる。

菊島は立ち止まり、部屋の一つに入って行った。

私ははやる気持ちを抑え、冷静に待つことを選んだ。ボディバッグの中に手を入れる。プラスティックのパッケージを開け、新品のナイフに指を当てる。刃の高質な感触が伝わり、気分が落ち着くのを感じた。

前方の足音が大きくなった。菊島が部屋を出て、また、外廊下に姿を現わした。横顔が嬉しそうに数回頷く。右手を拳にして、顔の前に掲げ、ガッツポーズらしき動作をしていた。それから、腰に巻いたネクタイの帯を力士のようにポンポンと叩く。相変わらず暑苦しい男である。

そして、こちらに背を向け、のんびりと外廊下を歩き始める。手提げ鞄をブラブラ揺らしながら、機嫌良さそうに口笛を鳴らしている。かすれているので聞き取りにくいが、どうやら「明日があるさ」らしい。

いや、お前に明日はない。そろそろ時間だ。

秘殺の時間だ。

私は半壊したドアの陰から前に出た。

そして、菊島の背中に向かって外廊下を突き進む。日頃の鍛錬で足音は小さい。そのため、菊島は気が付かない。二十メートルあった距離はみるみる縮んでゆく。

途中、ついさっき菊島が入っていた部屋を覗く。

窓際に透明のビニールシートで囲われた小さな温室のような一画があった。隙間から土の匂いが漂う。中には十ばかりの鉢植えが並び、丈の高い植物が繁茂していた。どれも同じ種類らしい。

部屋の中に数歩入り込んで目を凝らす。手前の水道場にバケツと如雨露《じょうろ》が置かれている。バケツには汚れた水が溜まり、表面に氷が浮かんでいた。今朝あたりに凍ったのが溶けかけているのだろう。

冷え冷えとした空気を感じながら、素早く周囲に目をやるが、他に気になるものは見当たらなかった。

私はすぐさま外廊下に戻り、再び追跡を続ける。獲物を狙う獣のように速やかで静かな足取り。ターゲットの背中が大きくなってゆく。口笛の旋律が確かに聞こえる。

菊島は立ち止まった。ちょうどB棟の中央の位置である。顔を左に向ける。そちらにはA棟が建っている。そして、菊島は左に曲がり、渡り廊下に歩を進めた。

B棟とA棟を繋ぐ渡り廊下。長さ十数メートルのブリッジのような外廊下である。二つの棟の中央を渡し、双方を行き来できるようになっている。

私も当然その渡り廊下へと進む。随所にガタがきており、崩落した箇所もあり、補助ロープなどが巡らされている。私は外側に折れ曲がった手すりに近寄る。五階の高さから見下ろすと、廃寺の墓場のような中庭がさらに荒れ果てて映った。秘殺にはふさわしい光景かもしれない。

私は足を早める。ボディバッグに手を入れ、ナイフを取り出し、ジャケットの右ポケットに移しておく。さらに足を早める。ターゲットはほんの二メートル先に迫った。

風がよぎり、雲が裂け、夜空が広がる。月が光を落とし、闇が退く。

私の影が菊島の前方に伸びた。

菊島が足を止めた。口笛がシュッと空気漏れになって消えた。肩が上がり、全身が固まる。

そして、ゆっくりと振り返る。浅黒い顔がほんのりと汗ばみ、光沢を帯びている。驚きが張り付いていた。ギョロリと目を剝いて、しばしこちらを凝視する。口が丸く開いた。思い出したら

しい。強張った表情で、

「えっ、あれれ、警察の人ですよね？　どうして？」

不審そうな声をあげる。

私は穏やかに答えた。

「菊島さん、あなたに用があってね」

「お、俺に？　用って？」

「サヨナラ」

「へっ、意味解んない、サヨナラって？」

菊島は気味悪そうに眉をひそめる。

私は手を上げて左右に振ってみせる。

菊島もつられたように同じくバイバイと手を振る。

と、私は瞬時に右手を突き出し、菊島の右手首を摑み、引き寄せ、後ろへとねじ上げた。

「ウググッ」

菊島は苦悶の呻きを漏らし、こちらに背を向けた。左手から手提げ鞄が落ちる。

既に私の手はナイフを握り締めていた。

そして、菊島の首筋をめがけて振り下ろす。

「地獄へＧＯ！」

刃は正確無比に的へと刺し込まれた。

確かに仕留めた。秘殺、成功せり……。

が、しかし……

……五分後、私は信じられないような光景を目にしていた……

15

……五分後、私は信じられないような光景を目にしていた……

思わず重い溜息と共に口走っていた。

「ああ、何てこったい……」

私はとんでもない殺人現場の前に立っている。

一見すると実に不可思議な状況。不可能犯罪の現場と言い換えてもよい。

私にしてみればまったく想定外のシチュエーション。

密室殺人の現場を目にしているのだった。

一言、信じられない……。

今、私がいるのはA棟の二階だった。中央辺りの部屋の前。南側の外廊下。さきほど車で通った道路に面した側の外廊下である。ここもベランダを繋いだようなオープンな造りになっている。

私はその外廊下に立ち、窓から部屋の中を覗き込んでいた。

その部屋の内部に死体が横たわっている。

菊島の刺殺死体。私がナイフを突き刺して、絶命させた菊島の死体である。

私はこの現実を受け入れることに激しい抵抗を感じていた。認めたくなかったのである。しかし、厳然たる現実だった。

２０８号室の札がドアに貼られた部屋。その中に菊島の刺殺死体が横たわっている。

しかも、密室殺人の状況を呈している。

この２０８号室内には二つの部屋が並んでいた。一つは私に近い方、道路側の南部屋。もう一つは奥の方、中庭側の北部屋だった。

死体があるのは中庭側の北部屋だった。

そして、今、私が立っている外廊下からの引き戸の入口ドアは内部から施錠されている。フックを倒してロックする形式のクレセント錠がしっかりとかかっていた。室内からしか開錠も施錠も出来ないわけである。

その様子は窓から覗き見ることが出来た。

廃墟だけあって、その窓のガラスはほとんど割れて無くなっていた。だが、鉄格子がはまり、とても人間の通れる隙間ではない。私はその隙間から七つ道具の一つの手鏡を差し込み、ドアの施錠の様子などを確かめたわけである。

以上のような状況で道路側からこの密室に出入りすることは不可能ということになる。

それでは反対側、つまり中庭側はどうであろうか？　中庭側にもドアがあり、閉ざされてはいるが、内部から施錠されていない。

だが、ドアに面した外廊下が問題であった。

先ず、外廊下の所々が崩落しており、場所によっては大きな穴も開き、歩行を不可能にしていた。かなり以前からそんな状態だったようだ。また、解体工事で手すりも既に外されている。

しかも、床には地上から伸びてきた枯れた蔦草がはびこり、足の踏み場も無いほどだった。加えて、苔も繁殖している。

つまり、この外廊下を通れば足跡が残るか、少なくとも蔦草や苔を踏んだ痕跡が必ず残るのであった。

しかし、そうした足跡などはまったく見当たらない。先ほど、私は七つ道具の一つのペン型望遠鏡で確認したばかりである。

つまり、誰もこの部屋に出入りできた者はいない、という結論に至るのだ。

出入り不可能な部屋に刺殺死体が横たわっている。これは密室殺人の状況である。犯人はどうやってこの不可思議な犯行を成し遂げたのか？　眼前のシーンは難解な謎を突きつけてくる。

私は何度も自分に言い聞かせた。これは現実である。目をそむけず、現実を認めなくてはならない、と。

だから、私は運命を受け入れる。

こんな密室殺人の状況がどうして出来上がってしまったのか？

私は知っている。運命がどんな絵を描いたのか、私は一部始終を目撃していた。

時間を五分前に巻き戻して、いったい何が起きたのかを追想してみよう……


……五分前。

場所は五階の渡り廊下。Ａ棟とＢ棟とを繋ぐブリッジだ。

私はナイフを菊島の首筋に振り下ろす。

「地獄へＧＯ！」

仕留めた。刃は確実に的に刺し込まれていた。

菊島は身をのけぞらせ、白目を剝く。肩は落ち、膝は曲がり、首がうなだれる。

私はナイフの柄から手を離す。後ろから菊島の腕を掴んでいた手も外した。

菊島はガクッと膝を落とし、斜め前方に傾いで、くずおれる。そして、渡り廊下の手すりにのしかかる格好で倒れ込んだ。

即死だった。逆さになった顔が手すりの柱の間から覗き、心霊写真を髣髴とさせる。

首筋にはほとんど出血は見られない。深々と突き刺さったナイフが栓の代わりとなっているからだ。

風が吹き、雲がさらに大きく割れる。月明かりが冴えて、死体をスポットライトのように照らしていた。

ターゲットの秘殺に成功。私は肩の力を抜く。大きく深呼吸をした。冷たい空気が体内の火照りを冷まし、心地よい。充実した気分が込み上げてくる。

だが……。

その時、足元が揺れるのを感じた。

周囲に目をやる。木々が左右に揺れ、枯れ葉を落としながら、ざわめいている。A棟とB棟の窓枠や配管なども震えている。この渡り廊下の至る所でガタガタと嫌な音が発生していた。

地震である。

左側の手すりで金属のこすれ合う音が響いた。錆びてひびの入っていた箇所が振動している。

その振幅が大きくなり、ギギッと音を立てて外側に大きく折れ曲がってしまった。

と、手すりにのしかかっていた菊島の死体が激しく揺さぶられた。バランスが崩れ、重心がずれる。頭が下がってゆく。ズルズルと滑り降り、加速する。

そして、菊島の死体は手すりから消えた。

この五階の渡り廊下から落下してしまった……。

が、地上まで到達しなかった。

渡り廊下のガタのきていた箇所に巡らされていた補助ロープのせいである。

地震によって、手すりが激しく震動して、ロープの一つが外れてしまった。

その先端のフックが菊島の死体に引っ掛かったのだ。死体の真ん中辺り。腹に巻いたネクタイの帯に引っ掛かり、死体を宙吊りにする格好になった。

ロープの反対端のフックは渡り廊下の五階の手すりにまだ留められていた。それもA棟に近い位置である。手すりは外側に大きく曲がっている。また、ロープの全長は十メートル近くあった。

五階の渡り廊下から落下した菊島の死体はロープに引っ掛かった状態で宙に舞う。

そのまま、ロープは振り子のように滑空し、大きな弧を描く。

そして、その先端がA棟の二階の部屋に入り込み、死体を放り込んだのだった。腹に巻いたネクタイの帯から死体がすっぽ抜けて、部屋の中に飛び込み、そのまま室内に残されてしまった。

ロープは先端フックにネクタイだけを引っ掛けた状態で戻りの軌道を描く。部屋を飛び出る際、ドアの端に当たり、その勢いでドアは閉じられてしまった。

また、ロープの反対端、五階の渡り廊下に止められていた方も地震と振り子運動の影響でフックが外れてしまった。

そのため、振り子の戻りの軌道を描いていたロープは宙に放り出され、数メートル飛んでから、中庭の端に落下した。

偶然に偶然の重なったまさかの連鎖。信じられないような運命の悪戯。

私は大きく息を呑み、口が半開きとなる。しばらくそのまま。開いた口がふさがらない。

五階の渡り廊下で確実に秘殺したターゲット。なのに、瞬く間に、その死体はA棟の二階の一室に横たわっている。

しかも、嫌な予感がする。極めて不可解な殺人の状況になっているのではないか、と。

地震は十秒足らずだった。私は息を吐くと、踵を返し階段へと急ぐ。A棟二階の現場とその周囲の状況を確認するために疾駆する。

それから五分後……


「ああ、何てこったい……」

私の嫌な予感は的中していた。

まさに死体を取り巻く現場は密室殺人の状況となっているのだ。

道路側のドアは施錠されている。中庭側の外廊下には蔦草と苔が繁茂し、そこに足跡など踏まれた形跡が無い。つまり、誰もこの部屋に出入りできたはずがない。なのに、室内には他殺死体が横たわっている。犯人は消失してしまった……

そう、一見したところ、まさしく密室殺人の現場が厳然と存在しているのだった。

こんなの予定にない。まったくの想定外である。計画の破綻だ。

「ああ、何てこったい……」

私は世界で最も運の悪い殺し屋なのかもしれない……。

私は大きく溜息をつき、冬空を見上げる。雲の狭間から青白い月が笑っている。冷たい夜風がナイフのように首筋をかすめた。

私は身震いし、瞬きを数回繰り返す。そして、ポケットに手を入れ、スマホを取り出した。

16

私はスマホを操作し、アドレスの一つにかける。相手はすぐに出た。

私は努めて冷静な口調で、

「宝結、俺だ。報告がある」

「ああ、その口ぶりから察すると、しばらく黙って聞いてくれ、だろ?」

宝結の何やら嬉しそうな含み笑いが漏れ聞こえた。

私は小さく舌打ちして、

「いいか、実に厄介な事態が降りかかってきた……」

私は語り始めた。

菊島を廃墟の五階に追い詰め、秘殺に成功したこと。しかし、不測の事態によって密室殺人の現場が作り上げられてしまったこと。これらの経緯を出来るだけ段取りよく詳細に報告する。さらに遡り、菊島を車で追跡したルートや駐車位置の状況などについても説明した。いずれ、宝結から問われるとわかっていたからである。

それから、昨夜と同様、スマホのTV電話機能を駆使して、現場中継を行い、具体的な状況を解説する。

死体の横たわる208号室を始め、廃墟全体の構造を撮影しながら、五階の渡り廊下、A棟二階の二つの外廊下など私はあちこち飛び回り、まさにTVレポーターさながらの中継をこなす。じんわりと汗をかき、かれこれ十数分かかって、現場レポートを終了させた。

マイクをスタジオに返すように、

「以上、秘殺の現場から」

私はそう締めくくり、大きく溜息をついた。

すると、今までおとなしく聞き役を務めていた宝結が何やら愉快そうに口を開く。

「そうか、よりによって密室殺人とはね。何とも、そそるねえ。しかし、いくら何でも想定の範囲を超え過ぎだよな」

大仰に困った口ぶりで漏らす。

そして、この非常事態を招いた私のミスが「初歩だよ」と言わんばかりに、

「チョンボだよ、和戸隼クン」

皮肉まじりに告げた。

これは想定内である。宝結の口癖。だから気にしない。私はそう自分に言い聞かせ、意志の力で無理やり無視する。少しは引き摺っているが。

そして、話を続ける。

「で、どうする？　当初の予定だと密室なんて無かったからな。密室状況を壊すか？　例えば道路側のドアを開錠しておくとか。ほら、さっき、映像を見たろ。ドアの左側、すぐ近くの窓を割って、そこから手を伸ばせば錠を開けられそうだし」

「いやいや、やめたほうがいい。何せ、和戸君、今の君は実にツキが無いからね。もしかして、世界一運の悪い殺し屋かもしれない。自分でそう思ったりしないか？」

「え、ま、まあ……」

「だろ。そんな不運な星のもと、無闇に現場を改造しない方がいい。何が起こるか解ったもんじゃない。それに考え方によってはチャンスにできる」

「えっ、チャンスって？」

「だって折角の不可能状況だぜ。いいか、普通、誰もそう簡単には密室の謎は解けないだろ。きっと警察は頭を抱えるさ。つまり、この密室を活かせば、捜査本部を出し抜いて、こちらが捜査の主導権を握れる。だから、そのためにも必要最小限の細工で済ませようじゃないか」

「まあ、俺としちゃ、指示に従うしかないよな。捜査を操り、思い通りの解決に導くのは宝結、君の担当。よって、現場作りのプランニングも君の領分だからな」

「そうそう、和戸君、解ってるじゃないの」

「じゃあ、密室のままにしておくぞ。本当にいいんだな？」

「くどい」

「解ったよ。じゃあ、密室のままキープ、それで決まり」

私はキッパリと言ってやる。次に、やや躊躇いながら、気になっている質問を投げかけた。

「けど、あれだよな、実際に俺が目の当たりにした密室のプロセス、振り子のロープが死体を投げ込んだという展開、あれは密室トリックの解答として使えるのかどうか？」

「使えないよ」

と、宝結はあっさり否定した。語気を強めて、

「あれじゃ無理だよ。解答にならない」

「やっぱし使えないよな」

「そりゃそうさ。あんな偶然に偶然の重なった嘘みたいなトリックじゃ、誰も信じるわけないだろ。あんなんじゃ、解答として使えないよ」

「じゃあ、やっぱし、別の解答を用意するということに」

「当然。新たな密室トリックを案出して、それを解答として適用させるつもりさ。捜査陣や事件関係者を説得できるもっと真っ当な密室トリックをな」

宣言する声が熱を帯び、いくらかビブラートが入っている。自分で自分を追い詰めているようにも聞こえる。

私は思わず、

「おいおい、宝結、大丈夫か？」

「ああ、もちろん。さっきから、もう既にプランが一つ浮かんできたところだし。さあ、和戸君、忙しくなるぞ、獲物は解き放たれた《ザ・ゲーム・イズ・アフット》！」

今度は何やら高揚している様子だ。しかも、タップダンスの足音が聞こえてくる。

この男、難題を求めては、難題に苦悶し、難題に歓喜する、まるで一人SMの性癖があるが、今回も存分すぎるくらい発揮されそうだ。

私はそれをしっかり受け止めなければならない。今まで宝結とコンビを組んで、殺人と現場の偽装に尽力し、事件作りに成果を上げてきたのは、そんな固い絆のチームワークがあってこそなのだから。

私は答えた。

「ああ、忙しいのは慣れっこさ。今さら何を言う。さあ、宝結、先ずはどこから始めようか」

「よし、和戸君、指示を送るぞ。手際よくやってくれ。また不運の女神が振り向かないうちに。ああ、それにしても、犯人のミスを探偵がカバーするとは何というパラドックス」

「悪かったなっ。いいから、早くしろ！」

「よし。先ずは……」

宝結は歯切れのいい声で指示を送ってくる。

私はスマホを片手に廃墟内を駆け回る。

地階に降りて、中庭の隅の方に赴く。バーベキュー施設の傍らに捨てられていたガラクタの中から竹箒を回収した。あと、火炉からホタテの貝殻を拾う。いずれもさっきの生中継で宝結が目ざとく見つけたものだ。

同じく中庭の中央辺りでネクタイを拾う。菊島が帯のようにして腹に巻いていたものである。

それからB棟の五階へと階段を駆け上がる。やはり宝結、なかなか人使いが荒い。こちらも慣れたものだ。しかし、ハアハアと息が上がっているのは伝わらないように気をつける。殺し屋の意地というやつだ。

B棟の五階の一室。さっき菊島がしばらく入っていた部屋だ。水道場のバケツから浮かんでいる氷をすくいあげた。溶けかけていて、複数の欠片になっていた。ボディバッグからビニール袋を取り出し、その中に氷を入れて持ち運ぶ。

そして、両手に荷物を携えたまま、渡り廊下を通り、菊島の落とした手提げ鞄を拾い、階段を下り、A棟の二階へと向かった。

その間、宝結は偽装工作について詳しく解説し、私はそれら一つ一つを丹念に復唱し確認し、脳裏に刻み込む。ああ、ホントに忙しい。

A棟二階の階段の踊り場。

ここを現場工作の準備のための作業場にせよ、との宝結の指示であった。

およそ五メートル四方で数台のベンチや自販機が置かれていた。もとは休憩室も兼ねていたらしい。今では割れた窓ガラスや壁の亀裂から木々の枝が入り込んですっかり荒廃している。リノリウムの床も所々剥がれて寒々しい雰囲気だった。

南側の壁に鳥籠が吊るされていた。もちろん空っぽ。釣鐘のような形状で大きさはラグビーボールくらい。そして、枯れた蔓草が全体に絡み付いていた。天井近くの明かり取り窓から伸びてきた蔓草である。

私はポケットからライターを取り出し、火を点す。つまみを調節し炎を大きくする。腕を伸ばし、鳥籠の左側に炎を当て、十秒ほど上下に動かし、蔓草を焼き切った。これで鳥籠を壁のフックから取り外すことが出来る。背後の壁には焦げ跡が付いていた。

蔓草のくすぶっていた火が消えたのを確認してから、両腕を伸ばす。そして、金網の熱い部分を避けながら、そっと鳥籠を取り外し、床に置いた。

次に部屋の右隅に置かれている自販機に歩み寄る。缶コーヒーなどの飲料のサンプルが並んでいるが今はもちろん稼動していない。自販機は角にぴったりと寄せられていて、背面と右側面は壁に密着しそうである。どちらも幅五ミリくらいの隙間だろう。

私は中庭で拾ったホタテ貝の貝殻をジャケットの左ポケットから取り出す。それを自販機の背面と壁との隙間に差し入れる。半分くらい入れたところで手前に強く引いた。パキッと乾いた音がして貝殻は二つに割れた。一つは手の中に残り、もう一方は床に落ちて自販機の陰に隠れた。

次の作業。ジャケットの右ポケットから小さなジップ袋を取り出し、中身を手のひらにあける。これは予め用意して持ってきたものだ。数粒の黄色い薬の錠剤。片膝をついて屈み、鳥籠の入口を開けて、それらの錠剤の一部を中に入れる。続いて、ホタテ貝の殻も入れた。

それから、菊島の手提げ鞄からピルケースを取り出す。半透明のプラスティック製のもので数種の錠剤がむき出しのまま収められていた。蓋を開け、さっきの残りの黄色い錠剤を中に入れてから、手提げ鞄に戻しておいた。

私は実況中継中のスマホに向かって、

「これでどうだ？」

「ああ、上等だ。先ず、第一段階が完了」

宝結が満足そうに答える。

私は休むことなく立ち上がり、次の準備。

中庭で拾った竹箒を手にすると、奥の壁際、中央のベンチに歩み寄る。

竹箒をベンチの左端に置き、右足で踏みつけて押さえた。柄の八割くらいがベンチからはみ出ている状態。しっかり足で押さえたまま、左手で竹箒の柄を掴み、力を込めて押し込んだ。乾いた音を立てて、竹箒の柄は折れる。私は柄を回すようにして竹の皮をちぎり、切り離す。一メートルちょっとの竹の棒が手に残った。

「いいね」

スマホの声がOKを出す。

私は竹の棒と幾つかの荷物を両手に持って、場所を移動した。

17

移動した先はA棟の二階、問題の208号室だった。菊島の死体の横たわる部屋。密室殺人の現場である。

私は道路側の外廊下に立っていた。

ドアから左方向に二メートルほど離れた位置。ガラスの落ちた窓。七、八センチくらいの間隔の鉄格子が嵌っている。そこから手を入れて、さきほどの氷を五つ、室内にそっと落とした。

続いて竹の棒を差し入れて、氷を強く弾いた。氷は床を滑り、手前の南部屋を横切って、奥の北部屋に入り、菊島の死体にぶつかって、止まった。

「ナイスショット！」

スマホの宝結が歓声をあげる。

私は腕を叩いて、

「ビリヤードならお前に負けんよ」

さらに、残りの四個の氷も同様にナイスショット。

次はネクタイ。輪になっていた菊島のネクタイをいったん解いて伸ばす。

ポケットに手を入れ、小銭入れから十円硬貨を取り出す。五百円硬貨も摘み上げる。仕事の際には硬貨も紙幣も一通り全種類を携行しているのが常だった。こうした現場ではいつ何が役に立つか解らないからだ。

ネクタイの真ん中辺りに二枚の硬貨を置き、クルリと結わえて包み込み、飛び出ないようにする。そして、窓の鉄格子の隙間に差し入れ、手首のスナップを利かせて、室内に投げ込む。緩やかな弧を描き、ネクタイは死体の向こう側に落下した。

「まあ、そんなところだろう」

スマホから宝結の声が聞こえる。

「一発勝負にしては上出来だよ」

と、私は自分をフォローした。

それから内ポケットに手を入れ、準備しておいたメモ用紙を取り出した。念の為、折り目と染みと記載事項を確認。竹の棒を手に取り、適当な割れ目を見つけると、そこにメモ用紙を挟み込んだ。そして、また鉄格子の隙間から差し入れ、奥に向かって放り投げた。竹の棒は宙を滑空し、落下するとカラカラ転がって、死体にぶつかり、まもなくして止まった。

「ほぼ狙い通りだな」

私は宝結に先んじて言った。

「和戸君のストライクゾーン広いから」

「心も、な」

「自分で言ってら」

と、宝結は含み笑いし、

「まあ、とにかく、以上でフィニッシュ」

「だよな」

私は達成感に満ちた溜息を漏らす。

そう、これで現場作りが完了したわけであった。

私は階段の踊り場に戻り、自分のボディバッグを拾い上げて、肩にかけると、

「じゃあ、とっとと退散するぞ」

「ああ、不運の女神に捕まらないうちに」

宝結が本気とも冗談ともつかない口調で言った。

ちょうど、その時、道路の方角が明るくなった。エンジン音も近付いていた。

私は窓に歩み寄り、外を覗き込む。

目の前の道路をトラック二台がスピードを落としながら走行してきた。そして、斜め向かいのドライブイン跡の空き地に入り込み、停車する。

二台とも長距離輸送のトラックであった。休憩を取っているらしい。運転席で男たちが弁当を

広げ始める。夜食の時間なのだろう。

私は思わず舌打ちする。

さっきまでいた外廊下に出ると、こちらの姿が見られてしまう恐れがある。何せ、道路に面しているし、ベランダを繋げたような外廊下なのだから。

現場工作の作業がすべて完了した後で良かった。さもなければ、この二台のトラックが立ち去るまで、いったん作業を中断しなければならない。ある意味、運が良かったのかもしれない。

苦笑いしながら私は階段で一階に降りる。一階は木々に遮られ、トラックからは死角になっていた。慎重を期してA棟の裏口から出て中庭を通り、廃墟の敷地を離れた。

そして、身を低くし、ペンライトで足元を照らしながら、深い枯れ草の中を小走りし、止めておいた車に辿り着く。呼吸を整えて振り返ると、枯れ草の群れを踏んで走った跡が一筋続いていた。周囲を見渡し、己の安全を確認。

それから、ボディバッグの中から小さな長方形のプラスティック製のケースを取り出す。果物ナイフのパッケージである。そう、さっき菊島を秘殺するのに使用した凶器の。

このプラスティックケースを車の傍らの地面に落としておく。これで仕上げ完了。

私はもう一度、周囲を見渡してから車に乗り込む。安堵の溜息まじりにスマホに向かって、

「大丈夫、誰にも見られていない」

「見てたのは幸運の女神だけ、か」

宝結が喉元でクククと笑っていた。

と、その時、振動を覚えた。足元が、車体が揺れている。

余震であった。

またかよ……。私は腹の底から苦いものがこみあげてくるのを覚える。

が、幸いにも先ほどより揺れは小さい。そして、数秒で収まってくれた。

私は大きく深呼吸する。腹立ちと安堵が入り混じり、大きく舌打ちし、

「女神さんも気まぐれだな」

宝結がまだ笑っている。再びタップを踏む音が聞こえてくる。

18

朝の八時過ぎ、私はこの殺人現場へと舞い戻ってきた。

いったん帰宅して、三時間ほど仮眠を取ったので気力も体力も充分である。冬の淡い陽光が一際暖かく感じられた。

タクシーを降りて、廃墟の敷地に近付く。一帯は警察車両と捜査関係者で賑わっている。一般の見物人たちも集まり始めていた。町外れと言ってもいい場所なので昨日の砧の現場のような騒がしさは無かった。

顔見知りの刑事を見つけて挨拶を交わし、規制線をくぐらせてもらう。つい七時間前、歩き回った場所なので勝手は知っているが、初めてのフリをしなければならない。わざとキョロキョロしたり、刑事に道を訊くなどして進む。

草地の中、菊島の車は昨夜の駐車位置のままだ。周囲で数名の刑事が捜査を続けている。

地面に目をやる。菊島が枯れ草を踏んで歩いた痕跡が残されていた。しかし、それは往復のものではない。菊島が帰還することはなかったのだ。その原因はもちろん私。秘殺した実感が改めて湧いてくる。

A棟の中央入口の脇に盛り塩があった。

宝結の奴、実に行動の早い男だ。既に臨場し、いつもの段取りで現場を清めたようだ。

私は駆け足で階段を上る。二階の踊り場の出口で宝結の背中を見つけた。

追いついて、小声をかける。

「よっ、ご苦労さん」

「やあ、苦労の種」

朝イチの皮肉を浴びせてきた。

が、事実である。確かに苦労をかけたのは私の方なのだから。悔しいが反論は控えた。

そのまま黙って道路側の外廊下に出て進み、あの現場に到着した。もちろん、２０８号室、「密室殺人」の現場である。

ドアは開錠されて、大きく開かれていた。

中で捜査員達があちこちに目を凝らし、厳しい顔をしている。

その中の一人がこちらに気付き、睨むような眼差しを向けてくる。

蓮東警部であった。苦虫を十匹嚙み潰したような顔をして、

「仕方ねえ、お前らも仕事だもんなあ」

そう言って、さっさと中に入るように顎で示すので、宝結と私は素直に従う。考えてみれば、

いろいろ細工をしたわりに、この部屋の中に実際に足を踏み入れるのは初めてであった。

廃墟とあって、やはり、天井も壁も傷だらけで、あちこちがひび割れ、損壊している。落書きも見受けられる。コンクリートにはいくつも穴が穿たれ、マンホールくらいの窪みが出来ている箇所もあった。

蓮東警部は大きく溜息を吐いて、

「ったく、やってられねえぜ。今度はとんでもない現場になってやがるんだよ。嫌がらせかよ」

犯人への呪いの言葉を吐き散らす。聞いていて胸が痛む。

よほど鬱憤が溜まっているのか、愚痴を聞いてほしいようでさえあった。昆布のような長い顔を片手で撫でると、

「本庁に通報があったのは今朝の七時ちょっと前。死体がある、ってこの場所の住所を告げてきた奴がいた。携帯電話からの発信だけど、その持ち主は偽名登録だったから尻尾の摑みようがない。しかも、人工的な声で、どうやら、文章を音声化する機器かアプリを活用したらしい。手の込んだことしやがる。きっと、犯人が自慢げに知らせてきたんだろうな、ホント腹立つぜ」

スイマセン。つくづく胸が痛む。通報したのは私です、と言えたら、どんなに楽だろう。

「で、所轄の警察がここに急行したら、本当に通報通りで、しかも、近くに駐車していた車のナンバーから、どうやら、菊島勇の死体のようだからってんで、こんな辺鄙なとこに駆けつける羽目になっちまった」

ホント、朝早くからご足労をおかけして申し訳ない。

宝結が口を挟み、

「確かに辺鄙な場所だけど、この廃墟、もとは宗教団体の施設だったようですね」

蓮東警部は頷き、

「本部だった。『アリエス天望教』という評判の悪い新興宗教、いわゆるカルト教団の本部施設だった。聞いたことあるだろ」

「悪徳商法で信者にインチキ開運グッズを買わせたり、強引に売らせたりして問題になった」

「ああ、只の水道水を霊水と称したり、教祖の爪の垢を万能薬と偽ったり、ひでえよな。警察も捜査に乗り出しかけたところで、教団は内部紛争があって幾つかに分裂し、結局、解体消滅してしまったんだな」

「確か、教団消滅後、元の幹部数名が詐欺罪で逮捕されただけで終わってしまいましたっけ」

「そう、それでジ・エンド。消滅してまもなく、この本部施設は或るアミューズメント会社が買い取って、大型ラブホに改造する計画だったらしい。だけど、経営悪化で資金繰りがつかなくなって、教団施設の解体工事が中断して、こうした廃墟のまま放置されているってわけだ」

「そして今、死体が放置されている」

蓮東警部は重い溜息と共に頷き、

「ああ、うんざりするぜ。この部屋は信者たちが籠もって修行する道場みたいなところだったらしい」

顔をしかめたまま、この密室殺人について詳しく語り始めた。

道路側の引き戸のドアは中からクレセント錠で施錠され、それは外のいずれの位置からも操作不可能であること。また、割れた窓には格子が嵌っていること。中庭側の外廊下は蔓草と苔だらけなのに、人が通った痕跡が無いこと。それなのに、室内に他殺死体が転がり、犯人は脱出してしまっていることなど、そうした密室の構成要素について、愚痴と罵倒をたっぷりと交えてまくしたてる。

「検視報告によれば、死亡推定時刻は昨夜の十一時から午前一時の間。死因は右首筋をナイフで刺された失血によるショック死、とのこと。そして、即死だそうだから、外でナイフを刺されたガイシャがこの部屋に駆け込み、施錠してから絶命なんてことは有り得ないとさ」

吐き捨てるように言う。

宝結はそれを受けて、

「じゃあ、あの割れた窓」

道路側の窓を指し示し、

「格子の間から手を差し入れて、ガイシャをナイフで刺殺したなんてことも」

「有り得ない。だったら、即死でその場、窓のすぐ近くに死体が転がっているはずだからな」

「しかし、死体はあちらの北側の部屋に横たわっている」

「ああ、難儀な死に方をしてくれるぜ。ったく、面倒な上に、不思議とか不可能なんてよけいな盛り上げ方をしやがって」

蓮東警部は眉間と鼻に深々と皺を刻む。

すると、死体の横たわる北部屋から、

「ホント、ミステリアスですよね」

と、しみじみした声が割り込んでくる。小太りの体軀をゆすりながらこちらに歩み寄ってきた

のは阿口刑事だった。遠くを見るような目をして、

「ここ、以前は心霊スポットとして知られていたんですよね。そんな場所で、密室殺人、そして、犯人の消失。ああ、まるで、廃墟に潜む亡霊が」

「黙れっ」

警部は怒声を飛ばし、

「つまらん演出をトッピングすんなっ。ったく、腐れポエム野郎め、とっとと周辺の探索でもしてろっ」

右足を大きく上げて蹴りを入れようとする。

阿口刑事は慣れているらしい、小太りとは思えない身のこなしでキックをかわし、部屋から退散した。

蓮東警部は部下の消えた方に向かって舌打ちし、

「難儀なのは密室だけじゃねえのに、さらに謎を盛り上げる言い方すんなって。ああ、黙っててほしくないガイシャは黙ったまんまだし」

そう言って、死体の方に近寄って行く。

この208号室は前述したように二つの部屋から成っている。道路側のフローリングの南部屋と中庭側のコンクリート敷きの北部屋の二つだ。どちらも八畳間くらいの広さ。

死体があるのは中庭側の北部屋だ。

二つの部屋の間には壁があり、真ん中の引き分け戸を開けて行き来する造りだが、とっくにその二枚の戸は壊れ、南部屋の片隅に打ち捨てられていた。

私は二部屋の境の入口でいったん立ち止まり、北部屋を見渡す。

死体はコンクリートの床のほぼ中央にうつ伏せに横たわっていた。こちらを向いた顔は静かな表情をし、目は半分閉じられている。生前の暑苦しい言動が嘘のようだ。日焼けサロンで焼いた浅黒い肌が唯一の名残りかもしれない。

警部は死体を見下ろしながら、

「ガイシャは刺されて、前に倒れ、強打したようだ。頬や顎を擦りむいている。肩も打撲しているようだって検視が言ってた」

そう言って肩をすくめる。

死体の首筋にはナイフが深々と突き立っている。玄関から入る薄い陽光が当たり、僅かな刃の部分がぼんやりと光っていた。我ながらいい仕事をしている。

宝結がナイフを指し示して、

「犯人は冷酷にも深々とグッサリ殺《や》ったわけか。何せ即死だったそうだし」

警部は大きく頷き、

「ああ、鬼か悪魔のように非情にもグッサリとな。ナイフが栓の代わりになって、体外出血はほとんど無いほどだ」

「何ともひどい」

「あ、そうそう」

と、警部は何やら思い出したらしく、

「零時ちょっと前に地震があったよな。その後も余震が二回ほど。ちょうど犯行の時間帯だったけど、地震の揺れで棚とか高い位置にあったナイフがすっ飛んで、ガイシャの首に刺さって、偶然の密室が構成された、なんて絶対に考えるなよ。柄の近くまでこれだけ深く突き刺さるなんて有り得ないんだからな、あくまでも人為的な犯行だぞ、って、検視官も念を押してたからよ」

「そんなアホらしい偶然の密室殺人なんて想像すらできませんたら」

宝結は白々しく言ってのけた。

私は警部の顔を正視できず、目をそらし、とりあえず俯く。

ひびだらけのコンクリートの床は左右の端に窪みがあった。細長い四角形の窪み。周囲のコンクリートが欠けて、その破片と砂のような塵が溜まっていた。それらに混じって、イグサらしき屑もこぼれている。

死体の頭に近い方の四角い窪みには小型自転車が倒れている。いや、正確には自転車ではなく、サイクルマシンだった。ひたすら漕いでも走らない自転車、トレーニング機器である。傷と錆だらけで、ハンドルがひしゃげ、近付いて見るとチェーンも切れて、まったくのガラクタと化していた。

警部はサイクルマシンを見つめながら、

「これはもとからあったものだろう。修行には瞑想や写経とか精神面の他に肉体の鍛錬もあったそうだからな。廃墟内には他にこの手の廃品があちこちに落ちているよ。そういうマトモなものばかりならいいよ」

そう言って顔をしかめる。

「マトモじゃないものも?」

宝結が問うと、警部は疲れた口ぶりで、

「ああ、ワケのわからんものが、な。あれとか」

そう言いながら、部屋を横切り、死体の足の方へと移る。室内には鑑識の番号カードが置かれた調査ポイントが複数ある。その一箇所から細長いものを拾い上げた。

「竹の棒、どうやら竹箒の柄の部分らしい」

その通り。私が窓格子の隙間から放り込んだものである。

警部はこちらの心中を読めるはずもなく、

「しかも、割れ目のところにこんなものが挟み込んであった」

そう言いながら、紙切れを取り出して、こちらに向ける。

一枚のメモ用紙だった。角に折り目が付いていて、端にうっすらとインクの染みが付着している。そして、真ん中にボールペンの手書きで半円が描かれていた。

もちろん、これも私が仕込んだもの。

宝結はメモ用紙に顔を近付け、

「犯人からのメッセージ？　田久保殺しの現場からも発見されたけど、似ているような」

「ああ、そうなんだよ」

と、警部は舌打ちし、

「あのメモと同種の紙と見ていいようだ。一冊の同じメモ帳から切り取られた可能性が高い」

「折り目も似てるし」

「そう、ほぼ同じだ。あと、この紺色の染みの色や位置もな。これらから見て、同一犯の仕業と考えられるわけで、つまり、二つの殺人は同一犯による連続殺人として扱う捜査方針だ」

「なるほど。この竹の棒のように意味不明の装飾を現場に施すのも似てるし」

宝結は相槌を打ってみせる。

警部は死体の腹の辺りに人差し指を向け、

「これもワケが解らん。湿っているんだ。ガイシャのコートの腹が濡れているだろ」

よく見ると、その通りであった。ガイシャのライトブルーのコートの横っ腹あたりが水を吸って紺色を帯びていた。また、その傍ら、コンクリートの床も濡れているのが乾きかけてうっすらと黒かった。

これは私が放り込んだ氷が解けたものである。ビリヤードの腕前を活かし、竹の棒で氷を突いて滑らせて死体に当てたナイスショットの痕跡。警部に自慢したいが、ぐっと抑え込む。

警部は頭を左右に振って、

「何で濡れてるんだ？　これ、ガイシャであれ犯人であれ、どちらの仕業であろうとさっぱり意味が解らん」

すると、宝結が口を挟んできた。

「あと、あれは？」

死体の肩から五十センチほど離れた床を指し示して、

「あれ、あの紐、まだらの紐」

「え、まだらの紐？　ああ、あれか」

と、警部は歩み寄り、問題のブツを拾い上げ、

「これはネクタイだよ。丸めて結わえてあるからそう見えないかもしれないけどな。ガイシャの首にはネクタイが無いだろ。きっと、これを身につけていたんだろうよ」

両手でネクタイを伸ばしてみせた。

もちろん、宝結の指示で私がセッティングしたあのネクタイである。

宝結はしゃあしゃあと芝居を続け、

「ああ、ネクタイだったか。変なふうに結われているけど」

真ん中の団子のような大きな結び目を凝視する。

警部は結び目を解きながら、

「これも犯人の仕業だよ。しかも、この結び目の中にはこんなものが」

そう言って手のひらを差し出す。

五百円硬貨と十円硬貨が載っていた。

「何ですか、これ？」

宝結が眉をひそめると、警部は眉間に深々と皺を刻み、

「知らねえよ。俺が訊きたいくらいだよ。ったく、犯人の奴は何を考えてんだか……」

「ホント、何を考えてんでしょうね、頭ん中を見てみたい」

と、しらじらしくトボけ、

「死体の周囲にこんな装飾をして、いったいどんな意味があるのやら？　竹の棒とそこに挟まれたメモ用紙、メモには半円ともアルファベットのDとも読める謎のメッセージ。また、死体のコートの一部は水で濡れていた。さらに、五百円硬貨と十円硬貨を包んだネクタイが置かれている。

いやはや、何をどう解釈していいのか、実に悩ましい」

「ああ、そんなに謎をいっぺんに列挙すんなよ、頭痛がしてくるぜ」

警部は干からびた昆布のように顔をしかめながら、

「ああ、ここにいると息が詰まりそうだ。あっち行こ。あっちもあっちでワケ解らんが、少なくともコイツはいない」

忌々しげに死体に一瞥を投げてから、この部屋を出る。

19

蓮東警部は道路側の外廊下を経由して、二階の階段の踊り場へと足を運んだ。当然、宝結と私もその後に続く。

二階の階段の踊り場。ベンチや自販機の置かれた休憩室を兼ねたスペース。そう、ここは昨夜、正確には今日だが、私が宝結の指示に従って、現場工作のための準備をした場所であった。

既に現場検証は完了しているようだ。鑑識のナンバーカードがあちこちに置かれている。

昨夜のまま、床に竹箒の先っぽの部分が落ちていた。

警部はそれを指し示して、

「ほら、さっきの現場、死体の近くに竹の棒が落ちてたろ。この竹箒をへし折ったものだよ」

「なるほど」

と、宝結が歩み寄り、ルーペを取り出す。竹箒や周囲の床を観察してから、ベンチを凝視し、

「ここで犯人は竹箒をへし折ったと?」

「そう、ベンチの端にこすれた痕跡があるだろ。竹箒からもベンチの水色の塗料が検出されてる」

宝結は頷いて立ち上がると、周囲を見渡し、

「この踊り場で犯人は密室の飾りつけのための準備をしていたということですか」

「まあ、そうみたいだな。あれこれ、珍妙な痕跡が残ってるぜ。あの鳥籠なんか見てみろよ」

壁際の床を指し示す。これも昨夜、私が細工したものである。

宝結が再び屈みこんで凝視し、

「何か入ってますね。ホタテの貝殻と、ん、これらの黄色いのは、薬、錠剤かな」

「ああ、貝殻の欠片は施設内のゴミを拾ってきたものらしい。あと、その黄色い錠剤はな、ガイシャのピルケースから取り出したもののようだ。そこに鞄があるだろ」

警部は言いながらベンチ近くの床に置かれている手提げ鞄に歩み寄る。その中からプラスティック製のピルケースを取り出し、

「この中の錠剤の一つと同じものだそうだ」

「へえ、正確な名称が記されてないな。アルファベット数文字しかないけど、何の薬だろ?」

「検視官の説明によるとバイアグラみたいなものらしい。レビトラという薬のジェネリック錠剤とのこと。ま、強めの精力剤の類だろうよ。意外だろ、あのガイシャのキャラにしては」

「意外ですね。あの菊島って日焼けサロンに通っているような肉体派ってイメージだったから」

「聞き込み班の報告によれば、菊島の周囲の人間もまったく知らなかったらしい。服用している本人が積極的に吹聴したくなる話じゃないからな。ま、人それぞれ悩みがあるってことだ」

感慨深げに口をへの字に曲げる。

宝結は鳥籠を見下ろしながら、

「この鳥籠って最初からこの場所にあったわけですかね?」

「いやいや」

警部が首を横に振りながら、壁のフックを指し示して、

「鑑識の報告によれば、あそこに掛けてあったようだ。窓から蔓草が伸びてきてるだろ。あの蔓草に鳥籠はグルグルに絡まれていたらしい」

「ん、壁と蔓草に焼け焦げた跡が」

「そう。おそらく、犯人はライターの火で蔓草を焼き切って、鳥籠をフックから外したと推測されている」

宝結は前傾姿勢になって床に顔を近付け、

「なるほど、鳥籠の一部にも煤が付いてるし、よく見たら中に焼けた蔓草の切れ端が入ってる」

背筋を伸ばして姿勢を戻すとこちらを一瞥し、小さく頷いてみせる。

私の施した細工、上々だとその目が告げていた。

どんなもんだ、と私は口の端を曲げてみせる。暗号通信。

宝結は肩をすくめるとさらに周囲に鋭い視線を向けてゆく。右隅の自販機に歩み寄り、

「ん、ここにも貝殻」

自販機の背面と壁の隙間の床を指し示す。

鑑識のナンバーカードの傍らにホタテ貝の大きな欠片が落ちている。

警部が頷きながら、

「ああ、それな。鑑識の見解によれば、犯人が壁と自販機の隙間に貝殻を挟んで、手前に引いて割ったらしい」

「そうか、小さくしてから鳥籠に入れたわけか。鳥籠の入口、小さいから」

「そういうことだ」

「なるほど、いろいろ判明してきてますね」

宝結は感心の素振りで腕組みする。

しかし、警部は鼻皺を寄せ、

「ケッ、役に立たないことばっか判明したって仕方ねえだろ。ホント、犯人の野郎、意味不明のことばかしやりやがって、ああ、頭がおかしくなりそうだ」

悲痛なくらいの重い溜息を漏らし、両のこめかみを指でグリグリと押している。

ちょっと可哀想に思えてきたので私は口を挟み、助け舟のように話題を変えてやる。

「目撃情報はどうなんです？　犯行が行われていたシーン、例えば犯人の動く影とか逃げる後ろ姿とか、目撃情報はないんですか？」

警部は悔しそうに首を振り、

「ああ、惜しいことにな。犯行時間帯の零時半頃から三、四十分くらい、ちょうどこの廃墟の前、道路を挟んだドライブイン跡の空き地に長距離運送トラックが止まって夜食の休憩を取っていたらしい。けど、ドライバーたちは怪しい人影などは見なかった、ってよ。しかも、夜この道を走るのは初めてだったから、このボロ家に明かりが点っていても疑問に思わなかったようだ。それもあって、大して注意も払っていなかったんだろうな。さっきそんな報告があったよ」

力ない舌打ちをする。

私は内心ホッとしつつ、

「車と言えば、犯人も車で来たわけですよね？」

「そりゃ辺鄙なところだからな。この廃墟の西側、枯れ草だらけの野原に車のタイヤ跡が見つかったよ。そこから廃墟の方に向かって枯れ草を踏んで歩いたと思われる跡もあった。いずれも新しい痕跡だし、この廃墟の周囲で他にそうした跡は無い。あと、これ」

警部はスマホを取り出し、不器用な手付きで操作して、画像を映し出し、

「これがタイヤ跡の傍らに落ちていた。果物ナイフの入っていたパッケージだ。犯人が使用した凶器のナイフの、な」

長方形の小さなプラスティック製の箱。

もちろん、私が落としておいたものだ。顔を近付け、

「ナイフのパッケージ、ああ、商標やメーカー名も記されてる」

「だろ。このパッケージに入った状態でナイフは販売されているってことだ」

「犯人は新品を使った、と。じゃあ、その購入先が解れば」

「それが難儀なんだよ。大量生産のありきたりの安物でよ、あっちこっちで売られているような状態だから、始末に負えない。あーあ、買ったら、自分のもんって解るように名前を書いとけって小学校で教わったろうによ」

相当疲れているらしい。

そこに新たな声が飛び込んできた。

「蓮東警部、一階の部屋でも発見されました」

潑剌とした口ぶりは狩野いずみ刑事だった。

アンパンのような丸顔にビー玉のようなクリクリした目を輝かせながら、

「わりと大きいのが複数発見されました。現場の下の部屋です。ご案内いたします」

テキパキとした口調で告げる。相変わらずチェーン居酒屋の女性店員を髣髴とさせる。左手のメモ帳が伝票のようにも見えてくる。

「そうか、一階にもな」

と、警部は頷き、

「じゃ、とっとと見に行くとするか」

この意味不明のガラクタだらけの場所から離れるのが嬉しいのかさっさと階段の方に向かう。

私はその背中に、

「何か新たな発見でも？」

「まあ、来て見れば解る」

警部がそう言うので、私と宝結も後に従った。

いずみ刑事が速やかな足取りで階段を降り、一階へと先導する。やはり、客をテーブルに案内する居酒屋の店員のようだ。

「この部屋の奥です」

いずみ刑事が入口に立って右手で指し示す。数人の捜査員が調査中だった。彼らの邪魔にならなないよう注意しながら、蓮東警部と我々は中に入る。

やはり、他の部屋と同様、廃墟然としている。壁のあちこちが崩れ、無数の傷が走っている。場所によっては畳一枚分ほど削れていた。足元には瓦礫が散乱して歩きにくい。

天井の破損も著しい。マンホール大の窪みもあり、ひび割れからうっすらと漏れた光が宙の塵を浮かび上がらせていた。埃っぽいはずだ。しかも、窓ガラスはほとんど割れていて寒々しい。

「これか、なかなかの収穫だな」

警部は大きな声をあげる。

窓際の一画、透明のビニールシートに囲まれ、十ばかしの鉢植えが並んでいた。いずれも背の高い植物で細い葉が繁茂している。これらは私が数時間前の昨夜、B棟の五階で見たものと同じ種であった。

宝結が首を伸ばし、

「大麻草、ですね」

「正解。もしかして、常習者か?」

「まさか。好みが違いますって」

そう言って、ミントタブレットを口の中に放り込み、カリカリと齧る。

警部は苦笑いして、

「ここの他に二階の部屋でも鉢植えが発見されたんだ。で、他にもあるかと探しに行かせたら、こうしてヒットしたってわけだよ」

珍しく嬉しそうな喋り方だった。

そこにいずみ刑事が口を挟み、

「警部、もう一つヒットです。ここの押し入れ、二重壁の構造になっているんですよ。一種の隠し部屋です」

そう言って、押し入れの奥を指し示す。

なるほど、奥の壁に大きな穴が穿たれ、その壁の裏にちょっとしたスペースがあるのが解る。そして、棚のようなものが設けられていた。二重壁による隠し棚といったところだ。そこには幾つかダンボール箱が置かれている。

いずみ刑事はテキパキとした動作で壁の穴に身を突っ込み、両手を伸ばして箱の一つを取り出した。そして、蓋を開ける。中身は空っぽだが、底に干からびたゴミのようなものがある。白手袋の指で摘み上げ、

「ほら、これって」

「乾燥大麻の欠片だな」

警部が目を細め、強く頷いた。

他の段ボール箱も同様だった。

そこにまた別の声が、

「警部、B棟でも発見されましたよぉ」

報告しに来たのは阿口刑事。さきほど、蓮東警部に追い立てられてから、ちゃんと周辺の捜査に努めたようだ。相変わらず呑気な口ぶりで、

「大麻草の鉢植えです。B棟の五階、二つの部屋で見つけました」

きっと、そのうちの一室は私が昨夜覗き込んだ部屋であろう。

宝結が興味深そうに、

「そう言えば、数年前、『アリエス天望教』の信者が麻薬所持の容疑で逮捕された事件があったけど、どうやらこれを見ると教団ぐるみで栽培していたようですね」

「たぶん、大きな資金源になる前に教団そのものが解体しちまったって顚末かな。夏草やつわものどもが夢の跡、みたいにその名残なんだろうよ。幸か不幸か、解体工事の作業員らは素人だけに鉢植えの正体に気付かなかったようだな」

「ですね。しかし、こんな大麻草の育っている廃墟で殺害死体が発見されたというのは何か暗合めいている。それに考えてみれば、ここで殺害された菊島も、昨夜殺された田久保も、両者とも薬品業界」

「うーん、やっぱり、殺人事件と関係しているのか……?」

そう言って、警部は渋面を作る。

すると、宝結が歩み寄り、警部の肩を軽く叩くと、

「そんな謎だらけの中、一つ解ったことがあるようです。あの死体発見現場を見てからずっと考え続けていたんですが、さっき、和戸君と警部が話している間にネット検索して情報を確認し、ようやく結論に辿り着きましたよ」

「ん、何だ、それ?」

警部はかすれ声で問う。

宝結は口角を上げて微笑みながら言った。

「見立て、ですよ」

20

警部は目を見開き、問い直す。

「なにっ、見立てだと?」

宝結は深々と頷き、

「死体やその周囲に奇妙な飾り付けがされていましたよね。竹の棒やコインの入ったネクタイや濡れたコートなど、犯人が施したそれらの装飾はいずれも見立てだったんですよ」

警部は眉をひそめ、

「そういや、田久保殺しの現場でも同じようなことを言ってたな。何か、月の見立てだとか」

「ええ、月です」

と、宝結は強調し、

「今回も月に関する見立てと解釈できるんです。いいですか、先ず、竹ですが、月と竹が結びつくもの、何かあるかと言えばあるじゃないですか。『竹取物語』ですよ」

「かぐや姫か」

と、警部は目を細める。

宝結は頷き、

「ええ、お爺さんが光る竹を見つけ、割ってみると、中からかぐや姫が現われたという昔話。かぐや姫はやがて月に帰ったのでしたね。もしかすると、密室も竹の中にいたかぐや姫を見立てているのかもしれません」

「竹の中の密室か。まあ、あの死体はとてもお姫様とは言い難いが」

「あくまでも状況についての見立てと言ってるのです。で、あの竹の棒にはメモが挟まれていました。そして、そこに描かれていたのは半円。そうです、これは半月を表現しているわけです」

「じゃ、田久保殺しの時のメモに書かれていた丸は満月」

「そう、二つの事件で月の満ち欠けのメモを残したということになります。やはり、月の見立てで繋がっているんですよ」

「そうか?」

　と、警部はなおも疑わしそうに首をひねり、

「それならネクタイは？　お前がまだらの紐と間違えたネクタイだよ、あれは月とどう関係してくるんだ?」

「あれも竹取物語の一節ですよ。求婚を迫る四人の貴族達に対して、かぐや姫が欲しいものをリクエストし、無理難題を吹っかけるんですが、その一つが龍の首の玉。いいですか、ネクタイはどこに巻くものですか?」

「そりゃ、首、あ、首……」

「首ですね。そして、このネクタイの中に包み込まれていたのは五百円玉と十円玉」

「玉だ……、首の玉……」

　と、警部は口を半開きにする。

宝結は続けて、

「そう、これで首の玉ですね。あと、十円玉の裏側に描かれているのは平等院の鳳凰堂です。そして、この鳳凰堂の屋根には竜頭瓦、竜の頭の形をした瓦ですね、歴史上最も古く、かつ最大と見られる竜頭瓦が飾られていることで有名なんです」

そう言って、スマホの画面を差し出す。そこには検索した鳳凰堂の記事が示されていた。

警部は画像を覗き込みながら、

「龍か。龍、首、玉、龍の首の玉……」

「あと、もう一つ。五百円玉の方に描かれているのは笹。そうです、小さな竹のことを言いますね。学術的には違う種なのですが、一般的には大きいのを竹、小さいのを笹と呼ぶ慣わしがありますから、やはり、竹の表現と見ていいでしょう」

「ネクタイと二つの硬貨で龍の首の玉と竹取物語か……」

「それと、ガイシャのコートに濡れた箇所がありました。あれも竹取物語と繋げて解釈できます。かぐや姫の無理難題リクエストの一つが火鼠のかわごろも」

「何だ、そりゃ？」

「燃えない布のことです」

「ん……ああ、水で湿っているコート、か」

「はい、そういうことです。この見立てはほとんど駄目押しのようなものですね。他の竹取物語の見立てとセットにして成立するという補助的な装飾でしょう」

「そうか、そう来たか……」

警部はゆっくりと頷き、

「ネクタイに包まれたコイン、竹の棒とメモ紙片、濡れたコート、これで全部、解答を付けたことになるな」

宝結は軽く手を叩き、

「あ、あとですね。鳥籠の件も」

「ん、階段の踊り場の鳥籠か」

警部は眉をひそめ、

「あれは死体と同じ部屋に置かれていなかったじゃないか」

「犯人が置くのを止めたんですよ。あれも最初は見立ての装飾として準備していたものだったんですよ」

「どんな見立てだ？」

「やはり、竹取物語です。かぐや姫のリクエストの一つ、燕の子安貝ですよ」

「燕の子安貝だと……？」

「ええ、子安貝というのは安産のお守りとして重宝されているんです。そこで、ホタテ貝の欠片、それと、バイアグラみたいな精力剤の錠剤を並べて表現したというわけです。そして、もちろん、鳥籠は燕の代わりです」

「まあ、そういうふうに説明されると、そうとも考えられるな。が、さっきの龍の首の玉より随分と雑な感じがするが」

宝結は人差し指を立て、

「そう、そこなんですよ。犯人も作ってみたものの、警部と同じように思えてきたのではないでしょうか。それに、他の見立てもあることだし、もうそれだけで充分と判断し、放棄した、そう推測されるわけです」

「ボツ企画みたいなものか」

「そう、それ、言い得て妙」

宝結は数回頷いて、

「いいですか、ボツ企画であれ、使用された企画であれ、いずれも月というキイワードを当て嵌めれば、絵解きが可能であることが証明されました。故に、これら、犯人の施した装飾はいずれも月に関する見立てだと結論できるわけです」

そう言って鋭い眼差しを放つ。

警部は眉間に深い皺を刻み、ウーンとしばらく唸ってから、

「何というか、完全に納得し切れないんだな。田久保殺しの際も見立てがこじつけっぽいって言ったろ。あれほどじゃないにしろ、だが、今回もそれに似た印象があるんだよ。犯人の表現方法が何か回りくどくて、変に謎めかしていて、焦らしているふうな、そこんところがどうも腑に落ちん」

そう言って、消化不良の馬のような顔を左右に振ってみせた。

宝結はその意見に動じる様子もなく、

「なるほど、ご意見もっとも、ですよ。むしろ、その回りくどい見立てに何か重要な理由があるような気がするんです」

そう言って、謎めいた微笑を刻む。

警部は振り返って、

「おい、お前ら、宝結の一連の推理を聞いてたろ。この見立て説どう思う？」

部下二人に問い掛けた。

先ず、阿口刑事が挙手してから、おっとりとした口調で、

「僕はどちらかと言うと賛成なんですよねぇ」

そう言って、二度ほど頷き、

「もし、犯人が印象派ロマンチストならば、こうした婉曲的な、というか、暗喩、メタファーを用いた見立てになるのかなあ、と」

まるで絵画でも鑑賞しているふうに語る。

警部が苛立たしそうに睨みつけているが、阿口刑事は遠くを見る目をして気付かない様子だ。

続いて、いずみ刑事が一歩前に出ると、滑舌のしっかりした口調で、

「はい、私はまったくの賛成派です。だって、こないだの田久保殺しの現場と合わせて、結構な数ですよ、月の見立て。これだけの数の装飾を月の見立てと解釈できるならば、もはや確定と見た方がいいんじゃないでしょうか。以上」

テキパキと意見を述べると、さっさと一歩下がり、宙の一点を見つめる。

私は今の結果を踏まえ、とりあえずまとめてみる。

「警部のところ意見が割れましたね。賛成が二人、反対が一人」

すると、警部は険しい顔をさらに険しくして、部下二人を顎で示し、

「ふん、こいつらは半人前以下だからよ、合わせてギリギリ一人分に過ぎんよ。だから、賛成と反対、イーブンってとこ。まあ、保留ってことにしといてやるよ」

強引にまとめて話を打ち切ろうとする。さらに、話題を変えて、

「保留と言えば、そうそう、宝結、お前に訊かれていた件あったろ」

「ん、田久保殺しの方の件？」

宝結の問いに、警部は二度ほど頷き、

「ガイシャの田久保がクロークに荷物を預けていたよな。その引き換え札が見つかったよ。『芳緑楼』の庭園の排水溝に捨てられていた。そして、その札からも例の油汚れが検出された」

「犯人の手袋に付着していた油汚れですね」

「つまり、犯人がその札を捨てたと見ていいようだな」

「ですね。で、その札の番号は？」

「ええっと」

と、面倒くさそうに手帳を取り出して広げ、

「ああ、『174』だ。それが何か？」

「いえ、特に。何てことのない平凡な番号ですね」

そう答えて、静かに笑う。が、俯いた宝結の目の奥に一瞬、鋭い光がよぎるのを私は見た。

この後、廃墟を中心に周辺の草地や道路の調査がしばらく続けられた。

ACT4 INVESTIGATION

21

昼前に虎ノ門へ足を運び、智恵ヒメの料亭を訪れた。

例によって裏の通用口から入り、廊下の奥へと進む。板場の方から包丁や水の音が聞こえてくる。下ごしらえが始まっているようだ。出汁の香りがほんのり漂ってきた。

廊下を幾つか曲がり、突き当たりの扉、牡丹のレリーフをずらして、隠しボタンを押す。すぐに開錠され、宝結と私は中に入る。

智恵ヒメはテーブルの向こう側、いつもの位置に座っている。白い山百合の柄をあしらった紺の紬《つむぎ》がよく似合っている。

宝結と私は座布団に腰を下ろし、差し出されたお茶を一口すすると、さっそく話を始める。昨夜から今朝にかけての活動と成果、秘殺と操査について報告した。主に前半を私が、後半を宝結がそれぞれ担当する形で詳細を語った。

ずっと黙って耳を傾けていた智恵ヒメ。一通り聞き終わると、私の方を向いて、

「和戸さん、やっぱし、不運のバイオリズムに入っちゃったみたいね」

そう言って、表情を硬くする。が、すぐに苦笑いを浮かべ、

「ま、仕方ないっか。仕事は止めるわけにいかないからね、ショーマストゴーオン」

あっけらかんと言い放ち、笑みを深める。

私は言いよどみながら、

「いやあ、まあ、二度、不運が続いたわけだけど、果たしてまだ続くかどうかは……」

「二度あることは三度ある、そのつもりでいれば落胆することもないでしょ」

「そう言われてしまえば、それまでだけど……」

どうも積極的に反駁できない。自分でもどこかで不運のバイオリズムを自覚しているようだ。

智恵ヒメは畳み掛けるように、

「特に今回のは凄いじゃないの。何せ、密室殺人。しかも、偶然に偶然の重なった人間振り子なんてダイナミックなトリックだし、そんなのを目の当たりにした和戸さんって、ある意味ラッキーかも」

「そんなことで運を使いたくない」

するど、宝結が改まった口ぶりで、

「でもな、昨夜も言ったように、本当にラッキーだったのかもしれない。不可解な密室殺人になったこと自体がね」

「ん、どういう意味？」

智恵ヒメが問う。

宝結は皮肉めいた笑みを刻み、

「うん、考え方なんだよ。我々はこの事件のイニシアティブを握る必要がある。そのためには、捜査本部が先に事件を解決してはならない。それは毎度ながら当然だよね。ならば、事件が難解であった方が望ましいことになる。となると、今回、密室殺人なんて不可解な事件になったのはむしろ有り難いことなんだよ」

「なるほど、そうかも、確かに考え方ね」

智恵ヒメは頷き、含み笑いをする。

宝結はこちらを向き、

「だからさ、密室殺人は我々にとってラッキーだった、そういう結論にしておこう」

と、慰めにもならない慰めを口にする。それから、からかうような笑みを浮かべ、

「チョンボはチャンスだよ、和戸隼クン」

そう言って、大きく頷いてみせた。

私は返す言葉を見つけられなかった。

智恵ヒメが肩をすくめて、

「でも、密室の謎解きはこちらにも降りかかってくるわけよね」

宝結は大きく頷き、

「だから、新たな解答を用意しなきゃならない。実際に起きたことは使えないから」

「そりゃそうね、あんな偶然に偶然の重なった密室トリック、真実とはいえ、解決編として誰も信じてくれそうもないもの」

「ふさわしいものを用意しなきゃな」

「頼むわね、宝結さんの操査、やること多いし重責よ」

智恵ヒメは悪戯っぽく目を輝かせる。

宝結はマイペースで喋り続け、

「あと、イニシアティブを握るにはスピードも重要。常に捜査本部の先を行かなきゃな。連中が連中なりの解決を付ける前に、こちらはこちらの絵を完成させなきゃならないんだから」

「それぞれ、特にスピードは肝心よ。今回も状況の急変に対し、速攻で対応したようね」

「避けられない予定変更だったからさ、ねえ、和戸君」

とぼけた口ぶりでこっちに振る。

私は小さく溜息を吐き、

「見立て、とかな」

智恵ヒメが額に指を当て、

「当初の予定だと、竹取物語じゃなくて、確か、月に住むウサギの見立て、って聞いてたけど」

私は頷き、

「そう。月に住むのはウサギ、ということで、ウサギに関連した見立てを作って現場を飾るはずだった。例えば、一つはウサギの餅つきを表すべく、餅をつくための杵《きね》な。何か棒を折って、結わえて、杵の形を表現する。それから、ガイシャの腕時計を外して、そこに、ウサギの耳の表現として、二枚の長い葉を刺しておく。これ、不思議の国のアリスに登場するウサギな」

「ああ、懐中時計をぶら下げてやたら急いで走る白ウサギね、なるほど」

「その傍らに例の薬の錠剤、バイアグラの親戚みたいな精力薬の錠剤な、あれを置いておくはずだった」

「ああ、ウサギって繁殖力が凄いことで知られているもんね」

私は頷いてから、

「それと、あと、これ」

ボディバッグに手を入れ、躊躇いながら、

「念押しで、これも置いておこうかなと思ってた。せっかく作ってきたからさ」

テーブルの上にブツを並べた。

大工道具の木槌。もう一つは、ビニールパック入りの餅。本来T字型の木槌はTの横棒の一方が短くカットされていた。

「餅つきの杵のミニチュア、というわけね」

智恵ヒメが頰を緩める。

一方、宝結は眉をひそめ、

「この木槌と餅は予定には無かったぞ。それに、念押しというより駄目押し、いや、むしろクドすぎる。これはどっちにしろ不用だったな」

予想通り、辛めの採点が返ってきた。

それにしても、言い方があるだろう。私はついムッとする。

智恵ヒメが間に入るようにして、

「で、いろいろ計画はしていたものの、現場の異変に対応して、さっき言っていた別の見立てに変わったわけよね。竹取物語の見立て、に。でも、どうして月のウサギの見立てのままじゃ駄目なの？」

「こいつの指令」

私は宝結に振った。

宝結はすんなり受け止め、

「先ず、不思議の国のアリスのウサギに必要な腕時計が使えなくなった。だって、ガイシャの腕から腕時計を奪えないだろ」

「まあ、密室だからな。中に入れない」

「もう一つはガイシャのネクタイだよ。死体からすっぽ抜けたけど、密室の外からガイシャの首やら腰に巻いてやれないだろ。だったら、折角なんで見立ての道具に使ってやろうと思ってさ」

「龍の首の玉ね」

智恵ヒメが確認し、宝結が頷き、

「うん。予め考えておいた月の見立て候補の中から竹取物語を選んだというわけさ」

私は口を挟んで、

「他にも見立てのアイデアストックはあるんだよな、お前のことだから」

「ああ、リストにしてここに入ってるよ」

と、頭を指で叩き、

「だいたい、月というのは様々なジャンルにまたがって登場するアイコンだから、種類も豊富でいくらでも応用が利くんだよ」

智恵ヒメが感心したふうに口を丸くし、

「ああ、それで今回の一連の見立てのテーマにしたわけね」

「その通り。昨夜の現場のように見立てのチェンジを臨機応変に行うケースも想定してのことさ」

そう言って、茶をすすり、

「で、昨夜、当初の見立てを変えたもう一つの理由は密室トリックと結びつけるためでもあった。ちなみに、和戸君の現場からの報告を受けた時からとりあえず密室トリックの解答を一つ用意しておいたんだよ」

と、あっさり言う。

智恵ヒメと私は一瞬キョトンとしてから、「えっ」と身を乗り出す。

顔を見合わせ、私が代表質問のように、

「それ、どんな密室トリックだよ?」

「うん、こういう想定だ。先ず、ガイシャの菊島はあの208号室に逃げ込む。もちろん、道路側の外廊下からドアを開けて室内に入り、中から施錠した。一方、犯人は菊島を追って、密室に近寄る。そして、菊島が外の様子を窺おうと窓に近付く、或いは、何らかの方法で窓辺におびき出される。その時、犯人は割れた窓の格子の隙間から手を差し入れ、菊島の襟首を摑んで捕らえ、ナイフで首を刺して、殺害する」

「となると、死体は道路側の部屋、南部屋の窓の間近に横たわっているはずだよな。検死の結果でも即死と判定されているんだから。けど、死体はもっと奥、中庭側の北部屋の方にあった」

「ああ、解ってる。だから、ここで見立ての道具が登場するのさ。さっきの続き、いくぞ。で、犯人は菊島の死体を摑んだまま、ネクタイをほどいて、取り去る。そして、そのネクタイの端を死体の腕などに結わえて、もう一方を窓の格子に引っ掛けてから、死体を床に降ろすんだよ。そうしておいてから、犯人は二階の階段の踊り場に赴く」

「見立ての小道具などを作って準備するわけだな」

「そう。細かいことを補足すれば、ガイシャの菊島は208号室の密室に閉じこもる前、逃げている最中、邪魔なので手提げ鞄を手放している。その場所が二階の踊り場というわけだ」

「なるほど、それで犯人は手提げ鞄を開けて例のバイアグラもどきの錠剤を入手したという設定が成立するわけな。了解」

宝結は両手をこすり合わせてから、

「で、犯人は見立ての小道具の準備を終えると、また、208号室の密室の前に戻る。そして、窓の格子に引っ掛けておいたネクタイを手に取り、持ち上げて、死体の上体を少し起こすんだな。それから、もう一方の手で複数の氷を部屋の中に落とす」

「ああ、バケツに浮かんでいたやつな。実際に見立てで使ったやつ」

「そう、あの氷だ。それらを窓の下の床に落とす。次に死体からネクタイを外して、氷の上に死体を横たえるのさ。氷の位置は腹の辺りだろうな。そして、格子の隙間から竹の棒を差し入れ、死体を強く突いて、押しやる。死体は氷で滑って行き、奥の部屋へと入る。何かビリヤードとカーリングを合わせたみたいだな。滑っていたのはほんの数秒だろう。で、床のどこかのデコボコにぶつかり、死体はちょっと跳ね上がり、氷から離れる。氷は死体の脇腹に当たって止まり、そこで溶けたので、コートが湿っていた、ということになるのさ。その後は現実の通り。実際に和戸君がやったような見立ての装飾が行われたということさ」

私は密室構成のプロセスを脳内で映像化し、大きく頷いて、

「なるほど、竹の棒と氷を使った密室トリックな。だから、宝結、お前は竹取物語の見立てを選んだ、というわけか」

「順番としては逆。すっぽ抜けたネクタイの件があったから竹取物語の見立てにして、その道具立てから密室トリックを考案したってこと。まあ、取り急ぎ、密室トリックは準備した方がいいからな。だから、見立てのついでに作った、いわば、応急措置のトリックだよ。いや、とりあえずのトリック、だな」

「何だ、とりあえずってのは？」

「これで確定というトリックじゃないということだよ。使うかどうか確定してない。いや、むしろ、もはや使わない」

「このトリック、解答として使わないのか？」

「ああ、使わない。決めたよ。今朝、ボツということにした。不採用」

「何でだ？」

「実際に現場を見たら、新しいのを思いついてね、もっといいトリックが出来そうなんだよ」

目を輝かせ嬉しそうに口走る。

私はまた智恵ヒメと驚きの顔を見合わせてから、

「その新しいトリックって？」

「まだ」

人差し指を口に当てる。

私は小さく頷き、

「ああ、そうだろうな。まだその段階って口ぶりだったものな」

「そう。今は言わない。使えるという確信、使おうという決心、両方が揃わないとね」

「いつものお前の主義だものな」

「責任の問題だよ。確定していない計画で皆さんを混乱させたくないのさ。曖昧な情報はよけいな思考を生み、任務遂行にブレを起こしかねない。ただ、無駄は折り込み済みで幾つか準備だけはしておく。事件作りは生モノだから、いかなる局面にも臨機応変に対応できるよう柔軟な姿勢が大切だからね」

「ああ、解ってるよ。宝結、お前の中で確定したら、知らせてくれりゃいいよ」

毎度のこと、私も慣れたものである。

智恵ヒメは頷きながらも念を押すように、

「スピードも大切ですからね、お忘れなく。さっきの話に出たように、我々は捜査のイニシアティブを握らなければならないんだから」

「もちろん」

と、宝結は口角を上げて笑みを刻み、

「あ、そうそう、スピードの話で大切なことがあったよ。昨夜、菊島を秘殺したわけだけど、そのことを知って動揺しているだろうな、最初の事件、田久保殺しの犯人は」

「けっ、俺のターゲットを奪った悪辣な人殺しのクソ野郎め」

「和戸君、落ち着け。で、その殺人犯は菊島が殺されたことを知り、きっと動揺しているだろうから、妙な反応を示す可能性がある。下手な動きをしてボロを出し、もし捜査本部に逮捕されてしまったら、こちらの計画に大きな支障をきたす」

「ますますクソ野郎だぜ」

「冷静に。やはり、犯人が解り次第、速やかに秘殺する必要があるな」

「望むところよっ」

つい声が大きくなる。

智恵ヒメが手を差し出して私をたしなめながら、宝結に相槌を打ち、

「早いとこ犯人の目星をつけたいところね」

「うん、星は見えそうだよ」

あっさり言ってのけた。

「えっ」

私と智恵ヒメは同時に声を発する。また驚きの顔を見合わせてから、私は勢い込んで、

「人殺しのクソ野郎の正体、解ったのかっ?」

宝結は片手をこちらに向けて、ドウドウとなだめるように、

「あと少しでね。今、頭の中でパズルのピースを並べては崩して、また並べている、って段階」

私は小さく嘆息し、

「確定しなきゃ言わない、さっきも言ってたよな」

「だから、その時が来たら教えるよ」

私は仕方なく頷いてから、溜息混じりに、

「ったく、宝結、お前って奴は、いちいち芝居がかっている野郎だぜ」

宝結はわざとらしい笑みを刻み、

「そりゃ、僕らの仕事は芝居みたいなものだろ。何せ、新しい真実『シン実』を作り、新しい真犯人『シン犯人』をこしらえるんだからな。だったら、芝居とバレないようにするためには普段から芝居がかっていた方がいいんじゃないの」

そう言って、尖った顎を二本の指でさする。

私は小さく舌打ちし、

「けっ、そりゃ道理だな。ま、任せるよ」

苦笑いをこぼす。

智恵ヒメは怜悧な微笑を浮かべ、

「とにかく、スピーディーなご報告、楽しみにしてるわよ、宝結さん」

そう言ってから、ちょっと顎を上げ、

「私の方からも報告があります。昨日、宝結さんと和戸さんが訪れた、というより、目にしたフィットネス・ジムらしき施設、『メイム』について調べておいたから」

手元に置いていたA４の紙を我々に差し出した。

パソコンで打たれた文書。メイムについての調査報告がまとめられていた。ジムを運営している責任者とスタッフの紹介や、トレーニング内容、また、施設の構造などにも触れられている。

智恵ヒメはそれと対照しながら、概略のポイントを説明し、

「ジムが発行しているパンフやＨＰ、あと口コミから察するに、ヨガと太極拳をベースにしてい

るみたい。肉体と精神の双方のヘルスケア、具体的なトレーニングメニューは瞑想と筋トレが中心ということね」

私は鼻で笑いながら、

「このキャッチコピー〝ダイエットと悟りの高揚感〟って何か虫が良すぎて、胡散臭さプンプンだぜ」

「実際、怪しげな香の匂いもしてたし」

宝結が同調する。

智恵ヒメが身を乗り出し、

「でも、いちばん怪しいのは存在そのものよ。このメイムはどうやら『寿健《じゅけん》の光院《こういん》』という宗教団体と繋がっているらしい。ここから設立資金が出たと言われているし、また、メイムの利益の一部は寿健の光院へと上納金みたいに流れているという噂もある」

宝結は宙の一点を見つめ、

「ん、寿健の光院って聞いたことあるな。あんまし評判のよろしくなかったような……」

「そりゃそうよ。だって、寿健の光院はあの『アリエス天望教』から分派した団体なんだからね」

強い口調で言った。

私は息を呑み、隣で宝結が背筋を伸ばした。

智恵ヒメは続け、

「アリエス天望教が解体消滅する前、幾つかの派閥に分かれて内部抗争が起きた際、独立して出て行った一派。それが寿健の光院よ」

宝結が目を細め、

「そうか、道理で聞いたことのある名だと思ったよ。教団の物品販売とかに熱心で、時々、問題視されてるよな」

「ええ、まだ違法行為や事件の話はないようだけど、まあ、グレイな存在ってとこよね。そして、メイムの会員にはこの寿健の光院の信者が結構いるらしい」

「じゃあ、寿健の光院への勧誘活動が盛んに？」

「強引な勧誘活動などのトラブルは起きたことはないけど、メイムから寿健の光院に入信した人もいるようね。ソフトな勧誘が巧みなんでしょう」

「ダイエットと悟りの高揚感、その勢いでか」

宝結は苦笑いを浮かべる。

私は状況を整理し、

「興味深い繋がりが見えてきたな。菊島の死に場所となった廃墟がかつてはアリエス天望教の本部。そして、アリエス天望教から派生した寿健の光院と関わりあるメイムに今回の事件の関係者が出入りしていた」

「しかも」

と、宝結が続け、

「その関係者たちは薬品業界で活動し、また、事件現場の廃墟では大麻が栽培されていた。となると、メイムの瞑想やら悟りやらが妙に気にかかってくるな」

「でしょ、この事件の背景、何やら強烈に臭ってくるわよね」

智恵ヒメが切れ長の瞳を鋭く光らせた。

それからしばらく、調査と計画について会議を続けた後、遅めの昼食を囲んだ。

本日の板場のまかない、大ぶりの穴子の天丼が供される。道理で廊下の方から香ばしい匂いが漂っていたわけである。ありがたく頂戴し、ご馳走様。

22

昼過ぎ、我々は世田谷区砧に赴き、捜査本部で蓮東警部から進捗状況について教えてもらう。菊島殺しの現場検証や検死報告の確認の他、犯行推定時刻のアリバイ調査の情報を得ることが出来た。午後十一時から午前一時という夜の深い時間帯なので、予想通り、ほとんどの人間はアリバイが無いも同然であった。それはそれで容疑の絞り込みが困難になるわけで、蓮東警部の表情はますます険しさを増していた。

そんな警部の苦い顔に御礼とお別れを告げると、我々は私鉄を乗り継ぎ、下高井戸へと足を運んだ。

駅前の北口で待つこと約十分、唇の尖った男が姿を現わした。

冠羽フーズの営業マン、毛利である。ボストンバッグを肩にかけ、両手には手提げ袋をぶら下げている。重そうに顔を曇らせ、口元をいつも以上に突き出している。出張帰りであった。

宝結がつかつかと歩み寄り、

「そろそろだと思いましたよ。社に電話したら、帰社時間、教えてくれましたから」

「えっ、あ、刑事さん」

と、毛利は驚きの声を上げてから、泣きそうな顔になり、

「不意打ちは無いでしょ。もう、こっちは疲れてるんですから」

溜息と共に口を尖らせた。

私はすーっと手を伸ばして、

「出張、ご苦労様」

毛利の両手からボストンバッグと手提げ袋を取り上げ、重荷から解放してやる。

毛利は狼狽した様子で、

「あ、いいですって、そ、そんな、刑事さん」

荷物を取り返そうと手を伸ばしてくる。

その手を私は払いのけ、

「まあまあ、疲れていると話もしにくいでしょうから」

宝結が続けて、

「社に到着するまでちょいとお付き合いください」

二人でそう言って、毛利を両脇から挟む格好で歩を進めた。

昼下がりの淡い陽光が三人の影をアスファルトにうっすら映していた。まばらな人通りの中、時折、枯れ葉を踏む音が聞こえる。

何だか不服そうな毛利に宝結が軽やかな口ぶりで、

「昨日から静岡に出張だったんですよね」

「静岡に営業所があるんですよ。今日の午前中のうちに済ませたい用件があったんで、昨晩のう

ちに現地入りして一泊」

「いわゆる前乗りってやつですね」

「ええ、今日の日帰りじゃ慌しいし、昨晩のうちに顔合わせして、交流を深めておくのも仕事のうちですから」

「理解ある上司のようですね」

「はあ、その分、これで」

そう言って、私の両手の重い紙袋を指し示した。静岡の土産が詰まっているらしい。

「じゃあ、昨夜は営業所の人たちと一献」

宝結が問うと毛利はすぐに頷き、

「ええ。それと東京から一緒に行った『丸星《まるほし》ドラッグ』のナガセさんも。調布市内のドラッグストアの店長ですよ。商売柄、顔見知りで、ちょうどナガセさんも静岡の姉妹店の用事でうちの静岡営業所に行くことになっていたので、新幹線に同乗したんです。夜の九時過ぎに静岡に着いてから、うちの営業所の連中と、一献二献、夜中の三時近くまで付き合わされましたよ」

ドラッグストアの店長のナガセとは、おそらく、昨日、メイムの近くで目撃した男だろう。メイムに向かう毛利に話し掛け、その際に静岡出張のことも話題にしていた。そして、毛利と共にメイムに入って行ったあの男だ。後で調査するとしよう。

毛利は話を続け、

「今朝なんか、私もナガセさんもフラフラしながら用事を済ませて、帰りの列車では二人とも爆睡、東京に到着する頃、ようやく回復してきたという感じ」

確かに目がまだうっすらと充血している。

「そりゃお大事に」

「お大事にしたいけど、そうもしてられないんですよ。今夜は今夜で社の飲み会ですし。部の懇親会とやらでね。新年会やらなかった代わりって、やらなくてもいいのに」

唇をタコのように突き出し嘆息する。

宝結は続けて、

「なかなかハードな夜が続きますね。特に昨夜はびっしり飲み続けていたようで、夜中、ちょっと東京に戻ってくるなんてどうやっても不可能ですね」

毛利は横目で睨むように、

「あ、それ、事件のこと、言ってるんですね」

「ええ、もちろん」

宝結は淡々と言って、

「聞いてますよね。菊島さんが殺害されたこと」

毛利は慎重な口ぶりで、

「ええ、詳細は知りませんがね。昼前、静岡を出ようとした間際、社から連絡あって、びっくりしました」

「犯行推定時刻が深夜の十一時から一時くらい。だから、静岡で業務についていた毛利さん、あなたはアリバイがあるということになる。よかったですね。たいていの人がそんな時間のアリバイを証明するのが難儀なのに。やっぱり、働き者は報われるものですね」

「何か、刑事さんに言われると誉められた気がしません」

「いやいや、飲み会も立派な仕事ですから。学ばなきゃ」

「そういう言い方が……」

毛利はいじけた表情になり、唇をスポイトのように細く尖らせる。それから、首を振り、

「で、その事件ですが、また、変な現場だったらしいと上司が言ってたような」

そう言って話題を変えてくる。

宝結は素直に受け止めてやり、

「ええ、不可能とも不可解とも言えるものでしてね」

足を止めると、左側を指し示した。そこには小さな公園があった。ここから毛利の社まであとわずかである。

「ちょうどいい。そこに座るとしましょう」

毛利を挟んでベンチに腰を下ろした。

それから、密室殺人の状況について、可能な範囲で説明する。

異様な殺人現場の話に毛利は口を半開きにして聞き入っている。そんな反応を宝結は楽しんでいるようでさえあった。

そして、宝結は次なる話題として、

「密室殺人の死体だけでも充分なのに、廃墟では、さらに大麻も発見されました。大麻が栽培されていた痕跡があるんですよ」

「え、大麻が。本当ですか？」

半開きの口を丸くする。

宝結は大きく頷き、

「そう、大麻。廃墟になる以前から植えられていたらしい。そのまま放ったらかしにされているのか、あるいは、たまに誰かがやって来て手入れをしているのか、どうだか解らない野放図な栽培だけど、大麻の鉢植えが見つかっています」

「その大麻って、菊島さんが？　菊島さんが大麻を吸っていたということ？　そんな兆候はまったく気付きませんでしたが……」

「ええ、今のところ、検視報告によれば、大麻を常用していた様子は無い、ということです。けど、大麻と関わりが無い、という証拠にはなりません」

「じゃ、菊島さんが大麻を栽培していた可能性が？」

「具体的な痕跡は発見されてませんが、もしそうだとしたら、指紋など残さないよう警戒するのは自然なことでしょう。そもそも、菊島さんは仕事柄、サプリメントの開発などで日常的に薬品類に接していますよね。いわば薬に近い存在」

「だからって、菊島さんが大麻に手を出す理由なんて……」

「考えられない、ことじゃないですよ。ほら、最近、マスメディアでも話題になっていた医療大麻とかね。新商品のサプリに密かに混ぜるとか」

「その実験とか……、あ、いえ、もし、仮に、万が一、そんなことがあったとしても、菊島さんが勝手にやっていることですから、ええ、社とは無関係ですよ、そうに決まってますったら」

焦燥の色を顔に滲ませながら主張する。随分と頑なな態度が見て取れた。

宝結はそれを察して、また話題を変える。

「死体発見現場の廃墟ですが、あの廃墟については何かご存知ですか?」

毛利は慎重に言葉を選んでいる様子で、しばし黙考してから、

「知らない場所ではありません。以前、世間でもわりと話題に上っていましたよね? 廃墟マニアとか、心霊スポットのネタとして。それにうちの本社から八王子工場へ車で行く際の通り道ですから、しょっちゅう目にしてますし」

「通るだけ?」

ちょっと躊躇ってから、

「いえ、まあ、正直、肝試しの真似事なんかを二度か三度。それこそ、静岡営業所の連中がこちらに出張してきた時にも。それに、私の周りの同僚らも見物に行ってましたよ。まあ、肝試しとか見物と言っても、敷地にちょっと足を踏み入れるくらいのことですがね」

「確かに興味をそそられる物件です」

「だから、菊島さんもあの廃墟を訪れたことがあって、それで、大麻を発見したんじゃないですかね。ああいうエネルギッシュな人だから、廃墟の中を探検して大麻の鉢植えを見つけた。で、昨夜も精力的に栽培のために駆けずり回っているところを殺害されたとか」

「その犯人は大麻を奪おうとした、あるいは、もともとの大麻の持ち主で秘密を知られたので菊島さんを消した、とか、そんなふうな因果関係になりますかね」

毛利は困った面持ちで口を尖らせ、

「さあ、そこまで訊かれましても、私には解りかねますし、素人ですから。それにそれは刑事さ

んの方の仕事ではないかと」

宝結は苦笑いを浮かべ、

「まあ、そうですね」

からかうような口ぶりで頷いた。

そして、すぐさま笑みを消すと、眼差しを鋭くし、

「ところで、メイムをご存知で？」

ストレートに問うた。

「えっ、メイム……」

毛利は一瞬、表情を強張らせる。顔をそらし、視線を宙にさ迷わせてから、向き直り、

「ああ、メイムですよね。はい、メイム、もちろん知ってますよ。営業で訪れることありますから。うちのダイエットフードや健康ドリンクを扱ってもらってます」

いったん言葉を区切ると探りを入れるような目付きになって、

「メイムのことは羽賀さんから聞いたのですか？」

「え、羽賀さん？　ああ、薬学講師の羽賀さんね、ええ、というより、羽賀さんがメイムに出入りしていたのを見た、という人がいましてね。我々の業務上、誰とは言えないですが」

平然とした口ぶりでとぼける。もちろん、見た人、とは宝結と私のことだ。

毛利は不服と不安を顔に滲ませて、

「そうですか。半年前、私にメイムを紹介してくれたのは羽賀さんだったもので。ビクロード予備校の時といい、またお世話になってしまい、あの人、ホント顔が広くて助かりますよ」

そう言って、小さく溜息をつく。

宝結は淡々とした口ぶりで、

「で、そのメイムですが、バックに宗教団体が付いているのはご存知で？」

毛利は一拍置いてから、

「ええ。提携のような関係と聞いてます」

と頷き、慎重に言葉を選ぶように、

「確か、寿健の光院という団体でしたよね。メイムの設立の際に資金の一部を援助したとか……。あ、でも、そうした宗教団体がメイムを経営しているわけではありませんから」

「メイムは無関係？」

宝結の挑発的な問いに、毛利は口を嘴のように尖らせ、

「直接的な関係はありません。あくまでもビジネス上の協力です。メイムは独立した運営のようですし、宗教団体への強引な勧誘などのトラブルは今まで起きてませんよ。きわめて平和的なフィットネスクラブで、だからこそ、私も安心して営業できるんです」

「営業先は健全であってほしいですからね」

「もちろんですっ」

そう言って、そわそわしながら腕時計に目をやり、

「ああ、もう行かないと。出張報告しなくちゃならないから。失敬しますよ」

ベンチから勢いよく立ち上がった。ぞんざいな辞儀をして、そそくさと社へ向かって、足早に立ち去ろうとする。

私はその後ろ姿に向かって、

「はい、忘れ物」

両手を伸ばし、ボストンバッグと静岡土産の詰まった重い手提げ袋を差し出した。

毛利は疲労の面持ちで引き返して来て、両手で受け取り、唇を尖らせる。そして、プイッと背を向けると、逃げるような早足で歩き去って行った。

遠ざかる毛利が小さくなるまで我々は眺めている。軽く手を振ってやる。

そして、私は背中に手を回すと、紙袋とレシートを摘んで掲げてみせる。

「これで良かったかな?」

さっき預かっていた毛利の手提げ袋の土産物の中からこっそり拝借したものである。そう、宝結が毛利を聴取している間、私は密かに荷物の中身を物色していたのであった。

宝結はブツを受け取ると、

「なるほど、上出来だ。これなら使えそうだよ」

紙袋の中を覗き込みながら、嬉しそうに頷いていた。

23

それから一時間後、宝結と私は調布ヶ丘へと場所を移す。この一帯は木々が多い。冬の陽光を受け、無数の枝がアスファルトに網のような影を落としていた。寒さがよけいにつのる。

向かった先はフィットネスクラブ「メイム」。

白い丸石の敷き詰められた短い通路の先が入口である。昨日と同様、香の独特の匂いが漂い、子犬ほどの象のオブジェが二体、出迎えてくれる。

その間の自動ドアを通り、中に入ると賑やかな音量があふれてくる。ビートの効いた音楽に加え、床を踏み鳴らす響きが空気を震わせていた。香の匂いも強くなった。

会員の一人らしい上下ジャージ姿の中年の女性が愛想良く迎えてくれる。きっと入会の申し込みとか見学の希望者と思い込んでいたのだろう。

宝結が警察手帳を見せ、責任者への面会を申し込むと、女性はたちまち顔を強張らせ、足をもつれさせながら中へ消える。

待っている間、宝結は聞こえてくるBGMに合わせて、その場で軽くタップを踏んでいた。

三分ほどして、女性が神妙な面持ちで戻ってくる。そして、「どうぞ」と一言だけ口にし、後は黙りこくったまま奥へと案内し、ドアの前で逃げるように立ち去った。

そのドアは半分開いていた。

中にいた男がこちらを見て、

「どうぞ、遠慮なく。まあ、いきなり来ておいて、今さら遠慮も何もないですかね」

嫌みったらしい言い方をして、薄笑いを浮かべた。

宝結は動じる様子無く、

「ええ、お気遣いなく。頼まれても遠慮しないたちですから」

言いながら、歩幅も大きく足を中に踏み入れる。私も同様に続いた。

男は肩をすくめ、

「おやおや、正直な。まあ、刑事さんが遠慮深かったら、捜査になりませんからね。日本の警察が優秀だと言われるのは図々しさの証し、だったり」

そう言って、ニタニタとほくそえむ。

この男は堤明人《つつみあきと》。「メイム」の経営者であった。三十代後半。名刺には幾つかの肩書きが並び、その一つにチーフインストラクターとあった。自らエクササイズを指導するらしい。

細身だが強靱そうな体型をしている。無駄の無い引き締まったスタイルがトレーニングシャツとジーンズのラインに現われていた。

小粒な目に薄い唇。細長い顔は顎がしゃくれ気味で、ゴルフのパターを連想させる。

「こちらへお掛けください」

堤明人が部屋の中を案内する。バーのカウンターのようなインテリアが設けられ、その席に宝結と私は腰を掛けた。

室内は白壁の明るい雰囲気で、ライトブルーの天井には雲と太陽を配した空の模様が描かれていた。フローリングの床にはシルクロード調の絨毯。バーカウンターの他にテーブル席が幾つか配されている。

堤明人はカウンターの中に入り、

「折角ですから、ウェルカムドリンクでも。メニューはご覧になっても解らないでしょうから、こちらで選ばせてもらいますよ」

上から目線でそう言って、冷蔵庫から瓶を幾つか取り出す。それらを慣れた手つきでシェイカーに注いでゆく。

この男の肩書きの一つにヘルスバーテンダーというのがあった。また、この部屋のドアにヘルスグリル「シャングリラ」と記されていた。どうやら、ここは健康ドリンクやダイエットフードなどを提供するレストルームのような場所らしい。

堤は慣れた動きでシェイカーを振る。両手首の鎖状の腕輪がチャラチャラと鳴って金色にきらめく。そして、シェイカーを傾け、グラスに濃緑色の液体を注ぎ、こちらに差し出した。

「アロエ、モズク、ニラ、ゴーヤをベースにその他六種の材料をブレンドしたヘルシーカクテル『深い森の寝言』です、どうぞ」

すました表情で説明する。

宝結と私は手を付けるのを躊躇う。

が、そのままでは負けたようで癪に触るので、私は勇を鼓して、グラスを持ち上げ、口に運んだ。ほんの少量だけ口の中に流し込み、舌先で触れる。

それで充分だった。それ以上は耐えられない。嚥下することは不可能だ。私は飲んだフリをし、実際はグラスに舌で押し戻した。涙と鼻汁が出てきて、慌てて手でこすって誤魔化す。

ふと横を見て、仰天した。

宝結がグラスを口にすると平然と傾け始めたのである。喉をゴクゴク鳴らしている。

いや、こいつも飲んでいる演技だな、と思っていたら、グラスの中身が減っているではないか。

どんな味覚の持ち主だ？

宝結は三分の二ほど飲んだところでグラスを置き、

「なるほど、森の寝言どころか、鼾《いびき》が聞こえてきそうな味わいだ」

穏やかにそう言って、微笑んだ。

堤は一瞬、驚きと悔しさを顔に滲《にじ》ませたが、すぐにかき消し、

「おやおや、お気に召していただけたようで光栄です」

強張った顔に作り笑いを刻んでいた。

私は唖然としながら感心し、宝結の平然とした横顔を見つめる。が、ふと、視線を下に移す。と、宝結の左手には小さなスプレー瓶が握られていた。この瓶、見覚えがある。ハッカオイルの濃縮液が入れられているはずだ。普段はこれを水で薄めたものを愛用している。なるほど、カクテルを飲む前にこの濃縮液を口の中に噴霧し、味覚を麻痺させたというわけだ。

きっと、私がカクテルを口にし、堤の注意がこちらに向いた、その隙を狙ったのだろう。先に私がグラスを手にするのを待っていたに違いない。私を囮に使って、狡猾な奴め。

そして、これで却って調子付いたように宝結はカウンターに両肘をつき、

「用件というのは殺人事件に関することでしてね」

ストレートに切り出し、本題に入る。

堤はカウンターの中で身をすくめるポーズをして、

「おやおや、それは穏やかじゃない。もしかして、さっき、ニュースでやってた廃墟の殺人事件のこととか？」

軽い口調だが、身構えている様子が窺えた。警察が来訪する可能性を覚悟していたのだろう。

「お察しがいい」

宝結は頷き、説明を始める。

連続殺人と推測される二件の殺人事件が起きていること。その二件目の菊島殺しの現場となった廃墟はかつて「アリエス天望教」の本部だったこと。そこから分派した団体の一つ「寿健の光院」はこの「メイム」と関係があるという噂。また、二つの殺人事件の関係者の中の数人がメイムに出入りしている事実。その他、廃墟の大麻栽培のことや事件に関わる薬品業界の人間達の情報などをかいつまんで解説した。

堤は神妙な面持ちでしゃくれた顎を撫でながら、二度ほど頷き、

「おやおや、うちと宗教団体との結びつきについて警察は随分と気にしているようですね」

「それも一つあります」

堤は顎を突き出し、強い口調で、

「はっきり申し上げて、うちは健全なフィットネスクラブですよ。そもそも我々は大麻も煙草も無関係、味わう煙はお香だけ。ほら、ご覧になって解るでしょ。会員の皆さんの屈託のないトレーニングぶり、何ら怪しさもやましさも感じられないと思いますが」

そう言って腕組みし、視線を左に向ける。

壁に大きなガラス窓が設けられており、その窓越しにジムエリアが見える。広々とした室内で会員たちがトレーニングに汗を流していた。フローリングの床に足音を響かせ、ライトグレイの合成樹脂の壁に掛け声や手拍子が反響する。熱っぽい空気が伝わってくるようだ。会員のほとんどは女性で、その七割が中高年層であった。

若い男女の二人のインストラクターが指導に当たり、会員達は二つのグループに分かれて、トレーニングしていた。

男性インストラクターのグループの方は大人数であり、圧倒的に熟年の女性が占めていた。かたや、女性インストラクターの方はその三分の一ほどの人数。若い女性たちが中心であり、他に少ないながら男性会員も混じっていた。

エクササイズは太極拳をスピーディに行っているような動きや、カンフーのアクションでジャズダンス風に踊るなど独特なメソッドが取り入れられている。また、ヨガをベースにした筋トレの静止ポーズで瞑想するなど、全体に東洋的なイメージで統一されているようだ。なるほど、「悟りとダイエットの高揚感」というキャッチフレーズを思い起こす。

そんな光景を宝結は興味深そうに眺めながら、

「つまり、この健全なメイムは寿健の光院との関係も健全であると?」

「もちろん」

と、堤は即答し、

「それは単にスポンサー的な存在であるというに過ぎません。だいたい、私は寿健の光院の信者ではありませんし、うちのインストラクターもそうですよ。あちらとはあくまでもビジネス上の付き合い」

「経営の提携ということですか?」

「近いですね。我々メイムは教団から設立資金を提供してもらって運営できるようになり、毎月、利子と共にローン返済を続けています。一方、教団側はその利益を得ると同時に、こうした健全なフィットネスクラブの経営をサポートしていることでイメージアップを図ることができるわけです」

「お互いに上手く利用し合ってるということ」

「ええ、いわば、ウィンウィンの取引であり、純然たるビジネスライクの関係ですよ」

「なるほど、一般の方達の会員を増やすためにもその方がベターでしょうしね」

宝結は皮肉めいた笑みを刻む。

堤はちょっと間を置いてから笑みを返し、

「まあ、メイムには寿健の光院の信者さんもいますよ。でも、それって当然でしょう。だって、スポンサーですから、自分とこの信者さんたちに入会を勧めるに決まってるじゃないですか。でも、彼らと一般会員達の間にトラブルが起きたことは一度もありませんから、そのことは強調しておきます」

「その手のトラブルは何よりも商売に響きますから、殊更に慎重になるでしょうしね」

「おやおや、刑事さん、どうもさっきから考え方が不健康ですね。入会、いかがです？　うちはひたすら健康を追求するフィットネスクラブですからね。そして、世の中の健康、それを平和と言うんですよ」

堤は嫌みったらしく両手でピースサインを作ってみせた。

24

ジムエリアの方が静かになった。ＢＧＭの音量が小さくなっている。

休憩時間らしい。窓の向こうで会員達がリラックスし、思い思いに身体を投げ出したり、ドリンク補給をしたり、談笑していた。

ドアが開いて、こちらに二人の男女が入ってきた。

さっきまでジムエリアで指導に当たっていたインストラクターである。

堤が手を挙げ、近くに来るように合図を送る。

二人はカウンターの脇に立ち、我々と向き合う格好となる。

男の方は二ノ宮清也《にのみやせいや》。二十代後半。男とは思えないくらい肌の色が白い。雪を連想させる抜けるような白さである。そのため、白いフィットネスウェアとの境が付かず、一瞬、全裸と錯覚させられそうになる。

そのくせ、やけに筋肉は発達していた。隆々と起伏を描き、身動きするたびにうねって波打つ。

そして、顔は端正な二枚目で少女漫画のように睫毛が長い。

何やらバランスがおかしいが、妖しげな華を感じさせる。やはり、アイドルのような人気ぶりで、今も窓の向こうから女性たちの熱い視線が注がれていた。

「初めまして」

と、挨拶する声は爽やかさの中に妙な甘ったるさを忍ばせている。

そして、その態度には自信が滲み出ていた。メイムの会員のほとんどを占める中高年の女性層から圧倒的な支持を得ているからだろう。ハーレムを築く牡ライオンを髣髴とさせる。メイムの経営を牽引している存在なのかもしれない。先程から、オーナーの堤さえもこの二ノ宮にはどこか気を使っている素振りがあった。

一方、女性インストラクターの方は沢富杏奈《さわとみあんな》。こちらも二十代後半だが、遠くからだとさらに若く見えるだろう。二ノ宮とは対照的に全身が健康的な小麦色に包まれ、女性にしては身長が高い。顔のパーツの一つ一つが大きく、目鼻立ちがはっきりとしていた。スタイルもダイナミックなラインを誇り、全体からラテン系の雰囲気を醸していた。身体にフィットしたスポーツブラとレギンスの汗染みがグラデ模様を描き、胸と腰のカーブを強調して艶っぽい。付け爪はカラフルな五色で、左手の中指にはバラのデザインされたシルバーの指輪をしている。

　生来、明るい性格なのか、はきはきした声を放ち、

「よろしくお願いしまーす」

と、大きく辞儀をしてみせた。

　堤はこれまでの我々とのやりとりを二人に説明してやる。二人は幾つかのポイントで頷いて同意を示し、その発言は堤の話を裏付ける形となった。当然、これは想定内の展開である。

　宝結が話の中の登場人物を増やし、

「このメイムには毛利さん、冠羽フーズの毛利さんが出入りしてますよね」

　堤は小さく溜息をつき、

「そりゃ営業マンですからビジネスで来るのは当然でしょ」

「毛利さん、顔に似合わずいい人ですよ」

と、沢富杏奈が陽気な声をあげる。

　二秒後、周りを見て、口に手を当てながら、なおも大声で、

「あ、あ、すいません。顔に似合わずって、いつも不機嫌そうに口を尖らせてるもんだから」

　そう言って、健康的なピンクの唇を尖らせてから、

「でも、あの人、会社の試供品のフーズとかサプリとか沢山くれて、なかなか気前いいとこあるんですよ。やっぱり似合わないですよね」

口を大きく開け、アハハハと肩を震わせながら豪快に笑う。

堤が咳払いして、杏奈は手で口を塞ぎ、顔を伏せた。肩はまだ震えている。

宝結がちょっと間を置き、

「よろしいですか。毛利さんの他に羽賀さんもここに来てますよね。予備校の薬学講師の。あの人は営業ではないですよね。会員のようにも見えないし」

杏奈がまた吹き出し、

「あの葬式顔の羽賀さんがエクササイズに励むなんて、あ、すいません、私ったら」

両手を口に当て、笑いを押し殺そうと苦戦する。

横から二ノ宮がフォローするように口を挟み、

「羽賀さんには感謝しないと。あの人のおかげでうちの新規会員、増えているんだから」

宝結が興味を示し、

「ほお、羽賀さんがメイムの広報係みたいな?」

「まあ、結果的に、です。ほら、あの人、医薬業界に通じていて、ドラッグストアやサプリの通販業者にも顔が広いんですよ。その分、健康やダイエットに関心ある人たちの情報を持ってるんですよね。しかも、そうした人たちに接する機会があるたびに、メイムのことを推薦してくれて、だから、感謝ですよ」

そう語りながら、いちいち白肌の筋肉をピクピクと動かしている。癖なのか、あるいは、常にトレーニングを怠らない、というポリシーなのか、どうあれ不気味である。

「羽賀さんにとって何かメリットは？」

宝結の問いに、オーナーの堤がすかさず口を挟んできて、

「まあ、隠すつもりはないし、調べればすぐ解るでしょうが、羽賀さんには謝礼を渡してますよ。羽賀さんの紹介で新しい会員が入るたびに、入会金の二割をね。羽賀さんにとっては微々たる小遣い程度でしょうが」

「なるほど。でも、羽賀さんがね、意外だな。あんな愛想が無くて、どんより暗い人が、それこそ葬式顔なのに、新規会員の勧誘が巧みだなんて」

宝結は呟きながら首をひねる。

すると、杏奈が顔の前でワイパーのように大きく両手を振りながら、

「いえいえ、羽賀さんはなかなかプレゼン上手みたいですよ。スマホやタブレット端末の動画を使ったりして」

「動画？　ここメイムの？」

「というより、この人の」

と、隣を指して、

「二ノ宮さんのムキムキのトレーニングシーン。プロモみたいにカッコよく編集したのを、アラフォーやアラフィフのレディの方々にお見せして、そりゃ訴求力抜群ですってば、ねっ！」

潑剌とそう言って二ノ宮の肩を叩く。明るい笑い声につられて豊かな胸が揺れ、汗染みが広がるのが艶《なまめ》かしい。

二ノ宮は照れた面持ちで、

「杏奈君、よしてくれよ。おおげさに言い過ぎだって」

反論しながらも満更でない笑みを浮かべている。自信を誇示するかのように肩の筋肉をモリモリと躍動させた。

私は衝動的に問う。

「あ、杏奈さん、あなたの動画は？　羽賀さんはあなたの動画は使わないんですか？」

杏奈は驚いたように大きな目をさらに大きく開いて、

「えっ、私？　そんなの無いですよ。カメラ、向けられたことも無いですったら。羽賀さんがひたすら追い求めるのは二ノ宮さんのガチムチのホワイトボディーだけ、ねっ」

と、意味深な横目を二ノ宮に向ける。

二ノ宮は狼狽した口ぶりで、

「ちょ、ちょっと、杏奈君、そういう言い方、よしましょうよ。何か誤解を招いちゃうから」

そう言いながら、臀部の筋肉をブルブルと震わせた。

ありがたいことに宝結が話題を次に進めてくれた。

「最初から羽賀さんはメイムに出入りしていたのですか？」

「いえ、人の紹介ですよ」

と、代表の堤が答え、

「ナガセさんという人。調布市内でドラッグストアを経営している人でうちに絆創膏や湿布とか常備薬を納品してるんですよ。羽賀さんは以前からそのナガセさんと知り合いだったのが縁でうちに来るようになったわけで、あ」

ここで言葉を切り、ドアの方を見る。

開いたドアから一人の男が顔を出し、

「自分、お呼びっすか？　ご注文の品、お届けにきたんすけど、いつもの場所に追いとけばいいっすよね？」

体育会系の下っ端みたいな口ぶりで話し掛けてくる。

この男が今の話に出たナガセこと、永瀬光次郎《ながせこうじろう》だった。

そう、昨日、路上で毛利と会話を交わしながら、一緒に「メイム」に入って行った男である。そして、昨夜、毛利と共に静岡へ出張に出掛けていた男。

三十代半ばだろう。小柄で童顔。背広を着ているが、小学生の学芸会を思わせる。コイノボリのような丸い目玉が特徴的。全体に落ち着きが無く、常にせわしなく手足を小刻みに動かしている。こちらを警察関係者と知らされ、緊張したのか、よけいにそわそわとしていた。

永瀬は宝結の問いに、

「え、羽賀さん？　ああ、自分、あの人とはかれこれ十年以上の付き合いっすよ。当時、自分が勤めていた薬屋チェーンの主催したパーティーに来て、同じ中学の出身と解った縁で、何かと目ぇかけてもらってんすよ」

言いながら、そわそわした身振りがやたら多い。トイレを我慢する小学生のようだ。

彼の後ろ、半開きのドアが大きく開いて、こんどは女性が入ってきた。

こちらも見覚えのある顔。昨日、宝結と私が雑誌の取材と称し、近くの路上で「メイム」について質問した相手。楠枝真緒美だった。ドクターXこと楠枝渡の妻である。

昨日の毛皮のコートとは対照的に薄手のフィットネスウェアに身を包んでいる。タンクトップにたわわな胸が張り詰め、ロングタイツの腰はむっちりと丸みを帯び、肉感的なボディラインが露になっていた。

ムンムンと熟した果実のような色香を放ちながら入ってきて、鼻にかかった声で、

「ねえ、二ノ宮センセー、昨日のチーズタルト、どうだった？　お口にあったかしら？」

周りには目をくれず、まっすぐ二ノ宮に突撃するような勢いで迫る。

二ノ宮は困惑顔をして引き気味だが、作り笑いを浮かべ、

「は、はい、楠枝さん、ごちそうさまでした。とても美味しくいただきましたよ」

答える声が強張っていた。そして、上客へのサービスなのか、胸の筋肉を震わせる。

楠枝真緒美はなおも迫り、身をくねらせながら、顔を近付ける。タンクトップからこぼれそうな胸が二ノ宮の腕に押し付けられ、たわんでいる。熱い吐息を吹きかけるような口ぶりで、

「でも、もしかして、チーズってコレステロール値が高くて、二ノ宮センセーのお仕事にはマイナスじゃなかったかしら？　うっかりしていて、私、気付かなかったの、ごめんなさいね」

「え、え、そんな、全然、大丈夫ですったら。気にしないでください」

「でも、私、気になっちゃってさ。だから、お詫びに、夜食を作って持ってきてあげるわね。身体にいいものばかりよ。私、看護師の他に栄養士の資格も持ってるんだから。それに、夜は暇だし」

「あ、いえ、奥様のお手を煩わせるなんて、ちょっと考えさせてください。ほら、今、刑事さんの聴取も受けているところだし」

助け舟を求め、こちらに目を向けてきた。

真緒美は驚いた面持ちで振り向いた。どうやら、初めて我々の存在に気付いたらしい。

好奇心に満ちた眼差しで、

「え、刑事さん……あれ、あなたたちって……」

と、だんだん視線を鋭くし、

「あっ、昨日、メイムのことを質問してきた人たち」

「正解」

宝結が愉快そうに答える。

真緒美はムッとした表情で目を大きくし、

「あなたたち、刑事だったの？　雑誌の記者って名乗ってたのに」

宝結は意に介す様子も無く、

「あ、そうそう、昨日の答え、解りましたよ。メイムのメイは瞑想のメイ、その続き」

「夢想のム、じゃないわよ、昨日も言ったように」

「メイムのムはmuscle《マッスル》のmu《ム》、ですよね」

「正解。ここの情報、かき集めたみたいね」

そう言って両手を腰に当て、真緒美は艶然と睨みつけながら、

「それにしても、昨日の今日でまた来るなんて、何を調べているのかしら？　よほどお気に入りのようね」

「ええ、皆さんにお会いして、ますますね。皆さんの方こそ、こちらを気にしてくださって嬉し

く思います」

そう言ってシニカルな微笑を刻んだ。

室内の空気が重くなっていた。既に昨日から捜査対象になっていることを知り、緊張感が漂っているようだ。

沈黙を破ったのはドラッグストアの店長永瀬だった。重苦しい空気から早く逃れたいのか、落ち着きの無い声を震わせ、

「あのぉ、堤さん、ご注文の品、いつもの部屋に持ってって、よろしいっすか?」

せわしげにドアの向こうを示した。コイノボリのような目玉がキョトキョトと泳いでいた。

「ああ、さっさと持ってってくれ」

堤はうざったそうに手を払った。

永瀬は最後まで聞かず、部屋を飛び出していた。

ちょっと遅れて真緒美も、

「私も用事があるから」

一方的にそう言って出て行く。しかし、ドアの手前でいったん立ち止まり、振り返って、二ノ宮に熱い視線を送るのを忘れない。ドアを大きく開いて廊下がよく見えるようにしておいてから、豊満なヒップを左右にバウンドさせながらゆっくりと歩き去っていった。

私は宝結の声でハッとなり、廊下から視線を引き剝がす。

宝結は堤、二ノ宮、杏奈の顔を順に見て、

「普段から、皆さんはこの施設内で暮らしているんですよね」

堤が代表して、

「ええ。各自、三階に一部屋ずつありますから」

「なるほど。まるで合宿所のようですね。ご相談なんですが、この建物の中を一通り見せていただくことは可能でしょうか？」

「おやおや、刑事さんにしては遠慮深い」

と、堤は粘着質な口ぶりで、

「どうぞどうぞ、何もやましいところはありませんので」

ニタニタと薄笑いを浮かべた。

堤たち三人の案内によってメイムの各フロアに足を運んだ。各部屋のセキュリティの説明の際には三人とも自分の鍵を見せてくれるなど、なかなか行き届いたガイドぶりであった。

一階はヘルスグリル「シャングリア」、ジムエリアの他に小ぶりなトレーニングルーム、スタッフ用休憩室、常備薬やグリルの材料などを収めた二つの物置部屋があった。

二階はダイニングキッチン、リビング、浴室といった生活空間に加え、トレーニング用の器具やウェアなどを収めたユーティリティールームが配されていた。

三階はアパートのような様相で、廊下を挟んで左右に三部屋ずつ、計六つのベッドルームが配され、メイムのスタッフ三人が暮らしていた。空き部屋は客室になるらしい。

また、見学している間、事件について幾つかの質疑応答を行った。二つの殺人事件において、三人のアリバイは成立しないことが明白となった。やはり、犯行時間帯が深夜なので、これは想定していた通りのことである。おかげでこちらの計画に支障はない。

一階に戻ると、ちょうど、永瀬が注文品の段ボール箱を納め終わって、辞去しようとしているところだった。

「ここに伝票を置いときますよ」

そう言って、永瀬は受付のテーブルに薄い紙片を置き、右の拳を押し付ける。

よく見ると、人差し指に不恰好な指輪を嵌めていて、それは印鑑になっているのだった。

伝票に捺印した永瀬は頭を下げ、そそくさと立ち去る。

宝結と私もいい頃合いと見計らって、永瀬に続いてメイムを後にした。

25

メイムを出た永瀬はすぐ脇の駐車エリアにいた。「丸星ドラッグ」と店名の記された軽トラックの荷台の後部を閉じると、足早に歩道を歩き始める。

我々は尾行するようにしてその後を追う。

「ちょっと話を聞かせてください」

宝結は呼び止めた。

楠枝クリニックの前であった。メイムから徒歩数分の至近距離である。

永瀬はビクッとして振り返り、コイノボリのような目玉に不安げな色を泳がせた。さっきと同様、落ち着きが無い。身体のあちこちをムズムズと動かし、両手にぶら下げた白いトートバッグが前後に揺れている。

宝結は問う。

「メイムとは長いんですか?」

永瀬はおどおどしながら、

「そうっすね、かれこれ四年くらいのお付き合いになりますね」

「なるほど。昨夜から今日の午前中、冠羽フーズの毛利さんと一緒に静岡へ出張でしたよね」

「ええ、ちょうどタイミングが合ったもんですから」

「随分と呑んだと毛利さんが言ってましたよ」

永瀬は胃のあたりを押さえながら、

「いやあ、カラオケまで付き合わされちゃって。大変だったっすよ。今朝なんか、自分も毛利さんも雁首揃えてドラッグストアで二日酔いのドリンク剤のお世話になりましたからね。大して効かないなって文句言い合ったり、薬を商売にしている二人がね、何かマヌケっすよ」

目がまだうっすらと充血していた。

もっといい薬があれば出してほしい、そんな眼差しで楠枝クリニックの建物を見上げた。

宝結も同じ方に目をやり、

「この楠枝クリニックとメイムはずいぶんと近所にありますよね。実際、交流もあるようだし」

永瀬は頷き、

「ええ、ここのクリニックはメイムの会員さんたちの健康のチェックやサポートなどを任されているんすよ」

「一種の業務提携?」

「似たようなもんでしょ。定期的に健康診断を行ったり、まとめて予防接種をしたり、熱中症や貧血の緊急ケアやアドバイスとか」

「専属ドクターみたいな役割？」

「まあ、そんな感じっすね」

そう言って素早く瞬きを繰り返す。

「永瀬さんもこちらに御用？　二日酔いの特効薬をもらいに、とか」

宝結の問いに永瀬は細かく首を振り、

「いえいえ、近くまで来たんすから挨拶しないと。ほら、こっちはしがない薬屋っすからね。それと、こちらの奥さんに使いを頼まれちゃって、もう、御用聞きどころかパシリっすよ。これ、家に運んでおいて、って」

へりくだった笑いを浮かべ、両手のトートバッグを掲げてみせる。

宝結は中を覗き、

「へえ、空のペットボトル、ずいぶんと沢山ですね。ここの奥さん、楠枝真緒美さんの？」

「ええ、もとはスペシャルジュースが入ってたんすよ。奥さんの作った特製の」

「メイムで飲むために、あ、違う、そうか、あの男、白いムキムキマンのために」

「はい、インストラクターの二ノ宮さんのために奥さんのラブラブのジュースの差し入れっすよ、さすが刑事さん、ご明察」

「ああ、楠枝夫人、あの男にずいぶんと熱の入れようだからな」

「ええ、ムンムンっすよ」

恥ずかしそうな苦笑いを浮かべる。

宝結は楠枝クリニックの窓の辺りに目をやりながら、

「そういえば、亭主の方、ドクター楠枝もなかなかお盛んなようですね。一昨日だっけな、赤坂のクラブのママの出版記念パーティーにはホステス同伴で来てたようだし、つい昨日だって、家の前でナースさんを口説いていたし」

「刑事さんって週刊誌みたいっすね、あ、いえ、誉めてんです、よく調べてるなぁって」

両手をこすり合わせながら下卑た愛想笑いを浮かべ、

「あと、メイムのインストラクターの杏奈さんね、一時、あの人にもドクター楠枝さんはアプローチしては毎回イケズにされてましたっけね」

「懲りない性格か」

「ええ、成功率は低いくせして、ドクター楠枝さん、手が早いっすよね。まあ、奥さんもそれを知ってて、でも、深入りさせないようにって、医院で雇うナースさんは年に四回ずつ代えてるんすよ。だいたい季節ごとにね。そうやっておけば女癖の悪さも軽症で済むだろうし、ドクターも変化があって飽きが来ないから、うるさいことは言わない」

「なるほど、その隙に奥さんの方はメイムのインストラクターにあれこれアプローチできるというわけか。って、何だかビョーキの夫婦だな、医院のくせして」

「まあ、でも、上手くいってるんすから、それも治療の一つでしょ、お互いに」

そう言って永瀬はしきりに頷いていたが、ハッとした表情になり、

「あっ、自分が言ってたなんて、ドクターには言わないでくださいよ、刑事さん、後生っすから、

お願いっすよ、ね、ね」

勝手に一人で慌てふためいて、手足をバタバタさせていた。

そこへ新たな声が、

「よけいなことは喋らないように」

背後から割り込んできた。暗くて低いトーンの声音。

羽賀伸之のデスマスクのような無表情の顔がヌーッとそこにあった。

永瀬は目を剝き、おののいた様子で手をジタバタさせながら、

「あっ、先輩、こ、これはごきげんよろしゅう」

「よろしくないよ」

と、羽賀は出っ腹をさらに突き出しながら、冷たい口調で、

「昼時のファミレスの主婦じゃあるまいし、つまらん噂をペラペラしゃべって。確証のない事を話すんじゃないよ。警察だって混乱するだけだぞ」

こちらをチラ見し、またすぐ永瀬を睨みつける。

「あ、自分、大した話はしてませんっすから、あ、でも、今後、気ぃつけるっす」

と、永瀬はアカベコのように繰り返し頭を下げてから、早く話を変えたいらしく、

「あ、先輩もこちらに御用向きっすか?」

と、楠枝クリニックの門柱を指し示す。

羽賀は不機嫌そうに頷き、

「今、メイムに寄ったんだけど、近くまで来たんで折角だからな。ドクターと碁でも、と」

「え、今、診察時間っすよね」

「どうせ暇だろ、たいていこの時間は」

夕刻の四時半を回っていた。確かにさっきからクリニックに出入りはないし、中から物音がしなかった。

羽賀はついさっき「メイム」に寄ったと言っていたが、おそらく、我々のことを聞いたのだろう。そして、楠枝クリニックの様子を偵察に来た、その可能性は充分に考えられる。

「なら、ちょうど、よかった」

と、宝結がすかさず口を挟み、

「我々も楠枝クリニックで話を聞くつもりだったんですよ。ドクターが暇なら、こちらも気兼ねは無用。遠慮なくお邪魔できるというものです」

羽賀が石膏のような冷たい表情で、

「刑事さん、もともと遠慮なんかするつもりなかったくせに」

「ええ、解っていただき、ありがたいですよ。今後、お付き合いがしやすい」

宝結は左の口角を上げて微笑んだ。

そして、楠枝クリニックに向かって歩を進める。

26

宝結は楠枝クリニックの門内に足を踏み入れ、自動ドアを抜けて中に入る。チャイムが鳴った。

待合室は水色の壁に囲まれ、ブラインドから淡い光が漏れ、落ち着いた雰囲気だった。マガジンラックとソファとプランターがあるだけでひっそりしている。

奥からパタパタとスリッパの音がして、受付カウンターに薄ピンクのナース服を着た女性が現われる。もちろん、昨日、ドクターの頬を平手打ちしたあのナースである。こちらを見て、不審そうな顔をする。いきなり男ばかりが四人連れで現われたのだから当然の反応かもしれない。

宝結は勝手にスリッパを履いてずんずんと歩み寄り、警察手帳を見せ、

「患者でなくて申し訳ない。院長はあちら？」

「え、はい、しばしお待ちを」

ナースは慌てた様子で小走りに廊下の奥へと姿を消した。三十秒ほどして戻ってきて、

「突き当たりを左、応接室に」

興味深げな面持ちで指し示した。

宝結を先頭に我々四人は廊下の奥へ進むと、半開きのドアが応接室だった。

ドクター楠枝がタブレット端末を右手に持ち、画面をスワイプしている。忙しいふりをしているが、チラリと見えたのは通販サイトだった。迷惑そうな表情に不遜な苦笑いを浮かべて、

「インフルエンザの予防接種なら、団体割引にしてやってもいいが」

そう言いながら、頬をさする。ほんのりと赤らんでいて、よく見ると手形のような跡が残っていた。また、懲りもせずにナースに迫った敗戦の勲章だろう。

この応接室は壁も天井もキャビネットも白で統一されていた。革張りの白いソファに宝結と私が並び、ドクター楠枝と向かい合う。羽賀と永瀬は右側のソファにいた。

ソファは座り心地がすこぶる良くて、うたた寝しないよう注意しなければならない。クッションの隙間に手を入れるとヒンヤリとして目が冴えてきた。

宝結が楠枝に向かって、

「さきほど、メイムで奥様とお会いしましたよ。インストラクターの二ノ宮さんの指導を熱心に受けてましたっけ」

トボけたふうに言う。

楠枝はエラの張った顔を微かに歪め、フンッと鼻息を鳴らし、

「家内はすぐ熱っぽくなるんですよ。たまには熱冷ましの注射でも打ってやらなきゃ」

そう言って、わざとらしく笑う。

宝結は畳み掛けるように、

「あ、そうそう、女性の方のインストラクター、杏奈さんがドクターによろしく、と」

「えっ、ああ、あのコね。あのコも指導熱心なようですなぁ」

興味の無さそうに言いながら、口元がニヤけている。

宝結はマイペースで本題へと話を進める。殺人の捜査でメイムを訪れた経緯を説明して、

「殺された菊島さんと大麻との結びつきについて何か噂とかご存知のことがありますか？」

楠枝は鼻の穴を広げたり縮めたりしながら、しばし黙考してから、

「いや、ないな。菊島が大麻を吸引していたとか、そんな噂は聞いたことがない。ただ、仕事柄、商品開発のために医療大麻を扱おうと思えばそれが出来る立場にあった、そのことは否定できない。まあ、あくまでも可能性の問題に過ぎないがな」

傲岸な口ぶりでそう答えた。

「菊島さんは日焼けサロンに通ったり、普段から体育会系のノリだったようですが、メイムへの関心は？」

「ないだろうね。聞いたことがない」

すぐさま否定する。それから咳払い一つして、

「そもそも、菊島のやかましくて暑苦しいキャラとメイムの東洋的な瞑想修行とは水と油だしな、いや、油と水か。とにかく菊島とメイムは無関係だろう」

と言って、顔を横に向け、

「なあ、羽賀君、そうだよな」

同意を求める。

羽賀はヌーッとデスマスクのような顔を突き出し、

「ええ、ドクターと同意見ですな。そもそも菊島が熱心だったのはスポーツそのものではなく、それっぽい形だけだから」

そう言って、他人事のように不健康そのもののポッコリ出た腹を撫でさする。

楠枝は満足げに頷き、

「うんうん、中身は薄っぺらな奴だったものな」

死者に鞭打つように言い切ると、口をへの字に結び、エラの張った顔をクイッと上げた。この質問に関し、これ以上言うことはない、そんな態度だった。

宝結は柔軟に対応して話題を変え、メイムの活動状況について幾つか質問する。が、既に知り

得た範囲の当たり障りのない回答ばかりだった。

また、形式上と断りを入れてから、菊島の殺された時間帯のアリバイについて訊ねると、楠枝も妻の真緒美も自宅にいたのでアリバイの立証は不可能であるとの返答であった。深夜の時間帯であるため予想通りである。同じくアリバイに関しては羽賀も似たような結果となった。

宝結は次の話題に移り、

「ここはメイムの会員の健康診断を行うなど、指定医院みたいな存在だそうですね」

「ま、一種の提携かな。本来、フィットネスジムには必要なことだよ。メイムは一般的なアンチエイジングのエクササイズにヨガや太極拳の要素を加えた独自のメソッドだから余計に重要なのさ。その分、こっちもやることは多いよ。筋トレや瞑想による効果と体調変化を診察したり、また、それに応じて処方箋を出したり、食事療法や睡眠方法も指導するとか、いやあ、目が回りそうでこっちの健康が心配になってくるってもんさ」

得意げに鼻の穴を広げて吹聴する。

「なるほど。それにしても、ずいぶんと熱心と言うか親身のサポートを行っているんですね」

「まあ、近所のよしみと言う奴かな。それに」

と、楠枝は胸をそらすような格好になり、ふてぶてしい口ぶりで、

「今、メイムの入ってる建物、あれはうちのものだからね」

「へえ、大家ということ？」

「まあ、そういうこと。以前はあそこも医院として使っていたんだ。親父の代までな。入院も可能な施設だったよ」

「なるほど、三階は個室が並んでますね」

「そう、今、メイムのスタッフが寝泊まりしてるな。以前は病室だった。しかし、私の代になって、もっと患者一人一人に密接で細やかな診療をしたいと思って、経営を縮小したわけだ」

「で、使用しなくなったあっちの建物をメイムに貸している」

「ああ。自由に改装することも許可してな。大家は店子にとって親も同然と昔から言うだろ。それで、私がメイムの専属ドクターみたいなこともしてやり、いろいろとサポートしてるのさ」

そう言って肩をいからせ、荒々しく鼻息を吹いた。

横から永瀬が身を乗り出し、

「いやあ、ホント、院長の負担が多くて、院長の健康こそ心配っすよ」

あからさまな世辞を放ちながら、拍手のポーズをする。

その時、チャイムが鳴った。

廊下の向こうで騒がしい人声がした後、ナースが小走りで来て、

「先生、メイムからです」

楠枝は舌打ちをしてソファを立ち、

「おお、出番のようだな。おちおち客相手も出来んよ」

言いながら悠然と廊下に出て行く。

待合室の方に三人の人影が見えた。

メイムのインストラクター、二ノ宮と杏奈が白いジャージ姿の中年女性を両側から抱えていた。

この女性はメイムの会員らしい。顔がうなだれ、足元が覚束ない。

杏奈が大きな目を見開いて、

「この方、立ち眩みを起こしてフラフラしちゃって」

「ちょっと熱っぽいし」

二ノ宮は言いながら、故意か自然なのか肩の白い筋肉をうごめかせる。

楠枝はフンと鼻を鳴らし、

「ああ、どうせ年甲斐も無く張り切りすぎたんだろうよ。皆さん、毎度のことだ。診てやるから、こっちに入っててくれ」

診察室のドアを指し示す。

それからこっちを振り向き、

「見ての通りの取り込み中ということだ。そういうわけで、刑事さんたちも皆さんも、お引き取り願おうかね、さあさあ」

蠅でも払うように、両手を振り回す。

追い立てられるようにして、来た時と同じ顔ぶれの四人は医院を飛び出す格好となった。

そのまま羽賀と永瀬はそれぞれの帰路につくらしい。

宝結と私もこれ以上ここに粘るつもりはなく、引き上げることにした。

我々には、今宵の「大仕事」が控えているのだから。

ACT5 SANCTION

27

夜も深くなり、零時に近かった。

空はどんよりとして低い。人通りの少ない道だった。京王線の柴崎《しばさき》駅から北西の方角へ徒歩十五分くらいの距離だろう。空き地が多く、随所に木立が続く、うら寂しい場所だった。点在する家々もほとんどが灯を消し、暗闇にうずくまっている。耳を澄ますと、野川のせせらぎが微かに聞こえた。

じっとしていると足元から寒さが染みてくる。道路の傍ら、小さな空き地の片隅に私はいた。放置されたままの壊れた自販機にもたれて、身を潜めている。

待っているのだった。ある男を待っていた。そろそろここを通るはずである。ここは男の帰り道の途中なのだから。

男が柴崎駅に降り立ったのは十数分前。それを確認してから、私は車を駆って、ここに先回りしたのだ。車を近くの木立の陰に隠しておき、それからここで待ち続けた。

時計を見る。まもなく、のはずだ。

強い風が吹き、身震いする。

が、風は朗報も運んできた。足音。予定通りだ。

男がのんびりした足取りでこちらにやって来た。アルコールのせいだろう、ちょっとユラユラしている。街灯の明かりに目をしょぼつかせていた。

私は自販機の陰から離れて、道路に踏み出す。そして、早足で男に近付き、声をかけた。

「毛利さん、お疲れ様です」

いきなり名を呼ばれた毛利は驚きを隠せず、身を硬くし、目を大きくしている。こちらの顔を覗き込むようにして、

「あれれ、警察の人、ですよね。今日の午後も会ったばかりなのに」

不服そうに言って、ガチョウのような口元をさらに突き出してみせる。

私は大きく頷いてやり、

「それもあったし、ホント、お疲れ様です」

ねぎらいの言葉に嘘はない。

毛利は冠羽フーズの静岡支店に出張してから、その帰社途中に宝結と私の聴取を受け、さらに、今宵は所属課の懇親会とやらの宴に参加して、ようやく帰宅の途に着いたところ。ホントお疲れ様である。

なので、私は手を伸ばし、

「大変でしょう、お荷物、お持ちしますよ」

そう言って、毛利が断る間もなく、素早く、強引にボストンバッグを奪い取った。

毛利は困惑して、

「え、また、そんな、いいですよ」

「いいえ、お持ちしますったら。遠慮はご無用。さあ、まいりましょう」

私はさっさと歩き始める。

十メートルほど進んでから、細い脇道に入る。

後ろから毛利がよろめくような足取りで、

「ちょっと、そっちじゃないですよ。僕の家はあっちですから。ま、待ってくださいよ」

抗議の声を投げかけてくる。

が、私は待たない。無視して歩き続け、さらに足を早めた。

道は荒れてくる。両側に草木が繁茂し、土の匂いが強くなった。整備の及んでいないアスファルトはあちこちがひび割れていた。

毛利が追いつこうと小走りになりながら、怒り混じりの泣きそうな声をあげ、

「ちょ、ちょっと待ってください、おい、待てったら。警察だからって強引過ぎやしませんかっ。ど、どこへ行くんですかっ」

「すぐそこですよ。少し話でもしていきましょうや」

「は、話って何ですか。僕には話すことなんかありませんよっ」

「こっちにはあるんだなぁ」

私は軽やかな足取りで、凹凸の多い道を進む。

毛利が後ろからハアハアと息を切らしながら追ってきて、

「ぼ、僕はもう帰りますったら。バ、バッグ、返してくださいよ」

「ああ、バッグね、いいですよ。ご自分でお持ちください。もう到着しましたから」

そう言って足を止め、バッグを路上に置いた。

随分と荒れ果てた場所だった。亀裂だらけのアスファルトが広がり、周囲から土と雑草が侵食してきている。外灯もまばらだ。ほのかに油や錆の臭いが漂っていた。

道の右側に古びた細長い建物があった。金属加工の工場である。

コンクリートの壁が所々剝がれ、屋根のトタンが風でパタパタとはためいている。雨ざらしのドアや窓に泥がこびりついたままだ。その前を背の高い枯れ草が塞いでいた。今は経営難なのか休業状態のようだ。あるいは既に廃業しているのかもしれない。

周囲にはドラム缶や台車、脚立、鉄パイプ、作業道具の部品など様々なガラクタが散乱し、また、うっすらと焦げた匂いが漂っていた。アスファルトには大型のマンホールの蓋が錆びた姿をさらし、赤い月を連想させる。

この工場建物の先は下り斜面になっていて、下には整備されていない駐車場跡地が広がり、その奥にさびれた倉庫があった。それを囲むようにして鬱蒼とした草地が広がっている。時折、外灯と月明かりに反射して光るのは貯水槽の水の揺らめきだろう。

後ろでドタドタと鈍い足音が響く。

毛利がよろめきながら追いついてきた。息切れのかすれ声で、

「い、いったい、どういうつもりですか？　こんな辺鄙なところに連れてきて」

「話をするにはふさわしい場所なんだがな」

「だ、だから、話って何なんですっ？」

「そりゃ、事件の話だよ」

「もう、さんざん話してきたじゃないですか。僕は興味ありませんったら」

そう言って、荒い呼吸のまま口を尖らせる。そして、地面に置かれたバッグを取り上げて、

「もう、帰りますよ」

踵を返そうとした。

すると、そこにもう一つ新たな声が響き渡った。

「待て！」

その声は続けて、

「待ちなさい。あなたにとっては実に興味深い話になるはずだから」

工場の建物の陰から声の主が姿を現わした。

宝結である。

黒のロングコートの襟を立て、月明かりを浴び、荒れ地に佇む長身の姿はどこか悪魔めいていた。

毛利は振り向き、

「あれっ、もう一人の刑事さん。ど、どうして、ここに？」

驚きの声を上げて、尖らせた口を半開きにしていた。

宝結は口角を上げて般若のように微笑み、

「どうしてって、そりゃ、毛利さん、あなたと話をするために待っていたんですよ。結構、寒かっ

たんですからね」

言いながら、使い捨てカイロをポケットから出して振ってみせた。

毛利は憤りと不安の入り混じった面持ちで宝結と私に目を遣りながら、

「最初っから、ここに連れてくるために、刑事さんたちは僕の今夜の予定を調べたり、待ち伏せしていたんですか。どういうことですか、失礼だし強引でしょ」

声を震わせて怒りの言葉をまくしたてる。

宝結はしれっとした態度で、

「ま、それくらい重要な話だということですよ」

「い、いったい何が重要な」

宝結は声のトーンを上げ、食ってかかる毛利の言葉を遮って、

「それこそ聞いてみれば解るというもんですよ。重要な話、必ずそう思うはずですから、まあ、聞きなさい。どうせ、ここまで来たんだから、何も聞かないなんて、もったいないですよ」

有無を言わせぬ圧力のある言い方だった。

毛利は唇を尖らせながらも、臆した様子で、

「まあ、ちょっと話を聞くくらいなら……」

だんだん声を細くする。

宝結は満足そうに頷きながら、

「そうそう、夜も更けてきたことだし、早速、大事な話、本題へと入りましょうか」

そう言うと、ミントタブレットを口に放り込み、スーッと息を深く吸い、瞬きを繰り返す。いっ

たん大きく目を見開き、眼差しを鋭くする。

それから、宝結はゆっくりと足を踏み出す。毛利の周りに円を描くようにゆっくりと歩を進めながら、

「もちろん、事件の話です。関連する二件の殺人事件がありましたが、これからお話しするのは最初の方の事件。二月七日の深夜、世田谷区砧の公園で田久保賢造さんが頭部を殴打されて殺害された事件です。思い出してください。実に奇妙奇天烈な現場であり殺害死体でした」

そこに件の現場があるかのように、夜空に目をやった。

毛利は戸惑いながら、

「……え、ええ、変な殺人事件でしたね、はい、とても」

途切れがちに言葉を連ねた。

私も口を挟み、

「ホント、奇怪と言うか面妖というか妙ちくりんな現場だったぜ。死体は逆さ吊りにされているわ、首に靴をぶら下げてるわ、額が擦り傷だらけだわ、口の中にメガネのレンズが入ってるわ、もう何が何だかの状態だったよな」

具体的に描写して、宝結の話を補足してやった。

宝結は頷き、

「実にエキセントリックな現場でした。そんな現場をつぶさに分析するといたしましょう」

そう言って軽く手を叩く。ゆっくりと歩き、円周を描きながら、

「先ず、注目したいのはクロークの番号札です。荷物をクロークに預けた際に渡される番号札。

白いプラスティック製の丸い札で両面に番号がくっきりと大きく記されていました。殺された田久保さんもクロークに荷物を預け、その番号札を受け取っていましたが、結局、そのままになってしまいました。荷物を引きとる前に殺されたのですからね。しかし、その番号札は死体から発見されませんでした。ナンバーは『174』。その番号札は後にパーティー会場と同じ敷地内の排水溝から警察によって発見されたのです。また、鑑識の報告によれば、番号札には油染みが検出されました。それは手袋の指の跡であり、犯人のはめていた手袋の油染みだと見られています。つまり、犯人がその番号札を捨てたということになるわけです。

もちろん、番号札を捨てたのですから、犯人は田久保さんの荷物を入手したのではありません。実際、荷物はクロークに預けられたまま残っていましたし。では、どうして、犯人は田久保さんの番号札を一時的に所持し、それから捨てたのでしょうか？　それは、犯人が自分の番号札かもしれない、と迷ったからではないでしょうか。そう考えれば、この奇妙な状況に説明がつくのです。つまり、次のような展開が想定されるわけです。

犯人が田久保さんを殺害する際、ちょっとした争いなどがあり、そのドサクサの最中、田久保さんのポケットから番号札が落ちてしまった。犯人はそれを田久保さんが落としたものなのか、自分が落としたものなのか、瞬時には判断に迷ったのでしょう。普通、いちいち番号を記憶している者は少ないですし、パーティーで時間を過ごしているうちに忘れてしまいがちですからね。犯人は自分の服のポケットを探りますがすぐに見つからず、咄嗟に拾い上げたのです。何よりも犯行を速やかに行うことが優先されますからね。だから、落ちている番号札を拾い上げ、持ち去ることにしたのです。その方がずっと手っ取り早いはず、だから迷う必要は無かったのでしょう。

そして、犯行の後、いったん落ち着いてから、またポケット等を探すと自分のが見つかったので、拾った番号札は密かに排水溝に処分した、そういう経緯だったというわけです」

ここでいったん立ち止まると声のトーンを上げ、

「そこで、以上から一つ、犯人の要素が導き出されます。つまり、犯人はあのパーティーに参加していた人間である、ということ」

そう言って、人差し指を掲げ、夜風にさらした。足元に枯れ葉が舞い、まとわりつき、すぐに飛び去っていく。

宝結は再び歩き出し、

「次に注目したいのはライターです。田久保さんの死体のポケットにあったライター。そのライターにも犯人が手にした痕跡が残っていました。そう、手袋の指の油染みです。ライターの上蓋を開けて、点火スイッチを押した痕跡も残されていました。点火スイッチに指の油染みが付着してましたからね。火をつけたわけです。つまり、犯人は田久保さんのライターを使用したと推測されます。実際、死体の袖や近くの柵にうっすらと微かな焦げ跡も発見されています。

では、何のために使ったか？　何かを燃やして処分するため？　現場には燃えカスや灰などはまったく検出されませんでした。それに、何か物を処分するなら先ず現場から持ち去るはずです。犯行し、しかも燃やすなら、他の場所で行った方が安全なのだから、犯人はそうしたはずです。犯行現場から出来るだけ早く立ち去ろうとするのが犯人心理であり、自然な行動なのですからね。

それでは、ライターは何のために使ったのか？　燃やす以外にもう一つ、ライターが役立つことと言えば、明るく照らすことです。思い出してください、犯人は死体にあれこれと妙な装飾を施していました。その中には細かい作業もあって、手元を明るくしたかった。例えば、死体の口の中をいじる時とかね。そう、そのために犯人は照明の代わりにライターの火を点したのです」

「なるほどな」

私はポケットからガスライターを取り出し、火を点した。夜風に揺れながら炎の明かりが手元をぼんやり照らしている。

宝結はチッチッと舌打ちして、人差し指を左右に振り、

「しかし、照明に使うなら、もっと明るくて便利かつ安全なものが身近にあります。スマホです。スマホには懐中電灯になるという基本機能が備わっていますからね」

スマホを掲げ、ライトを点した。その光を私に当て、次に、毛利の顔へと向けた。

「わっ、ちょ、ちょっとよしてください」

毛利は眩しそうに目を覆い、口を尖らせる。

宝結はスマホを消してポケットに仕舞い、

「死体の内ポケットにはスマホが入っていました。そして、犯人は実際にそのスマホを懐中電灯として使っているはずです。何せ、ライトが点けっぱなしのまま死体のポケットに仕舞われていたのですから。しかも、犯人は田久保さんのそのスマホに触れ、操作した痕跡を残しています。手袋の指の油染みが付着していました。

あと、もう一つ注目すべき点があります。死亡推定時刻の時間帯、つまり犯行の時間帯の十一時過ぎ、田久保さんの奥さんは田久保さんに電話していますが、相手は出たものの、すぐに切られてしまったということです。普段なら万難排して電話に対応する恐妻家の田久保さんらしから

ぬ行動です。きっと、これは田久保さんではなく、犯人が電話に出たのだと推測されます。それに、そのスマホはマナーモードに設定されていました。ほとんど常時、田久保さんは着信がすぐ解るようにノーマルモードに設定してあったそうです。これもおそらく犯人がマナーモードに変えたのでしょう。当然、犯行現場ではその方が安全だからという理由です。このように、犯人はそのスマホをさんざんいじっているわけです」

私は想像しながら、

「田久保のカミさん、すぐに電話切られて、かなりキレたろうな。でも、まさか、その相手が旦那殺しの犯人だったとはな」

宝結は肩をすくめ、

「しかし、そんな犯人は田久保さんのライターを照明として使いました。いや、正確に言えば、犯人は最初、ライターを照明として使い、次にスマホを使ったのでしょう。その逆はないはずです。スマホの方が光量は多いし便利で安全ですからね。しかし、そもそも、そんなことは最初から解りきっているはずのことであり、試してみるまでもないことなのです。それこそ、火を見るより明らかです。

だったら、最初からスマホを使えばいいのに、何故そうしなかったのか？　それは、犯人は田久保さんのスマホが故障していると思い込んでいたからです。

実際、田久保さんの一台のスマホは故障中で使用できませんでした。しかし、もう一台は使用でき、奥さんからの電話連絡に対応していました。そうです、田久保さんはスマホを二台、所持していました。普段用と奥さん対応専用の二台、それぞれのカラーは黒と赤。この二台は上着の内ポケットに一緒に入れておく習慣であり、その状態で発見されています。そして、結果的に犯人はその赤いスマホを見付け、懐中電灯として使用したのです。

ここで、ちょっと補足させてもらうとしましょう。犯人は自分のスマホを使わなかった、つまり、犯人はスマホを所有していない人間である、そう推理することはいささか短絡的です。この時、犯人は荷物や上着などをパーティー会場に置いていたため、自分のスマホを持っていなかったという可能性があるからです。店のクロークとは別にパーティー会場内には荷物を置いておくテーブルやコート掛けが設けられていましたからね。

また、スマホを持ってはいたけど、犯行時に使いたくなかったという心理が働く可能性も大きいでしょう。それは生理的な感覚です。スマホは日常で頻繁に使用する極めて身近な存在なので、その度に自分の犯行を思い出すことになるはずです。例えば、殺害死体に接近させ、傷口や目、口などを照らしたスマホを自分の顔に当てて通話することに抵抗を覚えるのは自然な感覚と思われます」

私は頷いて、

「そりゃ、日常的に使ってるものを血腥《ちなまぐさ》い存在にしたくないわな。ターゲットを殺す時に口を塞いだハンカチとかな、洗濯したとしても自分の手を拭きたくないよ」

「プロが言ってら」

「説得力あるだろ」

「だな」

と、宝結は一瞬笑みを刻み、かき消し、

「で、話を進めます。さて、さっき言ったように、犯行時、田久保さんの黒いスマホは故障中でした。犯人はそのことを予め知っていた、だからこそ、ライターを照明として選んだのです。死体のジャケットのポケットを漁り、ライターを見付けるや、照明代わりに使ったわけです。その際、二台のスマホの入っている内ポケットを調べなかった。その前に別のポケットからライターを見付けたからです。目当てはスマホではなかったのです。スマホは故障しているからと思い込み、ライターを見付けると、それ以上、他のポケットには手を付けなかった。つまり、田久保さんがスマホをもう一台所持していることを犯人は知らなかった。赤い方のスマホの存在を犯人は知らなかったわけです。

しかし、その赤いスマホが着信音を鳴らします。田久保さんの奥さんからの電話でした。それによって、犯人は赤い方のスマホの存在に初めて気付きました。そして、田久保さんの奥さんからの電話を切り、マナーモードにして、そのスマホを照明として使用したというわけです」

「最初からスマホを探して、内ポケットを調べれば、スマホが二台あることに気付くのによ。そうしなかったから、そんな遠回りな展開になったんだよな」

「そうするまでもない、と犯人は思い込んでいたというわけです」

ここでまた足を止める。

そして、宝結は歩いてきた円周の中心の方へ振り向き、

「さて、ここで犯人の要素についてまとめてみましょう。先ず、犯行時、犯人は田久保さんの黒いスマホが故障中であることを最初から知っていた」

と、右の人差し指を掲げ、

「しかし、犯人は田久保さんがスマホを二台所持していることを知らなかった。ということになります」

そう言って中指を立て、二本の指でVサインを作った。

私はVサインを返し、

「なるほど、犯人の条件がだいぶ出揃ったようだな。さっきのもあったし、クロークの番号札の件な」

薬指も合わせて、三本の指を立ててみせた。

「そういうこと」

宝結も指を三本にすると、

「じゃあ、これらの条件から犯人を割り出してみるとします。先ず、最初、クロークの荷物を受け取るための番号札について話したように、犯人はあのパーティーに参加していた人間です。次に、その中でも、田久保さんのスマホが故障していたことを知っていた人間です。そして、そのチャンスのあった人間は限られてきます」

「パーティー会場に隣接したラウンジの一角にいた連中だな」

「そう。田久保さんは喫煙するためにラウンジのボックス席に座りました。そこで、見栄を張って、パーティー会場からクラブのママを呼ぼうとスマホを使ったのですが、運悪く電源か何かの故障でまったく使えなかったわけです。折角、カッコつけようとしていたのにとんだ災難で、田久保さん、とても恥ずかしそうにしていたようですね。その時、田久保さんと一緒にいたのが、羽賀さん、菊島さん、それに、あなた、毛利さん」

「ああ」

と、毛利は強張った表情でかすれ声を漏らす。半開きの口元がラッパのようだ。

宝結は続け、

「あと、ドクター楠枝さん、その連れのクラブのホステス嬢、以上、計五人の人間でした」

と、右手を広げ、五本の指を立て、

「ここで、もう一つの条件、田久保さんがスマホを二台持っていたことを犯人は知らなかった、この点から考察しますと、羽賀さんと菊島さんはこれに当てはまりません。彼らは知っていました。以前、その話題で笑って、クラブのママさんに叱られたことがあると警察の聴取の時、言ってましたものね。あと、スマホの故障でしょげている田久保さんに対し、『もう一つのスマホを使えよ』と言おうとしたけど言葉を飲み込んだ、そんなふうなことも聴取で述べていましたし。よって、この二人は容疑から除外されます」

五本の指のうち、薬指と小指を折畳む。

その手を軽く振ってから、

「あと、ここで、もう一度、クロークの番号札の件を思い出してください。あれは犯行現場に落ちていたのを、犯人が自分の札かもしれないと迷って拾ったものでした。札の番号は『174』、何とも特徴がなく覚えにくい数字です。一方、ドクター楠枝さんとホステス嬢が一緒に荷物をクロークに預けて、やはり、番号札を受け取りましたが、その数字は『100』でした。しっかりと記憶に残る数字ですね。実際、二人は、縁起がいい、なんて言ってましたし。そんな彼らが犯行現場に落ちていた『174』という番号札を自分のものかもしれない、なんて悩むはずはありません。よって、ドクター楠枝さんも、ホステス嬢も容疑者枠から外されます」

親指と中指を折り畳んで、

「さて、五人のうち四人が消去され、残されたのは一人ですね。そう、あなただけです。はい、そうです、毛利さん、あなたが田久保殺しの犯人です」

人差し指を犯人に突き付けた。

28

毛利は引き攣った面持ちで目を剝いている。棒のように全身を硬直させていた。突き出した口は丸く開いているが、

「……」

言葉が出てこない。荒い呼吸音が夜風に巻かれていた。

宝結は相変わらずのマイペースで話を続ける。

「犯行に及ぶまでの期間にあなたは田久保さんについて調べたかもしれない。しかし、直接会って話したことはなく、あの日が初対面だったから、田久保さんがスマホを二台所持していることまでは知らなかったというわけですね。それが失点となってしまい、こうして犯人であることが発覚するに至った、いやはや、どうもご愁傷様です」

そう言って、カーテンコールの舞台俳優のように右手を胸に当て、深々と辞儀をしてみせた。

雲の影が走り、月光が明滅する。周囲の風景が数秒ごとに暗転を繰り返していた。枯れ草がざ

わめき、静寂を際立たせる。

毛利がこの沈黙を破った。荒い息の混じった声を絞り出し、

「な、何を……何を偉そうに……、じゃあ、あの奇妙な事件現場、どう説明する？　あれも説明つけられるのか？」

肩と足を震わせながら、食って掛かるように言い放つ。

宝結は悠然と頷いて、

「ええ、もちろんですとも。じゃ、リクエストにお応えして、説明するとしましょう」

待ってましたとばかりに両手をこすり合わせてから、ハッカオイルのスプレーを口に一吹きし、深呼吸して、

「何度思い起こしてみても、あの公園の殺害現場は実に奇妙な状況でした。死体は木の柵に逆さに吊るされていました。両足を柵の横棒に挟む格好で、その膝辺りをベルトで結束して、逆さ吊りという状態です。また、首には靴紐が結び付けられていました。靴紐には靴が、右足の靴が付いたままです。まるで、ペンダントか何かの御守りのようにも見える不気味なファッションでした。また、死体の額には随分と擦り傷が残されていました。さらに、死体の口の中からはメガネのレンズが発見されています。それは近くに落ちていた被害者の持ち物のメガネで、折れ曲がり、左目のレンズが抜けていて、そのレンズが口の中にあったということです。また、レンズで切ったのか、口の中や喉の奥に幾つもの擦り傷や切り傷が確認されていました。逆さ吊り、首に靴紐、額の擦り傷、口の中のレンズ、と、まあ、なかなか問題が盛り沢山の死体であったわけです」

何やら嬉しそうに両手を大きく広げる。

私は半分呆れながら相槌を打ち、

「ホント、こうして細かく列挙されると、また一段と奇天烈な現場だったって実感するよな」

宝結は満足げに頷き、

「同感。しかし、これらのことには相応の理由があり、然るべき因果に織り成されていたのです。奇妙な痕跡の一つ一つを手掛かりとして見れば、全体の構図が浮かんでくるというものです。きっと、次のような経緯が展開されたのでしょう。

先ず、死者の口の中や喉の奥に複数の傷があったわけですが、すべてがレンズによるものと結論するのは早計だと思います。メガネのフレームにも唾液が付着していました。つまり、フレームが口の中に入れられたと推測されます。それは、レンズを口の中に押し込むためでしょうか？　レンズは上唇の裏側と歯茎の間から発見されており、口の奥や喉の方ではありませんでした。では、逆に考えたらどうでしょう？　押し込むためではなく、口の中から何かを取り出すために、メガネフレームを入れた、と。そう考えると、あの折れ曲がった形が意味をなしてくるんです。フレームは真ん中から二つに折り曲げられて、まるでピンセットのような形でした」

「うっかり踏んで曲がったんじゃなくて、わざと曲げてピンセット代わりにしたわけだな」

「そういうこと。そして、死体の喉の奥にも切り傷がありました。犯人はメガネで喉の奥から何か物を取り出したのではないでしょうか。レンズではなく別の物をね。レンズは口の中に残っていたのですから。そう考えると、次のような展開が推測され、犯行の経緯を辿ることが出来るんです。

いいですか、先ず、犯人つまり毛利さん、あなたは田久保さんに襲い掛かり、殴打して殺害しようとした。田久保さんは抗い、小競り合いとなる。その際、田久保さんは犯人の服から何かをむしり取ったんです。それは犯人を指摘する重要な手掛かりとなるものでした。そして、田久保さんは殺される寸前にそれを口の中に入れてしまったのです。

当然、犯人は焦ります。何とかして、取り戻さなければならない。ただ、田久保さんが飲み込んだ際に、そのブツがやや大きかったようで、食道には落ちず、喉に詰まらせてしまった。田久保さんが息苦しそうにする姿を犯人は見て、そのことを知ったのかもしれませんし、あるいは、殺害後、死体の喉に触れるか、口の中を覗き込んで、ようやく知ったのかもしれません。いずれにせよ、犯人にとっては不幸中の幸いだったと言えるでしょう。ちなみにそのブツとは上着のボタンとか、ネクタイピンとか、または、ペンダント、指輪とか、犯人にとっては極めて危険な手掛かりだったことは確かなはずです」

私は自分の喉に手を当て、

「そんなもんが死体の喉に詰まってたんだから、犯人は発掘作業に必死になるよな」

「死体に負けず必死にね。で、犯人は発掘すべく、あれこれと手を尽くすことになります。作業の順番までは解りませんが、こうした展開だったはずです。喉に詰まったブツがさらに奥に行かないようにと、首を紐で縛ります。その紐が靴紐でした。死体の右足の靴紐ですね。いちいち靴から外す時間も無いので靴ごと結んだというわけです。

あと、喉からブツを出しやすくするために死体を逆さにして柵に吊るし、ベルトで足を結束しました。また、逆さにして、揺さぶって喉からブツを取り出そう、そんな目的も兼ねていたのかもしれません。正月、餅を喉に詰まらせたケースと似てますね。ともあれ、逆さに吊るす際に手間取ったり、揺すったりしたために、死体の額が地面にこすれて擦り傷だらけになったわけです。

そして、さっきも言ったように、メガネフレームを折ってピンセットにし、喉に突っ込んで、悪戦苦闘の末にようやくブツを取り出すことに成功しました。その際に口の中と喉を傷つけたのです。また、メガネの左レンズも外れてしまい、口の中に残ってしまった、けれども、おそらく、そのことには気付かなかった、あるいは、後で取り出すつもりだったのかもしれません。

最後にこうした作業の後片付けを行うつもりだったのでしょう。犯人にしてみれば少しでも自分に不利な痕跡を残さないようにするのは自然の心理ですからね。そんな折、パーティー客か誰かの足音や話し声が近付いて来るのが聞こえたのでしょう。犯人は危険を感じ、急いで手元にあった照明代わりの例のスマホを田久保のポケットに戻しました。慌てていたせいで、ライトがオンのままでしたね。そして、足音などがなおも近付いたのでしょう、さらに危険を感じた犯人はそのまま止む無く後片付けを断念して、現場から逃走。結果、あの異様な殺人現場だけが残されたというわけです。

以上、死体の逆さ吊り、首にぶら下げた靴、擦り傷だらけの額、口の中のメガネレンズ、これらの奇妙な装飾の謎は解かれたということです。ご静聴、感謝します」

また深々と上体を折って、辞儀をする。

私は補足として、

「で、そうした作業中、手元を照らすために、最初はライターの火を点し、途中からスマホのライト機能を利用したんだよな。あと、クロークの番号札も拾ったし。ホント、ご苦労なこった」

そう言って溜息をついた。

宝結はこめかみをトントン叩きながら、

「ちなみに、犯人が死体の喉から回収しようとした問題のブツだけど、たぶん、会社の社章じゃないかな。冠羽フーズの社章、アルファベットのKの両側に羽根の模様をあしらった丸いバッジ状のやつ、それ」

と、毛利の襟元を指差した。

毛利は青ざめた顔で、襟に手をやり、

「……」

息を乱す。目が泳ぎ、うろたえている。宝結の指摘は当たったようだ。

宝結は推理を続け、

「事件のあった夜、皆さんを聴取した際にね、あなたと同じ社に勤務する菊島さん、あの人の社章はずいぶんとくすんで見えたんですよ。あなたの社章と比べてね。菊島さんの方が先輩だからかな、と思ったんですが、でも三年ほど上なだけですよね。で、ふと思ったんですよ。逆に考えたら、あなたの社章がピカピカしているわけであって、それは、つまり、洗ったからじゃないか、と。死体の喉の奥から取り出したんだから、やっぱり水で洗いますよね。トイレで石鹸も使ったかもしれない。それでピカピカになってしまったんでしょう。あ、でも、ネジの細かい溝や根元は洗うの難しいから、死体の喉の皮膚片や血が付着して残っているんじゃないですかね。また、逆にその社章の塗料や錆の一部が死体の喉に残っている可能性も」

毛利は表情に敗北の色を示し、

「あ、ああ、ち、チキショーッ……」

脂汗の吹き出た頭をかきむしる。

宝結のペースは変わらない。

「あなたにしてみれば邪魔で危険な存在を抹殺したということですね。あの廃墟、アリエス展望教の本部だった廃墟、あそこで大麻の鉢植えが発見されました。当初は殺された菊島さんが栽培しているものと推測されていましたが、どうやらそれは見込み違いのようです。毛利さん、あなたは我々の聴取の際、菊島さんについてこんなことを言っているんですよ。『昨夜も精力的に栽培のために駆けずり回っているところを殺害されたとか』とね。『駆けずり回っている』とは複数の場所に大麻が栽培されていたことを意味しますよね。確かに、廃墟の中の複数の部屋に大麻のプランターがありました。けど、どうして、あなたがそのことを知っているんですか？　廃墟の大麻のことは初耳という反応を示したあなたがね。おかしいですよ。失言でしたね。そう、大麻を栽培していたのは菊島さんではなく、あなただったのです。あなたはメイムを隠れ蓑にして大麻の密売ルートを作る計画だったんですね」

「し、知るか……」

「ま、いずれ、お仲間に確認しますから。メイムのスタッフの三人、それに加えて、楠枝クリニックの夫妻、あと、羽賀さんも永瀬さんも、同じ穴のナントカでしょ」

毛利は声をきしらせ、

「そんなことまで調べやがって……」

「まあね、仕事ですから」

と、宝結は肩をすくめ、

「でも、仕事でもないのに、あなたのことを嗅ぎ回っていた奇特な人がいたでしょ。さっきも話に出た菊島さんとかね。

菊島さんは昨年のサプリメントのデータ偽装事件の内部告発者をあなただと思い込み、何か報復してやろうとチャンスを窺っていたのでしょう。で、菊島さんはあなたの行動を探り、あなたがあの廃墟に出入りしているところを目撃した。そして、昨夜、あなたの悪巧みの確証を求めて菊島さんは廃墟に侵入したというわけです。それと、あなたが殺害した田久保さんもまた菊島さんとグルだったのでしょう。あなたにしてみれば計画の邪魔になる危険分子は何としても排除したかったはず。また、あなた自身が計画の弱点になりうることを仲間に知られたくなかった、それも動機の一つ。そして、密かに速やかに田久保さんを殺害したというわけです。何とも身勝手で罪深い殺人者ですね、あなたという人は。つきましては、あなたに罪を償ってもらわなければなりません」

そう言って、毛利に手を差し向ける。

毛利はすがるような眼差しで首を振りながら、

「だ、だが、俺は、菊島の方は殺していないぞ。そっちは別の誰かだっ」

「ええ、よぉく解ってますよ。よぉく、ね。何たって、毛利さん、あなたには鉄壁のアリバイがありますから。静岡に出張していたという。それに」

と、宝結は一拍置いてから、

「誰が菊島殺しの真犯人か、知っていますから」

「えっ、だ、誰なんだっ？」

毛利は困惑と好奇の混じった表情になる。

宝結は平然と言ってのけた。

「我々です」

数秒、沈黙が流れる。夜が凍りついたかのようだった。

毛利は大きく目を剝き、

「な、ナニッ、あ、あんたたちが……そ、そんなバ」

「バカでも無いし、嘘でもありません。我々が菊島さんを殺害したのです」

宝結が得意げに頷き、私も一歩前に出て頷いてみせた。

毛利は全身をわななかせながら、

「……な、何てことを……、お、おい、お前ら、何を企んでいるんだっ？　俺をハメたのかっ？　俺をどうするつもりだ……、ククク、クソーッ、わ、ワケが解らねえよっ、理不尽だよっ、ああっ、チクショーめ、くらえッ！」

怒声を吐き散らして、いきなり、飛び出してきた。

前のめりになり、獣のように地を這うと、落ちていた鉄パイプを拾い上げた。

目を血走らせ、唸り声を放ち、宝結に向かって突進してくる。

そして、右手を高々とふりかぶり、鉄パイプを宝結に振り下ろした。

寒風を切り裂く凶暴な音が響き、鉄パイプが宙を走る。

が、その先端は地面に叩きつけられ、アスファルトを砕いていた。

宝結は間一髪の差で横っ飛びして、地に転がり、鉄パイプの打撃をかわしたのである。

それが毛利の怒りをさらに増幅させた。充血した眼球に狂気さえ浮かべている。すぐさま両手で鉄パイプを持ち直し、大上段に振り上げ、倒れている宝結めがけて振り下ろした……。

次の瞬間……

闇に青い火花が散った。鉄と鉄がぶつかり合った瞬間だった。

鉄パイプをもう一つの鉄のパイプが弾いたのである。

私が放った一撃だ。私の武器である鋼鉄の杖を横殴りに走らせ、鉄パイプを打撃したのだった。

鉄パイプは大きく跳ね上げられ、毛利はのけぞり、後ろにたたらを踏む。

私は杖を逆手の構えから、顔の正面に構え直す。

この杖は伸縮式で普段は上着の内ポケットかボディバッグに収めているものだ。もちろん、商売道具である。そのため、用途に応じた様々なスペックが装備されている。

今の局面を読んで、私は杖の上部を押し下げ、長さを半分に縮めた。約五十センチである。続いて、内ポケットから鉄鎚の形状のアタッチメントを杖の先端に押し込み、半回しする。カチッと音がして、固く装着された。

そして、一歩二歩三歩と踏み出る。

毛利は半狂乱の目をしてこちらを睨みながら、全身を震わせている。怒りと怯えが絡み合い、臆病な獰猛さに満ちていた。腰を引き、喉をグググと鳴らし、足をガクガクさせて歩み寄ってくる。そして、大きく息を吸い込むと、

「アギャーッ」

絶叫を上げて、襲いかかってきた。

私は静かに身を沈めると、疾風のように一気に駆け抜ける。

相手の鉄パイプが振り下ろされる。

私は走りながら全身を横に傾け、下から上へと杖をスウィングさせる。

杖は鉄パイプを打ち上げる。冷たい閃光が軌道を描き、青い火花が周囲を彩る。

鉄パイプは毛利の手から離れ、宙に舞い上がり、月に影を映した。

私は足を止め、身を半回転させる。杖を片手に持ち替え、鉄鎚の先端を上方に向ける。腕を伸ばし、夜空に掲げた。

そして、毛利の後頭部をめがけて振り下ろす。

「地獄へＧＯ！」

凶器は確実に的へと打ち込まれた。

確かに仕留めた。秘殺、成功せり……。

が、しかし……

……五分後、私と宝結は信じられないような光景を目にしていた……

29

……五分後、私と宝結は信じられないような光景を目にしていた……

「ああ、何てこったい……」

私はうわ言のように声を漏らし、口を半開きにしていた。

宝結も大きく目を見開き、

「こいつはおったまげた！」

と、素直に驚きの声をあげた。

実に珍妙な展開となり、異様な殺人現場が出来上がってしまったのだ。

一見すると、何ともクレージーで不可解な状況が広がっている。

こんなことになるとは私の想像の域をはるかに超えている。そして、宝結にしても大きく意表を突かれたのは確かで、唸り声をあげ、感動すらしているふうだ。

これは現実に起きた出来事なのか、私の頭の中で自問自答が繰り返されるが、答えは、信じられない、の一言のみ。

今、私と宝結が立っている位置は古びた倉庫の前だった。

つい先ほどまでいた金属加工工場からおよそ三十メートル離れた場所である。工場の建物の傍ら、斜面に設けられたコンクリートの階段を降りると、元は駐車場だったアスファルトの空き地が十メートルほど続き、両脇は草木の茂る荒れ地となっている。

その駐車場跡の突き当たりに倉庫があった。現在は使われていないらしい。二階建ての造りで、広さはバス二台分くらい。屋上も荷物をたっぷり置けるスペースになっているが、貯水槽と書かれたタンクが正面側にあるだけだった。モルタルの壁面はあちこちに落書きがされ、左の壁際にはビールケースが三つ四つ放置されていた。

こうした寂れた一帯が殺人現場と化していた。

そして、信じ難いような不可解な状況を呈していたのである。

毛利の死体が倉庫の手前に横たわっていた。

その死体の上半身は焼け焦げている。

ジャケットが黒い灰と化し、髪の大半が燃え落ち、首から頬にかけて焼け爛《ただ》れていた。

また、倉庫の壁面にも焦げ跡があった。しかも、二階の屋上の近く、高い位置に。

それは人の形をしていた。それも逆さになった上半身の形に焦げている。両腕を広げ、まるでバンザイをしている格好の焦げ跡。

さらに、駐車場跡の左側、アスファルトの傍らに生えている草の一部が焼け落ちている。また、灌木の低い位置にも焦げている枝が散見された。

何とも異様な現場である。

そんな異様な状況を作り上げているポイントの一つ一つを考察し、奇怪な殺人ドラマを想像すると重い溜息が漏れてくる。

宝結は大きく唸り声を漏らすとミントタブレットを口に放り込んで嚙み砕く。そして、朗々とした声で言った。

「まるで、上半身の燃えている毛利が逆立ちしたまま走りながら、道沿いの草や灌木を焼いた挙句、驚異のジャンプ力で宙を飛んで、倉庫の壁に激突して、死んじまったみたいだな」

「……ああ」

と、また、私は溜息を漏らし、

「そんなふうに見えてきて、ああ、何か気がおかしくなりそうだよ。しかも、検視にかけりゃ、死体の頭部には人為的な殴打の痕跡が発見されるんだから、他殺であることは明白だし」

「じゃ、頭を殴打された毛利が発狂して、逆立ちしたまま炎上しながら走って、火事場の馬鹿力で宙を舞って倉庫の二階にぶつかって死亡」

「おいおい、やめろ。ホント気が変になりそうな」

私は短髪頭を両手でゴリゴリとマッサージするようにかきむしった。まるで白昼夢を見ているような気になってくる。

しかし、今、目の前にある現場は現実である。現実はしっかりと受け止めなければならない。

私はそう自分に言い聞かせ、真っ直ぐ正面を見据える。

実際に何が起きたのか？

それは常軌を逸した狂騒的な出来事であった。運命はまたも高らかな哄笑をあげた。

私と宝結はその奇妙奇天烈な殺人舞踊の顚末をつぶさに目にしていたのだ。

時間を五分前に巻き戻して、その展開を振り返ってみよう……


五分前。

場所は金属加工工場の建物の近く。

私は杖をスウィングさせて鉄パイプを強打し、毛利の手から鉄パイプを弾き飛ばした。

それから、すかさず私は身を半回転させると、杖を片手に持ち替え、大上段に構える。

先端の鉄鎚が夜空を仰ぐ。

そして、毛利の後頭部をめがけて私は杖を振り下ろした。

「地獄へＧＯ！」

杖の先端は確実に的にヒットした。

仕留めた。秘殺を決めた。

毛利は白目を剝き、一瞬、全身を硬直させる。突き出した口の端から白い泡が湧き出した。ガクッと首が垂れ、肩が下がる。

上体が左に傾き、建物にぶつかる。その際、壁に設けられていた棚が激しく揺れ、物が落ち、散乱した。

その一つ、ガラス瓶から液体が宙に撒かれ、毛利のジャケットに降りかかった。ツンと鼻をつく刺激臭。シンナー。

毛利はそのまま崩れるようにして倒れる。

そして、倒れこんだ先には台車が置かれていた。

工場の資材や製品を運ぶための台車が放置されていたのだ。

毛利はちょうど台車の荷置き台の位置にひざまずくような格好で倒れ込み、上半身は取っ手にもたれかかる状態となった。

そして、その振動で、台車は動き始める。

取っ手の側を前にして、毛利を乗せたまま、台車は前進している。

私は一瞬、呆然とするが、すぐさま反応し、手を伸ばして、台車を止めようとした。

が、足の爪先が何かを蹴っ飛ばす。今さっき、壁棚から落ちたガラクタの一つのペンキ缶だった。その缶が台車に当たり、さらに台車を後押しし、加速させた。

「あっ、待て！」

私は前にのめるようにして、手を伸ばす。すぐ傍らで、同じく、宝結も手を伸ばした。が、空しくも我々の手は台車に数センチ届かなかった。

そして、台車は斜面を走り下りてゆく。

四個の車輪が草をかき分け、土の地面に幾度も跳ね上がりながらも、速度を増して疾駆する。

毛利の身体は激しく揺さぶられるが、かろうじてバランスを保ち、落ちることなく、ひざまずき取っ手にもたれかかった状態をキープしていた。

さっき私が頭部に加えた打撃では即死には至らなかったはずである。絶命するのは内出血が進み、数十秒から数分を経た後のはず。だから、まだ、毛利は朦朧とした意識は残っている可能性がある。今、地獄行きの霊柩車に乗せられたと錯覚しているかもしれない。

勢いよく斜面を走り下りてゆく台車。そのすぐ傍らにはコンクリートの階段があった。階段の鉄の手すりに台車の取っ手が接触し、こすれて、キーンキーンと耳障りな金属音を発する。空気が乾燥しているからだろう、その度に青い火花が散った。

そして、火花が毛利にかかる。

毛利の上半身、まとっていたジャケットが煙を上げ始めた。さっき、倒れる際に浴びたシンナーに火花が着火して、燃え始めたのである。台車の走行で風を受け、それに煽られて火は大きくなってゆく。

「ああっ、そんなバカな！」

私は思わず叫び、

「おおっ、こんなことがっ！」

宝結も驚きの声をあげた。

そして、二人して慌てて階段を駆け下りて、台車を追う。

が、台車はスピードを増して、こちらとの距離をぐんぐんと空けてゆく。もはや、我々の手には及ばない。

台車は斜面を駆け下りると、アスファルトの駐車場跡に入り、さらに走行する。土の地面と違って車輪の音が滑らかである。斜面を下った勢いが付いているので、かなりの速度だった。

そして、火も勢いを増していた。毛利のジャケットを炎が包み込み、髪や首、顎にも及んでいる。だらりと下がった両腕から風で飛び火して、傍らの草や灌木を焦がしていた。

炎上する毛利を乗せて台車は黒煙をあげながら猛スピードで駐車場跡を疾走する。

何とも異様な光景。もはや、本当に、地獄へと向かう火車であった。

私と宝結は呆然として階段の途中で足を止め、立ち尽くし、目を奪われているだけである。

と、いきなり、ガンッと鈍い音を立て、台車は跳ね上がった。

長年整備されていない駐車場跡なのであちこちがひび割れ、凸凹が生じている。

そんなアスファルトの突起に台車の車輪は引っかかったようだ。

スピードに勢いがあったため、台車は大きく跳ね上がり、宙で回転する。

そして、古代の兵器、投石機のように毛利を飛ばした。

燃えながら宙を飛翔する毛利。まるで、火球さながら。

上半身を炎に包まれ、逆さの状態で、両手を垂らして毛利は宙を舞う。

そして、背面から倉庫の壁に激突した。

二階の屋上近く、地面からおよそ五メートルの高さ。毛利はぶつかり、そのまま、頭から落下し、仰向けに倒れた。

激突した壁の表面には淡い焦げ跡が残されている。逆さの人型の上半身。まるで逆立ちのままバンザイでもしているようだった。

毛利を飛ばして空になった台車は着地した後もスピードを落としながらもまだ走っていた。先ほどのアスファルトの突起のせいで大きくカーブし、右方向へと進路を変えていた。駐車場跡から外れて、草地へと入り込んだ。

荒れた地面を数メートル進んで、徐行となり、大きなくぼみに落ちて、ようやく停止した。ひっくり返った状態でしばらく車輪がカラカラと空しく回転していたが、それも止んだ。

そのくぼみには雨水や地下水が溜まり、浅い池のような様相であった。そして、家電や自転車、机、椅子などの粗大ゴミが大量に不法投棄されている。台車は自らそれらの仲間入りをしているような感じだった。

静かだった。台車の走る音が止むと夜風や木々の葉ずれの音が蘇ったようだ。

この信じられないような一連の奇天烈な展開はほんの数十秒の出来事であった。

私はいつのまにか息を止めていたらしい。ふと、我に返り、大きく呼吸する。

隣にいた宝結が足を踏み出す。

その足音で私は思考力を取り戻した。今の運命の悪戯に翻弄された秘殺の顚末はどれだけ異様な状況を生んだのだろう？　いい結果であるはずがない。覚悟しなければならない。

調査し、確認するために私と宝結はその現場へと歩を進めた。

それから五分後……

30

「ああ、何てこったい……」

私は思わずうわ言のように声を漏らしていた。

覚悟が重くのしかかってくる。

この一帯の風景はまさしく不可解な殺人現場を作り上げていた。

倉庫の前、毛利は仰向けに横たわっている。火は消えていたが、ジャケットから微かに煙が上っていた。既に息はない。

私が鉄鎚で頭部を殴打してから、まもなくして絶命するはずだった。もしかしたら、壁に激突したショックでその死が早まった可能性もあるだろう。

毛利の激突した壁には焦げ跡が残っている。

駐車場跡地の傍ら、草や灌木の低い部分が焼けている。

これらの状況を一見すると、何ともクレージー極まりない殺人喜劇の舞台が成立しているのだった。

何者かに殴打された毛利は上半身を炎上させながら逆立ちしたまま走って、路傍の草木を燃やし、驚異的なジャンプ力で跳躍すると、倉庫の壁に激突して、死亡してしまった……

こんな意味の解らない、気の狂ったふうな殺人事件が起きたように見えてしまう。

当然、私の計画から大きく外れたことだ。プラン崩壊である。

「ああ、何てこったい……」

やはり、私は世界で最も運の悪い殺し屋なのかもしれない……。

重い溜息が漏れてくる。冷たい風が吹きすさび、襟元に入り込んで、胸の奥まで突き刺さる。

そんな傷ついた私の心に塩を塗りたくるのが宝結である。何やら嬉しそうに口角を上げて、

「チョンボだよ、和戸隼クン」

そう言って、人差し指を左右に振った。

またも言われてしまった。まあ、通過儀礼みたいなものだから気にすることはない。と、自分に言い聞かせるものの、やはり、じわじわと染み渡る。

すると、宝結が珍しくフォローでもするように、

「でも、ここは前向きに考えようよ、和戸君。こないだも言ったろ。チョンボはチャンス、って。こんな珍奇で不可解な殺人現場を前にしたら捜査本部は頭を抱えるに決まってる。その分、こちらがイニシアティブを取れるって寸法じゃないか。よっ、和戸君、またもお手柄」

「ああ、そう……」

やはり、素直に喜べない。

「とにかく、これを利用しない手はないよ」

「この現場を使うのか？　修正しないのか？」

「もちろんさ。この現場、何ともそそられるじゃないか」

と言い切って、一拍間を置いてから、

「それに、繰り返しになるけど言わせてもらうよ。今、和戸君、君は不運のバイオリズムの真っ只中だろ。そんな状況下で下手に現場をいじったら、何が起こるか解ったもんじゃないし、僕も巻き込まれたくないからね」

私は肩を落とし、うなだれて、

「はいはい、そうだよな。確かに否定できないよ。仰せの通りに従いますったら」

ほとんど自棄になって言った。

宝結は満足そうに頷いて、

「そういうことで現状維持。まあ、見立てとか装飾しなきゃならないけど、基本は現状維持。加えるのは最低限の細工だけ」

「しかし、さっき起きたこと、毛利を乗せた台車が走ったり、毛利を宙に飛ばしたりしたこと、ああした一連の出来事は事実だったとはいえ、やっぱし、事件の解答には使えないよな」

「当然」

宝結はキッパリと即答した。首を横に振りながら、

「当たり前じゃないか。あんな漫画やドタバタコメディみたいな展開、誰も信じやしないよ。実際に目の当たりにした我々だって、幻覚だったと思いそうになるのに。あの現実は事件の解答としてリアリティに欠けるってもんだよ。事件の謎解きシーンにおいてあれを解答として語っても、誰も説得できないさ」

私は腕組みし、

「やはり、ここも別の解答が必要か」

「もちろん。新たな解答を用意する。新たな真実、シン実を作らなきゃ。そのための準備も含めての最低限の細工だよ。さてと、どう料理してやるとするか」

そう言うと、右足で地面を蹴るや、その場でタップダンスを踊り始めた。目を閉じて思考に没入している。軽やかな足さばきでアスファルトを叩き、リズミカルな音を夜空に上らせる。

大仕事のプレッシャーを背負っているはずなのに喜々とした表情をしていた。やはり、一人SMの性《さが》が騒ぎ、快感すら覚えているのだろう。ただ、毎度のことながら、Sのベクトルがこちらにも向けられるのはたまったものではない。

宝結は足をクロスさせてから左足を大きく跳ね上げ、全身でクルッと回転するとタップの動きを止めた。そして、目を開けて、眼差しを鋭くすると、

「さあ、さっさとやっちまおうじゃないか」

溌剌とした声で言い放った。

宝結は嬉しそうにプランを詳細に語る。そして、容赦ない指揮のもと、テキパキと作業が進められた。

「現場の痕跡は維持のまま、死体の位置だけ移しておかないとな」

そう言って、右の拳を顔の前に掲げる。

私も同じように構え、

「最初はグー、ジャンケンポン！」

声を揃えて、右手を出し合い、

「和戸君、ご苦労さん」

宝結はチョキの指を振ってみせる。

私はパーの右手で頭を軽く叩き、

「チッ、やっぱし、運に見放されてるなあ」

ボヤきながら死体に歩み寄る。

そして、両手を伸ばし死体の左手首を握ると、ゆっくり後ろへと進む。ズルズルとアスファルトに死体を引き摺りながら、後退してゆく。ダラリとした右手の焦げた袖が徐々に擦り切れる。

十メートルほど進んだところで、

「そこ」

宝結がストップをかけた。

私は歩みを止めて死体から手を離す。その傍らには、かつて電話ボックスの設置されていたコンクリートの土台の残骸があった。

それから、宝結と私は近くを歩き回り、拳大ほどの石を数個拾い集める。それらの石を電話ボックスの土台跡に並べた。

一休みする間もなく次の作業へと進む。

先ほどまでいた金属加工工場に戻り、幾つかのガラクタを両手に抱えて、「死体発見現場」へと運ぶ。階段を上り下りするので結構面倒くさい。

次に原っぱに入り、台車が突っ込んだくぼみに近寄る。不法投棄された粗大ゴミの数々がひしめいている。

宝結はそれらに目を凝らしながら穴の周囲を歩き、

「あれを使おう」

と、壊れた自転車を指差した。前輪が外れかけ、フレームが曲がり、もはや修復不可能だろう。

私はその周りの冷蔵庫とテーブルとラックを押しのけ、自転車を引きずり出した。

それから、スパナとペンチをポケットから取り出す。いずれも金属加工工場から持ってきたガラクタである。

そして、これらを使って、自転車の前輪のカバーを取り外した。ステンレス製なので錆は無く、銀色の光沢を帯びて、三日月を連想させた。それを持ってアスファルトのエリアに戻る。

次に宝結は周囲の草木を物色し、

「この辺のをチョチョイと頼む、庭師君」

「へえへえ、ご主人様」

「あれを使うのを忘れないように」

「もちろん」

私はボディバッグから紙袋を取り出した。本日の昼間、静岡の出張帰りの毛利からこっそり拝借した例の土産物の袋である。中には数種のグッズが詰まっている。

その中から一つを手に取り、プラスティックのパッケージを開け、中身を出す。

爪切り。ちょっと大き目のサイズの爪切りだった。そして、何よりも特徴的なのは漫画チックなウナギのデザインがあしらわれていること。

これは静岡県の数多あるマスコットの一つ、俗に言う「ゆるキャラ」の類で、ウナギの「ウナッティ」というらしい。

私はウナッティグッズの爪切りを手にして、駐車場跡地の脇の方に歩み寄る。

土の地面はほんのり湿ったままデコボコしている。日中に霜柱が溶けて崩れたせいだろう。木々が茂って日陰になっている分、まだ湿ったままなのであった。

アスファルトに立ったまま、木々の方へ上体を伸ばす。そして、ウナッティの爪切りを使って、ツツジの細枝を十本ばかし切り摘んでいく。どの枝も直径3ミリほどなので爪切りで対応できる。なかなかの切れ味であった。

こうした作業が一通り終わると、私と宝結はアスファルトに座り込む。

「材料も揃ったことだし、じゃあ、図画工作の時間だな」

宝結はそう言うと頭の中の設計図を説明した。

それに従い、私は手を動かす。

工場から持ってきた針金をペンチで適切な長さに切る。自転車の前輪カバーの両端を数センチ折り曲げる。そして、その二箇所に針金の両端をくくりつけ、ピンッと伸ばして、一丁上がり。

次の工作。別の針金を用意。さっき切り落としたツツジの枝を地面に並べる。針金でそれらを順に結んで繋ぎ、吊るし柿のようにする。そして、両端を繋ぎ、リングにして出来上がり。

私は立ち上がり、二つの作品を両手に掲げて、

「こんなんで、どうだ？」

「上々だ。いつもながら、和戸君、上手いもんだね、ちゃんと素材を生かしてさ。生かすのが上手いなんて、殺し屋のクセに、な」

宝結はひねくれた賛辞を寄越し、私の両手から作品を奪うようにして受け取る。

そして、死体に歩み寄ると、頭部の両脇にそれらを配置した。

数歩後ろに下がって、しげしげと眺め、

「いい現場だ」

満足そうに頷いていた。

私は死体から三メートルほど離れた場所に放置されている毛利のバッグに歩み寄る。傍らにさっき使用したウナッティの爪切りとそのパッケージを置いておく。

それから、他の土産物の詰まった例の紙袋とそのレシートを毛利のバッグの中に入れた。これで借りていたものをきっちり返したことになる。再度、バッグの中を確認してから、私は手刀を切って礼を告げた。

雲が割れ、月明かりが差し込む。風に煽られ土埃がスモークのように舞った。

私はふと思い出し、

「おっと、忘れちゃいけねえ」

短髪頭を掻きながら、死体に歩み寄る。

ポケットから例のメモ用紙を出して、ペンを走らせる。そして、工作物の一つに差し込んでおいた。

その様子を見ていた宝結が笑みを刻み、

「ということで、後片付けを済ませば、これにて完了だな」

パンッと一つ拍手を打つ。

私は凝った肩を右の拳で叩きながら、

「ああ、明日も忙しくなるな」

「もう、とっくに今日だよ」

宝結は嬉しそうに微笑む。それから、月明かりと外灯をスポットのように浴びながら、陶然とした面持ちでタップを踏み始めた。

31

ACT6 RESOLUTION

雲が重く垂れ込めていた。朝から憂鬱になりそうな灰色の空である。空気も一際ひんやりとしている。天気予報によれば夕刻から雪になるらしい。

狂騒めいた秘殺から数時間後。いったん僅かな仮眠を取って、再びこの現場に戻ってきた。荒れ放題の野原とひびだらけのアスファルト、そんな寂れた場所だというのに珍しく賑わっている。捜査員らが活発に動き、警察関係車両が列を成していた。現場検証が進められている。

死体発見の通報が警察に入ったのは午前七時半頃。匿名電話だった。犯人自らによるものと捜査本部は推測している。

正解。通報したのは私である。新宿駅の近くからスマホで通報した。もちろん、地声ではない。前回と同様、打ち込んだ文章を音声化する変換機を使い、デジタル音を一方的に流して、すぐに切った。

それから、この現場に駆けつけたのは八時過ぎ。宝結も数分ほど先に到着していた。お互い働き者だな、と目で交わし、頷き合った。いつもの宝結のルーティンワーク、現場の清めの儀が終わるのを待って、二人して捜査の最前線へと足を運ぶ。

毛利の死体とその周辺の状況は数時間前の印象と変わらない。やはり、改めて目にしても異様だった。一瞬、何が起きたのかさっぱり解らないし、ちょっと考えても、奇怪なシーンばかりが想起され、誰だって気が狂いそうになるだろう。

周囲の捜査員達の顔もまさしくそう語っていた。頭を抱える、皆そんなリアクションを脳内で行っている様子だ。

一人、本当に頭を抱えている者もいた。

蓮東警部である。死体の傍らに立ち、まるで断末魔のように苦悶の表情を濃くしている。寝癖頭を両手で摑み、キリキリと掻きむしっている。長い顔を苦々しく歪め、深い皺を幾筋も刻んでいる。荒波にもまれる昆布に顔があったらこんな顔かもしれない。

宝結がその様子を見て、一瞬微笑むと、軽やかな足取りで警部に歩み寄る。

「またも刺激的な現場って感じがしますが、で、どんな具合です？」

「よくねえよ。俺の具合、体調な、見ての通り、解るだろ」

くたびれた面持ちで蓮東警部は溜息混じりに言った。目をしょぼつかせ、

「こんなわけの解らない現場、こっちの身がもたねえ」

「確かに。いったい何が起きたのやら」

「ああ、きっとよ、ガイシャの毛利がよ、人体発火したショックで逆立ちして走り出して、ものすげえジャンプして、倉庫に激突して、勝手に死んだんだろうよ」

ほとんど投げやり口調で口走った。

「へえ、そうなんですか」

宝結がわざと素直に反応してみせると、警部は舌打ちして、

「そんなわけねえだろ、んなこたぁ解ってら」

「勝手に死んだなんて、だって、これ他殺なんでしょ。第一、死体は倉庫から十メートルくらい離れた位置に横たわってるじゃないですか。これ、犯人の仕業ですよね、犯人が死体を引き摺ったんじゃありませんか？」

そう言って、宝結は倉庫から死体の位置までを指し示してみせる。

死体の左袖がだいぶ擦り切れている。また、アスファルトには黒い煤も所々に付着していた。もちろん、私が数時間前に死体を倉庫前からここまで引き摺った痕跡である。

警部は鼻皺を深々と刻んで、

「けっ、イヤミなやっちゃなあ。ああ、もちろん、そうだよ、他殺だよ、ゴリゴリの他殺だよっ。それも撲殺」

「殴られた？」

「ああ、頭部を殴打されたのが直接の死因って検視官が言ってた。頭頂部の強打による脳挫傷だ。凶器は金属製の棒状のものとか、鉄鎚の類だろうが、まだ見つかってないよ。あと、死体には他にも複数箇所、殴打された痕跡が残されている」

宝結は死体をしげしげと見下ろし、

「上半身が結構、焼けてますが」

「ああ、シンナーを上着にかけられたみたいだ。下のシャツにも少し染みていた。検視の報告によれば、発火した時はまだ生きていたらしい。絶命したのは燃えている最中か、鎮火した後だろうって。が、焼けたことは死因とは直接関係ないという結論だ」

「倉庫の壁にも焦げ跡が残ってますね。逆さになって激突したようだし」

警部は倉庫の壁を見上げ、

「ホントわけ解らねえよ。やっぱし、頭を強く殴られたあまり発狂した毛利が逆立ちして、そのまま火事場の馬鹿力で燃えながら突っ走って、超人的なジャンプをして、宙をかっ飛んで、壁に激突して死んじまった、ってふうに思えてきて、ああ、いかんいかん」

馬のようにブルブルッと首を振って、冷静になろうと努める。

宝結は現実的な質問として、

「犯行の時間帯は？」

「死亡推定時刻は午前零時半から二時半くらいだろう。例によってアリバイ調査の役に立たない時間帯だよ。まったく、犯人の奴ときたら、小賢しいことしやがる」

そう言って、いまいましそうに靴先でアスファルトを蹴りつける。

宝結は死体の方に歩み寄り、

「また、犯人は奇妙な飾り付けを残してますしね」

そう言って、それらに人差し指を向ける。

死体の頭部の右側には複数の小枝を針金で繋いだリング状のものが置かれている。

一方、頭部の左側には自転車の前輪カバーの両端に針金を張ったものがあった。

また、死体が引き摺られて移動させられた位置、その傍らには公衆電話ボックスの痕跡であるコンクリートの土台が残されており、そして、その上には拳大の石が数個、まるでまじないか何かのように等間隔で並べられていた。

もちろん、いずれも私と宝結が仕掛けておいたものである。

蓮東警部はもう見るのもうんざりだという顔をして、

「ああ、また、やらかしてくれてるよ。ホント、ご丁寧な犯人さんだぜ。人殺しのクセして中途半端なアーティストを気取りやがってよ、どんなツラしてんだか見てやりたいよ、なあ」

まあ、こういう顔をしてるのだが。不本意ながら私も宝結も頷いてみせた。

警部は続けて、

「下手くそオブジェだけあって、やっぱし、いいかげんなもんだよ、材料はそこらへんでかき集めたみたいだしな」

と周囲に目をやり、

「おい」

部下を呼び、顎で指図する。

素早く反応したのは狩野いずみ刑事。連日の捜査でアンパンのような顔にはさすがに疲れが滲んでいるが、目だけは潑剌と輝いている。小走りでやってきて、

「これをご覧ください」

タブレット端末を差し出す。

灌木の画像が映し出されている。いずみ刑事が指で画面に触れてアップにすると小枝が切り取

られている状況が確認できた。さらに、同類の画像が幾つか映し出される。

「あっち」

と、いずみ刑事が駐車場跡の傍らの灌木の群れを指して、

「犯人はあの辺りのツツジの小枝を切って、あのせこいオブジェの材料にしたようです」

そう言って、小枝のリングを睨み付けた。

せこいオブジェは余計だが、その通りである。

「これもそうですよぉ」

と、倉庫の方から現場にそぐわない呑気な声をあげたのはもう一人の部下、阿口刑事だった。

握り飯のような顔は相変わらず緊張感に欠けているが、目は充血し、うっすらと汗をかいている。やはり連日の事件でこの男も疲弊しているしい。

阿口刑事はボロボロの自転車を押すというより引き摺りながら、

「倉庫の裏に放り出されていました。この一帯はあちこちに粗大ゴミが落ちてるんですよ」

そう、くぼ地に落ちていた自転車を私が拾い上げ、オブジェの工作に使用した後、倉庫の裏に放置しておいたのである。

「ほら、ここ」

と、阿口刑事が壊れた前輪を指し示し、

「ここにあったカバーを外して、犯人はあんなガラクタを作ったんですよ。ガラクタからガラクタを作って何か無駄ですよね。ガラクタ並みの脳かも、アハハ」

無駄じゃない、ちゃんと意味も意図もあるのだよ。ガラクタ脳とはお前のことだ。

郵便はがき

料金受取人払郵便

新宿局承認

5338

差出有効期限
平成31年9月
30日まで

切手をはらずにお出し下さい

1 6 0 - 8 7 9 1

3 4 3

（受取人）
東京都新宿区
新宿一−二五−一三

原書房

読者係 行

1 6 0 8 7 9 1 3 4 3 7

図書注文書（当社刊行物のご注文にご利用下さい）

書名	本体価格	申込数
		部
		部
		部

お名前　　注文日　年　月　日

ご連絡先電話番号（必ずご記入ください）
□自宅　（　　）
□勤務先　（　　）

ご指定書店（地区　　）（お買つけの書店名をご記入下さい）

書店名　　書店（　　店）

帳合

5594
パズラクション

愛読者カード　　霞流一 著

＊より良い出版の参考のために、以下のアンケートにご協力をお願いします。＊但し、今後あなたの個人情報(住所・氏名・電話・メールなど)を使って、原書房のご案内などを送って欲しくないという方は、右の□に×印を付けてください。 □

お名前《フリガナ》　　男・女（　　歳)

ご住所　〒　　－

市　　町
郡　　村
TEL　　（　　）
e-mail　　@

ご職業　1 会社員　2 自営業　3 公務員　4 教育関係
5 学生　6 主婦　7 その他（　　）

お買い求めのポイント
1 テーマに興味があった　2 内容がおもしろそうだった
3 タイトル　4 表紙デザイン　5 著者　6 帯の文句
7 広告を見て(新聞名・雑誌名　　)
8 書評を読んで(新聞名・雑誌名　　)
9 その他（　　）

お好きな本のジャンル
1 ミステリー・エンターテインメント
2 その他の小説・エッセイ　3 ノンフィクション
4 人文・歴史　その他(5 天声人語　6 軍事　7　　)

ご購読新聞雑誌

本書への感想、また読んでみたい作家、テーマなどございましたらお聞かせください。

死んだはずの猫は密室に、そして生きていたはずの猫は――。

「茶の湯」の密室

神田紅梅亭寄席物帳

愛川晶

事件はすべて「落語の中」でオチをつけます――。死んだはずの猫が現れる「密室」、猫殺しで破門された元落語家の復権をかけた三題噺。凝りに凝った濃密な「本格落語推理」が、どちらの「通」も、うならせます！

四六判・1800円（税別） ISBN978-4-562-05355-1

柳広司のすべて、ここにアリマス。

柳屋商店開店中

柳広司

「ジョーカー・ゲーム」シリーズ作品から太宰に芥川のパスティーシュ、ホームズまで登場する彩り豊かな物語と、諧謔味あふれるエッセイまで収めた単行本未収録作品集。柳広司のすべて、ここにアリマス。

四六判・1600円（税別）

ISBN978-4-562-05340-7

春子さんの日々には冒険と事件があふれてる！

あおぞら町　春子さんの冒険と推理

柴田よしき

春子は、ゴミ置き場に花を捨てに来た男性に声を掛け、その花を譲り受けた。数日後に再び花を捨てに来たのを見て、春子はあることの重大な意味に気づいたのだが……。春子と拓郎（プロ野球選手）が織りなす事件と日常と花々の冒険。

四六判・1600円（税別） ISBN978-4-562-05337-7

星座観測会の夜、なぜ停電したのか

鵬藤《ほうとう》高校天文部　君が見つけた星座

千澤のり子

事故が元で高校入学の遅れ、取り残されたような私は誘われるままに天文部に入部した。そこで出会った人々、そして「事件」の数々を経験し、私は少しずつ、心を開く。そして一番大切な人を、そこで見つけた。切なくも心温まる学園青春ミステリー！

四六判・1600円（税別） ISBN978-4-562-05379-7

島田荘司氏絶賛！ 心ゆさぶる「動機」

焼け跡のユディトへ

川辺純可

島田荘司選　第６回ばらのまち福山ミステリー文学新人賞優秀作。戦後間もない軍港の町で起こった不可解な連続婦女殺人事件。被害者たちを結ぶ糸、そして心揺さぶる「動機」。新人離れした筆致に島田荘司氏絶賛！

四六判・1800 円（税別）

ISBN978-4-562-05117-5

人気作家による「毒殺」縛りのオール書き下ろし！

毒殺協奏曲

アミの会編

有栖川有栖、小林泰三、柴田よしき、篠田真由美、永嶋恵美、新津きよみ、松村比呂美、光原百合の豪華８名による、「毒殺」をテーマにしたオール書き下ろし！　意外な結末から忍び寄る恐怖まで人気作家が「毒」を使いこなして導く絶妙な競作！

四六判・1800 円（税別）　ISBN978-4-562-05334-6

島田荘司選第８回ばらのまち福山ミステリー文学新人賞受賞作！

アムステルダムの詭計

原進一

世界を震撼させたアムステルダム運河の日本人バラバラ殺人事件。被害者は「あの先輩」なのか？ 私は学生時代の苦く淡い思いとともに真相と、あのころの自分を探し始めていた。島田荘司が激賛した「成熟した大人のミステリー」にして青春小説の逸品！

四六判・1800 円（税別）　ISBN978-4-562-05316-2

その瞬間、全国民が戦場の最前線に立たされる！

原発サイバートラップ

リアンクール・ランデブー

一田和樹

韓国原発でサイバーテロ！　犯人はリアンクール（竹島）共和国を名乗り、すみやかにリアンクールから韓国が撤退しなければ使用済み燃料を破壊するという。動けない日本、暗躍するアメリカ。サイバー時代のリアルサスペンス誕生！　**四六判・1600 円（税別）**　ISBN978-4-562-05339-1

全世界のターゲットはたった一人の少女。

絶望トレジャー

一田和樹

巧妙に操作されたマルウェアによって世界中のトレジャーハンターたちが襲いかかる。ついには彼女のネット情報自体が消去され、メールすら出来ない状態に……。悪意に満ちた攻撃にさらされるなか、彼女が最後に信じたものとは——。サイバー・サスペンスの新たな傑作!

四六判・1600円（税別）　ISBN978-4-562-05115-1

声に出せない慟哭と決意。謎の全てはそこにある。

背律

吉田恭教

マンションの一室で男は血塗れで死んでいた。死亡推定時刻に同僚医師が被害者宅を訪れていたことがわかる。一方、厚労省の医療事故調査チームも手術ミスの告発を受け、その病院を調べていた。通底する哀しく切実なテーマが医療サスペンスと本格ミステリーが融合する!　**四六判・1800円**（税別）　ISBN978-4-562-05300-1

トリックの鬼才が放つ、書き下ろし本格推理。

ケムール・ミステリー

谺健二

ケムール人を生み出した孤高の天才作家、成田亨。彼に魅せられた男が建てた屋敷は、まさに怪物の異形で覆われていた。そこで起こる自殺にしか見えない連続密室死。しかしその「ほころび」から浮かび上がる全体像は誰もが予想しえなかった結末とともに崩れ落ちてゆく。　**四六判・2000円**（税別）　ISBN978-4-562-05299-8

弁護士を巻き込んだ「仕掛け」に舌を巻く旨味溢れる逸品!

ミネルヴァの報復

深木章子

夫の浮気に業を煮やして離婚裁判を起こした妻。しかし結局元の鞘に収まり万事解決。ところが妻は夫の元愛人に高額の慰謝料を請求し裁判へ。そんななか、弁護士会館で妻が殺害される——。

四六判・1800円（税別）

ISBN978-4-562-05193-9

2015年度 No. 1の呼び声高い傑作！

ミステリー・アリーナ

深水黎一郎

全編伏線ともいえる「閉ざされた館の不可解な連続殺人」の真相を見抜く。早い者勝ち、「真相」が分かればいつでも解答可能の争奪戦。もちろん「あなた」も参加OK。強豪たちがつぎつぎ退場していくなか、その裏で、何かが始まっていた…著者があなたに挑む多重解決の極北！ **四六判・1800円**（税別）

ISBN978-4-562-05183-0

伝説はここから始まった！

イニシエーション・ラブ

《特別限定版》

乾くるみ

80′sのほろ苦くてくすぐったい恋愛ドラマは、そこですべてがくつがえり、2度目にはまったく違った物語が見えてくる……。著者の「11年目のあとがき」を加え、特別限定版として再登場！ **四六判・1600円**（税別）

ISBN978-4-562-05149-6

古井戸の不可解な死体と目前の密室！

首なし男と踊る生首

門前典之

「殺人計画書」通りに、不可解な状況で人が殺されていく。いったい誰が「計画書」を書いたのか。そして生首は目の前で、生前の恨みをはらすかのように飛びまわる。かつて刑場だったその地の呪いなのか……。

四六判・1800円（税別）

ISBN978-4-562-05146-5

『探偵スルース』＋『熱海殺人事件』は仕掛けづくしの名探偵メント！

フライプレイ！ 監棺館殺人事件

霞流一

【本格ミステリ大賞最終候補作】

『探偵スルース』＋『熱海殺人事件』に鬼才が挑む！「さて、この死体をどうする?」切羽詰まった売れない作家と編集者による「禁じ手」に探偵を据えての推理合戦、すべては怒濤の結末のために！　名探偵メントのために！ **四六判・2000円**（税別）

ISBN978-4-562-05105-2

宝結が死体から三メートルほど離れたところにある茶褐色のバッグに歩み寄り、

「これ、ガイシャのだよね」

「ええ、殺された毛利さんのボストンバッグだと確認されています」

いずみ刑事が答える。そして、片膝をついて、バッグに手を入れ、

「いろいろ入ってますが、ペンケースに毛利さんの名前が記されていました」

そう言って、透明のビニール製のペンケースを掲げてみせる。確かに表に毛利のフルネームのシールが貼ってあった。

ペンケースの中には筆記用具の他に付箋紙、カッターナイフ、小型クリップなどが収められている。

いずみ刑事はケースのファスナーを開き、万年筆を取り出し、

「ここのキャップにも毛利さんの名前が刻まれていました。なので、毛利さんのボストンバッグだと確認できたわけです。あと、着替えも入ってましたね。勤務先の人に連絡を取って訊いたところ、毛利さんは一昨日の夜から昨日の午前中にかけて静岡に出張に行っていたとのことでした。これなんか、その土産物のようですしね」

そう言って、店の名前の記された紙袋を指し示す。

宝結は覗き込み、

「えっ、妙ちくりんなフィギュアやらキイホルダーやら、薄気味悪いキャラクター・グッズだらけじゃないか。何だ、こりゃ」

「ウナッティ」

口を挟んできたのは阿口刑事。

「ウナッティですよ。静岡のゆるキャラ、アバンギャルドで可愛いですよね」

「それはどうだか」

もちろん、このウナッティ・グッズの詰め合わせの土産物袋は、昨日、我々が一時的に拝借していたものである。

阿口刑事は続けて、

「ガイシャの毛利はよほど気に入っていたのでしょう。買った時のレシートもバッグの中にあったんですよ。そのレシートと照合したら、すべてのグッズここにありましたし」

「誰にもあげてない、つまり、自分への土産ということか」

「あげていないけど、勝手に使われてしまったグッズはありましたけど」

阿口刑事はポケットから透明のビニール袋を取り出し、顔の前に掲げた。中には例のウナッティの爪切りとそのパッケージが入っている。毛利のバッグの傍らを指差して、

「そこにこの爪切りが落ちてました。鑑識の報告によると、犯人がツツジの細枝を切るのに使ったとのこと。刃の部分に切れ端が付着していたようです。結構、固いんですよね、細いわりに」

「ああ、あれを作るために細枝を切ったわけな。あの枝を繋いだリングみたいなやつ」

宝結は死体の傍らの奇妙なオブジェに目をやった。

そんな宝結と二人の部下のやりとりを見て蓮東警部は大きく頷きながら、

「そう、これらオブジェの材料の出所も作り方も解ってる。だが、肝心要の意味が解らない、意図が解らない。そこが問題なんだよっ。小枝を切って繋いだリングやら、自転車の車輪カバーに

針金を張り渡したものやら、電話ボックスの残骸の上に石を並べたり、ああ、何がどうなってんだか、んんん、くそっ」

だんだん興奮気味になり、長い顔に苦渋の色を濃くする。また両手で寝癖頭を抱えて掻きむしり始めた。

宝結はそんな警部の頭を指して、

「あれれ、ひょっとして、そうかも」

何か気付いた様子で目を輝かせ、コートのポケットに手を入れる。

32

宝結はポケットからスマホを取り出すと、しばらく操作し、じっと画面を見つめる。ミントタブレットを口に入れ、嚙み砕き、スーッと深く息を吸う。そして、眼差しを鋭く輝かせ、

「やっぱし、そうか、そうだよな」

うんうんと繰り返し大きく頷く。

警部はシャンプーハットのような頭を直しながら、

「おい、何が、やっぱしそうだよ、なんだ?」

不機嫌そうに訊ねる。

宝結は微笑みながら、

「予想通りでしたよ。念のため検索して確認したところ、やはり的中です。警部のクシャクシャ

になった頭を見て思い付いたことがあったんですよ。あのオブジェの意味。やっぱし、あれらも見立てなんですよ。月に関する見立てです」

「えっ、あれらのどこがどう月と関わっているというんだ?」

警部は頭を撫で付けながら目を剝いて、挑戦的な面持ちで問う。

宝結は咳払い一つすると、

「いいですか、これらの奇妙な装飾はアポロと関わっているんですよ。アポロとは一九六〇年代から七〇年代にかけてアメリカの宇宙開発計画において、月探査船として打ち上げられたロケットの総称です。人類が初めて月面着陸に成功したのがアポロ11号でしたね。アポロという名前はギリシア神話に登場する神、アポロンに由来します。そして、このアポロンの特徴やエピソード、それらがこの死体の装飾に深く関わっているんです」

「これらガラクタがアポロンを表現しているというのか?」

宝結は大きく頷き、

「はい。先ず、こっち」

小枝を繋いだリングを指し示し、カンペ代わりのスマホをチラ見しながら、

「アポロンを象徴する代表的なアイテムの一つを表現しています。アポロンは女神ダプネーに恋をしましたが、ダプネーはそれを強く拒み月桂樹に身を変じました。悲嘆にくれたアポロンは『せめて、私の聖なる樹になってほしい』と切願したところ、心を動かされたダプネーは月桂樹の葉をアポロンの頭に落としたんです。このエピソードがもとで古代ギリシアの祭りに月桂の冠、いわゆる月桂冠が競技の勝者の頭に冠されるようになったそうです。また、アポロンの像の多くに

は月桂冠が頭上に飾られていますよね」

「つまり、このオブジェは月桂冠を表現しているということか」

「ええ、この周辺には月桂樹は見当たらなくて、あり合わせの小枝で代用してますが、アポロンの月桂冠の見立てです」

「じゃ、あっち、弓みたいなやつもアポロンの見立て？」

警部はもう一つのオブジェを凝視する。

「当たり。まさしく弓なんです」

と、宝結は両手で弓の形を描き、

「アポロンは武芸にも秀でて、特に弓の名手として崇められていました。大蛇ピュートンを射殺し、巨人との戦争で強敵エピアルテスの左目を射たなど、数多の伝説を残しているほどです」

「あれらは月桂冠と弓か……」

警部は感慨深げに二つのオブジェを見つめる。

宝結は続けて、

「また、アポロンは予言の神としても有名で、デルポイの地において神託を授けていました。そして、それが行われる神殿の中央にはオンパロスという世界の中心があって、神聖なる石塊が祭られていたということです。つまり、ほら、あそこ」

公衆電話ボックス跡のコンクリートの土台の上を指し示す。

警部は目を凝らし、

「石ころが並べられている。神殿に祭られた神聖なる石塊を表しているわけか」

「そして、死体は倉庫からここまで移動させられていますね。倉庫は駐車場跡の行き止まりの位置なので、つまり、端っこです。世界の中心のオンパロスとしてふさわしくありません。それで、この空き地全体の中央エリアとも言えるこの場所に死体を移動したというわけです」

「電話ボックス跡のコンクリート台も神殿として使うのにちょうどいいし」

「そういうことです」

宝結は頷いてから、

「そして見立てはもう一つ。アポロンが予言を行う際に、アポロンをサポートする女性の司祭は月桂樹を燃やした煙を身に浴びたと伝えられているのです」

「えっ、煙を浴びるって、そりゃ……」

警部は死体に目をやる。

宝結も同じ方を見て、

「はい、上半身の焼けた死体。煙を浴びたわけですね。これも犯人がアポロンを表現した可能性が高いと推測されます。それに、アポロンは太陽を象徴する太陽神でもありますから」

「太陽神、火、燃えた死体……」

「犯人はそうした意図をもって火を使った可能性が濃厚だと考えられます」

「ったく、現場をさんざん玩具にしやがって」

「このように、犯人は月桂冠、弓、神殿、予言の煙、神の火などの装飾によってアポロンの見立てを作って月探査船アポロを示し、今回もまた、月のテーマを謳い上げた、そう見て間違いないと思います」

寒風を断つような鋭い声で言った。

数秒の間を置いて、反応したのは狩野いずみ刑事だった。しっかりと大きく二度頷いてみせ、

「今のご意見に私も同感です。月の見立てだと思います。そして、やはり、これまでの二つの事件現場における装飾も、宝結さんが主張してきたように月の見立てだったと判断して正解だと思います」

きっぱりと言って顔の前で拳を握る。

阿口刑事も両手を枕のように後頭部に当て、

「まあ、ここまで三件とも月で説明出来て、月でくれるんだから、もはや決定ですよねえ」

そう言って、空を眺めやる。

いずみ刑事が何か思い出したように目を大きくすると、ショルダーバッグに手を入れ、

「そうそう、これもあるんだし」

捜査用のビニール袋を差し出す。

中にメモ用紙が入っていた。

「弓の見立て、自転車の前輪カバーの割れ目に差し込まれていました。またも犯人が残したメッセージのようです」

もちろん、私が仕込んだものである。

十センチ四方くらいのメモ用紙。端に淡い紺色のインクの染みがあり、隅に三角形の折目が付いている。

いずみ刑事は説明を続け、

「メモ用紙の種類も前の二つの殺人現場で発見されたものと同じもののようです」

「うん。インクの染みの形、隅の折り目も同じようだし」

「つまり、同じメモ帳から切り取られた用紙と考えられます」

そして、黒いペンで細くカーブした模様が描かれている。バナナのような形状。

「ここに書かれているのって、三日月ですよね？」

いずみ刑事の問いに宝結は目を凝らし、

「三日月だね」

同意してから、

「でもさ、こんなメモが発見されていたなんて、早く言ってくださいよ」

溜息混じりに愚痴をこぼす。

警部もメモ用紙に近寄って来て、

「ああ、そうだったな、これもあったんだよな。うっかり忘れるところだった。何か、俺たち疲れてるよなぁ」

遠い目をして溜息を吐く。拳でトントン肩を叩きながら、メモ用紙を見つめ、

「しかし、なるほど、今の宝結の話の流れで改めて見てみると、これ、やっぱし三日月だな」

「そうですって。だから、メモ出すの遅いったら」

宝結は苦笑いで文句を垂れる。なかなかの演技力であるが、半分は本音だろう。もっと早くメモを見せてくれていたら段取りがスムーズなのに、と苛立ちを覚えているに違いない。

しかし、同時に納得もしているはずだ。不可解な事件を捜査本部に突きつけることにより、彼

らを振り回して、疲労させることは宝結の思惑のうちなのだから。捜査のイニシアティブを握るための策が功を奏している証左とも言えよう。

そうとは知る由もない蓮東警部もいずみ刑事もバツが悪そうに宙に視線を泳がせている。

私は口を挟んで、

「ということは、これまで犯人が残したメモに書かれた記号みたいなもの、あれらも月だったということは確定的ですね。最初の事件のメモに書かれていたのは丸、イコール、満月。二番目のメモにはDの形、あれは半月。そして、今回が三日月。つまり、月の満ち欠けであったと」

総括として言っておいた。

阿口は大きく深呼吸し、

「ああ、メモの観点から考えても、犯人は三件の殺人現場で月の見立てを繰り返している、そう見て間違いないでしょうねえ」

ワイドショーのコメンテーターのように悠然と言った。

いずみ刑事は頷き、蓮東警部も反論しない。

月の見立ては決定事項とされたようだ。

私は安堵を覚えながら、ボディバッグをそっと叩く。中には木槌と真空パックの餅が入っているのだ。

当初、今回の現場こそ、ウサギの餅つきの見立てで月を表現するはずだった。装飾の一つは前回未使用に終わったもの。二枚の葉の付いた小枝をガイシャの腕時計に刺して、不思議の国のアリスのウサギを表現するつもりであった。

また、本来、殺人現場として予定されていたのは例の金属加工工場の前庭であり、大きなマンホールの蓋を月に見立てて、そこに死体を横たえる計画であった。

だが、あの信じられないような非常事態のせいで、アポロンの見立てへと変更を余儀なくされたのである。大きな理由の一つは死体が燃えたことだと宝結は語った。そう言われたら仕方ない。とは言え、またも、ウサギの餅つきは延期されてしまった。実現されるのはいつのことやら。ああ、何故か溜息が漏れてくる。

蓮東警部も大きく溜息をつき、

「まあ、見立ての件はよく解ったよ。宝結、お前の意見に納得だ」

「どういたしまして」

「しかしなあ、解ったことはそれくらいで、他はさっぱり解らない。まだこの現場は不可解なことばかりじゃないか。燃えているガイシャが逆立ちして走ったことも、宙を飛んで倉庫に激突したことも謎だし、しかも、事故じゃなくて殴打による他殺、いったい何が何だか、結局、ちっとも進展してないも同然……」

投げ出すように両手を広げ、うつむき、キリスト磔刑のような格好になる。どうしてもネガティブの虫が騒ぐらしい。

33

近隣の聞き込み、関係者たちの聴取、遺留品の調査と分析など、別班による捜査の経緯もこの現場に報告されていた。随時、それらの情報は蓮東警部のもとに集約される。

中でも被害者宅である毛利の自宅を捜査した班からの報告は興味深いものであった。ここから徒歩十五分くらい、マンションの１ＬＤＫの部屋に毛利は一人住まいであった。

蓮東警部は手帳を繰りながら、

「ガイシャの毛利はずいぶんと金遣いが荒かったみたいだな。物欲とか浪費というより、マネーゲームっていうのか、やたら株に手を出しては痛い目にあっていたらしい。自宅にあったパソコンや預金通帳を調べたら、ひどいもんだったようだ。それを埋め合わせるためなのか、あるいは根っからの好きモノなのか、競馬、競艇、宝くじ、あらゆるギャンブルに手を染めて、それがまた火に油を注ぐ悪循環ってわけだな」

宝結が眉をひそめ、

「火の車か。じゃあ、借金もひどい？」

「当然そういうこと。あちこちの銀行のカードローンや金融会社にお世話になってたようだ」

当然、秘殺の直後、宝結と私も死体の遺留品は一通りチェックをしている。確かに財布の中には複数のカードが詰め込まれていた。また、スマホの記録も調べてある。そこにも金融会社とのやりとりが複数見て取れた。

それと、最も期待していたメイムとの記録だが、通話履歴はあるものの、具体的に怪しげな内容のメールはさすがに残されていなかった。やはり、慎重を期しているようだ。

蓮東警部は続けて、

「独身の一人暮らしとあって、毛利の部屋はあまり掃除されてなかったみたいだな。カノジョもいなかったんだろうよ、今んところ女関係の報告はないし、今後も無さそうだな」

と、いったん鼻で笑ってから、

「部屋ん中にあふれたガラクタの中には勤め先の会社の製品も見つかっている。健康食品の営業マンだったんだもんな。箱や袋のパッケージ入りのが結構あったらしい。あ、そうそう、同じのがあのバッグにもあったな」

そう言って毛利のバッグを指差す。

阿口刑事がそのバッグを持ってきて、ファスナーを開ける。

その傍らで、いずみ刑事がタブレット端末を差し出す。そこには、別班から送信された画像が映されていた。毛利宅で発見された冠羽フーズの製品である。

バッグの中にあるパッケージと同種類のものが幾つか確認できた。

「錠剤とカプセル薬もありましたね」

と、いずみ刑事がタブレット端末をタップして画像を映し出し、部分的に大きくアップにする。

ピルケースに複数の薬が詰められていた。

蓮東警部が画面を覗き込んで、

「そうそう、これもあったな。冠羽製薬の薬だろう。ピルケースに社名ロゴが入ってる。冠羽フーズの親会社だ。毛利の経歴を調べたら、もともと、毛利はその親会社の冠羽製薬の広報宣伝部にいたんだよな。でも、例の株やらギャンブルで生活が荒れたり、部の接待費を使い込んだ疑いがあって、それで、系列会社の冠羽フーズに出向させられたらしい。最初から冠羽フーズに勤務しているのと違って、途中で親会社から異動したとなると、左遷ってことなんだってよ」

宝結は口元に手をやり、

「それで、いつも不服そうにしてたから、口元が尖ってきた?」

「いや、あれはもともとそういう顔つき……ん、でも、少しはそのせいかもな。実際、毛利は酔っ払った時なんか、親会社に戻りたいって周囲に愚痴をこぼして絡んでいたらしいから」

「何とも未練がましい」

「まあ、親会社の方が給料もいいらしいからな」

「金がなきゃ大好きな株もギャンブルも出来ないし」

「そういうこった。まあ、それで、毛利の奴、羽賀に頼んで営業先を紹介してもらったり、人脈を広げていたのかもしれん」

警部はそう言ってから、軽く両手を叩いて、

「あ、そうそう、宝結、お前が報告してくれたフィットネスクラブ、ええっと、メイド、いや」

「メイム」

「そうそう、メイムだったな、メイムにも捜査班が行ってるから」

昨日の夕方、宝結と私は捜査本部に立ち寄り、警部から捜査の進捗状況を教えてもらった。その際、置き土産代わりにメイムについていかいつまんで報告したのだった。捜査本部が人海戦術で追及すれば、メイムの情報がさらに得られるだろうと期待してのことである。

宝結は頷き、

「やはり、あそこは気になりますよね」

警部はちょっと悔しそうに眉をひそめるが、同意を示し、

「確かに毛利はしばしばメイムに出入りしていたようだ。会員のオバチャン、いや、女性たちにも覚えられているほどだし。ただ、毛利は会員でもないし、それに、あの提携先の宗教団体」

「寿健の光院」

「そこの信者でもないことは確認できている。今のところ、営業先ということ以外には直接的な接点は見つかってない」

「ただ、営業先にしてはちょいと頻繁に通い過ぎているのでは、そんな印象を受けませんか？　しかも、会員でもないし信者でもない。なのに、メイムに熱心に出入りしていた、そこが却って怪しく思われるんです」

「まあ、それは言えるな」

「しかも、羽賀も一緒だし、楠枝クリニックはすぐ近所だし」

警部は長い顔に皺を刻み、

「うんうん、今回の事件に関わる顔ぶれが揃ってメイムに出入りしているってことなんだよな。何かただならぬものが臭ってくる」

「臭いますよね」

そう言って、宝結は高い鼻梁をこすってみせる。一瞬、目の奥が冷たく微笑んだ。

我々の「操査」が捜査をリードしている。

正午ちょっと前、宝結と私は虎ノ門の例の料亭へと足を運んだ。

いつものように裏手に回り、通用口から中に入る。昼時とあって、板場の方から食欲をそそる香りが漂っていた。

勝手知ったるいつものルート。廊下を幾つか曲がり、奥へと進む。

突き当たりの檜板の扉。宝結が牡丹のレリーフに触れて、秘密のインタフォンを作動させる。が、中から何の反応もない。

宝結が首を傾げながら、引き手の窪みに指を当て、横に滑らせると、あっさりと扉は開いた。

室内には誰もいない。通常なら、秘殺と現場検証の後には打ち合わせを行うのが慣わしなので、智恵ヒメはここに控えているものだ。

宝結は眉をひそめ、スマホを取り出し、電話してみる。が、出ないようだ。首を横に振り、肩をすくめてみせる。

私も首を傾げ、

「どうしたんだろ？　珍しいこともあるもんだ」

「残念」

と、宝結は鼻をスーッと鳴らして息を吸い込み、

「美味い昼飯にありつけると思ったのに」

「そっちかよっ」

「和戸君こそ、期待してたくせに」

当たっているだけに無視した。

智恵ヒメの帰りがいつになるのか見当もつかないので、我々は料亭を辞去する。板場のかぐわしい匂いに未練が残り、空腹は増すばかりであった。仕方なく、近くの蕎麦屋でささっと昼飯をかきこんだ。

それから、地下鉄と私鉄を乗り継いで調布に移動し、メイムに向かった。

午後二時近くというのに空は薄暗く、雲が厚く広がっている。やはり、予報通り、夕刻から雪になりそうだ。風も凍ったナイフのように冷たく突き刺さってくる。

ところが、メイムの中に入るとムッとするほどの熱気が押し寄せてきた。暖房のせいもあるが、女性たちの汗と化粧の入り混じった特有の甘い匂いが生暖かい空気になって満ちている。深く息を吸うと、むせてしまいそうだった。

今日も中高年の女性たちをメインに大勢の会員がトレーニングに励んでいる。色とりどりのフィットネスウェアが眩く、ジム内を明るくする。外の暗鬱な曇り景色が嘘のようであった。

そんな躍動する女性たちの中で何か不思議なオーラを発する存在があった。どこか常人とは異なる空気をまとっている。

その波動を感じた途端、私のプロの神経がザワザワと騒ぐのを覚え、一人の女性に視線が吸い寄せられていた。目を凝らす。ギクッと心臓が膨らんだ。

宝結もまったく同じようだった。目で指し示しながら、小声で、

「おい、あれは」

「だな」

私は相槌を打つ。

「智恵ヒメ」

声を出さずに頷き合った。

そう、その若い美貌の女性は智恵ヒメであった。

ついさっき、虎ノ門の料亭の方にいないと思ったら、何と、このメイムでトレーニングしていたとは……。いつのまにかメイムの会員になっていた、いや、なりすましていた。これは彼女特有のいわゆる潜入捜査のようである。

智恵ヒメは一瞬だけこちらに目をやり、ストレッチを続けながら、親指を立ててみせた。万事順調、任せておけ、くらいの意味だろう。

それにしても、普段の着物姿を見慣れているせいか、かなり大胆でキュートな姿態であった。マリンブルーのスポーツブラとライトグレイのレギンスタイツが身体に吸い付くようにフィットしている。形のいい胸となめらかな腰がバランスのとれたラインを浮かび上がらせていた。汗に濡れた肌がぬめるような光沢を帯びて艶かしい。

いつも魅惑的な肢体を誇るインストラクターの沢富杏奈と比べても決して見劣りしない。杏奈のようなグラマラスな派手さには欠けるが、智恵ヒメの色香にはどこか品のある妖しさが感じられる。それがボディ全体をコーティングしているように映るのだった。

杏奈も気にしているらしい。時折、挑むような視線を智恵ヒメに突き刺している。

当の智恵ヒメは知ってか知らずか、エクササイズに懸命で、呼吸を荒くしている。単に余裕がないだけかもしれない。

宝結と私は奥の部屋へと向かう。誰も止める者はいない。既に顔を覚えられ、警察の関係者と認識されているようだ。

準備中の札がかかっていたが関係ない。半開きのドアを押して、ヘルスグリル「シャングリラ」に入る。

メイムの責任者、堤明人は前回と同様、バーカウンターの向こうに立っていた。しゃくれ気味の顎を突き出すようにして顔を上げ、こちらに小粒な目を向ける。

「おやおや、昨日の刑事さんたちでしたか。本日は、ウェルカムドリンクはありませんよ。いえ、作る気にはなりませんから」

丁寧な言葉遣いだが、恨めしさが存分に籠っていた。

宝結は臆せずに返す。

「いえいえ、お気遣いご無用。それこそこっちにとってはウェルカムですから」

激しく同感。また、あの奇怪なドリンクを出されてはたまらない。

堤は眉をひそめ、

「今朝からうちも警察の出入りの多いこと、たまりませんよ。アリバイなんかも問われるし」

「あまり芳しい返答は出来なかったように見受けますが」

「そりゃそうでしょ。あんな深夜の時間帯じゃ、アリバイを問うこと自体がほとんど無意味な話。皆それぞれ自室にいましたから、二ノ宮君も杏奈君もね」

そう言って、天井を指す。彼ら三人はここの三階を住居にしているのだ。

宝結は頷いてから、

「殺害された毛利さんですが、ここによく顔を出されていたようですね」

話題の矛先が自分から逸れたせいか堤は少し表情を緩め、

「仕事熱心でしたからね。働くのが好きというより商売、お金儲けに興味があったんでしょうかね。そういえば、会社の仕事以外に株にも手を出していたみたいだし」

「ギャンブルも」

「まあ、そのようでした。いつもあくせくしていて健康に悪いから、うちのフィットネスを試すよう勧めたんですがね、ぐーんと割引料金で」

「興味なし？」

堤は嫌味ったらしく笑みを刻み、

「運動音痴ぶりを女性たちの前で晒《さら》したくなかったんでしょうね。それにしても、健康食品を扱っているくせに、しかも、こういう健康促進の施設に出入りしているくせに、自分の健康には無頓着ときてるんだから、そういう人間は長生きしないだろうと思ってたら、当たっちゃいましたね、あ、失礼、不謹慎でした」

「いえいえ、警察ほどじゃありません」

宝結はしれっとして答えてから、

「長生きできなかった毛利さんですが、誰かに恨まれるようなことってありました？」

「さあ、どうでしょうか。あるとすれば借金に関することくらいでしょう。私はよく解りません。少なくとも、このメイムでは毛利さんが恨まれる要因は無かったと認識していますが」

「むしろ人気があったとか？」

「いや、そこまでは」

「なら、その逆、毛利さんが好きだったのは」

「それは、杏奈君でしょうよ」

「へえ、毛利さんは沢富杏奈さんのファンだった？」

「ですね。まあ、たいていの男はそうですがね」

「あなたも？」

「私が？　私はここのオーナーですから」

誤魔化すように答えて、話題を逸らし、

「しかし、杏奈君に劣らず魅力的ですねえ、あの女性。今日入会したばかりの方、お茶の先生だとか、若いのに大したもんです」

窓越しにジムエリアを見つめる。

智恵ヒメのことであった。

お茶の先生？　潜入捜査とあって、正体を偽っているらしい。まあ、実際、智恵ヒメは茶道の師範代の免許を持っているし、他にも数多の資格を有しているので偽装には苦労しないはずだ。

「ええっと、彼女の名前は、確か」

と、堤はカウンターテーブルのパソコンを操作して、会員名簿を探し、

「ハリマ・ユウさん」

張麻夕《はりまゆう》、と字面を説明した。

そうか、今、料亭の女将の智恵ヒメは茶道の師範の張麻夕なのであった。しかし、この偽名はどこから？　ローマ字で試したがアナグラムではない。

私は肩をすくめ、ふとジムエリアの方を眺めた。そして、何やら妙な光景に目を奪われる。

35

今、ジムエリアは音楽が止み、休憩時間であった。会員達はそれぞれくつろいでいる。フローリングの床に車座になったり、壁にもたれるなどして高らかに談笑し、音楽がなくてもなかなか賑やかである。

そうした中、一際、歓声や嬌声が大きく響き渡っていた。インストラクターの二ノ宮清也の周囲だった。

二ノ宮が会員達の間を縫って、ジムエリア内をゆっくりと歩いている。白い歯を見せて笑顔を振り撒き、時折、肩や胸や臀部などの筋肉をピクピクと躍らせてみせる。

そんな二ノ宮の進む先々で女性たちが群がり、黄色い声をあげ、すがりつくように手を伸ばしていた。コンサート会場の花道を思わせる光景だ。中には腰の辺りに抱きつかんばかりの者もいる。二ノ宮の汗ばんだ白い肌には多くの手がまとわりつき、指が這い回る。まるで果実の蜜を舐める虫の群れを髣髴とさせた。

そして、二ノ宮は皆に何かを配っていた。左腕に編み籠を提げて、そこから小さな紙袋を取り出し、一人一人に手渡している。いち早くもらおうと女性たちは争うように身を乗り出していた。サンタを囲む子供達というよりも年末のバーゲン会場の方が近い。

受け取った女性たちは早速、紙袋を開けて、中からクッキーかビスケットのようなものを取り出して、口に運ぶ。そして、咀嚼しながら「美味しい！」とか「ありがとう！」など感謝の言葉を二ノ宮に投げかける。

二ノ宮が笑顔で返すので、皆、競うようにして彼の気を引こうと懸命になっていた。むせて、ビスケットの粉を吐き散らしたり、咳き込んで床にのたうっている姿も見受けられた。

「何やら恐ろしいような光景だけど……」

私は唖然として絶句する。

宝結が引き継いで、

「あれは何を？　二ノ宮さんは何を配っているんです？」

「ヘルシーフードですよ」

堤が即答し、

「短時間でバランスよく栄養とエネルギーを補給できるように工夫されています。クッキー状になっていて食べやすいし」

「無料？」

「いえいえ、会費に含まれてます。通常のレッスン費とは別のオプション料金として。でも、評判いいんですよ。ダイエットにも対応していて太る心配はないし。うちの自信作ですよ」

「市販品じゃなくて？」

「そっちも併用してますが、それだけだとバランスが良くないんです。なので、補うためにも」

「ここで作ってるんですか？」

「ええ」

と、カウンターの壁に設けられたオーブンを得意げに指し示して、

「味も自信ありますよ。お一つ、どうぞ」

そう言って、小さな紙包みを差し出す。

宝結が受け取り、軽く振ってカサッカサッと鳴らしながら、

「後でいただくとします」

「おやおや、そうですか。今なら、ドリンクとのセットメニューもお勧めですが、いかが？」

私は宝結を押しのけるようにして、

「いや、結構！」

きっぱりと断った。

堤は見下すように小粒な目を細め、薄笑いを浮かべた。

突如、ジムエリアの向こうが騒がしくなった。女性の鋭い声が響く。言い争っているようだ。

宝結がすぐに反応し、シャングリラを飛び出した。

私も慌てて続き、その後に、堤もカウンターから出て走る。

廊下を曲がり、大声のする方へ急ぐ。そこはジムエリアの裏側にあたり、この建物の東側の奥に位置するようだ。窓のすぐ外に木々が茂っているため陽が入らず薄暗い。

ひんやりとした空気の中、二人の女性が対峙していた。

インストラクターの沢富杏奈と智恵ヒメ、いや、張麻夕、と言うべきだろう。

お互い鋭い視線を切り結んで、睨み合っている。野性的でグラマラス、ラテン的な小麦色の杏奈。柳のようにしなやか、和風で色白の智恵ヒメ、いや、張麻夕。タイプこそまったく違えど、

美貌を誇る二人が火花を散らしている様は凄艶な迫力があった。

既に駆けつけていたインストラクターの二ノ宮が二人を交互に見ながら、

「どうしたんですか？　二人して大声で怒鳴りあって？」

「だって、この女がおかしなことしてるからさ。こんなことする会員、初めてよっ」

と、杏奈が張麻夕に人差し指を突き付け、

「だから、私が注意してやったのよ。ねっ、そうでしょ、張麻夕さんだっけ、あなた、そこでコソコソ何してたのよ？」

きつい声で問い詰める。

張麻夕は憮然と口を尖らせ、

「何って、迷ってただけですよ。トイレ探してたら、こっちに出てきちゃって。でも、ここ、物置部屋みたいなのがあるだけで」

と言って、背後を指差した。

そこにはドアがあった。木製で何も表示がされていない。

張麻夕は続けて、

「ただ間違えただけじゃないですか。なのに、あなたときたら、まるで私をコソ泥みたいに怒鳴りつけて、失礼ですよ。私だってカッとなります」

そう言って眼差しを尖らせる。

杏奈は忌々しげに腰に両手を当て、顎でドアを示し、

「勝手に開けて、覗いたりしないでよっ」

「開けてみないと解らないでしょ。それくらい解らないんですか」

「な、何ですってっ」

杏奈は大きな瞳をさらに大きくし、今にも摑みかからんばかりに詰め寄る。

そこに、二ノ宮が割って入って、

「まあまあ、落ち着いて。なあ、杏奈君、もういいだろ。張麻夕さんは新入会員なんだからさ、そりゃ、まだ、ここのことよく解らないさ」

そう言ってから、張麻夕の方を向き、スタッフ以外は立ち入り禁止のエリアについて簡単に説明してから、

「少しずつ慣れてくれればいいですからね」

甘い声を投げかけ、白い歯を見せて微笑む。

すると、杏奈が恨めしげな目で二ノ宮を睨みつけ、

「へえ、そっちの肩を持つわけねえ。さっすが、二ノ宮さん、会員ファーストの心掛け、見上げたものね。やっぱり、うちのトップスターは違うわ、それとも、ハーレムキング、いや、メイムの実質的なボス、そうお呼びした方がいいかしらね、フンッ」

ふて腐れたように言って、くるりと背を向けると足早に立ち去る。

そんな杏奈に向かって、堤が冗談めいた笑顔で大げさに両手を広げ、そのくせ期待の眼差しで歩み寄り、

「さあ、杏奈君、こっちの胸に飛び込んで泣きなさい」

「結構でーす、メイムを仕切れないオーナーに仕切られたくありませーん」

杏奈は堤の手を払いのけ、肩を押しやり、さっさと歩き去る。

堤は引き攣った照れ笑いを浮かべながら、小声で「ケッ」と呟き、バツが悪そうにしゃくれた顎を撫でていた。何やらメイムの内部もややこしい関係が交錯しているらしい。

ふと見ると、張麻夕こと智恵ヒメがほんの一瞬、宝結と私の方を向いて、素早くウインクを投げてきた。順調らしい。

36

夕刻から雪がちらつき、まもなく粒が大きくなった。灰色がかった街の景色がだんだん白く煙ってゆく。予報によると夜中までに数センチ積もるようだ。

宝結と私は捜査本部に立ち寄り、蓮東警部から新たな情報などを得る。

それから、虎ノ門へ赴き、本日二度目の智恵ヒメの料亭への訪問。

午後六時近かったので、人の出入りは多い。裏口にも雪の上に足跡が重なり合っている。空は暗かったが、周囲は明るい。舞い落ちる雪が外灯に反射してチラチラと光を散らしていた。

営業時間とあって、中に入るとあちこちで騒々しい声がする。絶え間なく響く足音は、この料亭の心臓音のようであった。様々な料理の混じった匂いに腹が疼く。活気に満ちたぬくもりが外の寒さをしばし忘れさせてくれた。

いつもの奥の部屋。

宝結が扉に手を伸ばし、牡丹のレリーフに触れようとする。

すると、中から、

「どうぞ、開いてるわよ」

智恵ヒメが声をかけてきた。

宝結が扉を横に滑らせて、

「さきほどはご苦労さん、智恵ヒメ、いや、張麻夕さん」

「はい、どういたしまして。そちらこそ、雪の中、お越しで」

智恵ヒメが茶を入れながら微笑む。

私は湯呑みを受け取って、両手を温めながら、

「しかし、さっきはホントびっくりしたぜ。突然の潜入捜査だったもんな」

「それくらいじゃなきゃ。敵を騙すには先ず味方からって言うじゃない」

「ま、言えてる。しかし、何で、張麻夕なの？」

「ああ、女スパイの代名詞と言えば、昔から定番でしょ、マタハリ、って」

「えっ、マタハリ、そのアナグラム？　ん、ハリマタ……夕だけ漢字かいっ」

「張麻夕でーす。で、どうだった、私？　折角だから、潜入捜査とくれば変装だし、いつもと違うビジュアルを意識したんだけど、なかなか捨てたもんじゃないでしょ？」

そう言って、両手を腰に当て、胸を突き出してポージングをしてみせる。

私はドギマギするのを抑えながら、

「うん、意外となかなかサマになってたよ」

いやいや、かなりのものだったよ。

スポーツブラとレギンスタイツの智恵ヒメの肢体が頭に浮かんでくるのを打ち消す。

今、智恵ヒメはいつものようにしっとりとした着物姿であった。薄紫の江戸小紋に花菱模様が映えている。胸元を直しながら、

「たまにはフィットネスクラブもいいものね。ああいう格好して、いつもと違うメソッドで存分に身体を動かすとさ、すごく新鮮で」

すると、宝結が意地悪げな口ぶりで、

「でも、体の節々、あちこちが痛いんじゃないの」

「そ、そんなことないったら」

「でも、何か臭うな、サロンパスみたいなの」

智恵ヒメは焦った様子で首を回し、肩と腕に鼻を当て、

「あれ、無臭って書いてあったのに」

「やっぱしね、ほら、引っ掛かった」

宝結はほくそ笑む。

智恵ヒメが眦《まなじり》を上げ、

「んもうっ」

と、拳を繰り出すポーズをし、

「あ、いたたた……。そうよっ、右腕を捻挫したのっ。いたた……。ったく、こんなことにフェイカー宝結の本領を発揮しなくていいでしょっ。力の無駄遣いっ」

そう言いながら、右腕の筋肉をさすっていた。

私はにやついている宝結を押しのけるようにして、

「しかし、智恵ヒメ、潜入捜査は無駄じゃなかったんだろ？」

「当たり前でしょ」

智恵ヒメは着物の袖をまくって、歌舞伎の見栄を切るように右手を突き出し、

「しっかり、ちゃんと収穫があるってものよ。あ、いてて」

また腕をさする。

私はつい吹き出しかけ、慌てて口元をぎゅっと締めた。

隣で宝結が喉元をクククと鳴らしている。

智恵ヒメが睨みつけながら、

「ほら、報告するからちゃんと聞いてよ。先ず、収穫の一つは耳寄りの情報。今夜、あいつらはメイムに集まるらしいってこと」

「あいつらって、我々が目を付けていた奴ら、悪巧みの連中のことな」

私の問いに智恵ヒメが頷き、

「そう。つまり、予備校の薬学講師の羽賀、ドラッグストアの永瀬、ドクター楠枝夫妻、あと、メイムの三人、堤、二ノ宮、杏奈ね。総勢、ええっと、七人か」

「よく、摑んだな、この情報」

「どんなもんよ」

と、智恵ヒメは二の腕を叩きかけて止め、

「盗み聞きに成功したのよ、堤が羽賀に電話しているのをね。毛利が殺されたり、警察が出入り

するようになって、あいつら焦り始めたみたい。それで緊急会議ってとこなんでしょうね。さすがに電話では詳しい話はしないで、集合の連絡事項だけだったけど」

「そりゃ、当然、連中も慎重になるわな」

智恵ヒメは頷いてから、人差し指を立て、

「あ、あとさ、メイムの中にいたら、意外な力関係に気付いたのよ。ほら、あの色白の筋肉プルプル男」

「インストラクターの二ノ宮か」

「そう、二ノ宮。メイムで実質的な権力を握っているのはあの二ノ宮みたいよ。ほら、集客力っていうの、あの男のおかげで女性会員が増えているわけでしょ。というか、二ノ宮なしではメイムの運営が成り立たないほどらしいの。だもんだから、オーナーの堤も気を使って、顔色を窺うような具合。二ノ宮に辞められたら困るからね」

「なるほど、やっぱり、そうだったか。時々、そう思わせるシーンがあったからな」

と、宝結は納得の面持ちをして、

「何だか、どこかの芸能プロダクションみたいだな。売れっ子スターのわがままに振り回されるボンクラ社長みたいな」

「そう、まさしくそんな感じ。肩書きとは無関係に、メイムで本質的な実権を握っているのは二ノ宮なのよ。だから、さっきも言った電話の件ね、堤が今夜の招集をかけていたけど、『集合しろって二ノ宮の命令だから』みたいな言い方だった。おそらく、あのグループの中でも二ノ宮の権限は相当なものなんでしょうね」

「ああ、中枢の一人だろう」

宝結は鹿爪らしく顎を撫でる。

智恵ヒメは一拍間を置いてから、小さく溜息を吐き、

「ああ、それにしても、あの二ノ宮って男、煩わしかった。あいつ、もてるのをいいことに自惚れも相当なものでさ、やたら女に手が早いみたい。私、入会した初日だというのに、あの男、何かとちょっかい出してきてさ、なかなか自由に行動できなくて参ったわよ」

「それ、自慢？」

「そんな余裕ないったら。普段ならいざ知らず」

智恵ヒメは一瞬だけ微笑んで、すぐに真顔に戻り、

「その上、私、別の意味でもマークされちゃったんだから。ほら、見てたわよね。物置部屋の前であのデカパイのインストラクター、杏奈に不審者扱いされてののしられたこと。あれで目を付けられちゃって」

「盗っ人みたいにこそこそ動き回るからだよ」

宝結は冷たく批評する。

すると、智恵ヒメは勝ち誇ったように顎を上げて、

「あら、盗っ人みたいじゃなくて、実際、盗っ人だったの。幾つか頂戴してきたわ。はい、お裾分け」

と、着物の袂から何かを取り出して、机の上に置いた。

クリーム色の四角いパッケージだった。煙草の箱くらいの大きさで、商標とメーカーのロゴが

大きく記されている。

冠羽フーズの健康食品。

宝結が手に取り、

「これがメイムに？」

「例の物置部屋にね。これが入ったダンボール箱が積んであったわ。部屋の奥の方よ。手前に普通の常備薬のダンボール箱が山積みされて、その陰に隠すようにして置いてあった。きっと、メイムの連中、見られたくなかったのね」

「ヤバいものだからだな。それで、あの時、杏奈が躍起になってキミを注意していた」

「この健康フードね、冠羽フーズのＨＰを見たんだけど、どこにも載ってないのよ。正規の商品じゃないみたいね。何やら曰くありげな感じ」

「だろうよ。ほら、これは死んだ毛利の部屋とバッグから発見されたもの」

宝結はスマホを差し出して、画像を映し出す。クリーム色の四角いパッケージ。

智恵ヒメの収穫と同じものだった。

宝結はそれらを指して、

「さっき、捜査本部の蓮東警部に見せてもらったんだよ。そして、調べてみたら、この商品は販売されていないということだ」

「やっぱり。だから、社のＨＰに載ってなかったのね。でも、何で、こうして存在してるの？」

「回収されたのさ。というか出荷停止」

「え、どういうこと？」

「業界ではわりと有名な話らしい。この商品は三年前に販売されかかったんだ。しかし、問題があって、一般市場に出る前に回収せざるを得なかったのさ。

以前から同じ成分の健康フードがアジア地域などの海外で流行していて、それに便乗して真似た安易な商品なんだよ。でも、摂取する人の体質や、またはその量によって、危険性が高いことが解ってきた。タイと韓国でその先行するフードが原因で体調を著しく壊す人が増加して、複数の死者まで出たため、販売停止になったんだ。ちょうど、冠羽フーズも同じ成分の新商品、この健康フードを発売開始するタイミングでね。そのため、やむなく、直前で出荷停止となったわけさ。既に卸売り市場に出ていた分は全て回収された。まあ、一般の店舗に出る前だったから、表立っての大事に至らなかったらしいがね」

「きっと、その時、表沙汰にならなかったから、安直で危険なフードを作ったのに大して反省もしなかったんでしょうね。そんな企業体質だからこそ、去年、例のサプリメントのデータ偽装事件が起きたのよ」

「つつづくろくなもんじゃないさ」

「で、この回収された健康フードは企業側が危険性を認めたわけなんだから、いわば、違法フードのようなものね」

「ああ、そういうことだ。その危険性を知らずに摂取すれば、体質やアレルギーなど、人によっては著しく健康を損ね、タイや韓国で複数の事例があるように死亡する恐れもあるわけだ。そんな製品だから、回収した後、いずれ廃棄処分しなければならなかった。しかし、冠羽フーズの営業マンである毛利はこの商品に接触する機会を持っていた。そして、毛利はこれに手を付け、仲間と組んで利用したのさ」

「いわゆる横流し」

「処分したふりをして、外へ持ち出して、横流し。そして、その先はメイム。つまり、無料で仕入れて、メイムの会員達に売りつける。ボロ儲けだよ。しかも、危険な違法フードを、だ。もちろん、商品の正体は誤魔化していたはずだ」

「パッケージを外して、別の袋に入れ替えたりとか」

「そして、何よりもメイムの存在が大きい。メイムという一定の監視された範囲ならば、体調不良を起こす人間がいてもすぐに察知できるし、そして、すぐに対応して、内部で何らかの手を打ち、外部に知られないよう誤魔化すことが出来る。いわば、被害者を管理できるというわけだ。そんな卑劣なシステムの中、廃棄処分しなければならない食品を会員達に有料で食わせているのさ。違法のゴミを罪も無い人々の腹に詰め込んで処分している。そう、メイムは生きた産廃処理場なんだよ」

「ひどい……」

智恵ヒメが顔を歪める。

「ゆ、許せんっ」

私も思わず怒声を漏らし、拳を固めていた。

宝結は冷たい口調で、

「例えば、違法フードで体調に変化が生じても、エクササイズや瞑想やヨガの効果が出ているなんて煙幕を張りながら、その人間に対してはフードの摂取量を調整するなど、狡猾な方法を工夫していいるんだろうよ」


「よくできた産廃処理場だなっ」

私は吐き捨てるように言った。

宝結は眼差しを尖らせ、

「悪魔の産廃処理場。許せない組織だよ。ブツを入手して送り込む毛利、人を集めて消費させる二ノ宮、特にこの中枢たる二人は鬼畜のレッテルだ」

判決を下すように言う。

それから、またポケットに手を入れ、何かを取り出し、

「これは今日、堤からもらったものだ」

小さな紙袋を置いた。

メイムのバーカウンターで堤が得意げに自家製だと吹聴していたものだった。

宝結は袋から楕円形のクッキーのようなものを取り出し、

「どうやら、これは問題の違法フードではないらしい。おそらく、堤の言う通り、メイムの手作り菓子みたいなものだろうよ、ほら」

冠羽フーズのパッケージを開けて、中身を取り出す。スティック状のフードだった。

二つを並べて見つめ、

「形も色も違うし、匂いも」

鼻を近づけ、首を横に振る。

智恵ヒメが頷き、

「つまり、わざわざ自家製フードも作り、それを隠れ蓑にして、違法フードと混ぜて使用しているわけか。今日は、宝結さんたちが来ていたから、これ見よがしに隠れ蓑の方を出して誤魔化そうとしたのね。なかなか手の込んだことをするわね」

「あいつらの悪知恵は計り知れないよ。何たって、メンテやケアまで行き届いているからね」

「メンテとケア、それって、あの医院のことね」

「そう、ご近所さんの医院。楠枝クリニックだよ。メイムの指定病院みたいな存在。あれは違法フードによる悪影響の対策のためだよ。会員の体調が悪くなった際、すぐに応急治療を施し、原因や症状を誤魔化して、その場を収めるのさ。つまり、大事に至らないよう、危機回避の処理機能が楠枝クリニックの役目ということだ。そうやって、会員達をケアし、体調のメンテをはかって、末永く違法フードを買わせ続ける。生かさず殺さずの商法。これで産廃処理場は長く長く稼動し続けるってことだな」

そう言って、宝結は目の奥に怒りを冷たく光らせた。

私は憤りに声をきしらせる。

「悪党ども……」

「ああ、妙な臭いがするって最初の勘は、やっぱり、間違っていなかったな」

宝結は相槌を打つ。それから、智恵ヒメに視線をやり、

「あと、毛利の部屋で複数の錠剤が発見されている。親会社の冠羽製薬のケースに入っていたけど、さっきの蓮東警部の話によれば、それらも販売されていないものらしい」

「怪しいわね」

「何か悪辣な企みに利用されるんだろう」

顔をしかめて言った。

智恵ヒメは扇子を取り出して、机をピシッと叩く。そして、冷ややかな声で、

「そろそろ、私たちの血裁も本丸に突入ね。悪党たちに止めを刺す段取りを立てなきゃ」

宝結が頷き、

「ああ、捜査本部もメイムの件に本格的にアプローチしているし、逮捕者が出るのはもはや時間の問題だろう。こちらも急がなきゃ」

「じゃあ、ぼちぼち、秘殺も大団円へと向かうとするか」

私は指を順に折ってゆく。

智恵ヒメが涼やかな笑みを浮かべ、

「さあ、今夜から総仕上げの準備段階に入るわよ。おのおのがた、ぬかるでないぞ」

そう言って障子を開く。

外はほんのりと明るかった。夜が瞬いているようだ。雪が舞い、庭のナンテンの枝を白く縁取っていた。

雪見酒でもやりたいところだが、ここは堪えて、打ち合わせが続けられる。

ただ、帰り際に、夜食として、竹皮に包まれた握り飯が手渡された。温かかった。

ACT7 DIRECTION

37

深夜の一時過ぎ、私は調布ヶ丘にいた。専門学校の裏手、未舗装の駐車場に面した木立に佇んでいる。

雪は十一時時頃に止んでいた。夜の風景が白く彩られている。外灯に積雪が反射し、闇を溶かし、薄ぼんやりと明るい。

雲が千切れながら走り、隙間から夜空が見え隠れしていた。外にいると足元から寒さが這い上ってくる。先ほど、夜食を食べたおかげで腹の底だけはかろうじて温かい。智恵ヒメにもらった握り飯に感謝である。

この場所からメイムまで徒歩五、六分といったところだろう。

私は夜の八時半からメイムの近くに駐車し、車内から見張っていた。いわゆる張り込みである。

智恵ヒメがもたらした情報の通り、悪党どもが九時前から集まり、中で何やら秘密会議を行っていた。それがようやく終了したのは零時半頃。そう判断できたのは、ドクター楠枝と妻の真緒美が出てきて、すぐ近くの医院兼自宅に帰ったからであった。

そして、私は車を発進し、今の場所に移動した。雪化粧した木立は幽霊の群れのようにも見える。風が吹くと、雪が落ちて枝を揺らし、衣擦れの音のようで不気味だ。深夜になって一段と冷え込みが厳しくなっている。

ただ幸いだったのは、街なかの道路の雪がほぼ片付いていたこと。車で走るのに、積雪で苦労することはなかった。スリップなど足回りのトラブルを心配せずに済んだ。

週末金曜の夜とあって、車の行き来が多かったせいだろう。それが除雪の役割を果たしたらしい。雪は道路の両脇にうず高く跳ね上げられていた。

しかし、今、この一帯は静かだった。深夜の一時を回ると車の姿はあまり見当たらない。

私は道路の傍ら、木立の端に立ち、人を待っていた。今夜、三回、その男にスマホでメールを送っていた。最初の二回は九時前、メイムの集合時間の直前である。三回目は、つい先ほど、零時半過ぎ。

もちろん、例によって、所有者不明のスマホを使用。そして、自分の名前も使わない。

張麻夕の名であった。そう、智恵ヒメの潜入捜査用ネーム。

張麻夕のふりをして、メイムのインストラクター、二ノ宮にメールをしたのである。

女たらしの二ノ宮は昨日、智恵ヒメいや張麻夕にやたらとアプローチを仕掛けていたらしい。これを利用しない手はない。そこで、張麻夕の名前でお誘いメールを送りつけてやった。

文面を打っているうちに、何だか恥ずかしさを通り越して吐きそうな気分になったが、任務のためと己に言い聞かせ、遂行する。ここに呼び出すためである。

そして、今、私は足踏みして寒さを耐え忍びながら、待っている。

秘殺のターゲットを待っている。

そろそろのはずだ。道路に身を乗り出し、遠くに目をやる。雪を載せた屋根の連なりの向こう、繁華街のネオンが夜空の底を青白く映している。

風が吹き、氷のような寒気が全身を打つ。吐息が白く広がり、一瞬、視界を曇らせた。屋根や木々から雪の落ちる音が聞こえた。

耳を澄ます。

雪を踏む音。慎重で秘めやかなリズム。足音が近付いている。後方からだ。

私は振り向いた。

木々の間から二ノ宮が姿を現わした。ブルーの防寒ジャケットに小型のショルダーバッグを提げている。

二ノ宮はこちらを凝視して、驚きの表情を浮かべていた。眦を吊り上げ、声を鋭くし、

「怪しいメールだと思っていたよ。トントン拍子に美味しい話が転がり込むんだもんな。誰の悪戯か首根っこ捕まえてやろうと来てみたら、よりによって、あんたとは」

「そりゃ、がっかりだよな」

私は言いながら、木立に戻り、二ノ宮の方へ近付き、

「しかし、お前、思っていたより利口だったぜ。女ったらしだから、ひょいひょいと引っ掛かると思ってたのによ。何で、怪しいと思った？」

「文面だよ。あの女のキャラと合わない。それどころか、妙に甘ったるくて、何か吐きそうに

なった」

こちらも同じく、だ。私は短髪の頭をかきながら、

「お前を習って、もっと女を勉強するよ」

二ノ宮は雪のような白い顔に歪んだ笑みを浮かべ、

「だいたい、警察が、いや、正確には雇われライターらしいな、そんなあんたがこんなことして、何のマネだよっ」

「まあ、お迎えってとこ。いや、お見送りか」

「お、俺を？　どこへ？」

「そこだよ」

私は人差し指で下を示した。

二ノ宮は視線を落とし、

「雪？　地面って？」

「いや、そこだよ。もっと底。地獄の底だよ」

そう言って、黒手袋の指を折り、関節を鳴らす。

二ノ宮は顔を強張らせる。白く端正な面立ちが獣じみた形相となった。冷酷な笑みを刻み、

「地獄？　ふん、そういうことか。裁くのは俺だ、ってつもりかよ」

ショルダーバッグを放り、腰を落とし、両の素手を拳にして顔の前に構えると、

「そうはさせるかよっ！」

一気に踏み込んできて、右足を高々と突き上げて、キックを放ってきた。

間一髪で私は上体を左に逸らし、強烈な蹴りを免れる。

危ないところだった。なるほど、この男、太極拳やヨガを取り入れたアジアン・フィットネスを指導するだけあって、カンフーも身につけているらしい。

ならば、こっちも相応のスタンスが必要だ。数歩後退すると、臍の下、いわゆる丹田に意識の中心を置き、体勢を整えた。両手を十文字に構える。

それを見て、二ノ宮が身を引き締めた。目を細め、微かに笑みを刻む。それから、いきなり突進してきて、

「くらえっ！」

左右の拳を続けざまに放ってくる。

私は十文字の両腕を交互に振って、横から相手の拳をヒットして、連打を撥ね退ける。同時に後ずさりしつつ、膝と足首を微かに曲げる。

そして、大きく一歩下がると、足首のバネを利かせ、即時にジャンプ。宙で身を横たえ旋回し、相手の頭部めがけて廻し蹴りを放った。

二ノ宮の反応も素早かった。腰を屈めるや左に飛び、風を切って大車輪のように横転して攻撃をかわす。

空振りした私は宙で身をひねって半回転して着地。素早く振り向く。

が、目の前に白い砂塵が舞った。冷たく痛烈。目の中に雪の粒が入り、視界が薄れる。

二ノ宮の仕業だった。雪を摑み、投げつけてきたのだ。

ザクザクザクと足音が急速に接近する。二ノ宮が一気に攻勢に出てきた。

私は目をこすり、ぼんやりとした視界のまま、懸命に後退する。

が、二ノ宮はすぐに追いつき、目の前に迫っていた。そして、廻し蹴りを連打してくる。

私は後退しながら、身を屈めたり、逸らしたりを繰り返し、かろうじて攻撃をかわす。

二ノ宮はキックを外しても、すぐに回転し、その勢いに乗せて、さらに強烈な廻し蹴りを放つ。

一蹴りごとにスピードとパワーを増して、容赦なく襲い掛かってくるのだ。

私は間一髪で逃れているが、このままでは蹴りの餌食になるのは時間の問題だろう。視界がだんだん晴れてきたが、窮地を明確に認識するばかりであった。

ふと、脳天がヒンヤリ冷たくなった。上から雪の欠片が落ちてきたのだ。木の枝の積雪である。

ということは、すぐ背後に木が立っている。行き止まり。

追い詰められた……。

ならば……。私は半回転し、二ノ宮に背中を向ける。同時に真っ直ぐ前向きに突進する。

木に衝突……。いや、木に足をかける。左足の底を幹に当てた。それから、右足で跳躍。

そして、両足を素早く動かし、走るようにして木に上った。一気に駆け上がる。

二メートル上るのに、一秒もかからなかったろう。

幹を蹴るようにしてジャンプ。

宙に舞い、後ろ向きに半回転しながら、二ノ宮の後頭部めがけて、キックを放つ。

が、二ノ宮も隙を見せない。こっちの奇襲に即応し、構えを瞬時に変える。その場でバレリーナのように回転し、右の拳を突き上げて振り回し、私の蹴りを打ち払った。

宙で私は飛ばされ、バランスを失い、背中から落下した。受身を取ったのと、ボディバッグがクッションとなったおかげで、怪我や痛みなどは無かった。急いで半身を起こす。が、すっかり攻撃体勢は崩されている。

そこへ二ノ宮が走り込んできて、

「こしゃくなっ、止めをさしてやるぜっ！」

ドロップキックの体勢に入ろうとする。

私は倒れたまま横っ飛びしようと雪の地面に両手をつく。その手がボディバッグに触れた。

ふと見ると、数秒前の落下の衝撃でボディバッグのファスナーが半分ほど開き、中身の一部がこぼれかけている。

反射的に私の手は動いていた。ボディバッグからはみ出していた物を掴み、丸めて、前方に放った。

それは竹皮の包みである。智恵ヒメにもらった握り飯の包み。先ほど、夜食で平らげた後、近くにゴミ箱がなかったので、ちゃんとボディバッグに仕舞ったのである。

丸められた竹皮の包みは地上三十センチほどの宙を低空飛行しながら開いて、二メートルほど先で地面に落ちる。

二ノ宮が疾駆しながら、ドロップキックを放つために、跳躍の右足を踏み出す。

その足が竹皮の包みを踏んだ。

竹皮の包みはスリップする。白い地面をスルッと滑った。

二ノ宮は足を持って行かれる。

「うわっ、ああっ」

頓狂な悲鳴を漏らしながら、バランスを崩し、両手を広げバタバタと振り回す。

全身が後方に反れながら、左足を軸に半回転し、頭部がこっちの方に倒れてきた。

このチャンスを逃さない。

私は両腕の筋肉に力を込めて、一気に地面を叩いて、跳ね上がる。そして、右足をハンマーのようにぶん回して、爪先を二ノ宮の後頭部に叩き込む。延髄斬りが決まった。

二ノ宮はすっ飛び、白い雪煙をあげながら倒れこんだ。仰向けになったその姿は既に白目を剥き、意識を失っていた。

私は立ち上がると、竹皮の包みを拾い、頭を下げて感謝してから、ボディバッグに仕舞った。

二ノ宮の方に歩み寄る。

ポケットから麻紐を取り出す。直径約五ミリ、長さは百二十センチくらい。

一方の端が小さな輪になっている。輪の内側はささくれているが、その分、滑りにくい。そこに左手の指を四本入れてから、ぐるりと手に巻きつけ、しっかりと握る。反対側を右手に巻きつけ握る。両手で麻紐をピンッと伸ばし、いったん緩め、また、強く伸ばす。よし、手にしっくりとくる。

後ろから二ノ宮の上半身を起こすと、その首に素早く麻紐を二重に巻きつける。

そして、一気に締め上げた。

地獄へGO！

二ノ宮は声を発する間もなかった。肩の辺りを痙攣させただけで、すぐさま全身が弛緩し、絶命した。

仕留めた。秘殺、成功。

私は数秒間じっとし、周囲を見回す。静かだった。何も起こらない。今回はアクシデントに見舞われていない。

どうやら、ここに至って、ようやく不運から解放されたのかもしれない。ほんのりと喜びが湧いてきて、口元がほころんでくる。よしっ、この調子だ。さあ、すぐさま仕上げにかかるぞ。

38

私は二ノ宮の死体を背負うと木立を抜ける。慎重に周囲の様子を窺いながら未舗装の駐車場に出た。

隅に止めておいたワゴン車へと歩み寄り、後部ドアを開ける。二ノ宮のショルダーバッグを床に置き、死体をバックシートに寝かせ、ジャケットを脱がせておく。そのポケットからスマホを取り出し、先ほど私が送信したメールのチェック。また、こちらのスマホもちょっとした操作。

それから、運転席に座り、発進させる。数分ほどの距離を走り、目的地に到着した。

秘殺の仕上げの場所である。つまり、後に死体発見の現場となるわけだ。

近くの解体中のラーメン屋店舗の駐車エリアにワゴン車を押し込み、止めておく。幾つかの段取りと準備を整える。

そして、バックシートから二ノ宮の死体を引き摺り下ろし、背中におぶって、十メートルほど行く。

深夜の遅い時間帯、この一帯はひっそりとしていた。街道に並行しているので、零時ごろまで車の行き来は割と激しかったのだろう。道路に雪はほとんどなく、路肩にだけうず高く残されていた。今はエンジン音も遠くに聞こえるだけだ。

周辺は寂れた風情である。木々が多く茂り、建物もまばらだ。高いビルが見当たらない。道路の両側はイチョウの並木となっていた。空き地や駐車場に混じって小さな畑も点在している。

ここは道路がT字形に交差していた。

私が立っているのはTの横棒の中央だ。

横棒に面して、小さな菜園があった。およそ七メートル四方くらいの広さ。冬の寒い時期なので何も栽培されておらず、単なる空き地も同然である。

今は雪に覆われて、白い平面となっていた。この白い菜園は寺の所有地らしい。住職の趣味の園芸の場として使われているのかもしれない。

T字路に面してない側、菜園の周囲三方は寺の敷地であった。

それぞれ三方の境界には椿の木が並び、生垣を成していた。

菜園に向かって左側の生垣のすぐ向こうには寺の大きな拝殿があった。

城の天守閣の一部のように仰々しい造りだ。雪に覆われた広い屋根がジャンプ台を連想させる。今は二羽のカラス程の大きさの鳥が乗り、羽をバタつかせながら、嘴で突っつきあっている。

確か、ゴイサギという鳥だ。夜行性で、「クワッ」とカラスのように鳴くので夜烏《よがらす》とも呼ばれるらしい。エサを巡って争っているようだ。雪の日の食糧事情は厳しく、ゴイサギにとって深刻な問題なのだろう。どっちも頑張れ。

菜園の左側に拝殿が迫っているのに対して、他の二方向、正面側と右側は墓地であった。椿の生垣の隙間から塔婆や墓石が連なっているのが見える。かなり広い墓地のようだ。

菜園とT字路の接する境界の所々には灌木が植えられている。その根元には道路の雪が寄せられて、小さな山脈のようであった。

私はボディバッグからナイロンのロープを取り出す。全長は十メートルくらい。両端が結ばれ、長い長い輪になっている。それを傍らのイチョウの木に投げ上げ、枝の一つに引っ掛ける。強度を確かめるとロープを右肩に巻きつけた。それを少しずつ伸ばしながら、歩き始める。

そして、二ノ宮の死体を背負ったまま、道路から菜園に踏み入る。雪に足を取られないよう、慎重に歩を進めてゆく。

雪の上に点々と足跡がつく。この足跡は二ノ宮のものと思われるだろう。

何故ならば、私は二ノ宮と同じ靴をはいているからである。同じ靴を二足入手し、先ほど、ワゴン車の中で二ノ宮の死体にも履かせたのだった。また、積雪の内部はまだ柔らかいので、一人分と二人分と重量の差による足跡の違いは判別しにくいだろう。

この足跡だけが雪の菜園に残されている。

他は白く平らな処女雪の広がり。五メートルほど進んだところで立ち止まる。

背負っていた二ノ宮の死体をゆっくりと下ろし、雪の上に仰向けに横たえた。

ライトブルーのスウェットを胸元までめくり上げ、下の白いシャツをむき出しにする。周囲の雪とよく馴染んで、遠くからだと境界が判然としないだろう。

それから、肩に巻いていたロープを外し、輪の先端を死体の胴体にくぐらせる。

死体と道路のイチョウが長い輪のロープで繋がれたことになる。

横たわる死体から二筋のロープがピンッと張って伸び、イチョウの高さ三メートルほどの枝に渡され、ブリッジとなっていた。

私はそのロープを両手で握り、身を引き上げて、両足をかけた。そして、猿のようにスルスルとロープのブリッジを渡ってゆく。

横たわる二ノ宮は私よりも背が高く大柄で、その分、体重も上回っていた。なので、私がロープにぶら下がっても耐えられるだけの充分な重しとなり、雪の上をズリ動くことはなかった。計算通りである。

私は振動に気を付けながら、慎重にかつ素早くロープを移動し、イチョウに辿り着く。内ポケットからナイフを取り出し、ロープを断ち切った。それから枝と幹を伝ってイチョウから下りて着地。

輪が解かれて一本になったロープを手繰り寄せる。

深夜の寒気で雪の表面はだいぶ固くなっているので、ロープの跡はほとんど付かない。しかし、柔らかい雪が残っている箇所も僅かにあり、ロープの筋が散見される。

だが、対応策は用意している。後で死体の近くに傘を投げておくのである。そうすれば、ロープの筋が付いた箇所は二ノ宮が傘を引き摺った跡に見えるからである。

ロープの回収が終了。

今、目の前にあるのは雪の上の殺害死体。

被害者の足跡しか残っていない。

犯人はどうやって足跡を残さずに二ノ宮を殺害しえたのか？

足跡の無い殺人。不可能犯罪である。

このようなトリッキーな仕上げをしたのには二つの理由がある。

先ず、捜査本部の捜査を阻み、遅らせ、我々がイニシアティブをとるためである。そして、宝結の操査を有利に運び、こちらが作り上げる解決へと導くわけだ。

もう一つの理由は事件全体の構造のためである。これまで三つの殺害現場はそれぞれ、奇怪な逆さ吊り死体、密室殺人、燃えて走って飛んだ死体など、不可解や不可思議に満ちたものであった。今回も不可能犯罪を演出することによってトーンを統一し、四件の殺人の連続性を確実に印象付けるわけである。

さて、最後の仕上げだ。

いつもの例のメモ用紙は既に死体のズボンのポケットに入れておいた。

あとは残りの演出。

ロープを回収する際、雪の地面の所々に付いた跡をカムフラージュするため、傘を死体の近くに投げておかなければならない。先ほど、死体を背負って運ぶ際には邪魔だったので、後回しの段取りとしたのだ。

私は雪の菜園の間近に歩み寄り、傘を投げるための立ち位置を決める。コントロールには自信がある。既に密室殺人の現場で竹やネクタイなどを狙い通りに投げた実績があるのだ。

肩ならしに右腕を二回ほどグルグルと回す。

そして、傘を握り、投球フォームに入ろうとした、その時……

その時、強い風が吹いた。

驚いた二羽のゴイサギが寺の拝殿から飛び立つ。凍った刃のように寒気が突き刺さる。思わず身をすくめた。

風は宙を裂き、空気を震わせ、四方から激しい音を響かせる。空が鳴いているようだ。

まもなくして鋭い冷気が去り、私は目を大きくする。

そして……

そして、私は信じられないような光景を目にしていた……

39

……私は信じられないような光景を目にしていた。

「ああ、何てこったい……」

力ない声が漏れてくる。口をポカンと開け、ポンポン船のように白い吐息がこぼれていた。

あまりのことに茫然として立ち尽くす。その場にへたり込みそうだった。

自分の目が信じられなかった。こんな馬鹿なことがあってたまるものか。

何とも不可思議な現場になってしまった。

不可能犯罪である。

そう、つい先ほど、敢えて私がこしらえたのも不可能犯罪の現場であった。

犯人の足跡のない殺人。

しかし、今、ここに新たに出現したのはそれを越えた不可能犯罪。

犯人どころか被害者の足跡さえも見当たらない現場。

まったく足跡のない殺人であった。

私がせっかくトリックによって残した被害者の足跡は消えてしまっている。

死体の周囲は白い雪の絨毯が広がっているだけ。どこにも足跡が見当たらない。

あまりの想定外の展開に激しいショックに見舞われ、動揺している。

いったい何が起きたのか？

時間を数十秒前に巻き戻して、状況を追ってみよう……


数十秒前。場所はここ。私は道路の端に立っている。

目の前に雪に覆われた白い菜園が広がり、二ノ宮の死体が横たわっている。ここから死体まで五メートルくらいの距離。二ノ宮の靴跡が続いている。片道だけだ。それ以外に足跡はまったくない。

菜園の三方は椿の生垣があり、その向こうは寺の敷地である。左側に大きな拝殿が迫り、正面側と右側は墓地だった。

私は雪の上の死体を見て、トリックの上々の出来に安堵と満足を覚えていた。

さて、最後の仕上げである。死体の近くに傘を投げたら雪密室の完成だ。

私は雪の菜園の間近に歩み寄る。

コントロールには自信がある。肩慣らしに右腕を二回ほど回した。

そして、傘を握り、投球フォームに入ろうとした、その時……

その時、強い風が吹いた。驚いた二羽のゴイサギが寺の拝殿から飛び立つ。

凍りつくような強風が吹き荒れ、寒気を引き裂き、宙をかき回した。

木々が大きく揺さぶられ、雪の粉が霧のように舞う。

上の方からザザザーと波打つような音。

そして、寺の拝殿の巨大な屋根から積雪が滑り落ちてきた。

底が凍っていたのだろう、積雪は一枚の大きな板のようだった。巨大な屋根の広さのままの雪の板が滑り落ちてきたのである。

屋根の端はやや反っており、ジャンプ台のような様相を呈して、こちらの菜園に迫っている。

そして、勢いよく滑降してきた巨大な雪の板は屋根から離れ、宙を滑空するようにして、菜園の上に落下した。

ちょうど、積雪の上に雪の蓋をするように菜園を覆ってしまったのだ。

屋根の雪が地面の積雪のほとんどを隠してしまった。

また、屋根の雪の重さで地面の雪は押し潰されたので、先程までの積雪の高さと大して変わらない。

しかも、落下の衝撃で屋根の雪の四辺は崩れ、地面の雪との境界は曖昧になっている。多少の凹凸や乱れはあるが、周囲の椿の生垣や灌木から雪が落ちて積もったようにしか見えない。

かくして、新たな雪の地面の表層が出来上がったわけである。

その結果、折角作った足跡は消滅してしまった。

それならば、死体も無くなっているはずである。雪の板の下に埋もれて見えない、そうなっているはずだ。

しかし、さにあらず。

二ノ宮の死体はしっかりそこに見えていた。

先ほどと変わらず、その場所に横たわっている光景が目の前にあるのだ。

どうして、そんなことが？

屋根の雪の板には穴が空いていたからである。

強風が吹くまで屋根の上で二羽のゴイサギがエサを巡りバトルを繰り広げていた。結果、その場所だけ雪が薄くなり、屋根から滑落する際に崩れ、穴となってしまった。

そして、ちょうど、その穴の部分が二ノ宮の死体の横たわる場所に落ちてきたのだった。

雪の板の四辺と同様、穴の周縁も落下の衝撃で崩れ、地面の雪と混じり、境界が曖昧になってしまった。多少の凸凹や乱れがあるものの、殺害した時あるいは死体を置いた際の痕跡のようにも見えていた。

こうして、先程と変わらず、確かに死体は雪の地面に横たわっているのだった。

しかも、二ノ宮殺害をめぐる不可能状況はレベルアップしている。

足跡のまったく無い殺人。

被害者も犯人もどこから出現したのか？　犯人は殺害後、忽然とどこへ姿を消したのか？

まったく想定外の不可能犯罪の現場が出来上がってしまった。

加えて、こうした経緯の痕跡もほとんど見当たらない。雪が滑落した拝殿の屋根は所々に黒い瓦が見えるが、今もなお雪に覆われている。背後の杉の木々から強風で雪が舞い落ちてきたからである。先ほどよりも薄い積雪だろうが、一見してそんなことは解らない。また、杉の木々にもまだ半分くらい雪が残っている。そうした状況なので、まったくと言っていいほど真相への手掛かりは失われてしまっていた。

私は愕然として目を見開き、全身から脱力するのを覚えていた……

そして、今……。

「ああ、何てこったい……」

私は白い吐息と共に力ない声を漏らした。奇蹟のような光景を眺めやり、呆然と立ち尽くすだけであった。

完璧なまでの足跡の無い殺人。

またも計画が狂わされてしまった。こんな最悪の事態が起きるなんて信じられない。あり得ないタイミング、あり得ないシチュエーション。いかなる予想も超えてしまった展開だ。

「ああ、何てこったい……」

つくづく私は世界で最も運の悪い殺し屋なのだろう……。

もはや呆れて溜息も出ない。夜空を見上げると、雲の狭間から月の端が覗いている。まるで月が目を合わせるのを避けているようだった。

私は肩をすくめるとポケットからスマホを取り出す。今は淡々と事後処理を進めるだけである。画面に指を走らせ、宝結を呼び出す。そして、スマホを耳に当てる。

いきなり声が聞こえてきた。

「チョンボだよ、和戸隼クン」

それもスマホからではなく、後ろからであった。

私はびっくりしながら振り返る。

宝結がすぐそこまで近付いていた。

40

宝結はT字路を渡り足早に歩み寄ってくる。黒いロングコートが白い雪にくっきりと映えている。街灯の明かりをスポットライトのように浴びて、皮肉めいた笑みが浮かび上がっていた。

私はスマホを切って、

「お、おい、宝結、いつから、ここに?」

「いつから、ってずっとさ。秘殺予定の場所もおよその時間も解ってるから、車を飛ばしてな。あの辺りで見てた」

そう言って、T字路の右の廃屋を指し、次に左の駐車場の向こう側を顎で示して、

「その前はずっとあっちの方面な。和戸君のカンフー対決、見応えあったぜ」

「いたのか、気付かなかったぜ」

「そりゃ、こっちもプロ、気配というもんは消すさ。お仕事の邪魔にならんように」

「はあ、ありがたいこった。しかし、わざわざこんなところまで、よほど信用がないみたいだが」

「まあ、腐りなさんな」

そう言って、なだめるように手をパタパタと扇ぎ、

「そりゃ仕方ないだろ、何せ、あれだけ不運のバイオリズムの真っ只中にいる和戸君のことだからさ。きっと、今回も只では済まないぞ、そう思ってたら」

「案の定」

「それ以上、だったな。この惨状は」

死体の横たわる雪の菜園を見渡す。肩をすくめ、呆れ顔と愉快そうな表情を混ぜながら、

「チョンボだよ、和戸隼クン」

改めてそう言って首をゆっくりと左右に振る。

私は重い溜息を漏らし、

「ああ、解ってらい」

「いやはや、不運の星もここまで輝くと感動すら覚えるよ」

「何とでも言ってくれ。俺は言うべき言葉が見つからないよ」

「そりゃそうだろうなあ。しかし、ここはいつものように前向きに考えよう。合言葉は」

「チョンボはチャンス」

「そう、和戸君、解ってるじゃないの。ここまで完璧な不可能犯罪の現場が出来上がるなんて、そうあるもんじゃないよ。何とも、そそられるねえ。捜査本部にとって大きな壁となること必定だ。その分、こちらが有利になって、イニシアティブを取れるってもんさ。この現場を上手く利用すればね」

「じゃ、新たに足跡を付けることはナシ？」

「もちろん、ナシ。ほんの少し最低限の細工を施すだけ」

「それ以外、この現場はキープ？」

「そういうことになる」

　自信と好奇心に満ちた面持ちで強く頷いた。

　ここで私は念の為、おそらく無用の質問と予測しながら、

「で、足跡の無い殺人のトリックなんだけど、寺の拝殿の雪が丸ごと落ちてきた、という事実、あれは解答として」

「却下」

　きっぱりと即答し、

「使えるわけないだろ。あんな奇跡的な展開、誰が信じるっていうんだよ。あんなの謎解きの解答として披露しても、誰も納得しないし、それどころか怒り出すかもしれんよ。下手すりゃ、こっちが殺されたりして」

「やっぱり、そうだよな。あまりにリアリティが無さ過ぎる現実だもんな。中でも特にアレだよな、巨大な雪の板に穴が空いていて、その穴がちょうど死体の位置だったこと」

「そう、まさにそこ、ほとんどギャグの次元。まるで、ジャッキー・チェンの映画みたいだよ」

「あ、そういえば、昔のサイレント映画、バスター・キートンのだっけな、二階建ての家の壁面が丸ごと倒れてくるんだけど、その窓の位置がちょうどキートンの立っていた位置だったんで、キートンは無事だったなんてシーンあったな。それと同じくらいミラクルってことか」

「そういうこと。だから、ちゃんと世間様を説得できるようなトリックを新たに用意しなきゃならないのさ」

「で、もう、何かアイデアが？」

「まあ、それなりに、ね。輪郭は出来ていて、あとはディテールを詰めてゆくところ」

「さすが。まあ、どうせ、確実に完成するまで中身はシークレットなんだろうから、訊かないでおくよ」

「お心遣いに感謝」

と、手を胸に当てて深々と頭を下げ、芝居がかった辞儀をしてから、

「てなことで、それじゃ、現場の仕上げに取り掛かろうじゃないか。お月様も顔を出して見守ってくれてることだし」

そう言って夜空を見上げると、ほぼ真ん丸の月に向かって両手を合わせた。

それから軽くジャンプするとアスファルトの道路の端でタップを踏み始める。毎回、その所要時間は異なるが、今夜は実に短かった。思考スピードが速かったのか、アイデアの用意が充分あったのか、ほんの十五秒ほどのダンスであった。最後に雪をザッと蹴り上げると動きを止める。白い息を吐きながら、

「やっぱり、足が冷たいや」

どうやらこれは単に気分の問題らしい。

そして、舞台演出家のようにテキパキと犯行現場の装飾について解説する。

そのプランに従って速やかに作業を進行させなければならない。

先ず、私は道路にほど近い生垣の椿から赤い花を幾つか摘んだ。

それらに麻紐を絡ませ、結んで束ねる。麻紐は先ほど二ノ宮の秘殺に使用したものと同種の紐。同じ束の余りを切ったものであった。そして、地面から雪を拾い上げると、麻紐の結び目の周りを雪で固めてボール状にした。

私はそうやって椿の花のブーケを作り上げると宝結に差し出し、

「こんな感じでどうだ？」

「うん、上出来。あ、もし、葬式でもブーケトスがあったらヤだな」

と、宝結は余計な一言を添えてから、

「さて、ここからが和戸君のそんな腕の見せ所」

私はブーケを掲げながら、

「任せろ」

そう言って、足を踏み出し、身を反らせてフォームに入る。前を見据え、腕を強く振り、ブーケを投げた。ブーケの根元の雪のボールはこのためのものであった。

宙に赤い弧を描きながら、ブーケは弓なりに飛んで死体の左肩の傍らに着地。狙い通りである。白い雪と赤い花が鮮やかなコントラストを映していた。

続いて三メートルほどの麻紐をボディバッグから取り出す。これも秘殺に使用したのと同じ麻紐からカットしたものである。その両端を結んでから、結び目の近くをナイフで切断する。

それから、丸めて握り締めると、やや力を抜いて軽く放り投げた。

丸まっていた麻紐は宙で伸びながら緩やかに舞い、そして、死体の手前二メートルほどのところに落下した。

「うん、いい位置だな」

宝結が頷きながら手を叩くポーズを取る。

まあ、悪い気はしない。が、露骨に嬉しそうな顔を見せるのも何だか癪なので、ポーカーフェイスを努める。

宝結は目を細めて現場をじっと見つめ、

「うまい具合にあの羽根も使える」

「ああ、雪が重しになってるからな。あれなら風に飛ばされない」

そう言って私は頷いた。

死体の周囲に灰色の羽根が数枚散っていた。ゴイサギの羽根である。

そう、寺の拝殿の屋根でバトルを繰り広げていた二羽のゴイサギの羽根。雪の板に乗って一緒に滑落してきたのだ。その中の数枚の羽根の上には雪の欠片が乗っているので、朝まで風に飛ばされず残っているはずだ。

雪の白、椿の花の赤、ゴイサギの羽根の灰色、これらの三色が死体を鮮やかに彩っていた。

頬を涼やかな風が撫でる。ふと見上げると、雲が割れて、夜空が広がり、ひときわ大きな月が青白い光を投げかけていた。何だか気分が充足してくるのを感じる。

そして、私は麻紐の切れ端をポケットから取り出した。さっき投げた麻紐の余りである。菜園の端の近くに行き、腰を落とす。

生垣の中には古くなって伐採された椿の切り株がある。二十センチくらいの高さだ。切り株には小枝の根元が幾つか残っていた。

そこに私は麻紐の切れ端をこすりつけ、また、糸くずを絡ませておいた。

その様子を宝結が見下ろしながら、

「それ、何?」

「ここで犯人は見立ての工作をしてました、という状況を作っておいた方がいいかな、って思ってな」

「まあ、どっちでもいいことだな」

「気が利くね、ってくらい言えんのか」

「そこまで気が回らなくてね」

「気が滅入るわい」

忌々しさを丸めたような溜息を吐いて私は立ち上がった。

とりあえず以上で第一段階は完了。ほんの五分ほどの手際であった。

休むまもなく第二段階へと移る。

41

作業の第二段階。

私はワゴン車に戻り、発進させた。助手席には宝結が乗っている。

深夜も二時を回り、車の行き来はほとんどない。ハンドルを握ってほんの数分で目的地に到着した。路肩に駐車して、私と宝結はワゴン車を降りる。

小走りで道路を渡り、十メートルほど行くと見慣れた建物に行き当たる。メイム。街灯の明かりが積雪に反射し、全体がほの白く浮かび上がっていた。いずれの窓も暗い。正面入口を避けて、裏口に回った。こちらの方が人目につきにくいし、目的の場所に近い。歩道からコンクリートの段差を上がると裏口のドアがある。上にはひさし屋根があるので、ドアの前に雪は積もっていない。

私はキイホルダーをポケットから取り出した。ステンレス製のペンギンのシルエットのアクセサリーがついたものだった。リングにはキイが三本吊るされている。

このキイホルダーは二ノ宮のジャケットから拝借してきたものだった。

その中の鍵の一つをドアに差し込み、回す。滑らかな音がして開錠された。

この鍵は正面ドアの鍵も兼ねており、また、建物内の共有スペースのドアの鍵でもあった。いちいち場所ごとに鍵が異なるとややこしいので、そういう管理システムにしたらしい。ただ、個人の部屋やロッカーなどのプライベートエリアはそれぞれ鍵が異なり、各自が管理しているということだ。二日前にメイムの施設の内部を見学した際、それらのことを聞き、また、実際に鍵も見せてもらっている。

手袋の手でノブを回し、ドアを引き開け、私と宝結は素早く内部に入った。

静かだった。二人ともペン型の懐中電灯で照らしながら、暗い廊下を忍者のように進む。こういうケースは幾度も経験しているので慣れたものである。いつでも怪盗に転職できるだろう。

角を曲がると目的の部屋があった。先程の鍵で開錠し、ドアを引いて開ける。

この部屋はスタッフ用休憩室と呼ばれている。つまり、メイムのスタッフ三人の専用の休憩室のような場所だった。右側にテーブル、冷蔵庫、ゴミ箱が配され、左の壁にベンチと三人の各自専用のロッカーが並べられているだけの簡素な室内である。

この部屋も、二日前、メイム内を見学した際に入らせてもらい、情報を得ているので一通り把握している。

我々はロッカーに歩み寄った。グレイのスチール製、幅は約五十センチ、高さは大人の背丈くらい。約三十センチの間隔で三台並んでいる。それぞれに名札が掲げられ、左から堤、二ノ宮、杏奈の順だ。

私はまたキイホルダーを取り出し、三本の鍵のうち先程とは異なる一本を選ぶ。これは二ノ宮のロッカー専用の鍵。他の二つのロッカーは開けられない。

ロッカーの扉は床から十センチくらいの高さにあった。左端の真ん中あたりに鍵穴。

私はキイホルダーの鍵を差し込んで回して開錠する。

ロッカーの扉は右側に開くようになっている。そして、バネが効いていて、手を離すと自然に閉まる仕組みになっていた。また、扉の鍵部分を受け止めるロッカーのストライク部分には磁石が装着されている。

宝結が手を伸ばしてきて扉を支え、

「音を立てないよう気をつけなきゃな」

「当然」

「和戸君はあっちを頼む」

私は肩をすくめ。

「はいはい、こちとら肉体労働担当だからね」

皮肉を飛ばしながら、指示通りに動く。

部屋の奥の隅、ゴミ箱が置かれている。ロッカーからほぼ対角線の位置で、いわば最も遠いと言えよう。

ゴミ箱は金属製の直方体で腰の高さくらい。

私は両手で上部を持つとちょっと傾け、そして、引き摺って移動させる。床にはライトグリーンの絨毯が敷かれているおかげで耳障りな音を聞かずに済んだ。

対角線の動線で引き摺ってゆき、ロッカーの前まで移動させた。

その間、宝結は二ノ宮のロッカーの中に手を突っ込み、幾つかの仕掛けを施していた。

私は咳払いして、小声で、

「毎度ぉ、お届けモノでーす」

「あ、ご苦労さん、印鑑が必要ですね」

宝結はそう言って、ゴミ箱に手を当てると、上から軽く力を入れて床に押し付けるようにした。

それから少し横にずらす。

絨毯に四角い線の汚れが出来ていた。

ゴミ箱の底の輪郭である。普段からゴミ箱は手入れをしていないので、底とその周囲には埃やジュースの染みなどがベタベタと付着しているのであった。

私は床のゴミ箱の跡を確認すると、

「印鑑、確かにいただきました。毎度ありー」

そう言って敬礼のポーズ。

それから、ゴミ箱を再び傾けると、引き摺りながら、室内を対角線に移動する。

奥の隅に戻す際、もとの位置とは少しずらして置いた。この辺りの床は埃が溜まっているので、さっきまでゴミ箱のあった跡がくっきりと残っている。その位置から十センチほど離して、ゴミ箱を置いたのだった。もちろん、これも仕掛けの一つ。

仕上げにゴミ箱の端をちょっと持ち上げ、下に椿の花びらを差し入れておく。上出来だ。

ロッカーの方に戻ると、宝結は既に作業を完了し、扉を施錠したところだった。

「さあ、和戸君、引き揚げるぞ」

そう言って、さっさと部屋を出て行く。

私が慌てて後に続いて外に出ると、宝結は部屋のドアを静かに閉め、施錠した。

侵入した時と同じ経路を辿り、暗い廊下を早足で進み、裏口のドアから出て行く。もちろん施錠することを忘れない。

腕時計を見ると、メイムの中にいたのは十数分であった。

ワゴン車に戻ると、宝結はミントタブレットを口に放り込む。深々と息を吸うと両手をこすり合わせ、

「さあてとオーラスに入るぞ、ぬかるなよ」

「ぬかせ、わかってらいっ」

私はそう言いながらハンドルを握り、アクセルを踏む。

向かった先はさっきの場所。二ノ宮の死体が横たわる事件現場である。

数分ほどで到着すると、助手席の宝結は細かい作業に没頭し始めた。

先ず、二ノ宮のキイホルダーから鍵を一つ外して、別のキイホルダーに付け替える。クラフト製のドーナッツのアクセサリーの付いたものだった。これで、鍵を一本吊るしたキイホルダーと、二本吊るしたキイホルダーとの二種類が用意された。

次に二ノ宮から脱がせておいたジャケットを膝の上に広げた。しげしげと眺めながら、

「これ、このまま使えるな」

「ああ、一応、代わりのジャケットも用意したんだけど、本人のが使えれば何よりだ」

そう言って、私はバックシートを指差す。そこには量販店で買ったグリーンのジャケットが置いてある。バイバイの手振りで、

「おかげで用済みだな」

「なあに、準備万端、何よりだ」

と、親指を立ててみせる。

それから、宝結は二ノ宮のジャケットを片手で持ち上げた。そして、右ポケットにキイホルダーの一つを入れた。クラフト製のドーナッツのアクセサリー付きの方である。これには鍵が一本だけ付いている。

反対側、左のポケットにはもう一つのキイホルダーを入れる。鍵が二本付いている方だ。そして、その上からハンカチを押し込んだ。これは二ノ宮のズボンの尻ポケットにあったもの。小一時間前の準備の際、私が抜いておいたのである。

それから、宝結は傍らの私のバッグから千枚通しを取り出した。もちろん、私が今回のために用意したものだ。

「和戸君、使わせてもらうよ」

「毎度ありー」

宝結は千枚通しをジャケットの左ポケットにズブリと刺した。上の位置、ほぼ真ん中。両手でそのジャケットを高く掲げ、凝視しながら、

「まあ、こんなところかな」

「上出来じゃないの」

お互い顔を見合わせ頷きあう。

そして、それぞれドアを開けて、外に降り立った。

相変わらず静かだった。雪の菜園には二ノ宮の死体が横たわっている。白いシャツをむき出しにして、赤い椿と灰色のゴイサギの羽根が周囲を彩っている。

深夜、積雪の歩道に通行人は見当たらない。また、菜園の手前に並ぶ灌木のおかげで、車道を走る車からは死体は見えにくい。おそらく明け方まで発見されることはないだろう。

宝結は菜園の端の方に二ノ宮のジャケットを丸めて置いた。傍らにショルダーバッグも。そして、その下には小さな包装紙のゴミを滑り込ませる。

「以上で作業完了」

「お疲れ様」

私は敬礼のポーズを取る。

現場を立ち去る際、一応、私は木槌とパック入りの餅をボディバッグから取り出し、

「これ、ついでに、どうかな？　雪ウサギの見立てということで」

宝結は即座に首を横に振り、

「いつか、な」

あっさりと却下。

風が吹き、木々から雪の欠片が落ちる。餅つきの音にちょっとだけ似ていた。

ACT8 CONSTRUCTION

42

早朝の陽光を受け、積雪は輝きを帯びていた。白く覆われた屋根や木々は空の雲と繋がっているように見える。

午前七時を回っていた。警察車両が並び、捜査関係者が動き回り、静かなはずの雪の世界は騒々しくなっていた。まるで白いキャンバスに落書きされているかのようだ。

私も宝結もそんな落書きの一部である。およそ五時間前、この現場を立ち去ってから、小一時間ほど仮眠を取って、また再びの臨場である。

私が到着した時には既に宝結はいつもの読経と清めの儀式を終えていた。雪の上に盛り塩をしても目立たないので、そこだけ雪かきをして場所を作るという面倒な作業をしたらしい。もう少し早めに着いていたら私も手伝わされただろう。

二ノ宮の死体の周囲では現場検証が行われていた。

真っ白な雪に覆われた菜園。広さは約七メートル四方。南側は道路に面し、他の三方は生垣代わりの椿に囲われていた。生垣の向こうは寺の敷地である。死体は雪の菜園の中央よりやや北側の位置に横たわっていた。

死体を発見したのは明け方まで新宿で飲んで始発で帰ってきた大学生の男だったらしい。おかげで酔いが覚めたことだろう。

現場の状況は私と宝結が最後に確認した時のままであった。改めて見ても上々の出来栄えだ。実に不可思議で不可解、謎だらけの様相を呈している。

「足跡のない殺人ときたもんだ。ったく、こっちの身にもなってくれってんだよっ」

苦悶の声を蓮東警部が絞り出していた。苦々しい表情で死体を見下ろし、

「犯人はおろか、被害者の足跡まで無いなんてどうかしてるぜ。被害者はどこから現われて、犯人はどこに消えたんだよっ？　ああ、頭ン中まで真っ白になりそうだぜっ」

寝グセ頭を両手でかき回す。瞬時に白髪になりそうな苦悩ぶりだった。

先程、制服警官によって道路側から死体の近くまでベニヤ板が数枚敷かれた。現場検証を済ませた場所に即席の足場が作られたわけである。これで死体を間近で拝めるようになっていた。

宝結は警部の傍らで死体の周囲を眺めながら、

「一応、確認ですが、二ノ宮が殺害されたのは雪が止んでからですよね？」

「当たり前だっ」

警部は速攻で答え、宝結を横目で睨み、

「だから、頭抱えてんだろ。気象庁によれば調布市で雪が止んだのは午後十一時頃だそうだ。で、二ノ宮の死亡推定時刻はその後、だいたい深夜零時から二時の間って検視が判断してるからな」

「死因は絞殺？」

「ああ、見ての通りだ。検視の言葉を借りれば外力の圧迫による窒息死」

人差し指を死体に向ける。

二ノ宮の喉元には紫色に鬱血した索条痕があった。そして、首の周りに麻紐が巻かれている。

警部は自分の喉に手を当てながら、

「凶器の麻紐、一方の端が小さな輪に結ばれていて、犯人がしっかり握れるようになっている。計画的犯行の証左ってことだな。だが、ガイシャも抵抗したみたいだ。数箇所にすり傷などがあるから、犯人と争ったと推察されるらしい。あと、頭部の殴打の痕からガイシャが一時的に失神した可能性も考えられるということだ」

「犯行現場はここ？」

「その可能性は否定しきれないらしい。死体のすぐ周囲の積雪には多少の乱れがあるしな。ここで殺害されたのかもしれないし、あるいは、よそで殺してここに死体を運んだのかもしれない、まあ、五分五分ってとこか。とにかく、何せこんな不可思議な現場だから、その謎を解かない限りは何とも言えんよ、ああっ、くそっ」

悔しそうに拳をギュッと握り締める。

そこへ後ろから新たな声が加わり、

「ああ、この現場、あれこれ調べたんですが、ホント解りませんよね」

どこか他人事のような口ぶりでコメントするのは握り飯のような顔の男、阿口刑事だった。雪の現場にあっては小太りの体型は雪だるまを連想させる。

上司の蓮東警部が苛立たしそうに睨みつけているが、気付く様子もなく阿口刑事は続けて、

「この椿の生垣、北側がいちばん死体に近いんですよね。二メートルくらいかな。でも、犯人が生垣の上を歩くのは不可能です。枝が折れてしまいますからね。必ず、その痕跡が残るはずですが、鑑識に聞いたら、まったく見当たらなかったとのことでした。あと、生垣のすぐ間近を歩いて、後で生垣の雪を払い落としても、その量からして、足跡や歩いた痕跡を完全に消すことは不可能だそうです」

宝結はうーんと唸り、

「じゃあ、犯人は死体に近付きようがないじゃないか」

「そうなんですよ。まさしく不可能状況。ホント不思議ですよねえ」

感心した様子で嘆息する。まるでご隠居さんが縁側で茶飲み話でもしているふうな口調だ。その口調のまま、

「不思議ばかりじゃありません。加えてこの不可解な装飾」

世界遺産に認定された庭園でも観賞しているような面持ちで、両手を広げて目を細める。

死体の左肩の脇には椿の赤い花が置かれている。数本を束ねてブーケの形にしてあった。

また、死体のライトブルーのスウェットが胸元までまくり上げられ、白いシャツをさらしている。周囲の雪の白さに溶け込んで迷彩となり、その部分だけ身体が無くなっているように見えるのも奇怪であった。

さらに、死体の周りは数枚の灰色の羽根で彩られている。

「あれはゴイサギという鳥の羽根だそうです。あと、死体のこちら側、ちょっと離れたところ、

「そこにはロープも落ちています」

阿口刑事は指差す。

死体と道路との中間点あたりにその麻紐があった。もちろん、これも私が見事なコントロールで投げて、配置したものだ。

宝結は眼差しを強くして、

「あのロープ、ひょっとして絞殺に使われたものと同じ？」

質問を投げかける演技。

「ええ、同じ麻紐だそうです。何か中途半端な位置に落ちていますよね」

阿口刑事はそう言って首を傾げる。それから、改めて死体の周りに目をやり、

「赤い椿といい、グレイの羽根といい、何とも鮮やかなコントラストですよね。やはり、これらも前の現場と同様、見立てでしょうかね？」

「だろうね」

宝結が頷く。

すると、蓮東警部がさっと手を伸ばしてきて、

「ほらよ」

指先に摘んだものを宝結の前に突きつける。

ビニール袋。中には一枚の紙があった。

「このメモ用紙、死体のズボンのポケットに入ってた。これまでの三件の現場で発見されたものと同じ紙らしい。折り目もインクの染みもそっくりだしな。あと、もちろん、メッセージの図形

が書かれてる」

不機嫌そうに説明する警部から宝結は受け取って凝視する。

そこには丸が描かれていた。黒い丸。黒く塗り潰された丸があった。

宝結はほくそ笑んで、

「なるほど。黒い丸ですね。これまで三件の現場のメモ用紙には月の満ち欠けが描かれていました。満月、半月、三日月ときて、今回はさらに欠けて、いやそれどころか全部欠けて真っ黒な月。つまり、月食ということです。そう、やはり、月を表現しているんですよ」

「じゃ、やっぱり、今回のこの現場の装飾も月の見立てってことになるんだな」

「ええ、きっと。ところで、あの椿の花のブーケはここの生垣の花を使っているんですよね？」

誰にともなく訊いた。

すると、後ろから女性の声が、

「はい、あちらの椿のようです。あの辺りで犯人は現場を飾り立てる用意をしていたと推測されます」

そう言って右方向、東側の生垣を指したのは狩野いずみ刑事。

「ご覧になりますよね」

いずみ刑事のテキパキとした案内で我々は件の場所に移動する。

菜園の右側、歩道に迫っている角の辺りだった。周りの積雪は歩道に近いため、通行人に踏み荒らされていた。

もっとも手前の椿をよく見ると、枝から花が複数もぎ取られている。

いずみ刑事が指し示して、

「これらを麻紐で束ねてブーケにして、あそこ、死体の傍らに置いたのでしょう」

「なるほど、確かに」

「後で鑑識の記録写真をご覧になれば解ると思いますが、麻紐の糸くずがあちこちに落ちているので、犯人はここで色々と作業したと考えられます」

「そうか、見立て作りの準備の場所というわけだな」

宝結は納得顔で大きく頷く。

すると、蓮東警部が振り向き、疲れ気味の口調で、

「ここで準備したことは充分解ったよ。けど、肝心の見立てはどうなんだよ？　月の見立てだぞうだが、いったい、どんな月の見立てなんだか？」

「ああ、それは風景です。風景の見立てですよ」

あっさりと宝結は言う。

警部は鼻皺を寄せ、ねじこむような目付きで、

「えっ、えっ？　何じゃそれ？　風景の見立てって？」

「美しい風景の表現。日本には古くから定型とも言うべき表現があります。それは、雪月花」

「雪月花、だと？」

「ええ。雪月花。ほら、辺り一面、見ての通りの積雪。また、死体のスウェットが捲り上げられ、下の白いシャツが周りの雪の白さに溶け込んでいるのも雪の存在を強調するためでしょう。ガイシャの二ノ宮本人も色白だし。それから、椿のブーケ、花ですね。そして、死体のポケットには

月を表したメモ。あ、あと、犯行のあった時間には既に雪が止んでいて、雲の間から月が見え隠れしていたでしょうしね。それらを合わせて、雪月花」

「雪月花の見立て、か」

「同時にもう一つ」

宝結は指を立てて、

「花鳥風月の見立ても作られています」

警部は目を大きく開き、長い顔をさらに長くし、

「そうか、ゴイサギの羽根があるから、それで鳥。あと、昨夜は時折、強い寒風が吹いてたしな」

「そもそも、風がまったく吹かない日はありませんからね」

「そりゃそうだ。花鳥風月の見立てが成立するな」

「はい、今回の現場は雪月花と花鳥風月の見立てが施されたということです。何やら風流な装飾ですがそれが却って現場の異様さを増していますね」

皮肉めいた笑みを浮かべながら溜息を漏らした。

43

いずみ刑事が白い息を吐きながら宝結の方に歩み寄り、きびきびとした口調で言った。

「犯人が見立ての準備作業をしていたこの場所にこれが落ちていました」

両手にはブルーのジャケットがぶら下がっていた。

殺された二ノ宮のジャケット。所々が濡れて、泥が付着していた。さっきまで鑑識が調べていて、これから捜査本部に持ち帰り、さらに詳しく検査する予定である。

落ちていた場所は見立て用の花がもぎ取られた椿の傍らで、鑑識のカードが立てられていた。

いずみ刑事は説明を続け、

「犯人は二ノ宮の死体からこのジャケットを脱がしました。財布など金目のものは盗まれていませんが、スマホは見つかってません。死体からも同様ですし、メイムの二ノ宮の部屋にも無かったと別班からの報告です。犯人が持ち去ったと推測されます。何か見られたくない履歴があったのかもしれません」

「おそらくね」

と、宝結は頷き、

「犯人がジャケットを死体から脱がせたのは見立てのためだろうね。ほら、雪を強調するためにスウェットをまくり上げて、白いシャツをさらし、雪の白さと同化させた。ジャケットが無い方がスウェットをより上の方までまくりやすいだろうからね」

「ええ、ジャケットごとまくり上げると、脇の辺りがかさばりますし、ブルーのジャケットを広げたままだと白いシャツと白い雪が同化しませんしね」

いずみ刑事は片手で自分の上着を上げ下げしながら同意した。

宝結は二ノ宮のジャケットを見詰め、

「ポケットの中には何が？」

ジャケットには右胸と左右の腰、計三箇所に幅十センチくらいのポケットがあった。

いずみ刑事はジャケットを広げて、指差しながら解説する。

「この胸ポケットには何も入ってません。布地の形の痕跡からスマホを入れていた可能性が考えられます。それから、こちら」

と、腰の右ポケットに手を入れ、

「ポケットティッシュ。それと鍵。二ノ宮のロッカーの鍵だそうです。メイムの一階のスタッフ用休憩室にある個人用ロッカーの鍵です」

一本の鍵が吊るされたキイホルダーを指先で摘んでみせる。

クラフト製のドーナッツ型のアクセサリーの付いたキイホルダー。鍵は銀メッキされた短いもので、丸いツマミの部分にメーカーのロゴマークが刻まれていた。

いずみ刑事はキイホルダーをジャケットの右ポケットに仕舞ってから、

「それから、反対側、こっちの左ポケット。犯人と争った生々しい跡でしょうね。ここ、よく見てください」

左ポケットの上部を指し示した。

宝結は顔を近付け、目を凝らし、

「ん、何?」

「小さな、ほんの小さな穴があります。ここ」

「あ、なるほど。確かにある。これは?」

「はい、こちらに注目」

いずみ刑事はタブレット端末を差し出した。

そこにはジャケットの画像が映し出されていた。今、彼女が手に持っている二ノ宮のジャケットの画像である。

「で、左ポケットのちっちゃな穴はこういうわけだったのです」

そう言って、画面の一部をアップにする。

問題の左ポケットには千枚通しが刺さっていた。長さ約十五センチ、鋭い切っ先が雪の反射光で光っている。ポケットの上部、真ん中辺りに突き刺さり、ジャケットの裏地へと抜けていた。

「はい、ジャケットが発見された時、こういう状態だったのでした」

説明しながら、様々なアングルの画像を映し出す。

宝結は目を細め、

「そうか。最初、犯人はこの千枚通しを凶器にしていたわけか。これで二ノ宮をブスリと刺そうとしたけど外れてジャケットのポケットを貫いただけだった。二ノ宮に抵抗されたんだろうな、犯人は千枚通しから手を離してしまい、別の殺し方を選ぶことに」

「二ノ宮はインストラクターだけあって運動神経が良かったのか、うまく攻撃をかわしたのかもしれません。鑑識の調べによるとジャケットには千枚通しの穴は他に無かったそうです。穴はこの一撃、この一つだけ、とのこと」

そう言うと画像を消して、タブレット端末を引っ込める。

そして、再び、実物の方のジャケットを差し出して、

「というわけで、千枚通しは既に鑑識が抜いて保管しているので画像による説明とさせていただきました。あしからず」

「いえいえ、ご苦労さん」

「では、ポケットの中の方の説明に移ります」

そう言って、実物のジャケットの左ポケットに手を差し入れる。

「先ず、ハンカチ。もちろん、二ノ宮のものでしょう」

畳まれた白いハンカチが押し込められていた。それを取り出すと、真ん中辺りを示し、

「ほら、よく見ると小さな穴が空いてますね。千枚通しが突き刺さった跡です」

「しっかり貫いているな」

「ええ、ハンカチでは大したクッションにならないでしょうね。それから」

と、再びポケットに手を入れ、キイホルダーを取り出し、

「鍵が二本、付いてます」

スティール製のペンギンのアクセサリーのキイホルダー。シルバーメッキの鍵が二本吊るされていた。

宝結が目を凝らし、

「これらもメイムの?」

「はい。こちらがメイムの出入り口の鍵。この鍵はメイムの他の共有の部屋の鍵も兼ねているそうです」

「確かにジムルームとかスタッフ用休憩室とかダイニングキッチンとか共有の部屋が多いよな。いちいち鍵が違ったら面倒だからな」

「はい。この鍵はスタッフだけがそれぞれ一本ずつ所有しているとのことです。あと、こっちは

三階の二ノ宮のルームキイだそうです」

「他の二人、堤と杏奈もそれぞれの部屋のルームキイを持ってるわけだな」

「はい。あと、自分のロッカーの鍵、それとさっき言ったメイムの出入り口の鍵も。三十分ほど前、別班からの捜査報告があったんですが、堤明人も沢富杏奈も持っていることが確認されています。二人とも三本の鍵を吊るしたキイホルダーを提示したとのこと」

「なるほど、さすがに同僚が殺害されたとあって、捜査には協力的なようだね」

シニカルな言い方をして宝結は冷笑を浮かべる。

すると、横からとげとげしい口調で、

「ホントに心底から協力的ならいいんだがな。メイムのスタッフといい、出入りしている奴らといい、きっとろくなこと企んでないぜ」

蓮東警部が険しい表情で口走る。右手を顔の脇に上げて、

「なんせ、こんなもんを扱ってるんだからな」

指先でビニール袋をカサカサと揺らす。

中には見たことのあるクリーム色のパッケージがあった。冠羽フーズの商品だ。栄養補給とダイエット効果を謳った健康フードである。

宝結が反応を示し、

「あ、これは昨日見せてくれたものと同じですね。確か、殺された毛利の部屋にあったもの」

「そう、あれと同じだ。ここに落ちていたよ。二ノ宮のショルダーバッグの下に」

その位置を示す番号カードに爪先を向ける。

その通りである。もちろん、数時間前、宝結と私がセッティングしたのだから。

蓮東警部は続けて、

「パッケージには指紋が付着していない。おそらく犯人が落としたものだろう。二ノ宮は手袋をしていないからな。そして、このフードはろくなものじゃない。違法商品なんだよ」

「販売されてはならない商品ということ？」

「ああ、市場に出回る前に出荷停止となったものなのさ」

海外で同じ成分のフードによる死亡者が複数出たため販売停止になった事態や、それを受け、冠羽フーズが発売を断念したことなど、捜査過程で判明したことを警部は語った。

それらの情報はこちらも既に取得済みだ。が、当然、ここは宝結も私も初めて知ったという演技をしておく。

宝結は驚きの表情を作り、

「そんなものがここにあるなんて」

「まったくとんでもないことさ。犯人と二ノ宮とメイムの間にこの違法フードが何らか関係し、それが事件のキイになっていると考えられる。さらに踏み込んだ見方をすれば、違法フードがメイムの関係者たちの手によって利用されている、そんな臭いがプンプンしてくるぜ。悪しき企みが進行中、そんな気配が伝わってくるだろ。一連の事件の中心はメイムの可能性が高くなってきた。さらに本腰を入れてメイムを捜査しなければな」

そう言って警部は長い顔に深い皺を刻み、決意の表情を硬くする。

宝結は数回頷き、

「捜査のメインターゲットが絞られてきたようですね。なるほど、メイムと違法フードか、事件の背景が見えてきそうだ。今回の現場から色々と解ってきましたね」

しかし、警部は表情を曇らせ、

「まあ、解ったことは解ったことだ。それでいい。その分、解らないことがやけに目立ってくるんだよな。この現場、何たって、謎なのは足跡の無い殺人ってことだろ。それがまったく足踏みしたままじゃ、仕方ねえよ。ああ、泣きたくなってくるぜ」

うめくように言って重い溜息を漏らした。どうしても、ネガティブな方へ目を向けてしまうのがこの男の性《さが》らしい。

いずみ刑事と阿口刑事は毎度のことだと顔を見合わせ、肩をすくめる。

すると、宝結がとぼけた口ぶりで、

「警部、先を越されましたね。泣いているのはあちらの方みたいですよ」

ベニヤ板の橋の方を指差した。

44

道路から菜園へと踏み入る人影があった。雪上に敷かれたベニヤ板の橋を覚束ない足取りで、死体に向かって歩いている。

楠枝真緒美だった。

すぐ後ろに夫のドクター楠枝が付き添うようにし、時折、手を伸ばして支える。

真緒美の顔は悲痛の色よりも悔しさを滲ませていた。それは強い未練の表れらしい。目には底光りするような淫靡なさもしさが見え隠れする。慌てて家を出てきたのだろう、毛皮のコートをまとっているが、足元からジーンズが覗き、ラフな格好のようである。

真緒美は二ノ宮の死体の間近にくると、睨むような視線を注ぐ。恨めしげな低い声音で、

「なんでよ……、なんで、私のものにならないうちにこうなっちゃうのさ……」

言葉を詰まらせて、唇を嚙む。うりざね顔の頰が濡れて光っていた。だが、死者を哀悼するというよりも、欲しいものが手に入らずに駄々をこねる子供のような表情であった。

真緒美は眼差しを尖らせて、死体に語り続ける。

「私に恥をかかせておいて、よっぽど愉快だったでしょうね……バチが当たったのよ」

と、いきなり、フフフと笑い、

「死んだあなたに用は無いからさ、今度はこちらが、ほらほらほら……」

そう言いながら、爪先で雪を蹴り上げ、死体の顔に雪の欠片を散らす。

近くにいた制服警官が慌てて、真緒美の前に割り込み、制止させた。

真緒美の背後に立っていたドクター楠枝はバツが悪そうに表情を曇らせている。夫としての立場がない。そんな醜態を周囲の目にさらされていることに苛立ちを露わにしながら、

「おい、もういいだろっ。帰るぞっ」

両手を伸ばして妻の肩に触れる。

「何すんのよっ」

真緒美はヒステリックな声をあげ、身体をねじって、夫の手を撥ね退ける。そして、両手を高

く上げると、キーキーとわめき散らしながら楠枝の頭部に拳の連打を浴びせる。

「いてててて」

楠枝は左手を上げて妻の右手首を掴み攻撃を封じ、

「お、おい、やめろっ、やめろったら」

首を振りながら、左の拳の打撃をかわそうとする。

「いてて、俺を病院送りにする気か、って、そうだよっ、とっとと帰るぞ、病院へ！」

手を伸ばして毛皮のコートの肩を掴んでずり下ろし、左手の攻撃を封じた。

そして、楠枝は妻の手首とコートを掴んだ状態のまま引き摺るようにしてベニヤ板の橋を渡り、現場を去って行った。罵り合う二人の声がゆっくりと遠ざかる。

その様子を眺めながら現場の至る所から白い溜息が漏れていた。

蓮東警部も大きく息をついて、

「ああ、メイムにも聴取やら現場検証に行かなきゃなんないけど、何か気が重くなってくるぜ」

「はあ、そうですか」

と、阿口刑事がのほほんとした口ぶりで声をかけ、

「でも、この現場と比べてどうです？　さっき、すいぶんと気が重そうな様子でしたけど」

「まあ、そりゃそうだが」

「しかし、改めてまた眺めてみると、やはり、この現場、なかなかのもんですよね」

茶人のように目を細めて死体の方を見渡し、

「ああ、まるで、グレイの翼の生えた鳥人が二ノ宮をさらってきてここで殺害し、そして、空の

彼方へと飛び立ってしまったようじゃありませんか」

陶然とした面持ちで言う。

蓮東警部は表情を暗くして肩を落とし、

「はあああ、何でまた、そうやって謎を盛り上げようとするかなあ……」

悲痛な声を漏らすと、大きく嘆息してから、首をブルンと振り、

「ああ、仕方ねえ、メイムの方に行ってみるとするか。その方がまだマシだろうよ」

そう言って、何やら悟ったふうな眼差しで宙を見つめた。


メイムの入口の前には人だかりが出来ていた。ほとんどが会員の女性である。やはり、スター的存在だった人気インストラクターの死を聞きつけてじっとしていられなくなったのだろう。数人の制服警官が規制線の代わりとなって警備に当たっていた。

蓮東警部を先頭にして我々はメイムの施設内に入った。

先乗りしていた別班が捜査を進めており、既に異様な熱気がこもり、ざわざわしている。

今朝も随時、進行状況は蓮東警部のもとに報告されていた。連係プレイがスムーズに展開されれば捜査効率が上がるというものだ。早速、数人の刑事が蓮東警部のもとに歩み寄り、相互に新たな情報を交換し合っていた。

ジムエリアに入ると見知った四人の顔があった。

メイムの経営者の堤明人、インストラクターの沢富杏奈、薬学講師の羽賀伸之、ドラッグストア店長の永瀬光次郎。

奥の壁寄りに並べられた折畳み椅子に座っている。

ここで事情聴取を受けていたようだ。何度も繰り返し同じような質問を受けたのだろう、どの顔にも疲れた表情が張り付いていた。そして、我々の姿を目にしてさらにその色を濃くする。

蓮東警部はそんな彼らの顔を見て溜息交じりに、

「もううんざりしているだろうけどこっちも同じ。まっ、お互い様ってことで、どうかご協力お願いしますよ」

一方的にそう言って聴取を始める。

被害者の二ノ宮に関して、何か変わった様子はなかったか、彼に恨みを持つ人間の存在、などの基本的な質問に対し芳しい回答は返ってこなかった。

昨夜、彼ら四人と近隣の楠枝クリニックの夫妻がこのメイムに集まっていたという情報は捜査本部も把握している。

そのことについて訊ねると、羽賀が答える。

「毛利君を偲ぶ会みたいな集まりだったんです。冠羽フーズの毛利君。なかなか熱心に営業に来ていて、メイムのスタッフたちともすっかり馴染みになっていたので」

抑揚のない声でそう言った。もともとデスマスクのように暗くて無表情なせいか、死者についての話が妙に似合っている。

警部は神妙な顔で頷いて、

「もちろん、その会には二ノ宮さんも参加していたわけですね」

「当然。二ノ宮君が会の招集をかけたくらいですから」

「確か、午後九時くらいから集まっていたと聞いてますが」

「そう。ここ、メイムの夜のレッスンタイムが終了してからだから、少々、遅い時間でした。しみじみと飲んで語り合って、お開きになったのは零時過ぎ」

「帰りが遅くなって大変だったのでは？」

「ですから、帰りませんでした。車で来たんですが、飲みましたから運転は無理です。なので、ここに泊まりました」

「ああ、三階に客室というか空き部屋が幾つかありましたよね」

「ええ、その一室です。鍵を借りましたし」

そう言って顔の前で銀色の鍵を振って見せた。

警部は頷き、

「なるほど。ええっと、外から来た方は四人でしたよね、楠枝クリニックのご夫婦はすぐ近くだから歩いて帰ったわけで、あと、もう一人」

「はい、自分っすね」

と、永瀬が挙手する。

「あ、でも、自分は泊まってません。帰りましたっす。自分の車で」

「なにっ、飲んだのにか？」

警部が声を荒げると、永瀬は怯えた様子で目を見開き、

「いえいえ、自分は飲まなかったっすから。三日前の静岡出張で飲み過ぎてしまって、それで自重してるっすよ。だから、昨夜はノンアルですったら。しかも、缶コーヒーばかりですから、お

目目もパッチリでしたし」

叱られた子供が言い訳するように手をジタバタ動かしながら、懸命に弁明する。

警部は鬱陶しそうに、

「ああ、解った解った」

と、手で払ってから、

「そして、偲ぶ会が終了して、その後、二ノ宮さんは殺害されたことになるな。二ノ宮さんはこのメイムのスター的な存在でしたよね。それで女性会員が多かったとか」

そう言って、質問の矛先を堤に向ける。

堤は宙に目をやりながら、

「彼の死はうちにとって大きなダメージですよ。うちの看板であり、稼ぎ頭と言ってもいい存在でしたから。悲しさと同時に残念でなりませんよ」

「なるほど。つまり、二ノ宮さんがメイムを動かしていたようなものですか。そのことで、経営者であるあなたと衝突するようなことは？」

挑発的な問いを投げかける。

堤は悠然と受け流し、

「おやおやおや、警部さん、何だか勘繰りすぎですよ。二ノ宮君の人気を生かすことがメイムの発展に直結するのですから、そのためなら私はむしろ一歩も二歩も下がる心構えでしたよ。それが経営というものです」

口元を歪めてニタニタと微笑み、しゃくれた顎を撫でる。どこか強がっている態度が見え隠れしていた。

蓮東警部は形ばかりで頷き返し、

「まあ、人気はイコール権力ですからね。そうやって大人の対応をすることが賢明なんでしょうな」

堤の動揺を誘うような言い方をする。

すると永瀬がお得意先のフォローをするつもりなのか、

「堤さんの経営方針は実に正解だったと思うっすよ。自身よりも組織、まさにフォーザチームっすよ。自分もドラッグストアの店長をやってますから、よっく解りますもん」

「ほう、よっぽど実感していたようだな」

警部が興味深そうに言う。

永瀬は激しいくらいに何度も大きく頷き、

「ええ、そりゃそうっすよ。メイムは上手く回転してましたもん。だって、自分なんかメイムに営業する時は、堤さんよりも、先ず真っ先に二ノ宮さんとこに話を持っていきましたもん。その方が、全然スムーズで……あ、いえ……」

堤の槍のような視線に気付いて、言葉を詰まらせる。ひどく焦った様子で両手を阿波踊りのように動かしながら、堤に向かって何度も頭を下げていた。

警部はその様子を見て、呆れ顔で苦笑いを浮かべる。

それから、次に杏奈へと話を差し向ける。

「二ノ宮さんは女性にたいへん人気があったということですが、確かにさっきも入口に多くの女性が集まっていましたね」

「皆さん、ファンも同然、いえ、距離が近い分、もっと濃密な憧れだったかもしれません。とてもショックだったはずです」

しおらしい口調でそう言った。普段の潑剌さは鳴りを潜め、小麦色のラテン系の面差しに影が差している。派手やかな艶麗さは秘めやかなものに変わっていた。

警部は咳払いしてから、

「それほどの人気者であり、常に女性に囲まれていた、その分、女性関係もあれこれあったらしいですね」

杏奈はちょっと躊躇ってから、

「まあ、あったかもしれませんね。彼にとっては軽い社交術みたいなもんでしょうし。具体的な噂は知りませんし、興味もありませんけど」

「なるほど。噂じゃなくて、あなたとはどうだったんです？」

杏奈は肩をすくめ、

「友人でした」

「意味は広いですね」

「嘘はついてませんけど」

しれっとして答える。それ以上詳しく話すつもりはない、そんな眼差しをしていた。

宝結が口を挟んできて、

「さっき、事件現場で楠枝クリニックの奥さんが随分と取り乱してました。何というか恥も外聞もないって感じで」

そう言ってスマホを差し出す。画面には先ほどの楠枝真緒美の乱心ぶりが映し出されていた。

杏奈は呆れ顔で見つめ、

「あらら、確かにひどい」

「ご亭主もうんざりしてたほどで、ほら」

宝結に促されて、杏奈はスマホの画面に指を当てスワイプし、次々と画像を切り替える。

そして、嘆息すると冷笑を含んだ口ぶりで、

「そういう人なんですよ、真緒美さんって」

「よっぽど二ノ宮さんに執心だったようで」

「て言うか、自分の魅力が通じないことに苛立って、それでムキになっていただけ」

「プライドとか己惚れをこじらせたようなもの？」

「そんな感じ。だから、二ノ宮さんが死んで悲しいというよりも、欲しかった玩具が目の前で壊れてしまい、地団駄を踏んでいるようなものですよ。ホントお気の毒です」

声の響きに嘲笑を感じさせた。

それから、警部がまた四人に幾つか質問を繰り返すが目ぼしい進展は見られなかった。

また、犯行が行われたと推察される時間帯、彼らはそれぞれの自宅や自室で就寝していたと主張するだけで、アリバイは成立しない。それは楠枝クリニックの夫妻も同様であると別班から報告されていた。

一通り聴取が済み、我々一行はこの部屋を後にする。

私は聴取に応じた四人の傍らを通り過ぎる際、折畳み傘を落とした。

ボディバッグのファスナーを締め切っておらず、そこから抜け出て落下したのである。

一人が反射的に椅子から立ち、

「あ、落ちましたよ」

手を伸ばして拾い上げてくれる。

私は短髪頭を掻きながら、

「どうもすいません、粗忽者でして」

そう言ってペコペコ頭を下げながら、相手の差し出す折畳み傘を受け取った。

数歩行って振り返り、また頭を下げて礼を言う。この親切にはそれくらいの価値があるのだ。

45

次に我々が向かったのはスタッフ用休憩室だった。メイムに先乗りした捜査班が特に注目しているエリアであるらしい。

そう、ここはおよそ六時間前の深夜、宝結と私が忍び込み、あれこれと操査の仕掛けを施した部屋である。注目していただき、手間隙かけた甲斐があったというものだ。

先乗り班の刑事が二人ほど蓮東警部に随行し、ガイドのように説明を行う。

その一人、ショルダーバッグを提げた刑事がドアを内側に開いて、

「今朝の六時半過ぎ、我々がメイムを訪れ、ここの連中を起こし、二ノ宮の死を知らせました。そして、すぐに二ノ宮の関わる部屋を調べさせてもらった際、このドアは施錠されていました」

「鍵を借りたのか?」

警部の問いに、

「代表の堤に開けてもらいました。この部屋を始め、ジムルームや用具室など共同使用の部屋は毎晩九時に施錠することになっていて、ここの三人のスタッフが週代わりで担当することになっているらしく、昨夜は沢富杏奈が担当だったとのことです」

「このドアは例えば内側のノブのボタンを押してから、外に出て、ドアを閉めると、自動的に施錠されるというシステム?」

「ではありません。出て行く時は外から鍵で施錠する方式になっています」

「了解」

警部が中に入り、その後、部下のいずみ刑事と阿口刑事、我々が続く。

「先ず、そこ」

と、ガイド刑事が床を指差した。

ドアのちょっと先、ライトグリーンの絨毯に証拠物件の採取位置を示す鑑識の番号カードが立てられている。

「そこにこれが落ちていました」

採取物を収めたビニール袋を差し出す。

中には赤いものが入っていた。親指半分くらいの小さくて薄っぺらいものが二枚。

「椿の花びらです」

「ん、これはもしかして、死体発見現場の」

蓮東警部が目を凝らして問う。

刑事は頷き、

「おそらく。鑑識もそう推定しています。椿の種類が同じであり、また、よく見ると解るように、椿の一枚には小さな糸くずが付着しています。これ、二ノ宮を絞殺した凶器の麻紐からほつれた糸くずと同じものだそうです。さらに、微量の土も付着していて、それがあの現場の生垣の根元の土質と極めて似通っているようです。あと、このメイムの施設内には椿はありませんし、隣接する住宅にも見当たりませんので」

「そうか。じゃあ、つまり、犯人がここに侵入し、その際、身体に付着していた椿の花びらが落ちたということか」

「はい、そのように推測されます。こちらにもありますし」

そう言って、部屋の奥へと進む。

左側の壁に並んだ三台のロッカー。

刑事は真ん中のロッカーに手をかけ、

「二ノ宮のロッカーです。これも施錠されていました。鍵は二ノ宮だけが持っているので、事件現場で発見された鍵をいったん持ってきて開けました。この三台のロッカー、隣り町のスポーツジムから譲り受けた中古品だったらしく、それぞれ鍵は一本だけで、合鍵は付いてなかったそうです」

説明しながらドアを開く。

中は二着のトレーニングウェアが吊るされている他、数段の棚になっていて、雑多な器具や冊子、書類などが詰め込まれている。

刑事はドアが閉まらないよう右手で抑えたまま、

「このロッカーの中でも発見されました」

左手でビニール袋を差し出す。

そこにも椿の花びらが一枚入っていた。

もちろん、いずれの椿の花びらも我々がセッティングしたものである。

蓮東警部はホウと口を丸め、

「さっきの椿の花と同様ってことか。犯人の腕とか袖に付着していたんだろうな」

「ここに」

と、ロッカー内の棚の一段を指して、

「落ちてました。それに気付かず犯人はロッカーの中を漁っていたのでしょう。あと、これも興味深いものです」

そう言って、ショルダーバッグからクリアファイルに挟まれた一枚の紙を差し出した。

二つ折りの跡の付いたB5サイズのプリント用紙。パソコンで記したのだろう、人名と数字が印刷されている。人名は二ノ宮を筆頭に昨夜集まった七人と殺された毛利で、それぞれの横に何やら数字が記されている。二ノ宮と毛利の数字が断トツに大きく、他の六人の数字は僅差ほどの違いでしかない。

蓮東警部は眉間に皺を寄せ、

「これもロッカーの中にあったのか」

「ええ、奥の方に。書類の束の後ろに押し込まれる格好で」

「しかし、何なんだ、こりゃ？」

「さあ。メイムのスタッフやここに名前のある連中に訊ねたんですが、誰も知らぬ存ぜぬの結果でした。本当かどうかは別として」

「なるほど。何かの配分を示しているようにも見えるな。例えば、何かの儲け話があって、その利益配分とか」

「先乗りした捜査班の中でもそういう見方をしている者が多いようです」

「当の名前を書かれている奴らが知らないフリをしているとしたら、良からぬ企みの会計表という可能性が考えられるな。それも殺された二ノ宮のロッカーにあるってことは二ノ宮が仕切っていたと」

警部はそこに二ノ宮の顔があるかのようにロッカーの奥を睨み付けた。

このＢ５サイズのプリントは宝結が仕込んだものである。二ノ宮たちの陰謀の利益配分表に見えるように細工し、今、警部たちはその線に沿って推理を進めてくれているというわけだ。

使用した用紙はメイムを訪れた際に入手したものである。二ノ宮が女性会員たちの黄色い歓声に包まれながら編み籠から健康フードを取り出して配っていた。その編み籠の底に敷いていたのがＢ５用紙であった。それを宝結が密かに頂戴してきたわけである。いや、ロッカーに返したのだから、拝借と言った方が正確だろう。後ほど、この用紙から二ノ宮の指紋がちゃんと検出されるはずだ。

警部は長い顔を撫でながら独り言のように、

「犯人は二ノ宮のロッカーを探って、何を見つけようとしていたのか？　そして、既に見つけて持ち去ったのか？」

「さあ、どうなのでしょう。今のところ何も断定できません」

刑事は曖昧に答える。

そう、それはそれでいいのである。犯人が二ノ宮のロッカーで何かを探していたという状況が認識されれば、それだけで我々にとっては充分なのであった。

いずれ、メイムの悪事に関連した証拠類が多数出てくるはずだ。その一部を二ノ宮がロッカーに隠し持っており、二ノ宮の死によって、警察が捜査しロッカーから発見してしまう、その事態を避けるために犯人は先手を打って証拠隠滅しようとした、というシナリオは幾らでも成立するわけである。

あるいは二ノ宮が何か金目のものを隠し持っていたとする。欲に目の眩んだ犯人はそれが二ノ宮のロッカーにあると睨んで探って、奪い去った、とか。

そして、どちらかというと真実はそっちの方向に傾いたようだ。

もう一人のガイド役の刑事が口を挟み、

「三階の二ノ宮の部屋で発見されました。故障したＤＶＤデッキのディスク差込口の中に隠されていたんです」

そう言って差し出したのは預金通帳であった。

警部が受け取って白手袋の指でめくりながら、

「ほう、なかなかの額だな。しかも、ここ一ヶ月のものだ。どこからこんな金を得ているんだ、こいつは」

「インストラクターとしての報酬は別のもう一つの口座に預金されていました。他にバイトをしている様子もないとのことですし。メイムのスタッフや出入り業者に訊いても」

「知らぬ存ぜぬ、だろ」

「はい、まったく見当がつかないと口を揃えて言ってました」

「本当かどうか別として、ってとこだな。まあ、一筋縄ではいかん連中だよ、あいつらは」

そう言って、深々と鼻皺を刻む。

宝結が通帳を覗き込みながら、

「犯人はこれを見つけようと二ノ宮のロッカーを探していたのかもしれませんね」

「まあな、俺もそう思ってたよ」

「で、さっきの何か良からぬ儲け話と結びつけて考えると、その黒い利益がこの通帳の金額なのかも」

「そのセンは充分に考えられるな」

警部は宝結に向かって相槌を打つ。

ちなみに、この二ノ宮の部屋で発見された通帳は宝結と私が仕込んだものではない。

正真正銘、実際に二ノ宮が隠し持っていたわけである。また、メイムの黒い陰謀による利益であることもおそらく事実だろう。

ならば、このチャンスを活かさない手は無い。いわば、瓢箪から駒。

宝結は今、この事実に便乗し、犯人がロッカーを探ったという虚構と結びつけ、一つのストーリーを紡いでみせた。こうして、フィクションとノンフィクションとを混ぜ合わせる「混フィクション」も操査のテクニックの一つである。

宝結も警部に向かって頷いてみせる。顔を上げかけ、また俯き、視線を床に落としたまま、

「ん、あれは何の意味？」

絨毯の一箇所を指差す。右隣のロッカーとの間の前辺り、鑑識の置いた番号カードがあった。何かの証拠を示している。

「ああ、これはゴミ箱の置かれた痕跡ですよ」

と、刑事が説明する。

よく見ると、長方形の四辺の形で埃が絨毯に付着している。五十センチ×三十センチくらいの大きさ。

宝結はルーペを取り出して、その床の痕跡を覗き込みながら、

「今、そのゴミ箱は？」

「あっちです」

刑事が部屋を対角線に進み、奥の隅へと案内する。

そこにステンレス製の薄汚れた直方体のゴミ箱が鎮座していた。

「中は空っぽでした。昨日、ゴミの回収日だったので今週当番の沢富杏奈が出したそうです」

確かにゴミ箱には何も入っていない。

刑事は続けて、

「あと、ゴミ箱を引き摺った痕跡がところどころにあります」

刑事が床を指差した箇所には鑑識の番号カードが立てられていて、よく見ると埃が絨毯に付着していた。

「注目すべきなのは」

と、刑事がショルダーバッグからまたビニール袋を取り出して、

「これです。このゴミ箱の底に貼り付いていました」

袋の中身は椿の花びらだった。

蓮東警部が顔を近付け、

「おっ、これもやはり」

「はい、先程の椿と同様です。事件現場にあったもの。犯人の衣服などに付いていたのが落ちたのだと推測されます」

「それがこのゴミ箱の底に付着していた。ということは、犯人がこのゴミ箱をロッカーの前に移動させ、また、このもとの場所に戻したと考えられるな」

「ええ、そう見て間違いないようです」

「しかし、何で、そんなことをしたんだろう？」

警部が首を傾げながらゴミ箱の移動した経路を視線で辿る。

宝結がロッカーに歩み寄り、

「ロッカーの上部を見るための踏み台にしたというわけじゃなさそうですね。何せゴミ箱、穴が空いてますし」

警部が補足するように、

「裏返して使ったら、底が汚れているから足跡がつくだろうし」

「ええ、そうした痕跡は無かったと鑑識からの報告です」

と、刑事が裏付ける。

宝結はロッカーの扉を開け、

「踏み台なら、中の棚の段に足をかければ事が足りるし」

「そう、鑑識によれば実際そうした痕跡が発見されたそうだ。頑丈な造りだしな」

と、警部はロッカーの中に手を入れて確かめて頷いた。

「このゴミ箱に関しては今のところ何ら見当もつかない状況でして」

と、刑事が申し訳なさそうに言った。

「まあ、重要事項かどうかも解らないしな」

警部は疲れた口ぶりで慰めともつかないことを言って、刑事の肩を叩いた。

宝結も同意するように小さく頷く。

もちろん、このゴミ箱の移動とその痕跡は宝結と私が仕掛けたものである。しかし、今現在この場では、軽い関心を持った、くらいの態度を演じておく。二人とも毎度ながら堂に入った役者である。

宝結はもう一度、ロッカーの内部を見回してから、扉から手を離す。

扉はバネによって自然に閉じられてゆく。そして、ロッカーの鍵の受け口、ストライク部分の磁石に吸い寄せられて、扉は完全に閉じられ、耳障りな金属音を発した。

その音が合図のようにスタッフ用休憩室の捜査は終了とされた。それから、蓮東警部を先頭に我々はメイムの他のエリアを見て回り、再度、関係者に質疑応答を試みるが、目ぼしい進展は無かった。

その後また死体発見現場に戻り、各方面からの報告を受ける。午後には本部で捜査会議が行われ、新たな情報が積み上げられ、めまぐるしい一日が加速してゆく。

事件はそろそろ大詰めを迎えようとしていた。

46

夕刻の五時過ぎ、虎ノ門の料亭、智恵ヒメのいつも部屋。

窓の外には夜の闇が下り始め、灯籠の淡い明かりが木々の輪郭を影絵のように映していた。廊下の向こうから忙しげなざわめきが檜板の扉を通して微かに聞こえてくる。今宵の準備に板場も客間も活気にみなぎっている様子だ。

宝結と私は智恵ヒメと座卓を挟んで向き合っている。昨夜から本日にかけての秘殺と操査の経緯を振り返りながら、作戦会議が行われていた。

智恵ヒメが好奇に満ちた面持ちで、

「なるほど、そろそろクライマックスみたいね」

切れ長の瞳を輝かせ、涼やかに微笑む。蓮の葉模様の紬がよく似合う。

宝結が頷き、両手を組んで顎を乗せ、

「まあ、今回の違法フードを巡る悪質な陰謀の件を仮にメイム事件と呼ぶとしよう」

「ひねりが無いけど解りやすい」

「シンプルイズベストだ」

そう言って咳払い一つしてから、

「で、整理がてらそのメイム事件を検証してみることにしよう。もともと、冠羽フーズの毛利が廃棄処分すべき例の違法フードの使い道を考えていたんだろう。在庫管理にも関わっていた職場だったと捜査本部の調べで解ったし」

「それに、毛利は株やらギャンブルで何かと金に困っていたみたいだからな」

と、私は補足するように口を挟む。

宝結が小さく笑い、

「その通り。また、一方、薬学講師の羽賀はドラッグストア店長の永瀬を通じてメイムを知り、出入りしていた。半年ほど前、そんな羽賀の紹介で毛利は新たな営業先としてメイムとの付き合いが始まった。そして、まもなくして、メイムを舞台にした違法フードの悪巧みを思い付き、羽賀と相談し、メイムに話を持ちかけたのだろう」

「あるいは最初からその腹積もりで毛利は羽賀を巻き込み、メイムに接近したのかもな」

「それは充分にあり得る。羽賀はメイム事件の関係者すべてと顔見知りだったことから、組織作りのパイプ役を果たしたに違いない。で、儲け話に目が眩んだメイム側も悪巧みに乗った。そして、発案者であり商売ネタのフードを握る毛利と、メイムの実質的なリーダーである二ノ宮の二人が中心となって陰謀を進行させた。また、共犯としてドラッグストア店長の永瀬も加わった」

「奴のところの大型倉庫が違法フードの隠し場所になっているってことだな。まもなく捜査本部の手入れがあるみたいだし」

「毛利は立場を利用して違法フードを産廃業者に処分させたように偽装したのだろう。経理上、他の本当に処分した産廃ゴミと一緒に伝票処理をして誤魔化してな。これも捜査本部の手が入って判明するのは時間の問題だ」

智恵ヒメが首を伸ばしてきて、

「あと、共犯と言えばメイムのご近所さんであり大家さん。ドクター楠枝と妻の真緒美もお忘れなく」

私は思わず声を荒げ、

「ああ、忘れようたって忘れられないぜ。あいつらの役割ときたら、陰謀の犠牲者達の健康管理なんてホントふざけてやがる」

「まったくどこからどう突っついても唾棄すべき連中だな。しかも、実によく出来た組織構造には感心すらするよ。毛利と二ノ宮が主導し、顔の広い羽賀が人脈を繋ぐ参謀格、堤がメイムという場を提供、そして、永瀬が倉庫を管理し、楠枝が医療担当、加えて、杏奈と真緒美が彼らをサポートする、と、まあ、大したチームワークだぜっ」

宝結の声もきつくなる。クールダウンするためかハッカスプレーを口の中に一吹きし、小さく溜息をついてから、

「ただ、この段階であいつらの企みを阻止できてちょいとホッとしてるよ。首謀者の一人、毛利がメイムに出入りするようになって約半年。また、二ノ宮の部屋のＤＶＤプレーヤーに隠されていた通帳の記載はここ一か月分。これは原価零円の違法フードを会員に売りつけた儲け分のよう

だと捜査本部は見ている」

智恵ヒメが目を細め、

「なるほど。そうした状況から考えて、奴らの悪巧みが稼動し始めて一ヶ月程ということね」

「そう。まだ初期段階とも言える時点で陰謀を暴いて潰し、また、奴らに制裁を加えることが出来た、いや、出来る。まあ、どうにか任務は果たせそうだ」

「ええ、早い段階で悪巧みを阻止できたのは誇るべきよ。下手すればもっとひどい状況へとエスカレートした可能性もあったわけだし」

「ああ、毛利なんか生きてればさらに凶悪化したはずだよ。あいつの部屋で発見された薬の中にはまだ未発売のものがあった。蓮東警部からの情報によると、冠羽フーズの親会社・冠羽製薬で開発中の新薬だったという。最近、研究室で幾つかのサンプルが紛失したそうだが、その一部の可能性が高いらしい」

「毛利はこっそり新薬をくすねて何かに利用するつもりだったわけね」

「おそらく、メイムの会員に栄養剤だと称して飲ませるつもりだったんだろう。どんな反応や結果が現われるのか、そのデータを得るためにな」

智恵ヒメは眦を吊り上げ、

「つまり、人体実験」

憤りに声を尖らせる。

宝結も顔をしかめ、

「ああ、ひどすぎるよな。で、そのデータを手土産にして本社研究室との取り引きを企んでいたんだろう。目当ては金か、あるいは、念願の本社復帰か」

私は頷き、

「そうか、毛利はもともと本社勤務だったけど、株やらギャンブルの件で子会社に左遷させられたんだよな。うーん、それをずっとグチュグチュ根に持ってたわけか」

「あれこれ悪巧みを考えたのもそんな背景が関係してるんだろうよ」

私は呆れるのと憤るのとゴッタ煮のような気分になりながら、

「ホント、いろいろと企んでくれるよ。あと、大麻の件もあるし。あの廃墟、かつての宗教団体の施設だった廃墟、あそこで大麻が栽培されてたもんな」

「うん、毛利たちはいずれあれも利用するつもりだったんだろう。たとえば、香に見せかけて瞑想エクササイズに取り入れて依存症にさせたり、あるいは、医療大麻の密売とかな。だが、現段階ではまだ構想中の案件にすぎなかった。今は違法フードの計略を軌道に乗せることがメインだろうし、それで手一杯だったはずだ」

「なるほど、大麻はあくまでも将来の新規事業の一つみたいなものか」

「いわば、懸案事項のオプション」

そこに、智恵ヒメが割り込んできて、

「でも、宝結さんたち、最初はそれがメインの計画だと思ってたみたいねぇ」

意地悪げな微笑を見せる。

宝結は苦笑いしながら、芝居がかった仕草で心臓の辺りをさすり、

「おっ、痛いとこ突いてくるね。でも、確かにそうだったんだから仕方ない。僕の早合点、不徳

の致すところさ、素直に認めるよ。そう、最初のうち、あいつらの悪計の中心は大麻だと僕は思い込んでいた。でも、注目の焦点をメイムに絞って調査するにつれ、ようやく本当の陰謀の姿が見えてきたわけさ」

私は宝結のフォローも兼ねて、

「振り返ってみりゃ、当初の秘殺の計画を進めているうちに思いがけない悪の鉱脈にぶち当たって、それを掘り起こしたという展開なんだな」

「そうね。そうだったわね」

と、智恵ヒメは大きく頷き、

「そもそもは昨年のデータ偽装事件の悪党二人を血裁するだけのはずだったのに、メイム事件に突き当たり、その陰謀を暴いて撲滅し、奴らに制裁を加えることになったんだものね。うーん、考えてみれば、なかなかの大仕事よ、道理で日に日に充実感が増すと思った」

そう言って天井を仰ぎ、色白の頬を両手でさする。

宝結はフッと笑みを漏らし、

「今さら何を呑気なこと言ってんだよ。事件は生き物、追うにつれて成長と変貌を遂げて、いろんな顔を見せてくれるもんさ。

事の発端は昨年のデータ偽装事件の黒い二人、田久保と菊島だな。本来の秘殺のターゲットのお二人さん。奴らはデータ偽装を内部告発したのは毛利だと思い込み、恨んでいた。二人は隙あらば毛利への復讐を狙っていたのだろう。また、一方、これまで説明したように、毛利は様々な悪巧みを計画していた。で、そうした毛利の怪しい動きに菊島が気付き、密かに嗅ぎ回っていたんだろう。例の廃墟の大麻を発見したのもそんな経緯だったはずだ」

私は相槌を打ち、

「菊島も毛利の悪巧みのメインディッシュは大麻だと勘違いしていたはずだな」

「他の計略に気付いた痕跡は無かったからね。そして、毛利の方も自分の周りを嗅ぎ回っている存在に気付く。敵を警戒し恐れるようになった。その敵とは菊島と田久保だと容易に目星を付けていたはずだ」

「奴らに恨まれていると自覚していたからな」

「そう。そして、毛利は自分にとって危険な存在である一人、田久保を殺害した。菊島より先に殺したのは、おそらく、田久保の赴任が関係しているんだろう。田久保がまもなく北海道に赴任することを知り、その後だと遠征しての犯行になって危険性が高いため、都内にいるうちにと考えたわけだ。あるいは、自分のことを嗅ぎ回っている二人のうち首謀者は田久保の方だと思い込んでいたのかもしれない。具体的な理由は想像するしかないが、例えば経歴からすると田久保の方が上だしな。田久保の命令で菊島が動いていた、と毛利は考えたのかもしれない」

「有り得るな」

「うん。で、いずれにせよ、毛利は邪魔な田久保を始末した。そのことは同時に、田久保は我々のターゲットでもあったので、我々は先を越された、という結果になった」

そう言って、宝結はシニカルな目をし、私の顔を覗き込んでくる。

私は嘆息して、自棄気味に声を大きくし、

「はいはい、その通り。耳にタコどころか耳がタコツボになるくらい聞かされてますったら」

宝結は含み笑いの声で、

「一応、事件の経緯を整理するために言及しただけだから、そう気にしなさんな、って無理か」

「もういいから、とっとと先へ」

「ラジャー。で、毛利は次に菊島を殺害する機会を狙っていたのかもしれないし、あるいは、目の届く範囲内にいるのでしばらく動向を窺い、菊島の危険度を判断するつもりだったのかもしれない。しかし、今度は、我々が当初の予定通り、ターゲットの菊島を秘殺し、結果として毛利に先んじた。今から考えると、毛利はラッキーだと喜んでいたかも」

私は小さく舌打ちし、

「ああ、悔しいが、毛利の心中を察すればそうかもしれん。こちらにしてみりゃ、折角、田久保の件の雪辱を果たし、先に菊島を秘殺することが出来て喜んでいたのに、何か妙な気分だよ」

「まあ、ちょいと複雑な心持だよな。しかしな、毛利のラッキーな強運もほんの束の間に過ぎず、すぐさまアンラッキーへと暗転したってことだ」

「そうだな。宝結、お前が田久保殺しの謎を解き、真犯人は毛利であると指摘したんだからな」

「そして、和戸君は毛利を秘殺した」

私はゆっくりと頷き、

「田久保を殺害した犯人、並びに、メイム事件の犯人の一人として、その罪の名において毛利を秘殺した」

「うん、あの時、我々の計画はいわば第二幕に入っていたということだな。三幕劇の真ん中、序破急で言うところの破の章」

「だな。当初は田久保と菊島を血裁するだけのシナリオだったのに、メイムの謀略が見えてきて、毛利の秘殺へと進んだ。そう、まさしく、本来の計画を破り、新たな展開へと突き進んだ、序破急の破」

宝結は宙に目を遣り、

「考えてみれば、田久保と菊島の毛利に対する因縁のおかげで、我々はメイムの陰謀にアプローチすることが出来たのかもしれないな。その意味であの二人に感謝してもいいんだろうけど、もうこの世にいないし、今さらな」

智恵ヒメが口を挟み、

「悪党どもに告げる感謝の言葉なんか無いわ。それより前進よ。一度幕を開けたらショーマストゴーオン。そう、あの二人、田久保と菊島の件は第一幕。毛利を追い詰めて秘殺した展開は破の章、第二幕ね」

そう言って、指を二本立てて突き出す。

宝結もVサインを返し、

「うん、第二幕の山はもう一つあったな。メイムのインストラクター、二ノ宮の秘殺。メイム事件で毛利と並ぶもう一人の首謀者だったからな」

ここは私の出番なので、

「ちょいと手こずらされたが、逆に言えば久しぶりにやりがいのある秘殺だったぜ」

智恵ヒメが目を輝かせ、

「手に汗握るバトルシーンもあったらしいわね。ああ、ジャッキー・チェンのＤＶＤじゃなくて、そっち見に行けばよかった」

「なんせライブは迫力が違うぜ」

するると、宝結が冷ややかに、

「相変わらずチョンボもあったけど」

「ああ、解ってるって、もう耳がタコ壷」

私はしつこい宝結を横目で睨み付ける。

智恵ヒメが場を仕切るように大きく咳払いする。そして、凛とした声で、

「一件の殺人事件と三件の秘殺、以上が本当の真実ということ。でも、この真実を別の話に変えるわけよね」

と、ここで声を和らげ、

「けど、今回はかなり大変そうだけど」

探るような目を向けてくる。

宝結はあっけらかんとした口ぶりで、

「なあに、それこそやり甲斐があって随分と楽しませてもらったさ。いよいよ第三幕、つまり、最終幕、序破急の急、わくわくするよ、そそられるねえ。うん、今話していた事件の真実、これを別の話に作り変えて、別の解決編を仕立てて、ご披露してみせるさ。一件の殺人事件と三件の秘殺、これらを繋げて一本の四連続殺人事件に改造して、その解答をお目に掛けてやるよ」

「密室殺人や足跡の無い殺人も、だよな」

私が問いを挟む。

宝結は即答で頷き、

「もちろん。いずれの四件、どれもこれも不可思議と不可解の謎が盛り込まれているからね。しかも、そのうちの三件は実に突拍子もない真相ときてる。実際に起きた本当の出来事を話しても誰も納得してくれそうもないもんな。だから、もっと現実味のある解決編を作って提示してやる必要があるんだよ」

智恵ヒメが複雑な表情で首を傾け、

「本当の真相にリアリティが無いから、虚構の真相を作り上げるって、何とも皮肉なパラドックスね」

「仕方ないさ、現実を直視しなきゃ」

「そのために、新しい真相を作り、そして、新しい真犯人を指摘する」

宝結は不敵な笑みを刻み、

「ああ、それこそが悪党どもへの制裁さ。血裁の仕上げだよ。罪、罪悪、シン《sin》を裁くこと。そのための新しい真実と新しい真犯人、そう、シン実とシン犯人をお披露目するイッツ・ショータイムってとこさ」

そう言って、芝居がかったポーズで両手を広げる。

智恵ヒメがすーっと背を伸ばし、

「さあ、第三幕、最後の幕よ。序破急と来たからには急がないとね。捜査本部もメイムの陰謀を知った以上、事件の終結はもはや時間の問題と見なきゃ」

強い決意を示すように口元をきりりと結んだ。

宝結は落ち着いた口ぶりで、

「解ってる。捜査本部に主導権を握られる前にこちらのシナリオを完結させてみせるよ。カウントダウンを開始させているのは我々の方だって教えてやるのさ」

そう言って、尖った顎に手をやり、眼差しを鋭くした。

窓の外、薄墨色の雲を割って、大きな丸い月が輝いている。

ACT9 EXECUTION

47

翌日の午前十時過ぎ、宝結と私はメイムにいた。

そこには捜査本部の顔ぶれも大勢集まっていた。

蓮東警部の言葉を借りれば、大きく一歩踏み込んだ捜査が行われる予定になっている。

そのため、今回の事件の関係者達も招集させられていた。

それは我々にとっても実にタイムリーな状況であった。この機を逃す手は無い。なので、昨夜、宝結が蓮東警部に交渉した末、我々に相応の時間と場が与えられることとなった。

その背景には、向こうもこちらに借りがあるという意識と配慮が働いたのだろう。例えば、メイムへの疑惑は我々の方が先んじ、その情報を捜査本部にもたらしたこと、また、見立て殺人を看破した実績など。そうした協力に対しての評価と返礼の表れであるようだ。もちろん、宝結がそれらのカードをちらつかせた交渉術の成果でもある。加えて、過去の事件解決への貢献度も後押ししていた。

また、我々がこれから披露する内容への強い関心と、あわよくば、利用できるならば利用しようという魂胆もあるに違いない。

そして、今、我々のための「舞台」が提供されている。

その舞台はメイムのジムエリア。日頃はエクササイズが行われているメインルームである。光沢の眩しいフローリングの床が広がっている。

およそ中央に宝結が立っていた。いわば、この場の主役であり、周囲の注視を一身に集めている。

その斜め後ろにテーブルがあり、ソフトドリンクや紙コップが置かれ、ここにいる人間達が自由に取れるようになっていた。荷物置き場も兼ねている。

私はそのテーブルに寄りかかり、宝結のアシスタントとして控えていた。

一方、宝結を挟んで反対側、二メートルほど離れた位置には蓮東警部。折畳みチェアに腰を下ろして腕組みをし、部屋全体に睨みを利かせている。

また、出入り口の付近と左右の壁際には数人の刑事たちが立っていた。

そして、事件の関係者たち六名が宝結と相対する形で椅子を並べていた。

向かって右から、メイムのオーナーの堤明人、インストラクターの沢富杏奈、予備校の薬学講師の羽賀伸之、ドクター楠枝渡、その妻・真緒美、ドラッグストア店長の永瀬光次郎。

彼ら六人はそれぞれ不満や怒りを示し、また、笑顔や冷静さを装うなど強気の態度を見せているが、いずれも不安を隠せないでいる。窓のブラインドの隙間から淡い陽光が差し込み、強張った表情の陰影を深くしていた。

また、部屋の外も殺気を帯びた異様な雰囲気が漂っている。別班の刑事たちの意気込んだ姿が見える。作業の分担と段取りの打ち合わせをしているようだ。まもなく、大きく一歩踏み込んだ捜査が開始され、事件は大詰めを迎えようとしている。

室内には薄氷のような緊迫した空気が張り詰めていた。息遣いや衣擦れの僅かな音が波動となり伝わってくる。暖房が効いているはずなのに冷気の鋭さが感じられた。

舞台の幕が開いたように、宝結が一歩前に出た。いつもの芝居がかった微笑は変わらない。一人だけマイペースで自信に満ちて、落ち着き払っている。

そして、朗々とした声で語り始めた。

「お待たせしました。これから話す内容は悪の闇を正義の光のもとにさらすことが目的、そう、今回の事件の真相を暴き、数々の謎を解き明かす、いわば決着の場とさせていただくつもりです」

一拍間を置いてから、向かいの六人を見渡し、

「さて、既に捜査線上に浮かび上がったように、メイム事件とも呼ぶべき悪辣極まりない犯罪行為が密かに進められていました。ここ、ヘルシーライフを追求しているはずのメイムを舞台に善良な人々を騙しかつ危険にさらす悪計が進行していたわけです」

「それは捜査本部の方でも摑んでいる」

蓮東警部が素早く口を挟む。

宝結は冷静に対応し、

「そうですね。だから、こうした大詰めの捜査段階にまで到っている。はい、了解しています。ただ、この件は殺人事件全体の背景でもありますので、いったんここで整理を兼ねて概要を解説しておきたいと思います。我々とここに集まった人たちとの共通の認識事項として」

警部はコクリと頷き、

「なるほどな。ま、いいだろ」

「どうもです。で、この唾棄すべき犯罪計画を仮にメイムプランとしましょう。違法フードを利用した禍々しい陰謀の構図……」

宝結はメイムプランの実体とそれに関わる人間たちの役割、犯行の流れなどについて説明した。要約すると次の通り。

冠羽フーズの毛利が危険成分の入った違法フードを利用した金儲けを企て、薬学講師の羽賀に相談。二人はメイムに計画を持ちかけた。メイム側はそれを受け入れ、インストラクターの二ノ宮を中心に堤、杏奈の三人が陰謀を進行させる。メイムの会員達に商品と偽って、違法フードを購入、摂取させた。

また、出入りのドラッグストアの店長・永瀬も羽賀や二ノ宮に誘われて加わり、大型倉庫を違法フードの保管場所として提供。メイムの土地建物の所有者でもある近隣の楠枝クリニックも加担し、ドクター楠枝と妻・真緒美が被害者であるメイム会員たちの体調不良などを誤魔化し、外部に漏れないように隠蔽する役を担当していた。

「……このように八人の共謀によって、何も知らないメイムの会員たちを産廃処理場代わりに使って危険にさらし、違法フードを高く売り付けて不当な利益を得ていたわけです。悪行はそれだけに留まりません。開発中の薬品を騙して服用させ、反応を調べ、データを製薬会社やその競合企業に売りつける計画の形跡も発見されています。さらには、大麻の栽培にも手を伸ばしていました。利用法として考えられるのは、密かに大麻を使った薬物療法やエクササイズによって会員を依存症に陥らせ、金づるに調教する目論見。また、薬用大麻の実験と密売も推測されます。そう、ここは人間を利用した産廃処理場だけでなく、人体実験場であり、患者養殖場でもあったわけです。非道な利益追求のために人を人とも思わぬ鬼畜の所業、それがメイムプランの正体です」

宝結の言葉が終わるか終わらないうちに、耳障りな音が響いた。

椅子をきしらせ、メイムのオーナー・堤が立ち上がった。眼差しを尖らせ、しゃくれた顎を突き出すようにして、

「何を勝手なこと言ってんだ。そんな世迷いごと、誰も信じるもんか。ただの憶測に過ぎないくせに」

すると、宝結が返答する前に、蓮東警部が立ち上がり、

「おっと、そうは言ってられんぞ。きさまの方こそ言ってることが世迷いごとになってるんじゃないか」

「ど、どういう意味だ」

「さっきな、倉庫の方の家宅捜索が始まったんだ。丸星ドラッグの方のな」

そう言って、鋭い視線を永瀬の方に向ける。

いきなりの標的にされた永瀬は顔を引き攣らせ、

「えっ、うちの?」

声を震わせる。

その様子に堤も表情を硬くし、言葉を失っている。そして、力無く椅子に腰を落とした。

そんな二人の反応を楽しむかのように警部は観察しながら、

「で、現場からの報告によれば、倉庫の捜索が始まってすぐに大量のフードが発見されたそうだ。二ノ宮の殺害現場に落ちていた、また、死んだ毛利が持っていたのと同じパッケージのものがな。そう、冠羽フーズの製品、今ここで話題沸騰中、例の違法フードだよ。で、もうまもなくすれば、ここの家宅捜査も始まる。同じブツが出てくるのは時間の問題。なあ、今さら悪あがきはやめとけよ。もはや、ブツの出所もルートも透けて見えてるんだからよ」

そう言って、捜査令状の写しをかざす。

事件関係者の六人は何ら言葉を発しなかった。その場が静まり返っている。空気は一層と冷えとし、張り詰めていた。

宝結はこの静寂を逃さない。舞台俳優のようによく通る声を響かせて、話を進める。

「では、次にこのメイム事件に四件の殺人事件がどう絡んでくるのか、その構造を解説してみたいと思います。先ず、前提として、この数日間のうちにメイム関係者とその知人らが殺害された四件の殺人事件は一つの線で繋がっていると見られます。連続殺人事件ということです。

その理由の一つは各現場に共通したメモが残されているからです。いずれのメモ用紙も紙質が同じで、角に同じ折り目があり、また、端に同じインクのほぼ同型の染みがありました。つまり、同じメモ帳から切り取られた紙だということです。

さらに、それぞれのメモ用紙には異なる図形が描かれていましたが、それらは満月、半月、三日月、月食と月の満ち欠けを表現したものと考えられます。そして、さらに四件の現場では死体やその周囲に異様な装飾が施されており、しかも、いずれも月にまつわる見立てであると解釈されます。以上の観点から考察し、これら四件は同一の事件として繋がった連続殺人と結論付けられるというわけです」

宝結はいったんここで言葉を切る。目の前の六人の顔を見渡し、一瞬、小さな冷笑を刻む。次に左右に目をやり、その視線に対し、蓮東警部と私は頷き返した。

宝結は床に目を落とし一人頷く。それから、顔を上げ、咳払い一つして、口を開いた。

「さて、次に具体的な事件の構造の解釈へと進みたいと思います。いったい、いかなる野心や欲望、愛憎や利害などの人間関係が絡まり殺人へと発展したのか？　事件の輪郭とも言うべき全体像、そのアウトラインについて述べてみましょう。ここで、連続殺人事件の犯人を仮にXと呼ばせてもらいます。さて、そのXがいかなる計算と動機、そして行動原理のもとに殺人を遂行していたのか？　順を追って説明しましょう。

先ず、第一の田久保殺しの件。田久保は昨年のサプリメント開発におけるデータ偽装事件の関係者と目され、そのことで毛利に恨みを抱いていたと推測されます。それは二番目に殺された菊島も同様です」

私は補足説明として口を出し、

「田久保と菊島、あの二人は毛利のことをデータ偽装事件の内部告発者だと思い込んでいたようだからな」

「そう。だから、二人はチャンスを窺い、毛利に復讐しようと考えていたとしても不思議ではありません。実際、毛利と同じく冠羽フーズの社員である菊島が日頃からしつこく毛利につきまとい、悪態を浴びせていた様子は幾度となく目撃されていましたからね。また、その毛利はと言えば、こちらも悪党、折りしもメイムプランを密かに主導し進行させている真っ最中でした。そんな毛利の怪しい動きに田久保と菊島は感付き、探ろうとします。毛利を尾行したり、訪れた先のことを調べたりしたのでしょう。

そして、さらに、そうした状況に気付いた人間がいました。Xです。田久保と菊島が毛利の行動を怪しんで調べている、そのことをXは知り、危険を感じた。メイムプランがバレることを恐れたのです。そう、Xはメイムプランを進行させている側の人間です。そして、Xはメイムプランを守るために、田久保を殺害したのです。次に同じく菊島の命も奪いました。犯行の順番ですが、最初に田久保を殺したのは、田久保が近々、地方に赴任するのでその前に始末した方が容易かつ安全だからとXは判断したからでしょう。また、年齢や職歴から見て、田久保の方がリーダー格であり彼が菊島を動かしていたように思えたからかもしれません」

「あるいは、その両方が理由だったとも」

「充分に考えられます」

と、こちらに顔を向け、相槌を打つ。

それから、正面に向き直り、

「そして、三番目の殺人。毛利の殺害です。これは先の二件とは殺害の動機がいささか異なります。メイムプランを主導していた一人が毛利でした。そんな毛利を同じくメイムプランの関係者であるXが殺害したのでした。一種の仲間割れと言えます。また、次の四番目の殺人において、殺害されたのはメイムのインストラクターである二ノ宮。そして、この二ノ宮は実質的なメイムの権力者であり、そのことから毛利と並んでメイムプランを指揮していたようです。つまり、メイムプランの二人の首謀者、いわばツートップが殺害されたということです。この点からXの動機が浮かび上がってきます。そう、Xは二人の権力に対し不満や憎悪を抱いていた、と。それは特に利欲にまつわること。利益の配分であると考えられます」

「うん、二ノ宮のロッカーから発見されたあの資料」

これは、もちろん例のアレ、B5用紙。二ノ宮殺しの夜、宝結と私が仕込んだものだ。

宝結は白々しく頷き、

「そう、殺された二ノ宮のロッカーからB5サイズのプリント用紙が発見されました。あれには、メイムプランの共謀者八人への利益配分と推測される数字が記載されていましたが、ツートップの二ノ宮と毛利に供される数値が高く、他の六名に比べて大きな差が付けられていました。こうした権力構造にXは我慢ならず、憤りを覚えていたのでしょう。そして、利欲と憎悪の末、殺意へと至る」

「まるで遺産相続を巡る殺人を連想させるな」

「ああ、同類の構図だね。シンプルと言えば実にシンプルな殺人だよ」

そう言って肩をすくめると、

「また、毛利殺害の動機についてもう一つの要素もあったと考えられます。それは毛利の危険性。さっきも言ったように、田久保と菊島は毛利の怪しげな行動に気付き、メイムプランの秘密に迫ろうとしていた。逆に言えば、それだけ毛利の動きが目立っていたということです。

もともと毛利はギャンブルや株などが原因で借金がかさみ、少しでも早く多くの金を欲していました。その焦りから強引な行動に出るなど慎重さを欠き、メイムプラン進行の片鱗を見られてしまった。毛利は危険な存在でもあったわけです。田久保と菊島が殺害された後も、そんな暴走しがちな毛利はメイムプランのほころびとなる恐れがある、とXは考えたのでしょう。いわば病原体。メイムプランの生命を守るためにもXは毛利を殺害したわけです」

「危険分子の抹殺、排除したわけか」

「希望のためにね。黒い希望のために淘汰したわけだ。より安全に長きにわたりメイムプランを存続させて利益を追求する、いわば悪の延命工作、その目的のためにXは犯行に及んだのさ」

「悪が悪を食い、より大きな悪になる、って感じだ」

「まさにその通り。四件の殺人のいずれもそうした性質のものだしね」

と、宝結は言いながら数回頷き、

「第一、第二の被害者、田久保と菊島は昨年のデータ偽装事件の黒幕で、つまり元からの悪党でした。そんな二人をXはメイムプランの秘密を探られないようにするために殺害した。第三、第四の被害者、毛利と二ノ宮はメイムプランの首謀者でありいわば悪玉のボス。今詳しく解説したように、Xは憎悪と利欲それに安全確保からこの二人を抹殺したのでした。全体を見渡してみると、悪と悪の絡み合いの中、悪が悪の命を飲み込み、殺人という大罪によってさらに悪が肥大化した、そんな悪の渦巻き模様、それが今回の事件の俯瞰図と言えるでしょう」

大きく溜息を吐き、宙に鋭い視線を放った。

宝結の以上の解説はいわばこれから披露する解決編のための輪郭づくりであった。

それはノンフィクションとフィクションとを精妙に混合した混フィクションの形。

宝結は真実に虚構と偽造をブレンドし、新しい真実を作って、事件構造の「シン実」を先ず見せたわけである。事件全体のアウトラインはこうして出来上がった。

宝結の解説に対し、メイム事件の六人は落ち着かない様子を見せている。不安の色を濃くし、恐れの色が窺える。しかし、反論や抗弁を口に出す者はいなかった。それは、メイムプランの内容に限っては真実を突いているからであった。

何かを言おうとすれば、彼らが実際に関わった犯罪の内容に触れないわけにいかない。だから、何も言いようがないのだ。弁明の術を失っているも同然だった。メイムプランの罪、それが針となって、昆虫標本のように彼らを突き刺して身動きできなくしていた。もちろん、これも宝結の術策のうち。

それを確認しつつ、宝結は冷徹にシナリオを進行させる。

「さて、以上のように、利害や愛憎のベクトルなど人間同士の関係性を解説してきました。事件全体の輪郭を理解してもらえたかと思います。そして、これから先は事件の内側です。具体的な中身に入り込み、犯行の詳細を語りたいと思います」

警部が腰を浮かせ、

「それは、つまり、各事件の謎に迫るということか？」

目を見開き、問い質す。

「そうです」

宝結は大きく頷き、

「不可思議であったり、不可解であったり、各事件には多くの謎が満ちていました。壁のように立ちはだかり、捜査を阻む難題と化した存在。それらの謎を解き明かし、真相という光の下にさらしてみせましょう」

力強い声を響かせた。

息を呑む音があちこちで聞こえ、動揺が渦巻き、室内の空気が波立つ。

また一方、部屋の外でも大きな動きが起きていた。ざわめきや足音が賑やかに聞こえてくる。

メイム内の家宅捜査が開始されたようだ。

48

宝結はポケットからいつものミニケースを取り出して一振りし、ミントタブレットを口に放り込んだ。カリカリと噛み砕いて飲み込み、大きく深呼吸。目を大きく見開き、涼しげに瞬きを繰り返す。

そして、一際澄み切った声で話を再開させた。

「では、先ず、第一の事件、二月七日、田久保が殺害された事件です。砧の自然公園で田久保の死体が発見されました。折りしも、隣接するレストラン『芳緑楼』ではパーティーが開催され、この中には出席していた人たちもいたかと記憶します。ま、そのことは後に置いておいて、今は公園の殺人現場の方に注目しましょう。あの現場は実に異様でした。田久保の死体が奇妙奇天烈な状況下にあったのです。詳しく思い出してみましょう。

先ず、田久保の死体は花壇の柵に逆さに吊るされた状態でした。頭が地面に軽くつくくらいの高さです。柵の横棒を両足で挟む格好で吊るされ、ベルトで両膝を結束し固定されていました。

ベルトは田久保の着けていたものです。そして、額に多くの擦り傷がありました。また、田久保の履いていた右足の靴が首にぶら下げられていました。靴紐を首に巻きつけた状態です。さらに、口の中にはメガネのレンズが入れられていました。これも田久保のメガネから外した左側のレンズで、死体の近くには右レンズだけ嵌ったフレームが落ちていました。左レンズを外す際に力が入ったのか、あるいはその後、うっかり踏んだのか折れ曲がった状態でした。

以上のように、逆さに吊るされた状態で、額に多数の擦り傷を残し、首には靴をぶら下げ、口の中にはメガネのレンズが入っている、そんな状態でした」

私は死体発見のシーンをリアルに回想し、

「何度思い起こしてみても奇妙極まりない異様な死体だったなあ」

「まるで、死体で作られた悪趣味なオブジェでした。いったい、これに何の意味や目的があるのか？　はい、後に、結論として、これは見立てであると判明したのです。月に関する見立てであると。

具体的に見ていきますと、逆さに吊るされている状態は体操の鉄棒競技に似ています。鉄棒競技の歴史においてエポックメーキングであり、現在もなお進化しつつ継承されている大技にムーンサルト、別名・月面宙返りが挙げられます。死体の逆さ吊りはそれを表現した見立てだという解釈です。

次に首から吊るされた靴、これはウサギの足の見立てです。欧米の慣習の一つにというかおまじないや御守りに類することですが、ウサギの足は幸運を呼ぶ縁起物として有り難がられる文化があるのです。乾燥させたミイラ状態のウサギの足をペンダントにしたものは土産物としてポピュラーな存在であるほどです。そう、死体の首にぶら下げられた靴はウサギの足のペンダントを見立てたものでした。そして、月と言えばウサギ、ウサギの餅つき。ウサギを示すことで月に関する見立てというわけです。

同様に額の擦り傷もそうなのですが、これは今言った靴のペンダントとセットでウサギを表したのでしょう。多数の擦り傷、こちらは欧米ではなく日本のウサギ、昔話の因幡の白ウサギです。ワニあるいはサメという説もありますが、白ウサギがワニやサメにいたぶられ、体毛をはがされ、傷だらけの地肌がヒリヒリ痛んで泣いているエピソード、それを表した見立て。これ単独ではウサギの見立てとして弱いので、靴のペンダントとセットでウサギを示したというわけです。

あと、もう一つ。口の中のメガネのレンズ。これはレンズに注目させるための手段だったのでしょう。そして、レンズは月そのものを表現しています。折りしも、あの犯行の晩、夜空に輝いていた月は満月にはちょっと足りない楕円のような形。そう、メガネのレンズと似た形であったということです。

それとメモですね。さっきも言及したメモ用紙が死体のポケットに残されていました。そして、そのメモに丸が描かれ、意味するところは満月と考えられます。以上のような装飾や演出によって月の見立てが施されたということです」

すると、横から蓮東警部が首をひねりながら、ざらついた声を飛ばしてくる。

「それにしても、何かこじつけっぽい見立て、そんな印象だったよな。強引な感じというか、遠回しな表現でよ、最初のうちはなかなか納得していいものやら迷ったくらいだし」

宝結は警部に手を差し向け、

「はい、適切な合いの手、的確なツッコミ、感謝します。そう、まさしく、その通りなんです。こじつけっぽくて、強引な感じで、遠回しな表現。しかし、そこにこそ、この見立ての秘密があったわけです。それは殺人の謎解きのキイでもあるんです。

この奇妙な装飾を施された死体と現場が月の見立てであるという説が認められるようになったのは、他の殺人現場の装飾があってこそでした。後に続く第二、第三、第四の殺人現場の装飾が月の見立てだと確実に断定できる、だから、この最初の現場も同様と見ていい、という展開でした。メモ用紙も同じです。最初のメモ用紙には丸が描かれていましたが、それは数字のゼロともアルファベットのOとも取れます。満月と確定できるようになったのは、その後の三件の殺人現場に残されたメモ用紙がそれぞれ半月、三日月、月食と月の満ち欠けを表現していると見られたからでした。また、さらに、これらの四枚のメモが後押しする形で、各現場の月の見立てを強調したわけです。そして、こうした過程において、最初の現場の奇妙な装飾も月の見立てと見なされるようになったのでした」

「そう、事件が進行するにつれ、だんだん、月の見立てだと確信できるようになったんだよな」

宝結は人差し指を立て、

「そこがポイントです。第一の殺人現場を解明するキイがそこにあるのです。最初の田久保殺しの現場の見立てがこじつけっぽくて、強引かつ遠回しな表現だったこと。それは何故か？　それは予定外の見立てだったからです」

「つまり、アドリブ、臨機応変って感じか」

「そうです。見立ての目的は何か？　予定外の見立てを作ったのは予定外の原因があったからです。そう、何か問題が勃発した、つまり、アクシデントです。それの対応策として見立てを作ったのだと推察します。犯人Xにとって何か不味いアクシデントが起こり、フォローするために見立てをこしらえた。そんな状況として考えられる見立ての役割はカムフラージュでしょう。不利な手掛かりを隠蔽したわけです。

ならば、田久保の死体にはそうした箇所が見つかるはず。犯人Xが何かを残し、それを誤魔化した痕跡。その意味で注目すべきポイントは額です。額には無数の擦り傷がありました。犯人にとって不利な手掛かりと成り得る傷をつけてしまい、それを誤魔化すために沢山の傷を足した、つまり、傷を隠すために傷の群れを作ったというわけです。

では、犯人Xにとって不利な傷とは何か？　例えば、指輪とか、腕輪とか、あるいは時計、袖のカフスボタンなど。Xが被害者に襲い掛かった際、それらが当たって傷を残す。そして、特徴的な形、模様やデザインによって、特徴的な傷を残すことがあります。例えば、二つの尖った箇所があれば、その幅の平行線の傷が残るわけですし、三箇所が尖っていれば三本の平行線の傷となるでしょう。あるいは、五ミリ幅の突起部分が当たれば同じ五ミリの幅の傷を残すわけです。そうした特徴的な傷が見つかれば、Xにとって致命的な手掛かりとなることは必定です」

蓮東警部は頷きながら額に手を当て、

「そういえば、世界的に有名な刑事ドラマでも指輪の爪跡が犯人発覚の重要な手掛かりとなるエピソードがあったくらいだしな」

「ありましたね。あれは指輪でしたが、それに限らずさっき述べたような装身具でも同じことですし、また、あるいは、手の爪も考えられます。死体に爪跡だけ残しておくとすぐに爪跡だと見抜かれ、結果、捜査陣に爪を調べられて死体の皮膚片が発見されてしまう恐れがある、だから、他にも多数の傷を付けて爪跡を誤魔化してしまう、というケースも想定されますからね。指輪、時計、爪、その他、いずれの場合であれ、そうした特徴的な傷を隠蔽するために無数の擦り傷をこしらえたというわけです」

そう言いながら、宝結は向かいの六人の手元に鋭い視線をサーチライトのように走らせていた。

堤は両手首に鎖状の腕輪を嵌めている。杏奈の指は五色の付け爪で飾られ、左の中指にはバラの模様の指輪があった。羽賀は海外ブランドの装飾過多のごつい腕時計をしている。永瀬の右の人差し指には指輪に仕込んだ商売用の印鑑。ドクター楠枝は右手の中指にトルコ石の指輪を二つ並べ、夫人の真緒美の右手は小指と親指を除く三本の指がきらびやかな指輪で彩れていた。

彼らは宝結の突き刺すような視線に表情を硬くしている。反射的に手を裏返したり、片方の手で指や手首を覆って隠す者もいた。周囲の空気はさらに緊迫し、電気を帯びたようにピリピリと皮膚を突くようだった。

宝結だけがそんな雰囲気を楽しんでいるふうに見える。相変わらずの滑らかな口調で、

「さらに、犯人Xはこの傷だらけの額だけが注目されないように、死体の他の箇所にも細工を施しました。それが、逆さ吊り、首にぶら下げた靴、口の中のレンズ、メモ紙片、と言うわけです。その中で、逆さ吊りに関しては必然的なものだったのでしょう。額に傷を付けるためには死体を逆さにすれば作業がしやすいですからね。ならば、同時に装飾の一つに組み込めば、一石二鳥というやつです。また、別の説も想定できます。逆さ吊りの装飾をすれば、その作業に手こずったために死体の額が傷だらけになった、と思われる可能性です。それも狙いだったのでしょう。つ

まり、額の傷は意図的な装飾、あるいは、逆さ吊り作業の際の偶然の痕跡、いずれと解釈されてもOK、そんな両天秤をXは計っていたと考えられます。

既に述べたように、これらの装飾は月の見立てです。装飾の目的を悟られないように、月の見立てという別の意味付けをして、ミスリードを仕掛けたということです。こうして、Xは不利な痕跡を見立てによってカムフラージュしたのでした」

宝結はそこまで語り、また、ミントタブレットを口に放り、一呼吸入れた。

自ら創作した新しい真相つまり「シン相」をぬけぬけと披露し、平然とした面持ちを見せている。やはり、大した役者だった。

もちろん、真の真相は既に真犯人の毛利を秘殺する直前に語った通りである。

私は場つなぎのように口を入れ、

「Xもなかなか苦労したもんだな。見立てのテーマとして月を思い付いたのは、死体を逆さ吊りにした際に鉄棒競技を連想したからなのか、はたまた、さてどうしたものかと空を仰いで月を目にした際にメガネのレンズを連想したからか、何であれ藁にもすがる必死の思いだったろうな」

宝結は苦笑いし、

「同情は禁物だが、それは言える。そして、予定外の出来事であり、臨機応変の作業であり、刹那的な対策だった。それ故に、こじつけっぽくて強引で遠回しな印象の見立てとなっていたわけです。そのため、これを補強する必要があった。これが月の見立てであると強調しなければならなかった。だから、その後の殺人現場においても、月の見立てを作り続けたというわけです」

「そうすることによって、最初の見立ても月の見立てと見られるようになった」

「その過程においても、Xは細心の注意が必要でした。最初の見立ては月の見立てにしては曖昧な印象だったのに、第二の殺人現場で明確すぎる月の見立てを作っては不自然です。落差があると最初の見立てが怪しまれ、折角のカムフラージュが看破される恐れが生じます。だから、見立て表現にさじ加減が必要だった。よって、だんだんと月の見立てであると認識できるように段階的に表現を調節していったのでした。不可解な装飾が次第に月の見立てという正体を明らかにする、それが犯人の演出である、とXは思わせようとしたわけです」

そう言って、宝結はちょっと感心したふうに両手を広げた。

それに反応するように、蓮東警部が重い溜息を漏らして、

「手強いやっちゃな、Xの奴」

「そう、まったく油断のならない強敵です。以上、第一の殺人における不可解な死体の装飾、それと、四件の殺人にまたがる見立ての謎の絵解きでした。まだまだ序盤、気を引き締めて次に移りたいと思います」

宝結は胸に拳を当て、鋭く宙を見据えた。

49

宝結はVサインのように二本の指を立てると、

「第二の事件、菊島の殺害です。二月八日から九日にかけての深夜、冠羽フーズの製品企画開発部の菊島が廃墟で殺害された事件。舞台となった廃墟はかつて新興宗教団体・アリエス天望教の

本部施設でした。やたら熱くなるアグレッシブな気質の菊島、あの夜も彼らしく活動的で、問題の廃墟に忍び込み、大麻栽培の証拠を掴んだようですが、まるで返り討ちのようにXの手にかかり殺害されてしまいました。首筋にナイフを突き立てられ、刺殺されたのです。そして、その犯行現場の状況は実に不可思議でした。菊島の死体は密室で発見されたのです。そう、密室殺人、不可能犯罪です。

五階建てのA棟の二階の部屋、208号室。中庭に面した北側のドアは施錠されていませんでしたが、その前の外廊下には蔓草が繁茂し、そこを通れば必ず痕跡が残るはず。しかし、まったく踏まれた様子はありませんでした。また、そもそも、この外廊下は部分的に損壊し、通行が不可能な状態です。つまり、誰も北側のドアから出入りしたはずはない、ということです。

反対の南側、外の道路に面した側です、そちらのドアはしっかり施錠されていました。内側からフックを下ろしてロックするクレセント錠で、外から鍵によって開閉できるものではありません。窓ガラスの一部は割れていましたが、そこから内側のクレセント錠を動かすのは不可能であることは現場検証で確認済みです。また、いずれの窓にも格子が嵌められています」

「なのに、犯人の姿は忽然と消え失せていた。ホント実に摩訶不思議な密室だったな」

と、私が合いの手を入れる。

宝結は小さく頷き、

「この208号室の中は北と南と二つの部屋に分かれていて、菊島の死体は北側の部屋に横たわっていました。そして、死体の周囲には奇妙な装飾が施されていました。もちろん、月の見立てです。ここでは竹取物語を題材に表現されていました。見立ての目的については先程述べた通りですので繰り返しません。密室の謎に絞り込んで話したいと思います」

椅子のきしる音が聞こえる。蓮東警部が身を乗り出して、椅子が傾いていた。

警部は険しい面持ちで目を見開き、

「あの密室の絵解きをするということだな」

「もちろん、そのつもりです、というか解答は見えています」

「おお、早く聞かせろ」

飢えた犬が唸るような声で先を促す。

宝結はコクリと頷いてから正面に向き直り、

「推理のポイントの一つは死体の発見された部屋にありました。北側の部屋ですね。部屋の端っこにサイクルマシンが倒れていました。ハンドルやサドルが曲がり、もはや使い物にならないでしょう。あの晩、地震が起こりましたよね」

警部は天井を見上げ記憶を辿り、

「ああ、ちょうど犯行時間帯と被っていたっけな。最初、大きめの地震があって、その後、余震が二回くらいだったな。しかし、それらの地震でサイクルマシンが倒れたとしても、あんなにハンドルやサドルが曲がらないだろ。それに、それが密室とどんな関係がある？」

「まあ、これだけでは密室との関係は不十分です。他のポイントにも目を向けなければなりません。その一つは部屋の構造。床はコンクリート敷きで左右つまり東西の両端は段差があって少し低くなってます。その低い両端は畳を二枚、縦に並べたくらいの広さでしたね。一見、何でもないようですが、ある意味を持っているので覚えておいてください。

それから、もう一つのポイントは別の階の部屋です。大麻の鉢植えを置いた部屋が複数ありましたが、その中の一室。そこには隠し部屋が設けられていました。壁の後ろに物置部屋が隠されていて、乾燥大麻の隠し場所になっていたのです。こうしたカラクリの部屋が他にあっても不思議ではありません。何せ黒い噂の多い教団の施設だったのですから。それも人が隠れるための部屋とか」

「なるほど、日本中を震撼させたどこかのカルト教団の教祖は逮捕される時、天井の隠し部屋に潜んでいたっけな」

「それと似たようなものです。二重の天井ではなくて、二重の壁です。もとからあった壁の前にもう一つ壁を作って、その二つの壁に挟まれた秘密空間の部屋。そんな二重壁の隠し部屋の存在」

警部が声を鋭くし、

「えっ、それがあの死体の横たわる部屋、密室に存在すると言うのか」

「ええ。正確に言えば過去形、存在していた、です。既に形はなく、壊れています」

「どういうことだ?」

「壁は倒れていたということです。秘密の部屋を隠していた手前側の壁は倒れ、隠し部屋はオープンになり、存在しなくなっていたのです。あの死体のあった部屋の片側にはそんな隠し部屋がかつて設けられていたのです。東側の端です。畳二枚を縦に並べたくらいの広さの隠し部屋」

「ん、あれか、さっき言っていたな、部屋の端の段差スペース」

「そうです。あそこです。あの場所に隠し部屋があったのです。きっと後から作られたのでしょう。もともとは無かった。部屋の端に新たに壁を建てて、狭い空間を作り、隠し部屋とした。いわば、広い部屋の端にパーティションを置いて仕切るような格好ですね。隠し部屋への出入り口は天井に設けられていたのでしょう。天井はあちこちが損壊して窪んでいますが、その中の一つが出入り口の痕跡のはずです」

「なるほど。後から付け加えた一枚の壁によって仕切られ、隠し部屋が設けられていた。しかし、その壁は倒れて……、つまり……」

「壁は倒れて床になってしまったのです。そうです、我々が乗って歩いていた床、あれはかつての壁だったわけです」

「それで、部屋の両端に段差が」

宝結は大きく頷き、

「はい、あの両端に覗いている低い部分が本当の床なのです。おそらく、かつては畳を敷き詰めて使っていた部屋なので、その分、低くなっているのでしょう。そこに、隠し部屋の壁が倒れてきて、両端を残して、床を塞いでしまった。結果、その壁が床の代わりになってしまったわけです。なかなか一見して、そうと解らなかったのは部屋全体が荒廃しているからでしょうね。いや、あの施設全体がガタガタのボロボロです。何せ廃墟ですから。しかも、解体工事が途中まで進められていたし、中断されて、そのまま放置されているわけですし。なので、あの部屋も至る所が傷だらけで損壊が著しい。床もコンクリートのあちこちが剝がれ、ヒビが入り、窪みが出来て、瓦礫も散らばっています。隠し部屋の壁が倒れた、その痕跡も紛れて見分けにくくなって当然でしょう。壁が倒れてから、きっと時間も経過しているでしょうし。また、後から付け足したような壁だったので、ぞんざいでヤワな造りだったと推測されます。土台も支柱もなく、それこそパーティションを置くような感じで、コンクリートの板を床に貼り付けただけ。そんなだから、倒れても、大した痕跡は残さなかったと考えられるのです」

「なるほど、隠し部屋も倒れた壁のこともよく解った」

と、警部は数回頷いてから、口調を重くし、

「しかしな、それが密室殺人の解明とどう結びついてくるというんだ？」

長い顔を歪めて問いを投げかける。

宝結は泰然として、

「結びついてくるのです。これから説明しましょう」

と、咳払い一つしてから、

「先ず、事件当時の状況として、隠し部屋の壁は完全には倒れきっていなかったのです。わずかな角度を残して、斜めに傾いていた。あと、ほんの少しで完全に倒れ、床と化す、それくらいの状態だった。サイクルマシンが止めていたのですよ。壁は倒れてきたのですが、部屋の端に置かれていたサイクルマシンに乗っかり、そこで止まり、傾斜したままの状態だった。正確には解りませんがその状態で数週間、あるいは数ヶ月、もしかすると数年間、経っていたのかもしれません」

「さっきも言ってたな、壁が倒れてから月日が経っているはず、みたいなこと」

「そうです。正確には、壁が途中まで倒れてから月日が経っている、ですね。その状態ですから、犯行当時、傾いた壁と床との間にはまだ隙間があった。人間が潜れるくらいの、匍匐前進できるほどの隙間があった。そこで、犯人Xは菊島を殺害した後、その隙間を通って、あの部屋から脱

出したのです」

警部は顔をしかめ、

「えっ？　隙間に入るのは解る。しかし、そこからどうやって部屋から抜け出ることが出来るというんだ？」

「穴からですよ。穴から脱出したんです」

「穴？」

「床の穴ですよ。Xは床の穴から脱出したのです。あの２０８号室の床には幾つかの窪みが出来ていましたが、その中に、深くて底が抜けた窪みがあったのです。つまり、穴。その位置が、ちょうど、倒れかけた壁の下だった」

「倒れかけた壁の下に穴が……」

「そうです。Xはその穴から脱出した。そして、その後、壁が完全に倒れ、床と化し、穴を塞いでしまったのです」

「われわれが歩いていた床の下に脱出口があったというわけか」

警部は口を半開きにし、穴を作っていた。

宝結は笑みを飲み込み、

「あの２０８号室は二階でしたよね。一階に降りて、２０８号室のちょうど真下、大麻栽培の部屋を調査した時でした。天井を見上げると数箇所に窪みがあり、その一つに注目しました。マンホールくらいの大きさの窪み。よく見ると、窪みの縁に微かな光が漏れていたんですよ。それは二階の光。真上の部屋、死体の横たわる部屋から漏れてくる光です。つまり、その窪みは実は穴であり、二階のあの部屋の床、いや、倒れた壁の底が見えていたということなのです」

「一階の天井の窪みと認識していた箇所が実は二階の床の裏側、いや、正確に言えば倒れた壁だったわけか。脱出口は堂々と見えていたなんて」

警部は悔しそうに唇を噛み、鼻に皺を寄せる。

宝結は冷静な面持ちで続ける。

「順を追って犯行の過程を整理してみましょう。先ず、Xと菊島はあの208号室にいました。Xが菊島を追い詰めたのか、あるいは、Xが208号室に隠れて待ち伏せしていたのかもしれません。いずれにせよ、道路に面した側、南側の外廊下のドアから部屋に入ったのでした」

「ああ、反対の北側の出入り口を使うことは有り得ない。外廊下が部分的に崩れて通行不可能だし、繁茂している蔓草を踏んだ跡も無かったからな」

「その通り。そして、Xは菊島を208号室に追い詰め、ナイフで刺殺します。それから、また南側のドアを通り、二階の広い踊り場で見立ての小道具を作ると、それらを208号室に持ち帰り、死体の周りに飾り付けた。目的を果たし、いざ部屋を出ようとしたのですが、南側の道路に面した空き地にトラックが二台やって来て、停車したのです。長距離輸送トラックの運転手たちが休憩するためですね。南側のドアから出て外廊下を通ると、トラックから見えてしまう恐れがある。だけど、さっきも言ったように北側の出入り口からの脱出は不可能。そんな窮状に追い込まれたXの目に入ったのが床の穴でした。

もちろん、この時、壁はまだ傾いた状態です。わずかな隙間を残して倒れ掛かり、サイクルマシンにもたれかかっている状態。あと、死体もその壁の上に横たわっているわけです。おそらく、ナイフを突き刺されて倒れた時のままだったのでしょう。また、見立ての装飾の一部は死体の肩や腕に引っ掛けられ、他は端の段差スペース、本当の床に置かれていたはずです。そして、穴の位置は傾いた壁の奥の方でした。かなり狭くて窮屈ですが、標準体型の大人ならどうにか通ることが可能な広さでしょう。

その穴から脱出する前に犯人は念の為に南側のドアを閉めて施錠しました。万が一、トラックの運転手たちが好奇心からこの廃墟に来て、208号室の中に入るのを防ぐためです。Xは逃げる時間を稼ぎたいので、早々と死体を発見されたくありませんし、また、折角の見立ても荒らされたくないはずですからね。そのために、南側のドアを施錠したというわけです。

そうしてから、Xは傾いた壁の下の僅かな隙間に潜り込み、匍匐前進し、そして、床の穴を抜けて、真下の一階の部屋に降り立ち、脱出を遂げたのでした。そこから中庭に出て、A棟の陰に隠れて施設を出て、近くに停車していた車で無事に逃げ去ったというわけです」

警部は顔の前で右手を傾けて、

「あの部屋の壁が完全に倒れたのはその後か」

「そうです。あの夜、地震がありました。菊島の死亡推定時刻の時間帯でした。なので、Xが現場を立ち去ってまもなくしてのことでしょう。地震でサイクルマシンが揺らいで倒れ、それによって支えを失った壁は完全に倒れてしまったのです。時間から考えて、余震の時だったのだと思われます。また、おそらく、最初の大きめの地震の際、壁が乗っていたサイクルマシンは部分的にひしゃげるなどして、だいぶ傾いたと推測されます。そんなギリギリのバランスのところに余震が止めをさして、ついにサイクルマシンを弾いて壁は倒れたのでしょう。そして、穴が塞がれ、密室が出来上がった」

真実と虚構を織り交ぜて、「シン相」が次々と構築されてゆく。

今の密室の謎解きの中で、隠し部屋のことは事実だろう。床の穴も実在していた。また、隠し部屋を作っていた壁が倒れかけ、サイクルマシンに支えられていた、それも現実の出来事のはずだ。ただ、あの夜の地震によって壁が倒れて穴を塞いだのかどうかは不明だ。もっと以前のことかもしれない。だが、あちこちが損壊し傷だらけの現場の部屋を調査しても、その時期を特定することは不可能だろう。

宝結の作り上げた新しい真相である「シン相」が真実となるのだ。

そして、あの信じられないような真の真実、振り子の密室という真の真相はこの世から消滅した。

50

「続きまして、第三の事件」

宝結は悠然としたマイペースで続ける。

「二月九日から十日にかけての夜、調布市柴崎の町外れの倉庫前の駐車場跡地で起きた殺人。被害者は冠羽フーズの営業マン、毛利でした。世の中に不服を覚えているようにいつも口を尖らせている男が世を去ったのは何やら皮肉めいています。ま、それはさておき、事件の話ですね。頭頂部の強打による脳挫傷が死因。他にも頭部と上半身に数箇所、打撲の痕がありました。

そして、その現場は実に不可解な状況でした。先ず、死体は上半身が焼けていました。上着は黒く焦げ、頭部も焼けた痕跡がありました。また、駐車場跡地の脇、草木の低い位置の葉や枝にも焦げ跡が見つかっています。さらに、倉庫の壁、二階の屋上近くの高さのところです、その壁の部分にも黒く焦げ跡がありました。しかも、その焦げ跡の形は人の逆さの上半身のようでした。いったい、何がどうなっているのか、異様としか言葉が見つかりません」

蓮東警部が長い顔を干し昆布のようにしかめながら、

「おまけに、またも、月の見立ての装飾が施されているんだから、まったく見ていて頭がおかしくなりそうな現場だったな」

「見立てのテーマは月探査船アポロ号の名の由来であるギリシア神話の神アポロンでした。そして、死体が燃えていたことはアポロンの見立ての一部でもありました」

「それでも、あの現場の不可解さは尋常じゃない。まったくもってクレージーだよ。まるで、上半身が炎上しているガイシャの毛利が逆立ちしたまま走って、駐車場沿いの草木を燃やし、そして、驚異的なジャンプ力で跳躍して、倉庫の壁に激突して死んでしまった、と、そんなふうに見えるじゃないか」

宝結はペースを崩すことなく、

「確かに、一見するとそんなふうにクレージーな展開に思えてきます。それは、目の前の不可解な状況をワンシーンで想定するからでしょう。ここはシーンを分割して考える必要があります。あの異様な状況に至るには然るべき段階があったはず。然るべき状況を然るべき順番で構成すればおのずと自然な事件の流れが見えてきます」

「あんな不自然な現場に秩序なんかあるというのか？」

「はい。注目すべきポイントは火です。検視報告によると、毛利が絶命したのは上半身が燃えていた時かあるいは火が消えた後ということでした。つまり、毛利は生きている状態で火をつけられたことになります。しかし、死因は打撲によるもの。実際、頭部や上半身に複数の打撲の痕があった。Xは殺害方法として撲殺を選んでいたのは間違いない。そして、毛利に火をつけたのは見立てのためでした。ならば、毛利を殺してから火をつければいい。むしろ、じっとしている死体の方が簡単かつ安全、それに確実に目的の箇所に着火できますからね。普通に考えれば、そうするはずです。なのに、なぜ、そうしなかったのか？　いや、しなかったはずがない。そうしたのです。正確に言えば、そうしたつもりだったのです」

「ん、つもり、って？」

「思い込んだんです。死体だと思い込んで、火をつけた。そう、Xは毛利が死んでいると早合点して、火をつけたのでした」

「死体だと勘違いして火を」

宝結は頷き、

「Xは毛利を殴打し、毛利は気を失い、倒れたのでしょう。じっとして動かない。Xは毛利が死んだと思ってしまった。脈の確認なども不十分だったのでしょう。また、犯行を早く済ませたいと気が急いていたり、焦りもあったのかもしれない。横たわる毛利を死体だと判断した。そして、Xは毛利に火をつけたのでした」

「毛利は気が付くよな」

「はい。それによっておかしな状況が形成されていったのです。この点を踏まえて、最初から犯行の経緯を再構成してみるとしましょう。繰り返しになりますが、先ず、Xは殺意をもって、毛利に襲い掛かり、何か鈍器のような凶器で殴打します。強打された毛利は気を失い、倒れ伏す。Xは毛利が死亡したと早合点し、毛利の上半身にシンナーをかけ、火をつけました。

するると、熱さのあまり毛利は覚醒し、起き上がったのでしょう。それを見て驚愕したX。しかし、毛利の方はXよりも目の前の火。ジャケットが燃え、頭にも火が移りそうで熱さに悶《もだ》え、恐怖におののき、慌てふためいています。とにかく火を消さなければ、そのことに意識は集中している状態です。そんな必死の毛利の目に入ったのは『貯水槽』の文字。倉庫の屋上の貯水タンクでした。毛利は本能的に倉庫に駆け寄って、二階の屋上へと向かいます。おそらく、そこに脚立が立てかけられていたのでしょう。樹木の剪定などにも使われる高さ三メートルくらいの長めの脚立。現場検証の際には見当たりませんでしたが、犯行時にはあったと推察します。壁の高い位置には沢山の落書きが描かれていたのですから、そうした足がかりが存在していてもおかしくありません」

そう、脚立の存在を主張しても不自然ではない。が、実際のところは無かった。おそらく、落書きのアーティストたちは倉庫の脇にあったビールケースを積んで足がかりにしたか、あるいは、自分で脚立を調達してきたのだろう。

宝結はしれっとした態度で、

「我々が現場検証に臨んだ際、その脚立が見当たらなかったのは、犯行後、Xが処分したからでしょう。脚立という手掛かりを消した方が、犯行現場の不可解さが増すからです。神秘性の強調ですね。この現場の見立てはアポロン、いわば神の見立てなのですから」

「神秘的なムードで神の見立てを強調したってわけか。犯人の野郎、煩わせてくれるぜ。脚立をどこに始末しやがったんだ？」

警部はしかめっ面で宙を見上げ、

「ん、現場からちょっと行ったところに、休業中だか廃業したかの工場があったな」

「金属加工工場ですね」

「あそこのガラクタに幾つか脚立があったような」

宝結は白々しく拳で手のひらを打ち、

「ああ、なるほど、あそこに紛れ込ませたかもしれませんね。でも、Xは手掛かりを残しているかどうか？」

「まあ、期待できないだろうな、くそっ」

そう、その通りである。工場には数台の脚立があったが、その一つを私と宝結が綺麗に拭いておいたのだ。Xが処分した脚立、しかし、手掛かりは消されている、という設定のもとに仕掛けたのだ。操査に抜かり無し。

宝結は話を続けている。

「話は犯行状況の途中でしたね。時系列を戻して続けます。ええっと、倉庫に立てかけられていた脚立のことでした。その脚立に毛利は飛び付きます。水を求め、上半身が燃えたまま毛利は懸命に脚立をよじ登ったのです。何と凄絶で異様な光景でしょう。一方、当然、Xの方も呑気に眺めているわけではありません。毛利を追います。Xは脚立に手をかけ、揺さぶったのでしょう。激しく前後左右に揺さぶった。それによって、脚立のてっぺん辺りにいた毛利は振り回され、壁に叩きつけられ、そして、遂に落とされてしまった。その過程で、壁の高い位置に上半身の形の焦げ跡が付いてしまったわけです」

「驚異的なジャンプではなく、壮絶なチェイスだったわけか」

「ですね。それから、落下して倒れている毛利にXは近寄り、とどめの打撃を加えて、今度こそ確実に殺害した。あるいは、落下した毛利は既に絶命していたのかもしれない。Xは毛利の脈を取り、今度こそ死を確認した。その際、いずれであれ、Xは毛利の間近にいて、覆いかぶさるような格好をした。その時、まだ毛利の上半身は完全に鎮火していなかったのでしょう。火がXに移ってしまったのです。あるいはXに飛び火したのはもう少し早い段階だったかもしれない。Xが脚立を揺さぶっている際に毛利のジャケットの燃えカスが落ちてきたというケースも考えられるでしょう。

しかも、さっき、毛利にシンナーをかけた時にXの上着にも少しかかってしまった可能性があります。そこに火が移り、上着が燃え始めた。

Xは慌てて上着を脱ぎ、火を消そうとします。上着を地面に何度も叩きつけました。コンクリートやアスファルトよりも湿っぽいところ。土の地面です。いったん溶けた霜柱のせいで土が泥のように湿っています。だから、駐車場沿いの土の地面に上着を叩きつけたのです。その際にも火の粉が飛び、草木を焦がします。同じ場所ばかりで火の粉を飛ばし、上着で煽っていると、草木が燃え盛る恐れがあります。だから、歩きながら、横に移動しながら、上着を地面に叩きつけて、火を消したわけです。そして、その痕跡がつまり、駐車場沿いの草木の低い位置の焦げ跡だったというわけです。土の地面はもともとぬかるみのような状態ですから、上着を叩き付けてもその跡は紛れて解らない状態でした。ということで、駐車場沿いの低い草木が焦げているのは、上半身の炎上している毛利が逆立ちして走ったからではありませんでした」

「もちろん、そうとは解っていたがな」

警部は悔しそうに弁明して、

「しかし、その時、燃えていたのはガイシャの毛利ではなく、犯人Xの上着だったというのは発想の盲点と言うか逆転の発想だったな。たまには逆立ちでもした方が頭の血の巡りが良くなるのかもな」

「くれぐれも身体に気を付けて」

と、胸元を軽く叩いてみせ、

「健康なうちに次の事件へと参りましょう」

そう言って、ミントタブレットを口に入れ、涼しげに大きく息を吸い込んだ。

宝結の披露した謎解きによって、あの信じられないような奇天烈なアクシデントはいずこへと消えてしまった。そう、燃える人間を乗せて火車のように台車が暴走した事実は今となってはまるでパラレルワールドの出来事のようだ。

宝結の作り上げた「シン相」によって、真相はより現実性を帯び、真実となったのである。

51

宝結は瞬きを繰り返してから、大きく目を見開く。メントールの強い刺激が脳に伝わり、思考

力がさらに活性化した様子だった。拍子木を打つような強い声で、

「第四の殺人」

周囲をぐるりと見渡し、

「最後の殺人でもありますね、もう一頑張りです。一昨夜、二月十日から十一日にかけての深夜、メイムのインストラクター・二ノ宮が殺害されました。死因は絞殺による窒息死。凶器に使用された麻紐は死体の首に残されたままでした。場所は調布ヶ丘の寺に面した七メートル四方ほどの菜園。北側と東西の三方が椿の植わった生垣に囲まれ、南側が道路に面しています。

そして、その現場はまたも奇怪な状況でした。足跡のない殺人です。降り積もった雪の上に死体は横たわっていました。しかし、その周囲には一切の足跡がありませんでした。二ノ宮の殺害された時間帯には既に雪は止んでいたことが確認されています。また、死体にもっとも近いのは北側の生垣ですが、鑑識によれば、痕跡を残さずに、椿の生垣の上に乗ることも、根元を歩くことも不可能とのことです。それなのに、死体の周囲には足跡が存在しない。犯人Xはどうやって犯行に及んだのか？　不可能犯罪であり、一種の密室、雪密室です」

私は補足として、

「また例によって、見立てもあって、よけいにミステリアスだし」

「そう、雪月花と花鳥風月の見立てでした。人を殺しておいてそんな風流な装飾を施す犯人Xとはつくづくふてぶてしい奴です。椿の花のブーケ、グレイの羽根が死体の傍らを彩り、一面は白い雪、時折、風がそよぐ、という按配。犯行時には雲の隙間から月が輝いていたようですし、死体のポケットには例のメモ、月の満ち欠けが表現されていました」

すると、蓮東警部が一際大きな声で、

「そうそう、羽根なんかがあったから、よけいなこと言う奴がいたよな」

すかさず壁際から阿口刑事が一歩前に出て、

「グレイの翼の生えた鳥人が二ノ宮を捕らえて空の上で殺し、死体を雪の菜園に捨てて、いずこへと飛び去った」

「だから、言うなっ」

警部の怒声に阿口はすぐさま壁際に後退する。ほとんどプレイの世界。

宝結は続けて、

「いや、一概に無視できない貴重な意見です。とても参考になる考え方ですから」

「宝結、お前まで何言い出す。気は確かか？」

警部が眉をひそめる。

宝結は穏やかに頷き、

「ええ、確かです。これから証明しますよ。足跡の無い殺人の絵解きをしてみせますから。どうかお聞きください」

と、咳払い一つして、

「先ず、注目すべきものが一点あります。それは麻紐です。絞殺の凶器に使用されたものではありません。同じ種類の紐ですが凶器とは別にもう一本、現場の雪の上に落ちていましたね。一方の端の方に結び目のある紐」

「ああ、あの麻紐な。三メートルくらいのやつ。死体と道路との中間くらいに落ちていたっけ」

「そう、あれはどんな意味があるのか？　なんて話していて、結局、意味は無い、あるいは解らない、ということでした。けど、ここにきて、大きな意味を持ってきます。あの麻紐は雪密室を作るために使われたと推測されるからです。それについて、先ず麻紐が落ちていた位置に注目してみましょう。死体の近くには見立ての装飾が置かれていましたね。椿のブーケや数枚の羽根などが。しかし、問題の麻紐はそれらから離れた位置にあり、つまり、見立ての小道具の類ではないと考えられます。そして、もちろん、麻紐の周囲にも足跡はない。では、どうやって雪の上に置いたかというと、簡単ですね、放り投げればいいわけです。道路側から片手で簡単に投げられますね。しかし、見立てのためではないとすれば、わざとそこに置いたのではない、と考えられます。偶発的にそこにある。偶発的にそこに放り投げられた。何かの拍子に放り投げられ、そこに落ちた、と。何かの拍子、それは死体を置いた時、そう考えると、この状況に説明がつくのです。麻紐が放り投げられた、そこから発想して、死体が放り投げられた、と考えるのです」

蓮東警部は亀のように首を伸ばし、

「なにっ、死体が放り投げられただと？」

「はい。死体が放り投げられ、それと一緒に麻紐も飛んで行ったわけです。だから、死体の周囲にも麻紐の周囲にも足跡が無かった。雪密室が出来上がったのです」

警部は声のトーンを上げ、

「おいおい、死体を放り投げるなんてあっさり言ってくれるけど、あんなとこまで無理だろ。死体だぞ。人体だぞ。そう簡単に五メートルも六メートルも投げられるもんじゃない」

「そりゃ、そうです。手で持って死体をポーンッ、なんてそんなこと出来っこありません」

宝結は首を横に振ってから、

「しかし、大きな力を利用すれば可能です。死体を放り投げる大きな力。死体を飛ばせる発射装置を使えば」

「何だ、そりゃ？　死体発射装置だと？　そんなもんどこにある？　まさか、売ってる、なんて言い出すんじゃないだろうな」

「売ってます」

「へっ？」

警部は目を白黒させる。

宝結は毅然とした口ぶりで、

「売ってますよ。車、売ってるでしょ。自動車《カー》ですよ」

「雪密室を作ったのはカーだと……」

「はい。こういうことです。死体を車のルーフに乗せたのです。そして、速度は正確に解りませんが三、四十キロで充分でしょう、その車で道路を走行し、あの現場の菜園の手前で急ブレーキをかける。すると、その衝撃でルーフから死体が勢いよく飛び出し、宙を滑空し、そして、積雪の上に落下する、という展開だったわけです。動いている物はそのまま動き続けようとする慣性の法則ですね。自動車メーカーなどのシートベルトの実験の映像を見たことがあるでしょ。シートベルトを着用していないと、急ブレーキや衝突の際、運転席のダミー人形がフロントガラスを突き破ってしまうことがあるくらいですからね。それも道路走行の平均速度の時速四十キロで」

警部は目を大きく見開きながら何度も頷いて、

「ああ、後部シートの人形が前部シートを飛び越え、フロントガラスも破って車外に放り出された映像、見たことがある」

宝結は頷き返し、

「はい、同じく見たことあります。それと同じ原理を利用し、死体を飛ばしたということです」

と、ここで外の道路の方に顔を向け、

「あ、そろそろかな」

そう言って窓に数歩近付く。

私は窓に歩み寄り、ブラインドを上げた。

外の風景が広がり、室内に陽光があふれた。

歩道には二人の制服警官が立っていて、こちらに気付くと敬礼をする。今朝、宝結が協力を要請しておいたので、彼らは段取りを心得ているはずだ。

宝結は合図として敬礼を返した。

二人の警官は道路に歩み出て、工事現場の誘導係のように通行車両に指示を出し、交通整理を始めた。

宝結は室内の全員に、

「あちらを見ていてください」

道路の方を指し示す。

そう言われなくても、既に誰もが窓の外を食い入るように見つめていた。

警官たちの協力のおかげで、一時的に道路が更地のようにガラ空きとなった。

メイムの建物は三叉路に面している。こちらに向かって真っ直ぐ延びている道路を一台のワゴン車が疾走してきた。時速四十キロくらいだろう。

シルバーの車体が陽光を眩しく反射する。ルーフの上に盛り上がった影があった。何か積んでいるらしい。

スピードを落とさずぐんぐん接近してくる。

そして、メイムの建物の手前七、八メートルくらいで、急ブレーキが耳障りな音を立てる。ワゴン車は急停止。

それと同時、ルーフの上から何かが飛び出した。

マネキン。男性の裸のマネキン人形だった。

砲弾のように宙を滑空し、距離を延ばしながら、次第に低空飛行。メイムの敷地に落下して盛り土に乗り上げ停止した。

死体のように横たわる裸のマネキン。

その向こう、歩道には何か紐のようなものも落ちている。マネキンと一緒に飛んできたものらしい。

道路の方ではワゴン車がバックし、方向転換。横向きになった際、運転席の作業服姿の人間がこちらの方を見る。ワークキャップをかぶり、サングラスとマスクで表情は隠されている。しかし、親指を立てて、合図を送ってきた。ミッション完了。

宝結と私も親指を立てる。グッジョブ。

そして、軽やかなエンジン音と共にワゴン車は走り去った。

スクリーンの幕を閉じるように、私は再び窓にブラインドを下ろした。外では二人の制服警官がマネキンを片付ける気配が聞こえる。交通規制も解かれ、車も普通に行き来し始めていた。

宝結は室内を見渡して、

「という感じです。こういうふうにして死体が飛ばされ、雪密室は作られたのでした。再現シーンにお付き合いいただき、ありがとうございました」

そう言って、マジシャンのように両手を広げて辞儀をする。

52

「今のワゴン車、運転していた男は?」

蓮東警部の問いに、宝結はあっけらかんと答える。

「まあ、うちの弟子、いや、下男みたいなものですよ」

違う。本当は胴元である。智恵ヒメであった。

智恵ヒメが帽子、サングラス、マスクで変装し、運転していたのである。

この宝結の謎解き独演会が開始されてから、私のスマホは智恵ヒメとずっと通話状態にある。今もそうだ。それでタイミングをはかり、智恵ヒメはワゴン車を運転し、再現シーンを演じたのであった。人手不足の繁忙時はこうした全員の協力が必要ということだ。

宝結は元の立ち位置に戻り、

「トリックの細かいところを説明しましょう。目的の地点までルーフに乗せた死体が落ちないように押さえておく必要があります。そのために使われたのが例の麻紐だったわけです。ルーフの死体の上に麻紐を渡し、垂れ下がった両端を左右のサイドウインドーから車内に入れます。そして、麻紐の両端を引っ張って結び合わせて、しっかりと死体を固定したのでした。道路の振動やスリップ、風圧などを警戒しなければなりませんからね」

「そうか、麻紐に結び目が付いていたのは死体を固定していたからか」

「はい。その状態をキープし、犯人Xは車を走行させました。そして、現場の手前、あの菜園の直前でブレーキをかける。その瞬間か、あるいはほんの数秒前、Xはナイフか鋏で麻紐を切る。運転しながらですから片手でハンドルを握り、もう一方の手で刃物を使って麻紐を切った。麻紐は一本の紐になり緩みます。ほぼ同時にブレーキの衝撃。すると、死体は勢いよく発射され、飛ばされて、雪の上に落下したのでした。また、その際、死体と共に麻紐も前に放り出された」

「なるほど、麻紐は軽量のため空気抵抗によって道路に割と近いあの地点に落下したわけだな」

「ですね。そうして死体を飛ばした後、犯人Xは見立ての仕上げを施した。羽根を小さな雪玉に貼り付けたり刺したりし、それを死体の傍らに投げる。雪玉は周囲の雪に紛れ、羽根だけが目立つことになります。それから、同じように、椿の花のブーケの根元にも雪玉を付け、投げて、見立てを完成させました。

あと補足すると、あの日は週末で、夜の比較的浅い時間に車の交通量が多かったので、車道の積雪はほとんど残っていませんでした。それで、トリックに不可欠な急ブレーキも可能であり、また、積雪の上にXの使った車のタイヤ跡を残さずに済んだというわけです。悪運の強いというか、その点は充分に検討した上での実行だったはず。やはり、手強い相手と言えましょう」

恐ろしい敵だと言わんばかりに大きく溜息をついてみせる。ますますの役者ぶりであった。

こうして雪密室トリックのシン相も細部に至るまで構築され、真実と認識された。

あの夜、実際に起きたドタバタコメディ顔負けの顚末、そう、大きな雪の蓋が足跡を覆ってしまったという信じられないような真の真相はまさしく真っ白に消去されてしまったのであった。

そんなことは知る由もない警部は鼻皺を深くして、

「ああ、ホント、犯人Xの奴、手こずらせてくれるよな、こんな雪密室なんか作って」

「確かに」

と、宝結は頷いてから、

「しかし、このトリック、失敗する可能性もありました。さっきの再現シーンは何度か練習した甲斐があって上手く行きましたが、でも、失敗する可能性はあるものです。急ブレーキをかけても、麻紐を切るタイミングが遅れたりしたら、死体はさほど勢いよく飛び出しませんからね。もちろん、Xはそれを承知だったはず。失敗してもいいと考えていた、と推察されます。たとえ、死体が道路に極めて近いところに落ちて、足跡の無い殺人が成立しなくても、雪月花と花鳥風月の見立てを作ることにはまったく支障はありませんから。では、何のために足跡の無い殺人という雪密室をこしらえたのか？　それはさっき解説した第三の殺人と繫がってきます」

「毛利の殺害のことか。上半身が焼けた死体の不可解な事件」

「はい。あれは脚立を持ち去ることによって、不可解な現場を作るという演出でした。おそらく、そんなことをしたXは第一と第二の殺人現場を意識していたのだと考えられます」

「ん、第一の殺人は額の擦り傷という不利な痕跡をカムフラージュするために強引な見立てを作った現場な」

「はい、そのため、一見、意味不明の不可解な現場を作り上げることになりました。また、第二の殺人では地震で壁が倒れ、意図せざる密室殺人となり、不可思議な現場が出来上がりました。そうです、不可解な現場、不可思議な現場と続いているのです。不可解と不可思議、ミステリアスな空気が漂います。そんな現場のトーンをXは踏襲してみようと目論んだのです。現場のトーンの統一ですね。そこで、第三の殺人現場では脚立を持ち去り、意図的に不可解な現場を演出したのです。しかし、それはXにとって絶対に必要な演出という程ではなかったのでしょう。あくまでも補強。さっきも説明したように、Xは連続殺人を強調することが目的です。そのためにメモを残したり、見立てを作り続けた。これらがいわばメインであり、実際、充分な効果を発揮しました。それに加えて、プラスアルファとして、現場のトーンの統一を考え付いたというわけです。おそらく、サブ的要素くらいの比重と思っていたのでしょう」

「連続殺人をよりらしく見せるための補強として、ミステリアスな現場というトーンの統一を考えたわけか。なるほど、それで第三の事件の時に実行してみた」

「脚立を持ち去ったわけですね。そして、この第四の現場では折角の雪を利用してみることにした。あくまでも補強の演出ですから、失敗する可能性も考慮に入れつつ、それでも構わないという安心感を抱きつつ、この雪密室を試みたというわけです」

警部は苦々しい表情を刻み、

「ある意味、リラックスしていたみたいだな。そのせいか成功した」

チッと舌打ちを加える。

宝結は目を細め、

「四つの殺人現場のトーンが統一されたわけです。まあ、雪密室に関しては少し運が味方したかもしれません。しかし、Xの運もここまでです」

そう言って、一際、眼差しを鋭くする。

警部は背筋を伸ばし、ゴクリと唾を飲み込み、問う。

「Xを追い詰めた、と?」

「はい、ようやく」

宝結は静かに、そして、力強く頷いた。

53

ACT10 COMPLETION

犯人を追い詰めた……。

それは犯人の正体の解明。犯人を指摘することを意味していた。

室内はこれまでに無いほど静まり返っていた。見えない糸がピーンと張り詰め、ほんの一触れで断ち切れてしまいそうな、そんな緊迫した空気に満ちている。一人一人の心臓音、いや、脈拍までもが伝わってくるようだった。

宝結は目を細め、宙を見つめて語る。

「我ながら情けないことに、ようやくXの正体に迫ることが出来たのは第四の殺人、二ノ宮殺しの事件を捜査してからのことでした。昨日の犯行現場から得た手掛かりを分析し、それを機に今まで見逃していたヒントにも気付き、やっと結論に辿り着いたのです。もっと早く真相に到達できなかったことが悔やまれるばかり」

溜息混じりに首を横に振る。

すると、蓮東警部が苛立たしげに椅子をきしらせて、半分腰を上げ、

「うん、だから、悔やむのは後にしてくれ。こっちも早く真犯人を知りたいから」

そう言って、右の拳を繰り出す仕草をしながら、先を促した。

宝結の焦らしのテクニック本領発揮、といったところだ。

宝結はハッと肩をすくめ、

「失礼しました」

小さく頭を下げる。そして、ミントタブレットを口に入れ、大きく深呼吸。水浴びした猟犬のように首をブルブルッと振って、素早く瞬きを繰り返す。大きく目を見開き、毅然とした眼差しを輝かせると、

「では、参りましょう。今言ったように、第四の殺人、雪密室ですね、二ノ宮殺しを考察することによってXの正体に肉薄したのでした。

先ず、基本的な条件から明らかにしましょう。雪密室のトリックはさっき説明した通り、車を死体の発射装置に使ったというものでした。その際、死体を車のルーフにしっかりと麻紐で結わえ付けて走行し、発射地点で麻紐を刃物で切ったわけです。片手でハンドルを握ったまま急ブレーキを踏んで、それとほぼ同時にもう一方の手で握ったナイフか鋏で麻紐を切る、という段取りです。なかなか難儀な作業だと想像されます。

しかし、もし、共犯者がいたならば、助手席ないしは後部席に共犯者がいたならば、別の方法を取ったのではないでしょうか？　もっと楽で簡単、かつ正確な方法。例えば、ルーフ上の死体を麻紐で固定するにせよ、結わえ付けるよりも、共犯者が麻紐の両端を両手でしっかりと握ってい

た方が死体を飛ばす時、ずっと容易だったはずです。Xの合図で共犯者が両手を離すだけでいいのですからね。その方がスピーディーだし、より微妙なタイミングをはかれるはずです。それに比べ、ナイフや鋏で麻紐を切る方法だと難しさが大きいはず。路面の具合による揺れや急ブレーキの震動は切る作業に影響を与えますし、最悪の場合、刃物の角度によっては直径五ミリの紐ですから切り損ねる恐れもあります。

なので、共犯者がいたならば、共犯者はそんな方法は取らなかったでしょう。しかし、そうしたのは、つまり、共犯者がいなかったから、と考えられるわけです」

「つまり、単独犯」

「はい、殺人犯Xは単独犯だった、この結論を先ず一つの基本条件として挙げておきます」

宝結は人差し指を立てる。一拍間を置いてから、

「次、さらに具体的な犯人像に迫りたいと思います。注目したのはここメイムの施設内にあるスタッフ用休憩室です。三人のスタッフのロッカーの並ぶ部屋ですね。犯行の深夜、二ノ宮を殺害した後、犯人Xはその部屋に入り、二ノ宮のロッカーを開けたことが解っています。殺人現場の椿の花びらがロッカーと室内に落ちていたからですね。そして、その部屋のドアは施錠されていました。早朝、捜査員達が二ノ宮の死を知らせにここメイムを訪れた際に確認しています。犯人が部屋を出る時に施錠したと考えていいでしょう。また、外から施錠するには鍵を必要とするタイプです。当然、犯人Xは鍵を使ったということになります。

つまり、Xは鍵を所有していた、あるいは、鍵を入手したわけです。前者の場合、鍵を所有していたのは当然ここのスタッフの三人、でも、その中で二ノ宮は殺害された被害者ですから、残

る二名、堤さん、杏奈さんが該当することになります。また、一方、鍵を入手するには二ノ宮の死体から持ち出せばいいわけで、該当者の範囲は広がり、他の皆さんも含まれることになります」

そう言って、目の前の六人の容疑者達の険しい顔を見渡してから、

「しかし、死体の様子を思い起こしてみれば気付くことがあります。スタッフ用休憩室の鍵が仕舞われていたのはジャケットの左ポケットであり、そのポケットの上部には千枚通しが突き刺さっていました。Xの攻撃の痕跡、というか的を外した失敗の痕跡ですね。そして、その千枚通しを抜かなければ、ポケットに手を入れることが出来ず、中の物を取り出せませんでした。しかも、鍵はハンカチの下に押し込まれるように入っていたので、ハンカチを出さないと、鍵を取ることは出来ませんでした。そして、千枚通しを刺した穴は一つだけ、しかも一撃だけだったと鑑識は断言しています。いったん千枚通しを抜いてから再び刺した痕跡は無かったということです。つまり、Xは左ポケットからスタッフ用休憩室の鍵を拝借することはなかったわけです」

左手でサッと宙を切るポーズをする。それから、右の人差し指を立て、

「もう一つ。さっきも言ったようにXは二ノ宮のロッカーを物色したわけですから、そのロッカーの鍵を使ったことになります。二ノ宮はあの夜のようにロッカーの鍵を持ち歩く習慣でしたし、メイムプランの配分金のメモをロッカーに仕舞っていたわけですし、また、常識的に考えて、当然、常にロッカーの鍵は施錠していたはずです。そうでなければ、とっくにXは二ノ宮のロッカーを覗いていたでしょう。二ノ宮を殺害し、鍵が手に入ったからこそ、あの夜、Xはロッカーを物色したのです。それに、死体から鍵を持ち出したからこそ、また、死体に鍵を戻したのです。ロッカーを密かに物色したことを隠したかったからでしょう。

さて、Xは死体の右ポケットか胸ポケットか、いずれかのポケットから鍵を取り出したわけですが、その鍵が一目でロッカーの鍵と解ったようですね。なんせ、千枚通しの刺さった左ポケットの方をいじっていないわけですから。一目見てロッカーの鍵と判断できたから、左ポケットを調べる必要が無かったのです。

では、何で、一目でロッカーの鍵と解ったかと言えば、同種類の鍵を日頃から目にしているからですよ。同じメーカーロゴの刻まれた、同じデザインの鍵を。そうした人間とはその鍵を持っているからに他なりません。あの部屋のロッカーを使用するために、ね。

はい、条件が絞られてきましたね。Xは二ノ宮の死体からスタッフ用休憩室の鍵を持ち出さなかった人間、つまり、その鍵を所有していた人間です。もう一つ、Xはその部屋のロッカーを使用している人間です。二つの条件を共に満たすのは二名、堤さんと杏奈さんということになります」

眼差しを鋭くし、二人に視線を往復させる。

また、室内のすべての視線も彼らに注がれていた。

堤はしゃくれた顎を突き出すようにして、顔を強張らせている。こめかみにうっすらと汗が滲む。

杏奈は大きな目をさらに大きくし、呆然としていた。緊張のせいか小麦色の肌から血の気が感じられない。

空気が電気を帯びたようにピリピリとした雰囲気をみなぎらせている。息遣いや衣擦れの音一つ聞こえない。

宝結の声だけが響き渡る。

「そして、ここからさらに絞り込まなければなりません。最初に挙げた条件、そう、殺人犯Xは単独犯という条件があるわけですから。

では、参ります。再び、スタッフ用休憩室のロッカーに注目しましょう。ロッカーは三台あって、約三十センチの間隔で並んでいました。真ん中が二ノ宮のロッカーです。殺害後、Xは二ノ宮のロッカーを開けて、中を調べていましたね。そして、昨日の現場検証で、ロッカーの間近、絨毯の床にゴミ箱が一時的に置かれていたことが確認されています。絨毯をよく見ると埃が付着しており、その形状から判明したわけです。そのゴミ箱は本来、部屋の隅に置かれているもので、実際、現場検証の時にはその位置に戻されていました。つまり、部屋の隅からロッカーの前に移動し、また、そこから元の位置に戻された。ほぼ部屋の対角線を往復したわけです。その往復の痕跡、埃とか引き摺った跡なども確認されています。そして、ゴミ箱の底に椿の花びらが付着していたことなどから見て、Xがゴミ箱を移動したと判断されました。

では、何故、Xはそんなことをしたのでしょう？　踏み台にするにはゴミ箱は不便すぎます。逆さにして使ったなら、底が汚れているので足跡などが残るはずですが、そうした痕跡は無いと鑑識も否定しています。また、ロッカーの上部を見るためだったら、ロッカーの中の棚の段に足をかける方が簡単で早いわけですし」

私が補足事項として、

「実際にXがその方法を取った痕跡、ロッカーの棚の段を踏んだ汚れも確認されているしな。となると、Xは何のためにゴミ箱を？」

「はい、そこで思い出してほしいのはロッカーのドアです。あのドアは右側に開くものでしたね。そして、手を離すと、バネ仕掛けで自然に閉まる造作のドアでした。すると、ロッカーの中をあれこれ調べている際には煩わしいものです。片手や身体でドアを支えてないと閉まってしまう。うっかりロッカーの前から身を引くと、ドアは閉まり、耳障りな金属音を立てます。ひっそりとした深夜、秘密行動の最中にそれは避けたいはずです。そこで、Xはドアを支えるために部屋の隅からゴミ箱を持ってきたというわけです、あの位置に」

蓮東警部が身を乗り出し、

「そうか、ゴミ箱が置かれた位置は、二ノ宮のロッカーと右隣のロッカーの間だったもな」

声を大きくする警部をいさめるように宝結は手で扇ぐ仕草をする。

それから、咳払いを一つして、

「しかし、ここでさらに考察してみましょう。ドアが閉まらないように支えるならばもっと簡単な方法があるのです。それも容易に思い付くはずの方法。右隣のロッカーのドアを使うのです。二ノ宮のロッカーのドアを右隣のロッカーのドアで挟んで押さえればいいわけです。また、ロッカーの鍵の受け口、ストライク部分には磁石も装着されていますしね。二ノ宮のロッカーのドアを右隣のロッカーのドアと磁石で固定できるわけです。ゴミ箱を移動してくるよりもずっと簡単で早いでしょ。右隣のロッカーの使用者ならきっとそうするはずです。そのためには、もちろん、右隣のロッカーのドアを開く必要があります。しかし、Xはこの方法を取らなかった。それは右隣のロッカーを開けることが出来ないからです。鍵を所有していなかった。そう、右隣のロッカーの使用者ではなかったからです。そして、右隣のロッカーを使っていたのは」

「杏奈さん」

宝結は警部の答えに頷き、

「そうですね。右隣のロッカーの使用者は杏奈さん。そして、杏奈さんはロッカーの鍵とスタッフ用休憩室の鍵を同じキイホルダーにまとめていますね。もし、杏奈さんがXなら、あの夜、スタッフ用休憩室のドアを開閉したのですから、ロッカーの鍵も持っていたわけで、ロッカーのドアを開けられたはず。そうしなかったのは、杏奈さんがXではないからです。Xは右隣のロッカーの使用者ではない。左隣のロッカーの所有者でした。はい、一人に絞り込まれましたね。そう、犯人Xは堤さんでした」

そう言って、堤の方に手を差し向けてみせた。

数秒間、時が静止したようだった。すべてが彫像の群れとなり、静謐が横たわり、ストップモーションの空間と化していた。

やがて、カタカタと振動音が聞こえる。椅子が鳴っていた。

堤が全身を震わせ、青ざめた顔をし、ふらつきながら幽霊のように立ち上がる。口を開くが、顎が上下するだけ。胸を反らし、大きく息継ぎをし、ようやく言葉を絞り出す。

「なっ、何を言う……そんなことあるか……わ、私は殺してなんかない……」

裏返ったようなかすれ声だった。殺人犯の汚名に押し潰されたように激しく狼狽している。ショックに貫かれ、焦燥と戦慄に支配されている。また、既にメイム事件の方で犯人と確定している人間の弁明になど説得力はない、そのことにも気付いているようだった。

堤はメイムの仲間五人を見渡す。助けを求めるように両手を差し出し、震わせ、

「なあ、君らは信じてくれるよな。一緒に計画を進めた仲だろ。チームだよな……お、おい、何だよ、その目は……」

周囲の目は突き放すように冷ややかだった。恐れと驚きを湛えている。そして、何よりも怒りに満ちていた。仲間を殺したことに対する強烈な非難の視線であった。それらが矢となって堤を突き刺している。

堤は心臓を射抜かれたようにガクッと上体を前に傾ける。へなへなと身を沈め、椅子に腰を落とした。俯けたその顔は絶望の影に包まれている。

その様子を見届けたかのように宝結は顔を上げた。

そして、殊更に大きく咳払いをし、室内の注意を自分に向けさせる。ぐるりを見渡してから頷くと、よく通る声で話し始める。

「今回の四件の連続殺人を実行したX、その正体は堤さんでした。おっと、もう敬称略の方がいいですね、Xは堤でした。しかし」

と、いったん言葉を切る。二秒ほど置いて、

「しかし、ここでもう一歩さらに踏み込んで考えてみたいと思います。それは、Xの正体は堤だけなのか、という疑問です。果たして、Xは一人だけだったのでしょうか？

確かに二ノ宮殺しに関しては今証明したように堤の犯行でした。ならば、他の三件もすべて堤が実行したのでしょうか？　その可能性は充分にありえます。しかし、そうではないかもしれません。他の三件の殺人は別の犯人である可能性も考えられるわけです」

この発言に場の空気が波立つ。

蓮東警部が椅子を引き摺って身を乗り出し、

「もう一人、犯人がいる可能性か？」

目を見開き、驚きの声を上げた。

54

宝結は言った。

「もう一人、とも断定できませんね。もう二人、さらにそれ以上かもしれません。そう、犯人Xが複数犯だった可能性。堤と何人かで四件の殺人を分担して行ったかもしれないわけです。グループ殺人、あるいは、リレー殺人という呼び方もできますね。今の段階でその可能性は否定できないわけです」

蓮東警部が宙に目をやり、

「そうか、二人のXが二人ずつ殺害したとか、あるいは、三人のXのうち二人が一人ずつ計二人を殺し、もう一人が二人を殺害とか、いろんな犯行パターンがあるわけだな」

「その通りです。だから、その真相に迫り、Xの正体を見定める必要があります。そこに至ってようやく事件の全貌を解明したことになるわけですから」

強い口調で言って、室内の一人一人に視線を突きつける。

誰もが黙り込み、身じろぎ一つせず、神経を張り詰めている様子だった。

宝結は続ける。

「先ず、この四連続殺人のアウトラインは既に述べた通りです。メイムプランの外敵と権力者を排除し、自分たちの利益を守るための殺人でした。となれば、このメイムプランに関わった人間による犯行であることは間違いありません。そうした人間とは殺害された毛利と二ノ宮を除き、ここにいる六名です。この六名は一昨日の晩に集まったグループでもありますね。つまり、Xが複数犯ならば、その構成員の容疑者は今ここにいる中の人間ということです」

「そうだな、確かにメイムプランのメンバーに限定されることになる。そして、それはつまり二ノ宮のロッカーで発見された利益配分のメモに記されていたメンバーでもある。あと、一昨夜ここに集合するために招集のメールが送られていた。殺された二ノ宮のパソコンを調べたらその同報メールが見つかったんだが、その送信先もまたメイムプランのメンバーであることを意味している。いずれもメンバーの顔ぶれは一致してたよ」

「確認のフォロー、ありがとうございます」

軽く頭を下げてから、

「そう、これらの手掛かりに加えて、違法フードや開発中の薬品などの証拠品からメイム事件のアウトラインを把握するに至って、ようやく、確信を持って、この条件、Xの範囲について絞り込むことが出来ました。

さっきも言ったように、メイムプランのグループから既に殺された毛利と二ノ宮を除いたメンバー、つまり、ここにいる六人が複数犯Xの候補のカテゴリーというわけになります。もちろん、前提は既に確定ですから残る五人が候補です。では、その中にXはいるのか、いないのか？　いるならば、何人いるのか、そして、誰なのか？　さっそく明らかにしてみせましょう」

そう言って、サーチライトのように鋭い視線を六人に向ける。

六人はそれぞれ顔を俯け、目を泳がせ、睨み返すなど反応はさまざまだが、いずれも表情は強張っている。

この場で落ち着き払っているのは宝結ただ一人。その滑らかな口調が続ける。

「時系列の順にまいります。先ず、最初の田久保殺しから始めましょう。逆さにされて口にメガネのレンズを入れられた死体の謎は既に解いた通りです。そして、この殺人はもちろんXの犯行ですが、どのXの犯行なのか？

先ず、Xの指の跡に注目したいと思います。犯行の際、Xは指紋を残さないよう手袋をしていましたが、指先に油汚れがあったことが判明しています。その日の午後に公園で工事が行われ、作業機械の油が花壇の柵の一部に付着し、ちょうど、その箇所にXの指が触れたからでした。おそらく人差し指か中指、薬指のいずれかと推測されています。

そして、Xの油汚れの指跡は様々な物に残っています。スタンプのようにほぼ同じ大きさと形の油汚れが付いていたのです。見立ての小道具である靴、メガネの左レンズ、左レンズの取れたメガネ、ベルト、それに死体の衣服の数箇所。あと、スマホやライターにも。犯行に関するあらゆる物に付着していました。この事実の意味するところは、同じ人間が触れたということであり、すなわち、その人間が犯行に関わる作業を行ったということ。つまり、その人間がすべての作業を行ったわけです。もし、誰かと作業を手分けしたならば、これらすべての物に同じ指の油汚れが付くとは思われません。指跡の無い物も存在するはずです。ということは、分業は行われなかった。共犯者はいなかった」

「つまり、Xは単独犯だったということになるわけか」

警部が人差し指を立てる。

宝結も同じポーズをし、

「はい。この犯行におけるXは一人でした。では、そのXとは誰か？」

一呼吸置いてから、

「手掛かりは番号札です。あの夜、被害者の田久保はパーティーに参加していて、クロークに手荷物を預けていたので、引き換え用の番号札を持っていたはずです。しかし、死体から番号札は発見されず、また、手荷物はクロークに預けられたままでした。そして、後に捜査によってパーティー会場近くの排水溝にその番号札が捨てられているのが発見されました。また、番号札にも例の指の汚れが付着していました。つまり、犯人が番号札を被害者から入手し、結局、捨てたことになります。

なぜ、そんなことをしたのか？　被害者の荷物はクロークに残っていたのだから、荷物を受け取るためではなかった。そこで、次のように想定を巡らせれば、この状況の説明がつくのです。それは、Xも番号札を持っていたということです。犯行の際、Xは被害者を殺害しようとして、抵抗に遭い、ちょっとした争いになった。その時、被害者の衣服から番号札が落ちたのですが、Xは自分が落としたものかもしれないと思ったのです。Xは番号も覚えていません。双方ともに微妙な番号だったのでしょう。ちなみに、後に判明したことですが田久保の番号札は174でした」

「微妙な数字だな。だいたい、番号札の番号なんていちいち覚えていないし、パーティーの途中で忘れちまうよ」

「ええ。で、Xは自分のポケットなどを探ったけど、すぐに見つからなかった。そして、速やかに犯行を進めることが何よりも優先されますから、拾った方が早いのです。迷うことなんかなかったでしょう。それから、犯行後、パーティー会場に戻り、自分の番号札を見つけ出したので、被害者の番号札は捨てたというわけです」

「うっかり所持しているところを俺ら捜査陣に見つかることを警戒したんだろうな」

「そういうことです。以上のことから条件が一つ、導き出されました。Xはあのパーティーに参加していた人間ということになるわけです。では、ここにいるメンバーの中で参加者は誰かと言えば」

「医者と予備校講師か」

「はい、楠枝さんと羽賀さん、です。殺害された毛利さんも参加していましたが、当然ながら、Xとは逆の立場、連続殺害計画のターゲットでしたから、Xの一人とは考えられません。よって除外されます。そして、この殺人におけるXは単独犯。なので、楠枝さんと羽賀さんの二者択一、どちらかがX、ということになります」

名指しされた二人とも石像のように固まっている。緊張のせいだろう、楠枝はエラの張った顔が赤黒く染まっている。握り締めた拳に血管がミミズのように浮き出ていた。

一方、羽賀は相変わらずの無表情だった。そのデスマスクのような面持ちはいつにも増して死人じみて灰色がかっている。さっきまで手帳にメモを取っていたが、右手のペンはもう動いていない。

宝結は結論へと進む。

「ここで、もう一つの別の番号札が手掛かりとなります。楠枝さんのクロークの番号札です。あれは実に特徴的な番号でした」

「100番、だったな」

私が言う。

宝結が頷き、

「そう、100番。忘れようがありません。ですから、楠枝さんなら落ちた番号札を見て、即座にそれは自分のではないと解ったはずです。つまり、拾って持ち去る必要がないのです。よって、楠枝さんは消去、Xではありません」

手刀で宙を斜めに切る。

蓮東警部が背筋を伸ばし、太い声をあげる。

「二者択一だから残るは一人、予備校の講師か」

「そう、この犯行におけるX、第一の殺人の犯人は羽賀さん、ということです」

宝結は羽賀の方に手を差し向けた。

沈黙がたれこめる。しかし、すべての視線は羽賀に突き刺さっていた。

羽賀は無表情のままじっと動かない。目だけが恨めしそうに澱んでいた。その眼差しで宝結の方を見上げ、

「そんなはずはない……私には覚えがない……」

ボソボソとしたかすれ声を漏らす。

宝結は一歩踏み出る。そして、羽賀の左手首を指し示し、

「その外国製の腕時計、実に美麗な装飾ですね。文字盤の角のシルバーの突起部分ですかね、被害者の額に傷を残してしまったのは。それをカムフラージュするために見立てをこしらえ、大変だったでしょう。死体を逆さにしたり、靴を首にぶら下げたり、口の中にメガネのレンズを入れたり、と」

冷徹な声で謎解きを仕上げた。

メイムプランの他のメンバーたちは恐れるような目で羽賀を見つめている。非難と嫌悪の眼差しもあった。羽賀はそれらを避けるように両手を額に当て、宙の一点を見つめ続けている。微かに肩が震えていた。

二日前、既に宝結が本人の前で指摘したように、実際の田久保殺しの真犯人は毛利である。

そして、毛利イコール犯人を指摘した論理的推理を変容させたのが今回のロジックであった。

相違点とは、つまり、先ず前段階で、Xの範囲をここにいる六人と絞り込んだ条件の提示。そして、ライターと二台のスマホの手掛かりを使わず、そこから導き出される条件を省いたこと。

これらによって同じ犯行現場から異なる論理的推理を築き、真犯人の毛利からシン犯人の羽賀へと結論をスライドさせたのであった。ここが、ロジックの持つ威力と怖さなのかもしれない。

55

宝結はペースを崩さず語り続ける。

「続いて第二の事件に移ります。廃墟で菊島が殺害された事件、そう、密室ですね。壁が床になった密室殺人でした。あの廃墟はカルト教団の施設だけあって辺鄙な場所にありました。そのため、被害者の菊島も犯人Xも車でやって来たことが確認されています。菊島の車は施設の東側の草むらに駐車されていました。当然、菊島は殺されているので、車は来た時のまま放置されている状態でした。運転席から菊島が出て施設へと向かった際、枯れ草を踏んだ痕跡がありました。

また、一方、犯人Xの車は反対側、施設の西側に駐車されていた跡、四つのタイヤ跡が確認されています。やはり、枯れ草が密集している野原です。そして、前部の一つのタイヤ跡の傍らに枯れ草を踏んだ跡が残されていました。これは、Xが運転席を降りて施設へと向かい、犯行後、また戻ってきた痕跡と推測されます。そうした人間の踏み跡があったのは、四つのタイヤ跡のうち、このタイヤ跡の近くだけでした。つまり、一つのドアからしか人間は出入りしていない。ということは、この車に乗っていたのは一人だけ、運転していた人間だけと考えられます」

「つまり、Xは一人」

蓮東警部が言った。

「はい、この事件においても、Xは単独犯だったということになります」

「先ず前提条件な」

警部は鹿爪らしい表情で腕組みをする。

宝結は頷き、

「次のステップに参ります。Xは密室つまり殺害現場の部屋ですね、その近くの階段の踊り場で見立ての準備をあれこれ行っていました。その痕跡の中で、結局使われなかった見立ての小道具がありました」

「ああ、あれな」

警部は素早く口を挟み、

「鳥籠、それに、薬の錠剤、バイアグラみたいなやつな、あと、貝殻か」

「そう、錠剤はレビトラという精力剤のジェネリック薬、まあ、バイアグラに近いものですね。あと、ホタテ貝の貝殻の欠片。それらが小型の鳥籠に入れられていました」

「そうそう、中途半端で解りにくい見立てだから、と犯人が思い直して、見立ての道具には使わなかったんだよな」

「これは竹取物語に出てくる『燕の子安貝』の見立てと推察されるということでした。鳥籠で燕、精力剤のレビトラと貝殻で安産に御利益ある子安貝を表現したのでしょうが、ちょっと強引で解りにくくて苦しい、と、そう判断し使わなかったわけです」

「他に竹取物語の見立てはあったしな」

「それらで充分でした。なので、『燕の子安貝』は捨てられたのです。しかし、Xにとっては役に立たなかった見立ての道具だったのに、こちらの役に立つことになってしまうのは何とも皮肉と言えましょう。先ず、錠剤。あれは菊島が密かに使っていたらしいものでした。やはり、ああいうものは秘密にしておきたい、その心情は自然でしょう。なので、周囲で知っている人は皆無でした」

「ま、そんなもんだろうな」

「階段の踊り場に放置されていた菊島の手提げ鞄からピルケースが発見されました。数種の錠剤が収められ、その中に件の精力剤レビトラもあり、Xはそれを見つけて、見立てに利用することを思いついたわけです。ここで次のことが考えられます。名称の記されていない錠剤、僅かなアルファベットだけしか記されていない錠剤を見て、それがレビトラのジェネリック薬と解ったのは、つまり、薬に関して相応の知識があったということになります。専門知識を持っている人間というわけです。

また、そもそも、あの半透明のピルケースを見れば、むき出しの錠剤が入っているだけですから、素人には何の薬か理解するのは困難である、そう思うはずです。あえて、ピルケースを開けようとも思わないでしょう。あの見立てを発想したのは薬について専門知識のある人間と見て間違いありません。では、ここにいる中にそうした専門知識を持つであろう人間がいるでしょうか?」

宝結は視線を左右に動かし、

「いますね」

警部も視線を動かし、

「いるな。三人。医者、ドラッグストアの店長、あと、またも予備校講師、専門は薬学だもんな」

「そうですね。ドクター楠枝さん、ドラッグストアの永瀬さん、それに、薬学講師の羽賀さん再登場」

そう言って、三人の顔を改めて見つめる。

さっきも容疑者に名指しされた楠枝は再び顔を赤黒くし、口をへの字にしている。

永瀬はおどおどした面持ちで落ち着きなく貧乏ゆすりを始めていた。

そして、ほんの数分前に殺人犯と指摘された羽賀は無表情のまま重い溜息を漏らす。額に当てた手の隙間から空ろな眼差しを覗かせていた。

宝結は慎重な口ぶりになり、

「あとですね、念の為ですが、こういった可能性も考えられるんです。つまり、薬の専門家ではなくても、この薬を使用している人間ならばこの薬がレビトラだと解る、ということ」

「あ、そりゃそうだな」

「また、使用していなくても所持している人、例えば恋人に飲ませている人、そういう人なら解りますよね。この中に該当する人がいるでしょうか？」

と見回しながら、

「さっきの三人以外の皆さん、どうです？　と言っても、正直に答える人はいないでしょうね。そこで、別の推理の条件を導入して、一人ずつ考察させてもらいます」

そう言って堤、杏奈、楠枝夫人の真緒美を順に見つめた。

既に二ノ宮殺しの犯人とされていた堤は呆然とするだけだった。

杏奈は不安そうに大きな目をさらに見開いている。

真緒美は驚きの表情でぽってりとした口元を丸くしていた。

そんな三人の反応を気にする素振りもなく宝結は淡々と話を続ける。

「先ず、さっきの話に出たように犯人Xは車を運転してきました。となると、運転できない真緒美さん、あなたは該当しませんね。いちいちデパートなどに行くのにタクシーを利用し、また、ご主人のドクター楠枝さんに対し『たまには運転してよ』みたいな文句を言うことがあったようですしね。ということで、この容疑者Xのカテゴリーから消去されます」

さっと空気を払ってみせる。

真緒美はフーッと息を吐き、半開きの唇を閉じた。

休むことなく宝結の話は続いている。

「それから、見立てに使用されなかった小道具の鳥籠に注目します。踊り場の窓の近くに吊るされていたようですね。痕跡がありました。鳥籠に蔓草がグルグル巻きついていたのをライターの火で断ち切った跡です。壁にも焦げ跡が見られました。なので、鳥籠はXが予め用意して持って来たものではありません。何せ、結果としてボツになった見立てですしね。たまたまそこにあったからXは利用しようとしたものです。言い換えれば、予定外のアイテム。そうした臨機応変の刹那的な場合において、ライターを用いるということは、日頃からライターを所持しているから出来たことです。ちなみに、ガイシャの菊島は禁煙家でライターを所持していませんから、死体から拝借するなんてことは出来ません。やはり、犯人は日頃からライターを所持していたわけです。そんな習慣のある人とは、そうです、煙草を吸う人、喫煙者ですね。となると、健康の伝道者たるメイムのスタッフの方々、ここにいるのは堤さん、杏奈さん、お二人は煙草を吸いませんでしたね。喫煙者ではありません。よって、この殺人における犯人候補からはオミットされます」

二人の前で手刀を交差させる。

堤は脱力したように肩を落とし、杏奈は強張った目元を緩める。

「というわけで、六人の中から真緒美さん、杏奈さん、堤さんは消去され、すると、やはり、最初のお三人、薬の専門知識を持つ三人に限定されることになります。ちょっと回り道しましたが、この容疑は一層堅固になったというところで、さらに絞り込みましょう。犯人は単独犯ですからね」

そう言うと宝結は前屈みになり、

「で、お待たせしました、さっきから何か言いたそうにしている永瀬さん、はい、解ってます、あなたはあの夜、出張していましたよね。毛利さんと一緒に静岡に出張し、地元の営業マンたちと宴会、カラオケを満喫し一泊しています。つまり、アリバイが成立するわけで、先ず一抜け、候補から外れてもらいます。シャッ」

と、手刀を横に切る。

永瀬は首を垂れ、大きく安堵の息を漏らす。貧乏揺すりも止まっていた。

「残るは二人」

と宝結は視線を左右に往復させ、

「楠枝さんと羽賀さん、ですね。どちらか一人。では、考察を続けましょう。ここで竹に注目してみたいと思います。竹取物語の見立てとして死体の傍らに竹が置かれていました。この竹の棒は竹箒の一部でした。竹箒の柄を折ったもの、一メートルくらいの棒です。そして、その棒以外の、竹箒の残りの部分が踊り場に残されていました。壁際のベンチの上です。その竹箒の折られた箇所、切れ目ですね、そこにベンチの塗料が付着していました。Xは竹箒をベンチに乗せ、足で押さえ、ベンチの端からはみ出た柄を手で押すようにして折って、切断したのだと推察されます。広さから見て、この作業はベンチの左右、どちらの端でも可能でした。そして、この作業を行った位置はベンチの左端でした。ベンチに乗せた竹箒を足で踏んで、ベンチの左端からはみ出た柄を折ったわけですから、左手で折るのが自然です。ということは」

「Xは左利き」

私が答えた。

宝結が頷く。

「はい、Xは左利きだと考えられるのです。また、さっきの話にも出ましたように、鳥籠に絡み付いていた蔓草をXはライターで焼き切っています。そして、その位置ですが、鳥籠の左側でした。後ろの壁にも焦げ跡が残っているから間違いありません。左手にライターを握って焼き切ったと推察されます。やはり、左利きと見ていいでしょう」

「だな」

私は頷く。

宝結はさらに続けて、

「もう一つ。ホタテの貝殻ですが鳥籠に入れるために、Xは二つに割っていました。自販機と壁の狭い隙間に貝殻を入れ、折り曲げて割ったわけです。その自販機は向かって右隅の角に配置されていたものでした。その場合、自販機と壁との隙間は二箇所あるわけです。一つは自販機の右側面と壁との隙間、もう一つは自販機の背面と壁との隙間。

そして、犯人が貝殻を割ったのは後者、自販機の背面と壁との隙間でした。想像してもらうと解りますが、この場合、右手に貝殻を持って隙間に入れて割ろうとするととてもやりにくいのです。なので、左手で行うのが自然ということになります。

また、もう一方、自販機の右側面と壁との隙間で貝殻を割る場合、左手だと難しく、そのため、右手を使うことになります。つまり、もしXが右利きならば、自販機の右側面と壁との隙間を選んだはずです」

「しかし、Xが実際に貝殻を割ったのは自販機の背面と壁との隙間の方だった」

「つまり、Xは左利きだと考えられます。以上、三つのケースにおいて同じ結論が得られたわけですから、もはや確定とみていいでしょう。ということで、条件が加わりました。Xは左利きである、と」

今度は蓮東警部が口を挟み、

「羽賀は右利き」

「そうですね」

宝結が羽賀の方を見て、

「最初はメモしていたのに、いつのまにかペンを動かす手が止まってましたものね。でも、確かに右手で書いてました。はい、右利きの羽賀さんは消去されます。

残る一人はドクター、いつもスマホやタブレット端末を使用する際は左手でスワイプやフリックしてましたよね、楠枝さん。それに初めて会った時、第一の殺人現場の聴取の際、酔っ払ってご機嫌のあなたは左手でスマホを振り上げて殺人犯が撲殺する真似をしていましたっけ。あれは大胆な予告編だったんですかね。まさしく、その通り、第二の殺人におけるXは左利きの楠枝さんでした」

そう言って左手の先を相手に向けた。

すると、楠枝は椅子を跳ね飛ばすようにして立ち上がった。全身がブルブルと震えている。エラの張った顔が赤銅色に染まり、まるで溶岩のような生き物だった。血走った目を三角にして、怒声を張り上げる。

「そ、そんなバカなことあるかよっ。たわごとほざきやがってっ。お、俺は医者だぞ、人殺しの真逆だぞ、生かしてナンボなのに、てめえ、ふざけやがって」

目を剝いて宝結に襲い掛かろうとする。左手の拳を振り上げながら。

素早く私が飛びかかり、楠枝の左腕を摑んで押し留める。ほぼ同時に数名の刑事も駆けつけ、楠枝を両脇から押さえ込んだ。

「くそっ、離せ、離しやがれっ」

楠枝は肩を振り回すようにして数秒ほど抵抗したが急に力が抜けた。

目が茫洋とし、足元をふらつかせる。どうやら血圧が上がり、立ち眩みのような状態になったらしい。私と刑事に支えられ、ゆっくりと腰を下ろす。椅子に座り、背もたれに寄りかかるとようやく落ち着いたようだ。ぼんやりとした面持ちのまま半開きの口で呼吸を整えていた。

そんな楠枝の姿を仲間だった五人は複雑な表情で見つめている。そこには恐れ、哀れみ、不信、侮蔑……様々な思いが入り混じっているようだ。そして、次第に彼らはお互いがお互いに対し疑心暗鬼の念を抱き、がんじがらめになってきているはずだった。

騒ぎの嵐が過ぎ去り、静寂を取り戻す。

宝結は肩を軽く払ってから、口を開いた。視線を羽賀の方に向け、

「あ、あと、ダメ押しのようなものですが、この殺人の犯人ではなかった右利きの羽賀さん、あなたのその体型ではあの密室の脱出は不可能でしたよ。穴はくぐれるでしょう。しかし、そこに至るまでが問題。傾いた壁と床との狭い隙間のことですよ。穴の近くはさらに狭い。その出っ張った腹ではきっと穴の手前で引っ掛かって身動き出来なくなるでしょう。やはり、あなたにはこの殺人におけるXは務まりません」

両手を交差させバツを作る。

既に死人のような表情の羽賀は空ろな目で自分の腹に目を落とすだけだった。

今回の犯人指摘の仕掛けだが、もちろん菊島を秘殺した時、あの廃墟の現場で作ったものである。ただ、あの段階では、まだメイムプラン及びそのメンバーの全貌は見えておらず、それ故、容疑者の範囲や人数を確定することは出来なかった。

そのため、楠枝を犯人に仕立てるに当たり、犯人の条件を多めに作っておいたわけである。つまり、多数の容疑者がいても、確実に楠枝を犯人として絞り込めるように複数の条件を準備したのだった。

喫煙者、左利き、車の運転、薬の知識、四つの条件を仕掛けておけば、楠枝を犯人に出来るだろうと目論んだわけである。さらに、駄目押しのように、密室トリックに絡めて羽賀の出っ腹を消去法の条件として追加しておいた。一種のトッピングのようなもの。

これだけ入念な準備を整えたからこそ、仕掛けは功を奏し、無事に楠枝をシン犯人として指摘することが出来たわけである。

また、仮に、もしも捜査過程で楠枝がメイムプランと無関係と判明していれば、当然、この犯人指摘の仕掛けは潔く放棄していた。

こうした段階的な計画が組まれた上で、楠枝がメイムプランの関係者と確定したため、この仕掛けが作動し、今、彼は殺人犯として指摘されたのであった。

宝結はミントタブレットを噛み砕いて飲み込むと、大きく深呼吸してから、

「では、残る一件へと参りましょう。第三の殺人。冠羽フーズの営業マン、というか、メイムプランの首謀者の一人、毛利が殺害された事件です。そう、上半身が焼け焦げ、倉庫の壁に叩きつけられるなど、異様な状況の犯行現場でした。その謎解きは既に説明した通りです。ここからは毛利を殺したXについての究明となります。


あの死体発見現場を思い起こしてみましょう。死体が倉庫の前から十メートルほど引き摺られた痕跡がありました。見立てのためです。あの現場の見立ては月探査船アポロの名の由来であるアポロンの神がテーマでした。そして、アポロンが予言を行う神殿には世界の中心があり、聖なる石塊が祭られているということなので、Xはその見立てとして、死体を移動したのです。倉庫の前に広がるアスファルトの駐車場跡地の真ん中辺り、そこには公衆電話ボックスの残骸であるコンクリートの土台が残っています。その土台の上にXは石を並べて、石塊の見立てを作り、神殿を表現していました」

蓮東警部は天井を見上げて記憶を辿り、

「うん、あの神殿の見立ての位置まで死体は倉庫から十メートルくらい移動させられていたな。焦げた上着の引き摺られた黒い跡がうっすらと残っていたのが確認されている」

「その通り、先に説明していただき助かります。で、その上着なんですが、片方の袖、右袖ばかりが擦り切れているんですね。移動の際、アスファルトにこすれたからです。つまり、Xは反対の左腕を引っ張って死体を移動させたことになります」

「その場合、犯人の利き腕は？」

「関係ないでしょう。今回は利き腕の問題ではありません。犯人は両手を使って死体の左腕を引っ張ったはずです」

「そりゃ死体は重いからな」

「はい。見立てを作るにあたり、もっとも労力を要する作業だったことでしょう。ならば、もし、共犯者がいたならば」

「手伝ったはずだ。二人で協力して死体の両手を引っ張り、十メートルの距離を移動させる」

宝結は両手を前に出してポーズを取りながら、

「そう、一人が右腕を、もう一人が左腕を引っ張って死体を移動させる。そうしていたなら、右袖も左袖もアスファルトにこすれず、擦り切れないはずなのです。でも、そうはならず、右袖ばかりが擦り切れていました。ということは、つまり、犯人は一人だったと考えられます」

警部はナルホドと頷き、

「この殺人のXもまた単独犯だったわけか」

「ですね。それを前提条件に次に進みます」

宝結は両手で輪の形を作り、

「見立ての一つにアポロンの月桂冠がありました。細い小枝を折って、針金で繋いで作られていました。ツツジの小枝が思いの外、硬かったのでしょう、道具を使って切っていましたね」

「ああ、爪切りを使っていたな。鑑識が確認している。ちょっと大きめで、変なキャラクターグッズの爪切り」

「ウナッティのグッズでした。静岡のゆるキャラの一つ、ウナギをモチーフにしたウナッティのキャラクターグッズの爪切りです。被害者の毛利が出張先の静岡で買ってきた土産物の一つでした。そして、それは他の数点の土産物と一緒に店のロゴの記された紙袋に入っていたものです」

「ウナッティのメモ帳とかミニフィギュアとか、何か七、八個のグッズが一緒に入っていたっけ。ガイシャのバッグから見つかったレシートと照合して、すべて袋に残っていたところを見るとどれも自分用だったようだな。まあ、旅先の土産物屋に入るとついいろいろと衝動買いしちまうもんな」

身に覚えがあるように警部は小さく苦笑いを刻む。

宝結は相槌を打ち、

「そう、毛利の自分自身への土産物が詰まった袋だったと考えられます。Xはそんな袋の中からウナッティの爪切りを取り出し、パッケージを開け、見立ての小道具作りに使ったというわけです。しかし、ここでよく考察してみましょう。その土産物の袋は毛利のボストンバッグの中にありました。そして、他にも着替えや書類や事務用品なども入っています。さて、Xが小枝を切る道具を求めてバッグを物色するならば、先ず、鋏やカッターナイフなどの文房具を探すのが自然ではないでしょうか。そして、あのバッグの中にはペンケースがありました。毛利の名前がしっかり書かれていましたね。透明のビニール製のペンケース。外からも中身が見えて、カッターナイフが入っているのが解ります。そう、普通に探すならば、先ず文房具の類を探し、すると、ペンケースを見つけ、結果、カッターナイフを取り出し、小枝を切るのに使うはずなんです」

「そりゃそうだな」

警部は首を数回縦に振ってから、首を傾げ、

「でも、何で、そうならなかった？」

「予備知識があったからです。爪切りの存在、という予備知識があった。毛利がウナッティの爪切りを持っていることを予めXは知っていたからです。だから、小枝を切る道具を必要とした際、あの爪切りを使えばいい、とXはとっさに思い付き、それで、毛利のバッグを開けると、真っ先に土産物の詰まった袋を求め、手にしたというわけです。そんな爪切りの予備知識が無いまっさらな状態ならば、先ず、文房具のペンケースを手に取るはずですからね」

「確かに。普通、爪切りは思い付かんし、また、土産物屋の袋の中に物を切る道具があることなんか期待しないもんな」

「はい。Xはウナッティの爪切りの存在を予め知っていた人間ということになります。では、そんな人間がこの中にいるでしょうか？」

宝結は視線をゆっくり動かし、

「はい、いましたね。条件にぴったりの方が。毛利と一緒に静岡に出張した人間です。そう、ドラッグストアの店長、永瀬さん。この事件におけるXは永瀬さん、あなたです」

そう言って、相手の顔を鋭く見据えた。

永瀬は痙攣したように肩、腕、足をプルプルと震わせていた。意味もなく両手の指が宙を掻いている。その怯えきった童顔は目も口も開いて、まるで、放置された腹話術の人形のようだ。

宝結はさらに言葉を続ける。

「前の事件、第二の殺人においては、この静岡出張がアリバイとなって助かったのに、この殺人

では逆に犯人指摘の決め手になってしまったのは皮肉でしたね。先は解らないということ、落語『うなぎ』じゃないけど、行き先は前に回ってウナギに聞いてくれ、ですか」

右手をウナギのようにくねらせてみせた。

永瀬は半開きの口から空気漏れのような声で、

「じ、自分、や、やってないっす……し、信じて、くださ……」

半べその面持ちで立ち上がろうとするが、足がワナワナと震えている。どうやら、腰が抜けているらしい。

他の五人の仲間は黙って冷ややかに傍観するだけだった。もはや、他人のことに構っている余裕などないのだろう。疑心暗鬼の空気はさらに濃密となっている。彼らの間にもはや信用や結束の意識は明らかに消滅していた。

57

こうして、四件の殺人事件の犯人が指摘された。

第一の事件・田久保殺し＝羽賀。

第二の事件・菊島殺し＝楠枝。

第三の事件・毛利殺し＝永瀬。

第四の事件・二ノ宮殺し＝堤。

つまり、ここにいるメイムプランのメンバーの男性全員が犯人ということになったのであった。

宝結は語る。

「四件の殺人事件にそれぞれ異なる犯人。四人の犯人の手による共同殺人だったわけです。あるいは、四人の犯人による四件のリレー殺人と言った方が正確かもしれませんね。

これらの殺人において四件すべてに月をテーマにした見立ての装飾が施されていました。四人の共通意志のもとに継承された成果と言えるでしょう。

そして、各現場にはメモが残されていました。そこに描かれていたのは月の満ち欠けを意味する図形です。事件の連続性を訴え、四つの装飾がいずれも月の見立てであると強調することが目的でした。

同時に、犯人四人にとって、見立て殺人を実行する意志を統一し、それを継承することを誓い合う『四つの署名』のようなものでもあったのでしょう。四件の殺人計画の誓約書の意味も兼ねていたというわけです」

首を前に突き出し、

「皆さん、そうではありませんか？」

四人の方に順に視線を向けてゆく。

四人とも押し黙ったままであった。焦り、怯え、惑い、憤懣、各様の表情を浮かべている。が、いずれも言葉を見つけられず、視線をさまよわせていた。

宝結は肩をすくめる。それから室内を見渡して、音を立てずに両手を打つと、

「おっと、忘れてはいけません。Xはこの四人の男たちでしたが、他にも犯人がいたと考えられるのです。Xの犯行をサポートした人間の存在です」

蓮東警部が声を尖らせ、

「ん、四件のそれぞれの事件において、Xは単独犯だったはずでは？」

「そうですよ。それぞれの事件においてXは単独で殺人を実行しました。つまり、殺人犯は一人だった、と言ったわけです。殺人犯は、ね」

ここでいったん言葉を切って一呼吸置いてから、一言ずつはっきりと、

「ただし、直接、殺人を行っていないけど、犯行の準備段階でXに手を貸した人間がいると考えられるのです。影のような存在ですね」

「Xと連携する影の共犯か」

「すべての事件においてではありません。最初にその存在に気付いたのは第四の殺人、雪密室の事件、二ノ宮殺しですね」

「Xイコール堤をサポートした存在か」

宝結は頷き、

「あの夜、犯行現場の方面に被害者の二ノ宮を誘い出した人間がいると考えられるのです。雪は止んだとはいえ冷え冷えとした夜中ですよ、何か理由がないと二ノ宮は外出しないでしょう」

「誰かに誘われたとか、呼び出されたとか？」

「はい。そして、二ノ宮が容易に応じるような何か刺激的な誘いが」

警部は眉をひそめ、

「ん、女か、ハニートラップ」

「それが自然だと思います。二ノ宮はメイムのカリスマであり、女性からの圧倒的な支持を誇る

スターであり、また、それに比例するように、実に手の早い無類の女好きですからね。そんなキャラを利用され、女からの誘いが仕掛けられた」

「となると、その女とは……」

宝結は視線を左右にやり、

「当然、この中にいる女性です。で、生前の二ノ宮の様子を観察していたら、失礼な言い方になりますが、ドクター夫人の真緒美さんのことはちょいと疎ましく感じていたような」

真緒美は潤んだ目を吊り上げ、

「な、何ですって」

「ですから、あなたは犯人じゃないと言ってるわけで」

「……」

複雑な表情で頰を膨らませる。

宝結はまっすぐに一人を見つめ、

「となると、もう一人の女性、杏奈さん、あなたということになります。二ノ宮さんもあなたに対しては満更でもなかったようだし、また、Xイコール堤のサポートとして、メイムでの上下関係からごく自然ですしね」

「何、勝手なこと言ってんのっ」

杏奈は憤然と立ち上がる。大きな目を熱っぽく見開き、両の拳を胸元で振りながら、

「私が共犯なんて、そんなの絶対にあり得ないったらっ。何テキトーなこと言ってんのよ、証拠もないくせに」

激しい反駁に対し、宝結は対照的なくらいに冷静な口ぶりで返す。

「さあ、それはどうでしょう？　今、ここ、メイムの家宅捜査が行われていますから」

もうまもなくすれば出てくるはずだ。

証拠となるスマホが。

犯行の晩、実際に二ノ宮を誘い出すのに使ったスマホが発見されることになる。

昨日、二ノ宮殺しに関連してメイムの内部を捜索した際、シャワールームの棚に畳んで積まれていた杏奈のトレーニングウェアの一枚、レインジャケットの内ポケットににスマホを隠しておいたのだ。

スマホには二ノ宮に送信したメール三通のうち二通が残されている。最初の一通は「張麻夕」の名が記されているので消去済み。残した二通は杏奈と思われる女からの甘いお誘いの言葉が記されている、という寸法。加えて、実際は無言電話だったが、一通の通話履歴も残しておいた。

そして、そのスマホからは杏奈の指紋が発見される。

昨日、ここで二ノ宮殺しについて聴取を行った時、宝結はスマホを杏奈に触らせている。

そう、雪密室の現場におけるドクター夫妻の痴話喧嘩の画像を見せた時だ。杏奈は嘲笑しながら画面をスワイプしている。その時の指紋。もちろん、痴話喧嘩の画像は消去済みである。

まもなく、そんな宝結のトラップが稼動する。時限爆弾のように。

その瞬間を楽しみにしているのだろう、宝結は杏奈に皮肉めいた微笑を送る。

それから、悠然と次の展開へと進んだ。よどみない口調で、

「あともう一件において、Xのサポート役、影の共犯者の存在がありました。第二の事件、菊島

殺し、そう、廃墟の密室殺人においてです。これもまた犯行の準備段階でのサポートでした。具体的には凶器の調達です」

「あの時の凶器といえば果物ナイフか」

と、蓮東警部が解説を挟み、

「どこにでも売ってそうな、安物の果物ナイフだったが」

「ええ、そして、そのナイフの入っていたプラスティックのパッケージが現場で発見されていますよね、犯人の車が駐車されていた場所に落ちていました。つまり、ナイフは新品だったわけです。犯行のためにわざわざ買った物でしょう。また、ナイフを買った店は比較的大きな店だったと思われます」

「小さい店だと客が少なくて店員に覚えられやすいからな」

「あと、ネット通販も避けると思います。記録が発見されれば確定的な証拠になりますからね」

「となると、やはり、量販店で直接購入した可能性が高い」

「で、昨日、さっきの論理的推理によって殺人犯がドクター楠枝という真相に辿り着いた時、一応調べてみたことがあるんです。それはデパートの包装紙が手掛かりでした。楠枝夫人が贔屓にしているデパート。そして、楠枝クリニックからそのデパートまでの最短ルートの街道沿いに家庭用品を扱う大型量販店が六店ありました」

「それらの店で聞き込みをしたわけか」

「キッチン用品フロアの防犯カメラの映像データを借りてきたんです。そうしたら、そのうちの一店、これ」

宝結がパチンと指を鳴らす。

私は打ち合わせの段取り通りに、速やかに宝結の傍らに歩み寄り、準備していたタブレット端末を差し出す。既に画像が映し出されている。

蓮東警部が足早にやってきて、タブレット端末に顔を近づける。

宝結は画面を指し示し、

「二月八日、事件当日の夕方です。この女性、似てませんか」

指を滑らせ、画像の一部をアップにする。女の姿が大きくなった。

警部は目を凝らし、

「全体の雰囲気は似てるな。マスクやらサングラスやらで見えないところが多いが、髪型なんかはそっくりだ」

そう言って、視線を画面と実物との間を往復させる。

宝結は楠枝夫人こと真緒美の方に一歩近付き、

「確か、あの日の三時過ぎ、メイムの前でお会いしましたよね」

真緒美は溜息をつくと、不機嫌そうに足を組み、

「雑誌の記者だと嘘ついたわね」

「嘘ではありません。実際に我々は警視庁内報の編集長と契約ライターなんですから。で、あの時に着ていたコート、この映像の物とよく似ているように見えるんですが」

タブレット端末を前に差し出す。

真緒美は身を乗り出した。数秒ほど見つめ、ぽってりとした下唇をめくり、イヤイヤをするよ

うに首を横に振る。そして、甘やかな声をきしらせ、

「そう見えるだけでしょっ。私はこんな店なんかに行ってないんだからっ。別人よ。別人に決まってるっ！」

そう、別人である。

この映像の女性は智恵ヒメである。

あの日、宝結は真緒美と立ち話をしていた時、袖に隠したスマホで真緒美を密かに動画撮影し、そのデータを智恵ヒメに送信した。

智恵ヒメは動画を参考にウイッグを付け、メイクを施し、似たようなコートをまとうなどして変装。そして、宝結と連絡を取り合いながらタイミングをはかり、指示された街道沿いの量販店でナイフを購入したのである。

それから、私が智恵ヒメの料亭に立ち寄り、そのナイフをリレーのバトンのように受け取ってから、仕事の現場である廃墟へと赴く。そして、そのナイフで菊島を秘殺したという展開である。

以上、宝結が真緒美に仕掛けたトラップだった。ドクター楠枝を菊島殺しのシン犯人に仕立てる計画を進める最中、メイムの活動に熱心な真緒美夫人を宝結が見て、「これは使えそうだ」と急遽計画に組み込んだのである。目論見が功を奏したようだ。

真緒美は当然ながら反駁を続ける。ヒステリックな口ぶりで、

「こんな映像、似た女が映っているだけのただの偶然よっ。何の根拠にもなんないっ」

「本当にこの店に行ってない、と?」

「行ってないったら行ってないわよっ、こんな店、知らないんだからさっ」

「さあ、どうでしょう？」

真緒美はその店に行った。そういうことになるのだ。しばらくすれば、行ったという証拠が出てくるはずだ。

ナイフを購入した時のレシートが楠枝クリニックから出てくる。捜査本部の家宅捜査によって発見される。

三日前、楠枝クリニックに赴いた時、仕込んだのである。応接室のソファの隙間に件のレシートを押し込んでおいたのだ。これも時限爆弾のようなもの。耳を澄ませば秒針の音が聞こえてくる、そんな気がした。

宝結の耳にはもう聞こえているのかもしれない。気色ばんでいる真緒美にシニカルな微笑を投げかけていた。

蓮東警部が立ったまま室内を見渡し、

「結局、全員クロか。せめて、女性陣は殺人と無関係かと思いきや、やはり知らぬ存ぜぬじゃ通りそうもないな、二人とも裏でサポートしていたようだから」

「影の連携プレイヤーでした」

「ああ、影連盟ってとこか」

そう言って警部は寝癖頭を掻きながら、鼻皺を深くした。

メイムプランの六人は互いに何か言葉をかけようとする気配すらなかった。既に結束は崩れている。それぞれが疑心暗鬼に囚われ、誰も信用していない。足の引っ張り合いさえ起こりかねない、いや、それも時間の問題だろう。ヒリヒリした空気が漂っている。風で転がる煙草の燃えさしが火薬庫に近付いている、そんなシーンを連想させた。

ドアが開き、機敏な靴音が響く。狩野いずみ刑事が入ってきた。

58

狩野いずみ刑事がジムエリアを足早に進む。

アンパンのような丸顔にうっすらと汗を滲ませている。湯気が出そうだ。家宅捜査で何か見つけたらしい、白手袋の両手に段ボール箱を抱えている。蓮東警部のもとに歩み寄り、ハキハキとした口ぶりで、

「トレーニングルームの物置で気になるものを見つけました」

段ボール箱を足元に置き、中身を取り出して掲げる。

警部は白手袋をつけてから受け取り、

「リュックサックだな」

モスグリーンの合成樹脂の生地で出来ている。

いずみ刑事が横目で見遣り、

「これ、堤さんのリュックのようです。イニシャルが入ってますし。そして、リュックの底敷きの下にこれが隠されていました」

そう言って、右手を差し出す。小さな紙があった。

警部が手に取って目を凝らし、

「おい、これは……」

宝結が首を伸ばしてきて、

「四つの署名に使われていたのと同じメモ用紙ですね」

強い口調で断言した。

そう、確かに大きさも紙質も折れ具合も染みも同じと見ていい。そして、図形が描かれている。

二重の円で、中の円だけ黒く塗り潰されていた。

いずみ刑事の報告は続く。

「あと、メモと一緒に妙な物があったんです。これ、何の意味でしょうか?」

両手を差し出す。

そこに載っていたのは、木槌とパック入りの餅。

木槌はごく普通の大工道具だが、一部が改造されている。打つ部分、ヘッドの片側が少し切断され短くなっていた。

警部は眉をひそめ、

「何じゃ、こりゃっ? おい、何なんだ?」

ねじ込むような視線で堤を睨みつける。

が、堤はうろたえた様子でしきりに首を横に振り、

「し、知りませんよ。知るわけないでしょっ」

「まだシラを切るかっ」

警部が声を荒げる。

すると、宝結が落ち着いた口調で、

「見立ての小道具に使うつもりだったのでしょう。木槌の形が、ほら、餅つきの杵になってるじゃありませんか。それに、餅もあることだし。おそらく、ウサギの餅つきを表現するための道具なのですよ」

そう、これらは私がいつか使うつもりで持ち歩いていたものである。こうして、ようやく使い道が見つかって正直嬉しい。

警部は目を細め、

「ウサギの餅つき、ああ、これも月の見立てということだな」

頷いてから、堤を睨みつけ、

「おいっ、そうなんだろっ」

「し、知るかよ、そんなこと」

堤は呆然として否定する。

しかし、知らないではすまされない。

この木槌から堤の指紋が発見されることになるからだ。

昨日、ちょっとしたトラップを仕掛けた。木槌の打つ部分、柄を外した円柱形のヘッド部分。それを折畳み傘の持ち手の部分に使ったのである。

私にとっては簡単な工作であった。次の通りである。（1）先ず、傘の柄から持ち手部分を外す。（2）次に、木槌のヘッド部分を外し、片側に浅い穴を開ける。（3）そのヘッドの穴に傘の柄を差し込み、瞬間接着剤で固定する。（4）これで、木槌のヘッドが傘の持ち手部分となったわけである。（5）仕上げ。そのヘッドには木槌の柄を通していた小さな穴があるので、そこを木目模様のテープを貼って塞ぐ。

以上でトラップ用の折畳み傘が完成。

そして、昨日、ここで二ノ宮殺しに関する事情聴取が行われた際、その折畳み傘を堤の近くでわざと落としてみせた。すると、堤は反射的に拾い上げて、私に渡してくれた。親切な男だ。まあ、警察の前で心証をよくしたい気持ちも働いたのだろう。ともあれ、ありがとう、トラップにかかってくれて。

その後、傘からヘッド部分を外した。接着部分にごく近い箇所を小型の糸鋸で切断したのである。次に、そのヘッド部分に木槌の柄を差し込み、元通りの木槌へと戻したというわけだ。この修復作業は、スタッフ用休憩室の捜査の後、メイムのトイレ内で素早く行われた。もちろん担当は私である。

それから、トレーニングルームの物置に入り、堤のリュックに餅と例のメモ用紙と一緒に仕込んでおいたというわけである。

今それらの小道具は目の前にあった。

そして、木槌にはしっかりと堤の指紋が付着している。見立ての小道具に堤の指紋。それが判明するのはもはや時間の問題だ。

これだけではない。

今後、さらに六人の犯行を裏付ける新たな証拠が発見されるだろう。

シン犯人達それぞれに対し、家宅捜査が徹底的に行われるはずだ。そして、犯行時の着衣や見立ての小道具の破片などが発見されるだろう。それら一つ一つは小さいものだが、既に殺人現場で採取された証拠品と密接に結びついて効力を発揮する。

例えば、羽賀の住居のガレージからは手袋の片方が発見されるだろう。その手袋には機械油が染み付いている。第一の殺人現場、自然公園の柵に付着していたものと同じ機械油が。

また、楠枝クリニックの受付ロビーのプランターからは竹の切り屑が発見されるだろう。第二の殺人現場、廃墟で切断した竹箒から千切れたものである。他に、裏庭からは見立てに使用されなかった貝殻の欠片も。いずれも上着に付着していたり、バッグに入り込んでいたまま持ち帰ってしまった、というわけだ。

永瀬のドラッグストアの業務用軽トラックの荷台も同様だ。そこには第三の殺人現場の残滓が積まれている。月桂冠の見立てのツツジの小枝、被害者の燃えた上着の切れ端などが発見される予定である。

もちろん、杏奈のスマホ、真緒美のレシートは前述の通り。

今、堤が陥穽《かんせい》に沈み、これから次々と他の五人も落とされてゆく。仕掛け花火が連続発火するように罠は稼動していた。そして、シン犯人達は全滅の運命を辿る。

宝結が目を凝らしていた。先ほどの新たに発見されたメモ用紙を見つめながら、

「ここに描かれている二重丸の模様は金環食を表現しているのでしょう」

「ん、金環食だと……」

警部が眉をひそめ、

「そうか、中の黒い丸は月の影ということか。太陽に映っている月の影」

「そういうことです」

宝結は大きく頷いてから、眼差しを鋭くし、神妙な口ぶりで言った。

「こうして新たな月の模様が描かれているということは、つまり、まだ殺人が続く予定だったことを意味しています」

「見立ての用意もそういうわけか」

警部は険しい面持ちで段ボール箱の木槌と餅を見つめた。

宝結は瞳に冷たい光を宿し、

「さらに、この六人の中で、仲間割れが生じていたのかもしれません。そして、誰か、新たな犠牲者が出るはずだった……」

そう言って、メイムの面々を見回した。

沈黙の中で空気がざわついていた。彼ら六人は慄然《りつぜん》と表情を凍らせ、焦燥と怯えと猜疑を滲ませている。皆、視線を合わせようとしなかった。自分だけが助かることに必死なのだろう。そのためには、隙あらば他人に不利な証言でも平気で、いや、積極的にするはずだ。お互いを疑い合い、敵視している。自分以外の誰が犯人であってもおかしくない、構わない、そう信じているはずだ。他人を蹴落とすことを辞さない。彼らには地獄の亡者の顔が張り付いていた。

これから法と社会の咎めを受け、刑に処せられるがいい。命と人生を散らして償うがよかろう。

我々の「血裁」は完了した。

EPILOGUE

59

夕刻、虎ノ門に赴いた。もちろん、いつもの場所、智恵ヒメの料亭である。黄昏の残照が薄れゆく底に大きな瓦屋根のシルエットが横たわっていた。

今日は裏に回らない。表口から入った。大仕事を終えた時の慣習のようなものだ。祝いの儀式と言い換えてもいいだろう。

欅造りの門柱の脇、行灯を模した看板がある。中の灯が点り、屋号を浮かび上がらせていた。「森矢亭《もりやてい》」と。

それを眺めながら、宝結は皮肉めいた笑みを刻み、

「たまには、森矢さん、って礼儀正しく呼んでやった方がいいのかね、智恵ヒメのこと」

私もつられて笑い、

「いつも智恵ヒメとか若女将とかヒメさんって呼んでるから、ついついホントの名前忘れちまう」

「森矢智恵《ちえ》、なんだよな、本名」

「森矢亭って屋号で呼ぶ馴染み客もいるみたいだけど」

「ま、僕や和戸君は客とは言えないから」

「同僚みたいなもの」

「裏の、な。だから、やっぱり今まで通り、智恵ヒメでいいってこと」

そう言って肩をすくめた。

敷石を渡り、玄関の手前で曲がると、すぐ傍らに別の入口がある。欧風の木製の扉で蹄鉄の形のノッカーがあしらわれている。

ここは会員制のバーであった。本館に入る前の待ち合わせや宴席を外しての打ち合わせなどに使用されている。

宝結は黙ってノブを握ってドアを開き中に入る。私も後に続く。

天井が高く、梁をわざと見せた造りで、大きな天井扇がゆっくり回っている。随所にランプ型の照明が吊るされ、ほの明るい光を落としていた。バーカウンターが延び、中の棚にボトルが並んでいる。反対側の壁際には大小の樽が置かれ、立ち飲みのテーブルも兼ねていた。

奥はテーブル席が幾つか設けられている。

その一つに智恵ヒメがいた。

まだ和服に着替えていない。カジュアルなワンピースだが、着こなしが巧みなのか品よく肩が露出し、艶やかな夜会服を思わせる。黒いサテンで、柔らかな照明に映え、時折、銀色の光沢をよぎらせていた。

宝結と私は智恵ヒメと向かい合う形でテーブルにつく。これはいつもの会議と同様であった。

違うのは、

「乾杯」

祝杯だった。

微笑を浮かべ、グラスを触れ合わせ、軽やかなガラス音を響かせた。

シャンパンの爽快な冷たさが喉をくすぐり心地よい。大仕事を達成した安堵と喜悦が血管の隅々にまで染み渡った。

智恵ヒメがゆっくりと溜息をつき、

「お二方とも、鮮やかな手際でしたね」

私は照れ笑いを浮かべ頭を掻きながら、

「智恵ヒメこそ、いい仕事を仕入れてくれたし、それに随所でのサポートも助かったよ」

「いえいえ、お恥ずかしい限りで。それにしても、ホント、悪の大掃除という感じでしたよね。最初の殺人に決着をつけ、三人を抹殺し、六人を容疑者に仕立てた上、全員犯人という結末に仕上げて、かれこれ総計十人の大血裁。きつい仕事だったけど、その分、成果は充実。何か、見事にタイトロープを渡り切ったような気分ね」

「俺がチョンボした分、余計にタイトだったかもな」

悔恨をちょっぴりこぼす。

すると、宝結が皮肉めいた微笑を刻み、

「いやいや、何度も言ったろ、チョンボはチャンスだって。おかげで、捜査本部が難儀した分、我々が捜査のイニシアティブを握ることが出来て、狙い通りの着地点に辿り着いたんじゃないか」

こいつの言うこと、どこまで本気なのか疑わしい。

智恵ヒメも宝結と同じ笑みを浮かべ、

「そうよ、ある意味、和戸さんのおかげ」

「ある意味でも誉められると照れるよ」

私は複雑な思いのまま二度ほど小さく頭を下げる。

智恵ヒメはグラスの中の泡を目で追い、

「ま、この稼業、天国にも地獄にもいちばん近い仕事なんだから、楽は出来ないということよ」

そう言ってシャンパンを干した。

宝結は仕事を振り返り、

「今回、操査の計画のアウトラインが出来上がったのは、第三の事件の時だったよ。毛利の秘殺の時な。あの段階でようやくメイムプランという悪事の輪郭を捉えることが出来て、狙いを明確に見定めることが出来た。

それまで、既に第一、第二の殺人におけるシン犯人を羽賀と楠枝に設定しておいたけど、実際にそれが使えるかどうかは五分五分だった。当時はまだ、メイムで何か悪しき陰謀が進行しているらしい、それが確かならば、羽賀と楠枝も加担しているはず、というレベルの認識だったからね。だから、シン犯人の設定はあくまでも見通しで、候補のようなもの、ハズレなら使わずに放棄する心積もりだった。ある意味、賭けと言っていいかもしれない」

「なるほど、五分五分の博打ね。でも、推理上の博打、ならば、賭けに勝ったのは、それは、名探偵のバク才というもんでしょ」

「半分は運さ」

宝結は自嘲する。

私は首を横に振り、

「しかし、もしも当てが外れて賭けに失敗したとしても、どうせ、宝結、お前のことだから、別の計画をすぐに用意したろうよ」

「ああ、もちろん、その時は迷わず計画変更さ。チェンジだよ、和戸隼クン」

そう言って不敵な笑みを刻んでみせた。

私も智恵ヒメもつられて笑う。

尽きぬ話を肴に杯を重ねる。

二本目のボトルが三分の一くらいになった頃、

「次の一杯で失礼するわ」

智恵ヒメは腕時計に目をやり言った。

すると、宝結が改まった口調で、

「じゃ、その前に話をしておかないとな。大切な話を」

「何かしら。ちょっと面白そうな予感」

智恵ヒメは切れ長の瞳に光を点す。

宝結も眼差しを鋭くし、

「そう、面白いといえば面白いかもしれない。それは考え方だ。気付いたことがあってね。ずっと引っ掛かっている。

第三の事件、つまり、毛利の秘殺の時のことだ。毛利は第一の殺人、田久保殺しの真犯人だった。僕はその絵解きを毛利本人に披露し、毛利はそれを認めた。また、同時に、第二の殺人、菊島殺しを手掛けたのが和戸君と僕であることを教えてやった。当然、毛利は驚いていたさ。しかし、その際、妙なことを僕と和戸君に口走った。『お前ら、何を企んでいるんだ？　俺をハメたのか？』と、ね。何か違和感を覚えたけど、毛利が暴れだしたんで、ゆっくり考えることもなく、そのままになっていた。

けど、今日、一通りの血裁を終えて、暇になったら、また妙に頭の中でこれが疼きだしてね。考えてみたら、やっぱりおかしいんだよな。『俺をハメたのか』という言い方はまるで何か取引があったみたいな意味に取れるだろ。毛利は誰かと何か取引して、その相手を僕と和戸君だと勘違いしたんじゃないか、そういうふうに思えてきたんだ。

だから、他の手掛かりと合わせて改めて考えてみることにした。さっきも言ったように、毛利は田久保殺しの犯人であることは確かだ。ただ、ちょっと不思議だったのは、毛利は田久保と会ったこともなく、事件当日が初対面だったんだよな。それで捜査本部は毛利の容疑は薄いと見ていたほどだ」

私は合いの手を入れるように、

「しかし、やはり論理的に推理すれば毛利が犯人であることに間違いない」

「そう、だから、毛利が密かに田久保を調べ、自分にとって危険な存在と判断したから殺した、そういうふうに我々は解釈した。ちょっと強引と言えば強引だったかもしれない。

あと、二番目の殺人、つまり廃墟で菊島を秘殺した時な、あの事件に関し、毛利は完全にアリバイが成立していた。静岡に出張していた。しかし、考えて見ると、菊島こそ毛利にとって危険な存在であり、菊島こそ毛利が殺してもおかしくない存在だった。そんな事件の時、毛利はしっかりとアリバイを持っていた。このアリバイさえ無ければ、毛利が犯人としてもっとも有力視されていたはずなんだ。そう、容疑の薄い殺人において毛利が犯人で、容疑の最も濃厚な殺人において毛利は鉄壁のアリバイを持っていた。

これって何か作為的だと思わないかい。僕と和戸君は知らぬうちに毛利と共犯関係にあったんじゃないか。そう、交換殺人と言う関係に。

そのためには、我々の秘殺の計画を知る存在でなければならない。我々を把握し、コントロールできる存在、そんなことが出来るのは、君しかいない。智恵ヒメと呼ぶには軽すぎるから敢えて呼ばせてもらうよ、森矢亭の若女将こと、森矢智恵、君だ」

そう言って、宝結はグラスを向ける。

森矢智恵は数秒ほど黙っていた。それから、片眉を上げて、口元をゆっくりと綻ばせる。含み笑いをして、

「おめでとう、正解よ」

グラスを前に差し出し、宝結のグラスの端に当て、小さな鐘のように鳴らした。

そのガラス音が静寂を波立たせ、ゆっくりと高い天井に立ち上ってゆく。

私も黙っていられなくなった。身を乗り出し、

「そうか、やはり、そうだったか。引っ掛かってたんだよ。ま、俺の場合は宝結みたいに論理的な筋道じゃないけどな。勘だよ。一種の職業的な直感。何か違ってたんだ。いつもなら、不運の

バイオリズムに陥るキッカケは俺自身の中にある。ほんの一瞬だが腕に不調を覚えるんだ。しかし、それはまったく無かった。そう、今回は違ったんだ。秘殺の際、他の奴に先を越されたこと、その不運自体が発端だった。いわば外的要因なんだよな。そこんとこに違和感を覚えた。外の大きな力を感じたのさ。で、俺と宝結の現場に力を及ぼせるのって誰かと言えば一人しかいない、そんな疑惑が頭の隅っこにうずくまっていたってわけさ」

一気に喋って、喉が渇いたので、グラスを一息に呷《あお》った。

宝結は珍しく驚いた面持ちで私を横目で見ていた。

まったく変わらないのは森矢智恵だけだった。動じる様子も臆する素振りもない。冷ややかな笑みを浮かべたまま、

「二人とも、さすがね」

と悪戯げな眼差しで、

「悔し紛れに言うわけじゃないけどそれも想定内だったわ。たとえ途中で気付かれたとしても既に仕事は進行していたから、最後までやってもらうしかないですからね」

そう言って、グラスをゆっくり回して弄んでいる。

宝結はグラスをタンッと置き、

「ま、それは仕方ないだろうね」

肩をすくめてから、

「ただ、君の隠された行動について推理を巡らせてみたよ。聞く気はあるかい？」

「ええ、もちろん。喜んで」

首を横に傾けて微笑む。

宝結は語り始める。

「今回の仕事を手掛けるに先立ち、『死入れ』担当の君は密かに関係者たちを調査し、その過程で、毛利の存在に気付き、彼の動きを怪しむようになったのだろう。何か企んでいると察知した。毛利がメイムと組んで何か悪計を巡らそうとしているようだ、と。その計略の進行に当たり、毛利にとって菊島が邪魔な存在であることも判明した。そこで、君は自分の正体を隠し、毛利にアプローチしたのさ。もちろん直接会ったりせず、例によって所有者不明のスマホを使用した。声もボイスチェンジャーで変えるか、僕や和戸君がよくやるように文章変換によるデジタル音声を送るなどしたんだろう。そして、交換殺人の取引を持ち掛ける。毛利にとって邪魔な菊島を消してやるから、その代わりに、田久保を殺せ、とね。危険がないよう慎重で簡潔なごく短いやりとりだったはずだ。殺しの仕事を仕入れ、手配するのが君の本職、きっと抜かりは無く、手慣れたものだったろうな」

「お褒めに預かり光栄です。推理の内容もまた適切でしたし」

「サンキュ。そして、交換殺人の契約は成立し、あの夜、毛利は初対面だった田久保を殺害した。それが今回における第一の殺人事件となった」

ここで、宝結は一拍置き、溜息をついてから、

「しかし､解らないことがある。交換殺人の順番として、よく毛利は先の番を引き受けたな。もちろん、後の方の殺人だと、既に第一の殺人で警察が動き出している分、確かに難度は上がっている。それにしても、毛利が引き受けたのがどうも納得できない。先に菊島を殺してみせて、それ

を受けて、次に毛利が田久保を殺害、という段取りなら解る。だが、順番は逆だ。毛利が先だった。毛利がよほど取引相手を信用していなきゃ、そうはならない。いったい、どうやって納得させた？」

刃のような眼差しを投げかけた。

森矢智恵は真正面からその視線を受け止め、宝結をじっと見つめ返す。そして、吹き出すように笑みをこぼし、

「ホント、いちいち感心させられる。いいところに気付いたわね。そう、それなりの説得術は必要だったわ。こっちと違って、相手は殺しのプロじゃないからね。だから、ちゃんと信用させないとね。そのためには、こっちが本気であることを示してあげなきゃ。そう、こっちの本気度を見せてあげたの」

「本気度って？」

「タネを明かせば簡単なことよ。我々の稼業を利用しただけのこと」

「こちらの稼業って、殺し？」

「そうよ。そして、こちらの仕事は一回こっきりじゃないでしょ。ずっと続いているもの。例えば、ついこないだ、一ヶ月半前にも手掛けたわよね、鮮やかな手際の血裁」

「蒲田の階段落ち事件か」

「そう」

森矢智恵は大きく頷くと、まるで少女が秘密を囁くように、片手を口元に添え、

「あれをね、事件の一週間前に予告してあげたのよ、毛利に。いわば、交換殺人のための予告編

として」

「交換殺人の予告殺人、か」

宝結の目が一瞬大きくなる。

森矢智恵は無邪気なくらい得意げに、

「もちろん、ほどほどの情報の予告よ。教えたのは、ターゲットのイニシャルと年齢と死亡日だけ。そして、実際に事件が起きると、毛利はそれを報道で知る。不審死の情報はウェブニュースやネット掲示板で頻繁にアップされているしね」

「黒い噂の絶えない議員だったから、死亡した時のニュースも多かった」

「そして、毛利はこちらの本気度を知り、信用し決意を固めたわけよ。一応、補足説明しておくけど、予告に関し、毛利がそれを警察などに通報するはずがないことは確信してた。毛利自身が危機に陥るだけだものね。予告のことを話しても、そもそも信じられないような話だし、こちらの正体も解らない。しかも、何で、毛利にそんな連絡が来たか、それを説明しようとすれば、自分の悪計を感づかれる恐れがあるわけだから」

「勝手に自滅するのがオチだな」

「でしょ。あと、ついでに言えば、もし万が一、毛利が田久保殺しに失敗して逮捕されたとしても、さっきも言ったように、こちらの正体は解らないし、そのため交換殺人の話なんて絵空事にしか聞こえない」

「ま、そうだな。あとは結局、いずれの殺しもこちらがまかなうことになるだけ、プロだからな」

「そういうこと。さらに言えば、もし、毛利が秘殺される前にこの交換殺人のことをあなたたちに話したとしても、我々の計画は既に進行中なのだから、引き返しようがない。予定通り続行するだけなのよ」

そう言って顎をクイッと上げてみせる。

宝結は溜息まじりに頷く。空のグラスの底を覗き、静かに笑った。

「だろうよ」

それから、顔をあげると視線を尖らせ、

「しかしな、根本的な疑問だが、何でそんな小細工を仕込んだんだ？　君に何のメリットがある？」

森矢智恵は肩をすくめ、

「私には無いわ。そんな利己主義じゃなくてよ。自分のためじゃない。むしろ、敢えて言うならば、社会のためね。あと、小細工だなんてひどい言い方よ。そうね、リトマス試験紙みたいもの、あるいは実験かな」

「リトマス試験紙、実験、どういう意味だ？」

「試したのよ。毛利の悪の偏差値を。どれほどの悪の資質の人間なのか、試したの。毛利はメイムを利用した悪計、後でメイムプランと呼ばれるようになる企みね、その悪計に着手しようかどうか迷っている様子だった。まだ躊躇していたの。そのネックの一つが毛利の周囲を嗅ぎ回る菊島の存在だった。もし、毛利が骨の髄まで悪に染まっている人間なら、例の交換殺人の取引に乗ってくるはず、そう思ったのよ。生来の悪の偏差値がどれほどか試したわけよ。結果は」

「高レベルだった」

「そう。毛利は高偏差値の悪だった。実験によってそれを知ることが出来た。そして、毛利は遂に悪計に手を染め実行に移した。紛れもない悪の存在。故に、我々の血裁のターゲットに決定したというわけよ。ターゲットをあぶり出したとも言えるわね」

「獲物が飛び出した、というわけか。そうするために、君は毛利の背中を押してやったのか」

「軽くね。実験なんだから。そう、背中を軽く押してあげて、それでダークサイドに落ちるかどうか、確かめてみたわけ」

「君が試さなければ、落ちなかった可能性も」

「それはどうだか？　結局、実際にダークサイドに落ちたわけでしょ。つまり、資質があったのは間違いない。危険な存在よ。それならば早い段階で始末した方がいいんじゃなくて」

「悪の青田刈り、か」

「何とでも言えばいいわ。でも必然の処置よ。いずれ、悪を萌芽させ、闇の側に踏み入る人間なんだから」

「それは可能性に過ぎない。そして、つまり、君が今回の事件を引き起こしたことになる」

「きっと、反駁すると思ってた。だから黙っていたのよ」

森矢智恵はフンと鼻で笑い、

「闇の手前で引き止めるという選択肢も考えられる」

「その時はそれでいいかもしれない。でも、ちょっと目を離せば闇に染まる人間。だったら、闇が大きくなる前に、影のうちに抹殺すべきでしょ。光を満たす、そのためには、影を無くすことなの」

「君のやり方は光を当てて、影を作っているようなものだ。影のないところに影を作る、そんな光は必要なのか」

「影を一掃するためよ」

宝結は目を細め、

「内に影を抱えたままでも、闇に染まらない人間もいるだろうに」

「甘いのよ。光に背くもの、それは隅々まで抹殺すべきなの。いつか、あなたも同じ考え方になるわ」

「影は君の中にあるんじゃないか？」

「あら、そう疑うなら、あなたこそ、私に光を当ててみればいいでしょ。光を当てて、影を炙り出すんじゃなくて？　あなた、そうするでしょ？」

「いや、しない」

「せざるを得なくなるのよ。闇に立ち向かうとはそういうことなの。ほら、今回だって、知らなかったとはいえ、結果的に、私のやり方に従ったじゃないの」

そう言って両手を組み、顎を乗せる。

宝結は警告するように声を深くし、

「今後、ああいう妙な仕掛けはやめてもらおう」

森矢智恵は小さく嘆息し、

「そうね、出来ればそうしたい。私と同じ考え方になってくれればね。今のあなたがそんな考え方じゃ、私、正直に言えないもの。

でもね、私とあなたでは立場は五分五分じゃないの。仕事を仕入れるのは私だから。私の仕入れたものをこなすしかないのだから。もし、あなたが何もかも放棄すれば、仕事はなくなり、この世界の住人でなくなる。不要な存在よね。そして、秘密を抱えた不要分子はどうなるのか？　あまり、考えたくはないわ。

だから、これからも共に手を取り合って仕事をしましょ。そして、仕事に着手すれば、最後まで やらなきゃね、今回のように。そうなの。結局、私の考えと同じくしてやっていくしかないのよ」

「信頼のない仕事はゴメンだな。それには立場が五分五分じゃないとな」

「頑固ね。お願いだから、仲良くやりましょうよ。私を傲慢にさせないで。私のやり方を封じる手立てなんかないくせに」

宝結は宙を仰ぎ、

「仲良きことは難しきことかな、か」

「簡単よ、あなた次第なんだから。選択肢は無いのよ」

そう言って冷ややかな嘲笑を浮かべる。

宝結は天井を仰いだまま石像のように微動だにしない。

静寂の中、グラスの中の小さな気泡の弾ける音が聞こえてきそうだ。

沈黙を破ったのは私だった。

私はおずおずと身を乗り出し、森矢智恵を見据え、言った。

「いや、そうかな。君に対抗する手立てが無いなんて、それは違うと思うぜ」

森矢智恵は意外そうにこちらを向き、

「何を言い出すわけ？」

「甘く見ないでほしい」

私は声を鋭くし、

「こちらも仕掛けているんだよ。いざとなればこんなトラップも用意し、稼動できたということを肝に銘じておいた方がいいぜ」

森矢智恵は目を細め、

「え、何をこっそり？」

「それは君も同様。おあいこってやつだろ。こちらの仕掛けとはつまりこういうことだ」

私は背筋を伸ばし、腕組みをし、語り始める。

「先ず、違法フードのパッケージについて思い出してもらおう。第四の事件、雪密室の殺人の時、秘殺された二ノ宮のバッグの下で発見されたよな。そのパッケージには指紋が付着していなかったから、手袋を着用していた犯人が落としたのだと考えられる。被害者の二ノ宮は手袋をつけていなかったからな。そして、あんな市販されていない違法フードのパッケージを持っている人間といえば限られているよ。しかも、二ノ宮殺しの現場なんだから、メイム事件に関わる人間という範疇だ」

「となると、メイムプランのメンバーだな」

宝結がそう言ってこちらに横目を向ける。

「ああ」

と私は頷き、

「手掛かりとしてもう一つ注目したいのは凶器の麻紐だ。二ノ宮を絞殺するのに使われた麻紐。あれは片方の端が丸い輪に結わえてあった」

「手にしっかりと嵌めるための輪だな」

「捜査段階ではそういう見方をされていたが、別の見方もある。どこかに麻紐を引っ掛けて固定するための輪、という考え方だ。実際、現場には椿の切り株が数本あって、その中の一つには糸くずが付着していた」

もちろん、私が付着させておいたものだ。

「凶器の麻紐と同じ糸の糸くずであることを鑑識が確認している。ということは、つまり、その切り株に麻紐の輪を引っ掛けたと考えられる。何のためか？」

「殺害のため」

宝結が答える。

私は腕組みをほどき、

「そう、殺害するためだ。二ノ宮を絞殺するためにだよ。二ノ宮は頭部に殴打の跡があり、気を失っていた可能性があると検視から報告されている。そんな気を失っていた二ノ宮の首に麻紐を巻きつけ、片方の端の輪を切り株にかけて固定する。そして、もう片方の端を引っ張って絞殺したというわけさ。何で、そんな方法を取ったかと言えば」

「犯人は両手を使えなかったから」

「大雑把に言えば、な。正確に言うならば、両手で麻紐を強く引いて、二ノ宮を絞殺する自信が無かったから、だな。麻紐を二ノ宮の首に巻いて、その両端を左右の手で引いて首を絞め上げる、という方法が犯人にとっては困難だった。それで、片方の端を輪にして切り株に固定した。つまり、犯人はどちらかの手が不自由だったというわけだ。そういう人間を容疑者の中から探すと」

「ちょっと待て」

宝結が手を差し向け、しばし宙を見つめてから、首を横に振り、

「いや、思い当たらないな、いないはずだ。メイムプランのメンバーはいずれも手に怪我や障害を負っていなかったはずだ」

私は大きく頷き、

「うん、確かにそうだ。メイムプランのメンバーの中にはいない。じゃあ、前提が間違っていたということなんだよ。あの違法フードのパッケージを持っていた人間、そのカテゴリーが間違っていたのさ。それで改めて考え直してみれば、ほら、他にもいたじゃないか」

「我々か」

「そう、我々、三人だ。どこで手に入れたかといえば、メイムの物置部屋からだ」

大きく息を吸ってから、

「普段、あの物置部屋のあるエリアにはスタッフ以外は近付くことは禁止されている。そんな場所にメイムの会員達が近付くとは考えられない。また、近付けば見つかってしまうはずだ。そし

て、実際、一度だけ、見つかって叱責された者がいた。森矢智恵、君だ。あの時、見つかる前に違法フードを盗み出すことに成功していた」

正面を強く見据える。

宝結が合いの手をいれ、

「それで我々のもとにブツがあるというわけだからな」

私は首を突き出し、

「そして、我々三人の中で、左右いずれかの手が不自由な人間がいるかと言えば、いたな。やはり、森矢智恵、君だ。君は右の腕を捻挫していたはずだな。メイムに潜入捜査した際にエクササイズでうっかり腕を痛めてしまって難儀していた。そう、森矢智恵、君は二ノ宮殺しの犯人なのさ」

そう言って、人差し指を向けた。

宝結が補足するように、

「犯人が特定されてしまえば、ロッカーや休憩室の鍵に関しては犯人の偽装と解釈されるわけだな」

「そう。犯人は二ノ宮のジャケットから鍵を取り出して、それらを使ってメイムのスタッフ用休憩室に侵入しロッカーを物色してから、再び死体のポケットに戻した。そして、それから、左ポケットに千枚通しを刺して偽装したことになる」

「スタッフ用休憩室の鍵を持っていない自分を嫌疑の外に置くために」

そう言って、宝結は片手を横に振り、弾く仕草をする。

私は続けて、

「ちなみに犯行の際、犯人は二ノ宮と争った痕跡が発見されている」

「なるほど」

と、宝結は森矢智恵を見つめ、

「確か、武芸を心得ていたよな。毎朝、トレーニングする習慣だそうだし」

剣道の素振りのポーズをしてみせた。

それから、私は内ポケットからスマホを取り出す。画面をタップして、掲げ、

「念の為、裏付けの手掛かりも準備しておいた。これ、二ノ宮のスマホだよ。あの雪密室の夜、二ノ宮を誘い出すためにこちらから送った三通のメールな、それらはまだ削除していない。すべて残してある。そして、ほら、最初のメールには君の名前が記してある。張麻夕とね。コードネームだけど、メイムの参加者リストあるいは会員カードに記録されているし、当然、そこには指紋もね。君に辿り着くポイントが幾つもあるということだよ」

強い視線を飛ばした。それから、肩の力を抜き、腕の筋肉を緩め、

「と、まあ、その気になれば、この程度の仕掛けは用意できるということさ。ゆめゆめ忘れないでほしい。俺たちとパートナーであろうとすれば小賢しい細工は考えないことだな」

宝結も繰り返し頷き、

「そういうこと。あくまでもフィフティ&フィフティの関係、どうかお忘れなく」

背もたれによりかかり、皮肉めいた笑みを刻んでみせた。

静かだった。

森矢智恵は顎に片手を添え、黙っている。眼差しは冷たく固まっている。氷の彫像のようだった。数十分にも感じられる長い数秒の沈黙。

瞳に小さく火が点り、ゆっくりと瞬きをする。口元を歪めて、小さく笑い、

「やってくれるわね」

囁くように言った。そして、溜息を漏らすと、肩をすくめ、

「ま、仕方ないか。無理して、あなたたちの考えを変えようとするのも早計みたいね。焦ることもないわ。いずれ私と考えを同じくするでしょうから、必ず」

その眼差しは揺るぎない自信に満ちていた。

宝結は首を横に振りながら両手を広げて、

「それはどうだか」

「だな」

私も両手を扇のように広げる。

森矢智恵はフフンと鼻で笑う。

「ま、今のうちよ、そう言ってるのは。だから、これからもよろしく。次の仕事も頑張りましょ、お互い」

あっけらかんとそう言ってウインクしてみせる。そして、立ち上がり、

「じゃ、時間だから」

指をパラパラと動かし、グッバイを告げる。何事も無かったかのように悪戯げな微笑を残し、去って行った。

軽やかな靴音が遠ざかり、ドアの開閉する音に飲まれ、夜の向こうに消えた。

テーブルの上にはまだ熱気のような空気が微かに漂っている。それを冷ますように天井扇がゆっくり回転し、大きな羽の影が壁をよぎる。

私はボトルを取り上げ、残り少ない中身を二つのグラスに注いだ。淡い照明に気泡が煌く。

宝結と私はグラスを手にして向かい合う。そして、目の前に掲げ、一息に飲み干した。既にぬるくなっていたが、渇き切った喉を潤し心地よい。アルコールの柔らかな慰撫《いぶ》が身体に満ちていくようだ。

宝結はグラスを置き、ゆっくりと吐息を漏らす。目元がほころんでいる。まるで自嘲しているかのような笑みを浮かべ、

「和戸君、今回は君に礼を言うよ。ありがとう」

「おっ、珍しい」

私は照れ笑いで誤魔化しながら、

「雪でも降るんじゃないか」

「もう降った後だろ」

「じゃ、丸ごと空が降ってくるか」

「そこまで言うか、それこそ絵空事」

「絵空事の事件を仕立てるのが俺らの仕事だからな」

そう言って、私は肩をすくめた。

宝結は宙に目をやり、感慨深げな口調で、

「しかし、和戸君、さっきの仕掛け、見事だったよ。素直に感心した」

「あの雪の晩、雲が晴れて大きな月が覗いた時、不運のバイオリズムから抜け出たと直感したんだ。その勢いがあったから試しに君のやり方を真似てみただけだよ」

宝結は途端に声を弾ませ、

「じゃ、僕の重労働、少しは解ったろ。ちょっとは苦労したんじゃないか？」

そう言って顎を上げ、シニカルな微笑を刻む。

私は笑い飛ばすように、

「なあに、大したことないよ」

悠然と首を横に振ってみせる。

そして、こう言ってやった。

「初歩だよ、宝結クン」

[Locked]

［参考資料］

「百分の一科事典　月」（スタジオ・ニッポニカ編／小学館文庫）
「病気になるサプリ」（左巻健男／幻冬舎新書）
「犯罪捜査大百科」（長谷川公之／映人社）
「シャーロック・ホームズ」シリーズ（アーサー・コナン・ドイル）

その他、新聞・雑誌を含む出版メディア、インターネット、映像関連などのコンテンツを参照させていただきました。
これらの執筆者、関係者、作品に心より感謝と敬意を表します。

この作品はフィクションです。登場する人物、団体は実在するいかなる個人、団体とも関係ありません。

霞流一（かすみ・りゅういち）
1959年岡山生まれ。早稲田大学政治経済学部卒。映画会社に勤務しながら、94年に『おなじ墓のムジナ』で第14回横溝正史ミステリ大賞で佳作入選、作家デビュー。主な作品に『スティームタイガーの死走』『首断ち六地蔵』『呪い亀』『羊の秘』『フライプレイ！』『独捜！警視庁愉快犯対策ファイル』など多数。

パズラクション

●

2018年8月27日　第1刷

著者…………霞流一《かすみりゅういち》

装幀…………スタジオギブ（川島進）
装画…………石居里佳

発行者…………成瀬雅人
発行所…………株式会社原書房

〒160-0022 東京都新宿区新宿 1-25-13
電話・代表 03（3354）0685
http://www.harashobo.co.jp
振替・00150-6-151594

印刷…………新灯印刷株式会社
製本…………東京美術紙工協業組合

ISBN978-4-562-05594-4, Printed in Japan